Maggie est en danger

Par-delà le risque

JULIE ANNE LINDSEY

Maggie est en danger

Traduction française de
CHRISTINE BOYER

BLACK ROSE

HARLEQUIN

Collection : BLACK ROSE

Titre original :
DEADLY COVER-UP

HARPERCOLLINS FRANCE
83-85, boulevard Vincent-Auriol, 75646 PARIS CEDEX 13
Service Lectrices — Tél. : 01 45 82 47 47

www.harlequin.fr

ISBN 978-2-2804-4764-5 — ISSN 1950-2753

1

Tout en roulant sur les routes du Kentucky, plongées dans la nuit, Violet Ames sanglotait. Voilà des années qu'elle n'était pas revenue à River Gorge, la petite ville rurale où sa grand-mère l'avait élevée, et elle aurait préféré y retourner dans d'autres circonstances. Dans ses rêves, elle avait imaginé des embrassades à n'en plus finir, des heures à échanger des souvenirs heureux et une avalanche de brownies au chocolat, la spécialité de son aïeule.

Il n'y aurait rien de tout cela, ce soir.

Violet s'efforçait de se concentrer sur sa conduite mais elle jetait de temps en temps un œil sur Maggie, sa fille de huit mois, installée dans son siège-auto à l'arrière. Épuisée, l'enfant s'était endormie dès que la voiture avait quitté le parking de l'hôpital.

Les paupières de Violet se fermaient. Elle aussi était exténuée. La journée avait été dure. Pour ne pas risquer de s'assoupir au volant, elle descendit sa vitre et laissa l'air estival s'engouffrer dans l'habitacle.

Dans la matinée, un coup de fil de l'hôpital de River Gorge lui avait appris que sa grand-mère, âgée de soixante-dix-huit ans, avait été victime d'une mauvaise chute et était dans le coma. D'après son interlocutrice, son aïeule était tombée d'une échelle dans sa grange.

Pour Violet, cet accident était incompréhensible. Depuis des années, depuis la mort de son grand-père, il n'y avait plus aucun animal à la ferme et le vieux hangar en bois avait été vidé. Alors pourquoi sa grand-mère avait-elle soudain eu envie de s'y rendre ? Et plus surprenant encore, pourquoi avait-elle eu l'idée saugrenue de grimper sur une échelle ? Il n'y avait rien en hauteur, à l'exception d'un ancien grenier à foin qui n'abritait plus que dix ans de poussière.

D'une main, Violet massa sa nuque ankylosée, l'autre tenant fermement le volant. Elle avait beau faire, elle n'arrivait pas à trouver un sens aux événements de cette horrible journée.

Quelle mouche avait donc piqué sa grand-mère ?

C'était la question à mille dollars. En tout cas, personne à l'hôpital n'en avait la moindre idée.

Sa grand-mère était la seule à pouvoir expliquer ce qu'elle avait voulu faire avec cette échelle et elle gisait, inconsciente, dans une chambre qui sentait les désinfectants. Il avait fallu l'opérer pour réduire une fracture au bassin et une autre à l'avant-bras. Sur le haut de son crâne, une profonde plaie avait nécessité dix points de suture. Elle souffrait aussi d'une cheville foulée.

La voir bardée de pansements et dans le coma avait anéanti Violet mais le médecin s'était montré confiant. Il lui avait assuré que sa grand-mère se rétablissait « lentement mais sûrement » et se réveillerait quand elle y serait prête. Il l'avait exhortée à la patience.

Malheureusement, la patience n'avait jamais été son fort. En fait, elle avait envie de hurler.

Jusqu'à la naissance de Maggie, la grand-mère de Violet avait été le centre de son existence. L'année où elle avait quitté River Gorge pour emménager à Winchester, à près de deux heures de route, Violet lui avait fait promettre d'être prudente, de faire attention à elle.

— Et voilà où nous en sommes, marmonna-t-elle.

Elle frappa le volant tandis qu'un nouveau flot de larmes jaillissait de ses yeux.

Ce bruit soudain tira Maggie de son sommeil, derrière

elle. Dans l'obscurité, Violet ne voyait pas le visage de la petite mais elle l'entendit s'agiter. Heureusement, très vite, l'enfant se rendormit.

Violet essuya ses joues d'un revers de main. La maison de sa grand-mère n'était plus très loin et elles pourraient y passer confortablement la nuit. Et, quand elles retourneraient à l'hôpital le lendemain matin, son aïeule aurait peut-être repris connaissance.

Sur les derniers kilomètres, la route de campagne devint de plus en plus cahoteuse. Elle était peu fréquentée, l'ancienne ferme familiale se trouvant au fond d'un cul-de-sac, et voilà sans doute pourquoi elle était si mal entretenue.

Violet s'engagea enfin dans l'allée qui menait à la maison à travers le bois. Le chemin de terre était jonché de cailloux et de petites branches qui craquaient sous ses roues. Lorsque la vieille bâtisse apparut, un faible sourire passa sur ses lèvres. Malgré son profond désarroi et son infinie tristesse, elle se revit, enfant, fonçant sur cette allée à bicyclette ou à cheval. Elle se rappela les aboiements des chiens et les caquètements des poules qui l'accueillaient quand elle arrivait dans la cour. Une autre image remonta à sa mémoire : celle de sa mère agitant la main pour lui dire au revoir depuis le siège passager d'une voiture conduite par un inconnu. Violet avait alors trois ou quatre ans.

Le ventre noué, elle s'arrêta enfin devant la maison. De nouveau, des larmes brouillaient sa vue. Elle coupa le moteur et sortit pour inspirer l'air de la nuit. Les étés à River Gorge étaient caniculaires et orageux. Un mélange détonant qu'elle avait toujours aimé.

Elle regarda sa fille endormie.

— Ça va aller, murmura-t-elle. Grandma va s'en tirer.

Pour ne pas avoir à réveiller Maggie, Violet souleva le siège-auto avec le bébé dedans.

Avec un peu de chance, sa grand-mère avait laissé,

comme elle le faisait autrefois, un double de sa clé sous la jarre rouge posée sous la fenêtre de la salle à manger.

Violet s'approcha, repéra le grand pot rempli de fleurs. Malheureusement, il n'y avait dessous que des vers de terre…

Elle se tourna vers le porche. Tout espoir n'était peut-être pas perdu. Son grand-père avait longtemps eu, lui, l'habitude de dissimuler une clé au-dessus de la porte d'entrée. Des années durant, sa femme le lui avait reproché parce qu'elle était trop petite pour l'atteindre. En revanche, Violet, qui avait grandi comme une asperge au lycée, n'avait pas ce problème.

Comme elle s'avançait vers la porte, elle s'aperçut que celle-ci était entrouverte.

Les ambulanciers qui étaient venus chercher sa grand-mère avaient-ils oublié de fermer la vieille demeure en partant ? Y étaient-ils seulement entrés ?

Sans doute pas, pensa-t-elle. La vieille dame étant tombée dans la grange, ils n'avaient aucune raison de pénétrer dans la maison.

Elle chercha à tâtons l'interrupteur et alluma la lumière. Avant de se rendre dans le hangar, sa grand-mère n'avait peut-être pas jugé utile de verrouiller la porte et les ambulanciers n'avaient sans doute pas remarqué qu'elle était restée ouverte.

Un silence étrange accueillit Violet alors qu'elle avançait sur la pointe des pieds pour ne pas réveiller sa fille. Elle posa Maggie contre le mur.

— Hello ? Il y a quelqu'un ? lança-t-elle, plus par habitude qu'autre chose.

À la vue des coussins du canapé, tous légèrement de travers, et d'un tiroir de la commode entrouvert, elle sentit un frisson de peur la parcourir. Mais quand elle constata que la télévision et le lecteur DVD étaient toujours là, elle poussa un soupir de soulagement.

La maison n'avait pas été cambriolée.

Elle se frotta les bras pour en chasser la chair de poule. Bien sûr qu'elle n'avait pas été cambriolée. Personne ne se fatiguerait à venir voler sa grand-mère. D'abord, parce qu'elle n'était pas riche et tout le monde le savait. Sa pension de réversion était très modeste. Et surtout, il suffisait de lui demander quelque chose pour qu'elle vous l'offre.

Pourtant, un petit craquement, qui provenait manifestement de la cuisine, ébranla soudain les certitudes de Violet. Un autre suivit et son rythme cardiaque s'affola dans sa poitrine. À la hâte, elle retourna vers le hall d'entrée et vers Maggie.

Le cœur battant à tout rompre, elle tira son smartphone de sa poche et composa le numéro du bureau du shérif.

— Allô, murmura-t-elle à la personne qui prit son appel. Je pense que quelqu'un s'est introduit chez ma grand-mère… et s'y trouve encore.

À peine eut-elle prononcé ces mots qu'une haute silhouette jaillit des profondeurs de la maison et remonta à grands pas le couloir. Quand l'intrus l'empoigna par les épaules pour la pousser sur le côté afin de gagner la sortie, elle hurla de peur.

La porte heurta le mur avec violence. Réveillée en sursaut, Maggie fondit en larmes.

Violet, qui avait été projetée au sol, se releva d'un bond et se précipita vers l'enfant pour la protéger. Sans perdre de temps, elle sortit de la maison en courant, le siège-auto avec sa fille à la main, et alla s'enfermer avec elle dans sa voiture. Une fois en sécurité dans l'habitacle, elle attendit l'arrivée des autorités locales.

Lorsque la route de campagne devint un chemin de terre, Wyatt Stone consulta une nouvelle fois son GPS pour s'assurer qu'il roulait dans la bonne direction. Gladys Ames lui avait expliqué qu'elle vivait sur une ancienne propriété agricole mais elle ne lui avait pas dit que celle-ci se trouvait loin de tout. Isolée de la sorte, il n'était pas étonnant que la vieille dame ait fini par avoir peur.

Sans lâcher le volant, il fouilla dans sa boîte à gants pour en tirer une carte de visite à peu près présentable qu'il lui présenterait en arrivant. En principe, Wyatt était mieux organisé mais l'entreprise de sécurité privée qu'il venait de fonder avec des amis se développait plus vite que prévu. Il leur faudrait bientôt recruter pour réussir à gérer tout le travail. Et en attendant, il n'arrêtait pas. Il tenait le rythme grâce à une volonté de fer et à la caféine, mais il aurait préféré dormir davantage et avoir plus de temps pour préparer ses dossiers.

Deux phares crevèrent la nuit, face à lui. Le conducteur roulait au milieu de l'allée et Wyatt fut contraint de se rabattre sur le bas-côté. Comme la voiture de patrouille du shérif passait en trombe, il dut s'arrêter sur l'herbe en bordure du fossé. Il attendit que le véhicule s'éloigne pour continuer.

Au cours des derniers jours, Gladys Ames avait envoyé plusieurs messages à Fortress Security, expliquant qu'elle avait besoin d'une protection pendant qu'elle « gérait certaines affaires ».

Que s'était-il passé depuis leurs échanges qui ait obligé la vieille dame à faire appel au shérif ?

Wyatt gara son camion à côté d'une petite berline jaune et sauta sur le sol.

Une jolie brune se tenait à côté de la voiture. D'une main, elle serrait un bébé contre elle et de l'autre, elle portait plusieurs sacs de voyage. En le voyant, elle se figea soudain.

Ce n'était pas la première fois qu'une femme se pétrifiait à sa vue. Surtout si elle était seule, et surtout la nuit. Et ce ne serait sans doute pas la dernière. La haute stature de Wyatt impressionnait beaucoup la gent féminine.

Il retira son vieux stetson.

— Bonsoir, madame. Je suis Wyatt Stone de Fortress

Security, une agence de sécurité privée située à Lexington. Je suis venu voir Gladys Ames. Est-elle là ?

La belle brune continuait à le dévisager en silence. Manifestement, ses bras commençaient à ployer sous leur charge. Elle était mince et très grande pour une femme. Cela dit, Wyatt la dépassait d'une bonne tête.

Comme la plupart des gens qu'il avait rencontrés dans le cadre de ses activités, elle avait l'air vulnérable, fragile et terrifiée. Et pour ne rien arranger Wyatt savait que son gabarit hors normes lui donnait un aspect dangereux.

Il se demanda comment passer devant elle sans l'effrayer davantage. Il était venu pour assurer la protection de Gladys Ames et une petite recherche sur le web lui avait appris qu'elle avait près de quatre-vingts ans.

Cette ravissante jeune femme n'était donc pas sa cliente.

Comme elle restait silencieuse, il poursuivit :

— Voici ma carte de visite et j'ai le contrat signé dans mon attaché-case. Officiellement, je ne devais commencer que demain matin. Mais j'avais prévenu Mme Ames que j'arriverais sans doute un peu plus tôt. Sans frais supplémentaires, bien entendu.

Se rendre ici directement après sa dernière mission lui avait épargné sept heures de route inutile. Comme il passait, de toute façon, par River Gorge, il lui avait paru logique de commencer plus tôt chez Mme Ames, quitte à rester une nuit supplémentaire sur place.

La jolie brune recala son bébé sur sa hanche.

— Ma grand-mère avait donc fait appel aux services d'un garde du corps ?

— Oui, madame.

Wyatt lui tendit de nouveau le carton de bristol.

— Je vous propose un marché, continua-t-il. Je vous débarrasse de ces sacs et vous jetez un œil à ma carte de visite. Mme Ames est-elle à l'intérieur ?

Il n'avait pas réfléchi aux habitudes d'une vieille dame. Mais il était plus de 22 heures. Peut-être dormait-elle déjà.

— Je ne veux pas la réveiller, ajouta-t-il.

Des larmes jaillirent des yeux de son interlocutrice.

— Elle est à l'hôpital, dit-elle avec un sanglot.

Immédiatement en alerte, Wyatt demanda :

— Pourquoi ?

Le visage de la jolie brune se crispa de douleur. Comme il le lui avait proposé, elle lui laissa ses sacs, prit le carton de bristol et serra plus étroitement son bébé contre elle.

Wyatt balaya des yeux les alentours. Il attendait avec impatience la réponse à sa question. Se pouvait-il que quelqu'un ait attaqué sa cliente avant même qu'il ne commence sa mission ?

Il se remémora soudain la voiture de patrouille croisée sur le chemin.

— Pourquoi le shérif était-il ici ?

— Ma grand-mère est à l'hôpital parce qu'elle est tombée. Quant au shérif Masterson, il était ici parce qu'à mon arrivée, j'ai découvert la porte de la maison ouverte. Quelqu'un était à l'intérieur. Une tentative de cambriolage, sans doute. Le shérif a relevé des empreintes et pris quelques photos mais apparemment, rien ne manquait. Il va rédiger un rapport et m'a promis de me tenir au courant de la suite.

Wyatt étouffa un juron et se dirigea vers la maison. Huit années au sein de l'armée et un puissant instinct protecteur le poussaient à passer sans tarder à l'action.

— Mme Ames a-t-elle été gravement blessée ? Lui a-t-on dérobé quelque chose ? Qui l'a trouvée après sa chute ? Racontez-moi tout ce que vous savez. J'ai besoin des détails.

Il entra et posa les sacs dans le vestibule. Puis il revint vers la porte d'entrée. Il promena les doigts le long du chambranle, examina les gonds et la serrure pour voir si elle avait été forcée avant de s'intéresser aux fenêtres.

Il fit le tour de la maison, inspecta chaque pièce avec

attention. Dans le salon, un poste de télévision et un lecteur DVD trônaient en face du canapé. Il remarqua aussi une petite coupelle contenant deux alliances sur l'évier de la cuisine.

— Il ne s'agissait pas d'un cambriolage, conclut-il.

Comme il se tournait vers la petite-fille de la propriétaire pour lui faire part de ses premières réflexions, il s'aperçut qu'elle ne l'avait pas suivi à l'intérieur.

Il revint sur ses pas.

— Vous n'entrez pas ?

— Je ne sais pas.

Il s'immobilisa, les mains sur les hanches.

— Je ne suis pas venu pour vous faire du mal mais pour protéger Mme Ames. Elle m'avait assuré que demain matin serait un bon moment pour commencer ma mission.

— Eh bien, manifestement, elle avait tort…

Elle relut la carte qu'elle tenait toujours à la main

Wyatt s'assit sur la plus haute marche du porche.

— Racontez-moi ce qui s'est passé, répéta-t-il. Pour vous aider, je dois savoir où je mets les pieds. Mais je vous assure que je *peux* vous aider.

De nouveau, les yeux de la brune se remplirent de larmes.

— Je ne sais pas.

— Vous disiez qu'elle était tombée, non ?

Il doutait que la malheureuse vieille dame ait été victime d'un accident. Elle avait fait appel aux services d'une entreprise chargée de la sécurité et de la protection des personnes parce qu'elle se sentait menacée.

— Comment va-t-elle ? ajouta-t-il.

— Elle est dans le coma. Et elle s'est également fracturé le bassin et l'avant-bras.

Visiblement déterminée à se montrer forte, elle redressa les épaules, essuya les larmes de ses joues et étreignit son bébé.

Wyatt sortit un mouchoir de sa poche.

— Tenez.

— Merci, dit-elle avant de se moucher. Je suis sa petite-fille, Violet, et voici ma fille, Maggie. J'ai reçu un coup de fil de l'hôpital, ce matin, m'annonçant que ma grand-mère avait fait une mauvaise chute. Nous vivons à Winchester et nous sommes donc tout de suite parties. Nous avons passé la journée à son chevet. Mais elle n'a pas repris connaissance. Je pensais dormir ici cette nuit, mais quand je suis arrivée…

Elle lança un regard inquiet vers la maison.

Wyatt posa une botte sur une marche et tendit son autre jambe. Il se sentait ankylosé. Il était resté trop longtemps assis dans son camion.

— Je suis désolé pour votre grand-mère.

Il réfléchit au déroulement des événements et reprit :

— Que savez-vous de cet accident ?

— Pas grand-chose, et ce qu'on m'a raconté n'a aucun sens.

Violet avait manifestement passé une horrible journée et l'arrivée inattendue d'un inconnu ne contribuait pas à améliorer la situation.

— Dites-moi ce qui vous a été rapporté à ce sujet.

Elle leva ses grands yeux bleus vers lui.

— Le personnel de l'hôpital m'a expliqué qu'elle était tombée d'une échelle dans la grange. Mais je ne comprends pas ce qu'elle faisait là. Voilà des années que ce vieux hangar est vide. Ma grand-mère n'avait aucune raison de s'y rendre.

Violet se détourna pour scruter l'obscurité. Elle redressa les épaules et son expression devint suspicieuse, dure. Son chagrin manifeste avait disparu, remplacé par quelque chose que Wyatt connaissait bien.

Elle avait envie de comprendre.

— Peut-être est-il temps d'aller voir cette grange, proposa-t-elle.

Wyatt déplia son grand corps et se leva.

— Je vous suis.

Violet et lui allaient bien s'entendre.

2

Accompagné de Violet, Wyatt se dirigea vers la vieille grange peinte en rouge qui se dressait derrière la maison. Il s'efforçait de se concentrer sur les choses importantes, de se demander par exemple de quoi Mme Ames avait peur quand elle l'avait embauché. Et de cesser de tenter de deviner si le parfum qu'il avait senti dans la cuisine appartenait ou non à la belle et mystérieuse brune.

Violet s'arrêta à quelques pas du hangar en bois. D'un geste de la main, elle invita Wyatt à continuer sans elle. Manifestement, la petite fille endormie sur sa hanche était sa priorité.

— Il y a un interrupteur à l'intérieur, à droite de la porte, dit-elle à voix basse. La lumière est faible mais ce sera toujours mieux que rien.

Wyatt les regarda toutes les deux avant de les abandonner à contrecœur. Bien sûr, il avait rapidement inspecté les alentours pour s'assurer qu'il n'y avait plus personne dans les parages. De toute façon, il ne serait pas long.

Il entra dans le bâtiment, pressa l'interrupteur et plissa les yeux, ébloui par cette soudaine luminosité. Pourtant, comme Violet l'avait annoncé, l'ampoule qui se balançait au-dessus de sa tête n'éclairait la grange qu'en partie. Mais il voyait bien les éléments du drame, l'échelle posée contre le mur et des traînées de sang sur le sol. C'était l'essentiel.

Wyatt activa la lampe de son smartphone pour examiner de plus près ces traces sanglantes. Il les suivit jusqu'à une petite flaque rouge à quelques pas de l'échelle. Il comprit vite qu'il s'agissait d'une mise en scène. Quelqu'un avait voulu faire croire que Mme Ames était tombée de l'échelle mais en réalité, les événements s'étaient déroulés autrement. La vieille dame avait été projetée sur le sol avec violence, là où démarraient les traînées de sang. Elle avait ensuite été tirée jusqu'au pied de l'échelle. Il remarqua aussi que le sol en terre battue avait été abondamment foulé aux pieds, sans doute par la personne qui avait découvert la malheureuse et par l'équipe de secours qui l'avait emportée.

— Voyez-vous ce que je vois ? demanda-t-il avec douceur.

Sans se retourner, il avait senti la présence de Violet derrière lui.

Avec un petit cri de surprise, elle sortit du coin sombre où elle s'était réfugiée, au fond du hangar.

— Comment saviez-vous que j'étais ici ?

— C'est mon travail.

Et il avait l'intuition qu'il reconnaîtrait son parfum n'importe où, maintenant. Et tant pis si ses fragrances l'enivraient et le troublaient plus qu'il ne l'aurait fallu.

Sa formation militaire avait sûrement joué un rôle important dans sa capacité à deviner l'arrivée de Violet. Sur les zones de guerre, il avait appris à développer son sixième sens. Mais jamais encore il n'avait été aussi profondément conscient de la présence d'une femme. Il ne pouvait s'empêcher de se demander où elle avait placé son parfum. En avait-elle glissé quelques gouttes au creux de ses poignets ? Derrière ses oreilles ? Entre ses seins ?

— Impressionnant, dit-elle, manifestement sincère.

Wyatt avait toujours été intuitif et perspicace, mais l'armée avait affiné ces qualités innées pour en faire des atouts d'une redoutable efficacité. Ses dons lui avaient été très utiles au cours de sa carrière militaire et lui avaient permis plus d'une fois d'échapper à la mort. Mais dans la vie civile, ils se révélaient un fardeau. Au quotidien, entendre et identifier chaque bruit alentour ou savoir immédiatement que quelqu'un vous mentait, n'était pas toujours un avantage. Voilà pourquoi depuis son retour aux États-Unis et son départ de l'armée, il avait vite compris qu'il lui serait difficile de se reconvertir, d'exercer n'importe quel métier. Le sentiment d'être différent, en décalage, par rapport au reste de la population l'avait poussé à ouvrir cette société de sécurité privée. De plus, il se savait bon dans son domaine, peut-être même le meilleur. Wyatt décryptait facilement les gens et les protégeait avec efficacité.

En ce moment, par exemple, il devinait que Violet se demandait si elle pouvait lui faire confiance. La réponse était « oui » et il le lui prouverait avec le temps. Quant à sa manière de regarder en permanence la porte ouverte de la grange, elle lui indiquait que Violet se demandait si elle parviendrait à le distancer, en cas de fuite. La réponse était clairement « non ». Elle n'avait aucune chance de le battre à la course.

Wyatt orienta le faisceau lumineux vers le sol en terre battue.

— Qui l'a trouvée ?

— Ruth, répondit Violet. L'une de ses vieilles amies. Je l'ai croisée à l'hôpital, tout à l'heure. Ma grand-mère l'avait invitée à déjeuner mais n'a pas répondu quand elle a frappé à la porte. Ruth a fait le tour de la maison et s'est rendu compte que la grange était ouverte.

Wyatt réfléchit à ces nouvelles informations.

— Mme Ames s'est cassé la hanche et le poignet, m'avez-vous dit. Mais a-t-elle subi d'autres blessures qui pourraient expliquer ces pertes de sang ?

Violet pâlit.

— Elle est tombée sur la tête, répondit-elle. Ils ont dû lui poser une dizaine de points de suture.

Sans y penser, elle promena la main sur le haut de

son crâne, là où une profonde entaille ornait celui de sa grand-mère.

Wyatt éteignit la lumière de la grange et remit son smartphone dans sa poche.

— Si votre grand-mère se trouvait sur l'échelle lorsqu'elle est tombée, elle ne se serait pas ouvert le haut du crâne. Logiquement, elle aurait plutôt dû se faire une plaie sur le côté, sur la tempe, non ?

Violet fronça les sourcils et réfléchit.

— Vous avez raison. Ce n'est pas cohérent.

— Sauf si elle avait basculé, tête la première, dans le vide, et en ce cas, elle n'aurait sans doute pas survécu.

Il retira le vieux stetson de son père et passa les doigts dans ses cheveux coupés court.

— Je suis persuadé qu'en réalité, Mme Ames s'est écroulée là-bas, poursuivit-il en montrant du doigt le point de départ d'un filet de sang. Quelqu'un l'a ensuite traînée jusqu'à l'échelle, espérant dans doute que celui ou celle qui la trouverait tirerait les mauvaises conclusions… ce qui s'est d'ailleurs passé.

— D'après vous, ma grand-mère n'est donc pas tombée de l'échelle ?

— Je ne le pense pas, non.

Le regard de Violet s'assombrit tandis qu'elle mesurait pleinement la portée de ses paroles.

— Elle vous avait embauché parce qu'elle estimait avoir besoin de protection.

— Oui, madame.

— Qui la menaçait ?

Il remit son chapeau bien-aimé sur sa tête.

— Je n'en ai aucune idée. Elle ne me l'avait pas dit.

— Croyez-vous que, quelle qu'elle soit, la personne qui la menaçait aurait pu faire ça ?

— C'est ce que j'ai l'intention de découvrir.

Violet regarda Wyatt saisir la vieille échelle de la grange, la secouer pour vérifier sa solidité avant d'y grimper jusqu'à l'ancien grenier. Elle n'avait jamais rencontré quelqu'un d'aussi grand et robuste que Wyatt. Le voir gravir les échelons lui rappelait une gravure tirée du conte *Jack et le Haricot magique*. Sa grand-mère avait fait preuve de sagesse en choisissant un homme de cette stature pour assurer sa protection. Indéniablement, il avait le physique de l'emploi. Sans doute avait-il été dans l'armée. Sa façon de se tenir bien droit, son regard scrutateur sans parler de sa coupe de cheveux très réglementaire prouvaient qu'il avait été militaire.

Elle avait remarqué des traits similaires chez le père de sa fille. Cela dit, ce dernier n'avait jamais montré la compassion qui teintait la voix de Wyatt lorsqu'il évoquait sa grand-mère. Le cœur de Violet se serra tandis que de douloureux souvenirs remontaient à sa mémoire. Elle avait été bien naïve d'accorder si facilement sa confiance à un homme qu'elle connaissait à peine, de lui ouvrir les bras et de lui offrir son cœur sans réfléchir. Et maintenant, elle savait où sa bêtise et son impulsivité l'avaient menée.

Comme Maggie se tortillait dans ses bras, Violet embrassa tendrement les boucles brunes de l'enfant. Avec douceur, elle posa la main sur son petit visage endormi pour la protéger des projections de poussières de paille qui tombaient du grenier. Si les relations qu'elle avait nouées avec le père de Maggie s'étaient soldées par un désastre, elle ne regrettait rien. Sa fille adorée était née de cette brève union. Voilà pourquoi, si tout était à refaire, elle repasserait sans hésiter par les mêmes épreuves pour avoir le bonheur d'élever Maggie.

Des odeurs de foin chatouillaient ses narines, déclenchant en elle un flot de nostalgie.

— Autrefois, je passais des heures dans ce grenier, dit-elle à Wyatt. Mon grand-père est mort quand j'étais au collège et ma grand-mère avait alors vendu les animaux de la ferme et vidé la grange. Pourtant, je continuais à y venir. Pour avoir l'impression d'être près de lui.

Au-dessus de sa tête, le plancher cessa de grincer. Wyatt s'était arrêté pour écouter.

— Qu'y avait-il ici, à cette époque ?

— Des bottes de foin et moi.

— Et que faisiez-vous ?

Elle sourit à l'ombre de la silhouette massive de Wyatt qui se reflétait sur le mur. Il avait dû rallumer la lampe torche de son smartphone.

— Je lisais. Je dévorais toutes sortes de livres et en particulier, des biographies. Elles me faisaient rêver. Je m'imaginais remporter un prix Nobel comme Marie Curie ou devenir pilote d'avion comme Amelia Earhart. Ou encore informaticienne de génie comme Margaret Hamilton, la créatrice du logiciel qui a permis à Apollo 11 de se rendre sur la lune.

— Et l'êtes-vous devenue ? demanda Wyatt.

Avec un petit rire, Violet recala Maggie contre sa hanche.

— Si je suis devenue pilote d'avion ou lauréate du prix Nobel ? Non. Je suis professeur d'anglais dans un collège.

Avec l'âge, Violet s'était rendu compte qu'elle aimait enseigner, transmettre ce qu'elle savait. Elle regrettait seulement que son grand-père n'ait pas vécu assez longtemps pour la voir avec sa classe, partager avec ses élèves les histoires qu'il lui racontait autrefois. Il aurait été si fier. Et il aurait adoré Maggie.

Wyatt revint vers l'échelle.

— On dirait que quelque chose d'assez grand a été stocké là-haut ou que quelqu'un y a fait de la place pour une raison quelconque.

— Comment ce quelque chose aurait-il pu arriver là-haut ? Ma grand-mère aurait été incapable de porter quoi que ce soit sur une échelle, surtout quelque chose de grand.

Et de toute façon, ils avaient établi qu'elle n'était pas

tombée de l'échelle. Elle ne s'en était sans doute même jamais approchée.

Wyatt redescendit et lui tendit son smartphone.

— J'aimerais que vous jetiez un œil à ce qu'il y a là-haut.

Elle vit des bottes de foin éparpillées en tous sens.

— J'ai l'impression que quelqu'un a donné un coup de pied dans les bottes, dit Violet. Tout le sol est poussiéreux. L'espace serait plus propre si quelque chose y était resté longtemps.

Wyatt se gratta la nuque.

— Vous avez raison. J'aurais dû le remarquer.

Il se frotta les yeux.

— Je sais que vous avez eu une terrible journée et que vous n'êtes pas encore sûre de pouvoir me faire confiance mais m'autorisez-vous à me préparer un café ? J'ai encore pas mal de travail à faire avant d'aller me coucher et je suis fatigué. J'ai roulé toute la journée.

Pendant qu'elle attendait à l'extérieur, Violet avait eu le temps de consulter via son propre smartphone le site web de l'entreprise de Wyatt. L'adresse était écrite sur la carte de visite qu'il lui avait donnée. En plus des détails sur les différentes prestations proposées par l'agence, elle avait vu des photos de Wyatt et de ses associés. Sur certaines, il posait en uniforme de ranger, sur d'autres, en treillis. En tout cas, il semblait être ce qu'il prétendait être. Le cofondateur d'une entreprise de protection des personnes privée installée à Lexington.

— Quel genre de travail comptiez-vous effectuer, ce soir ?

Il enfonça les mains dans les poches de son jean.

— Je n'ai vu aucun signe d'effraction dans la maison et voilà pourquoi je voudrais remplacer sans attendre les serrures et les verrous, installer des détecteurs de mouvement et ajouter des chaînes sur les portes.

— Avez-vous vraiment besoin de faire tout ça, *maintenant* ? s'exclama Violet.

Pensait-il que l'intrus qu'elle avait croisé pourrait revenir ? Comme cette éventualité la traversait, un frisson la parcourut et elle étreignit Maggie plus fort.

— Précaution élémentaire, répondit-il. J'ai tout le matériel nécessaire dans mon camion et une copie du contrat de votre grand-mère si vous souhaitez y jeter un œil. Compte tenu des circonstances, je crois qu'elle m'autoriserait à vous le montrer.

Soudain, Violet eut la certitude qu'elle se sentirait mieux avec de nouvelles serrures et un ancien militaire sous son toit. De plus, il était près de 23 heures et Maggie se couchait d'habitude à 19 heures… pour se réveiller à l'aube. Si Violet ne regagnait pas très vite sa chambre, elle ne dormirait pas beaucoup.

Wyatt baissa la tête.

— Ça ne me dérange pas de passer la nuit dans mon véhicule et de commencer ma mission demain, si cela vous met plus à l'aise. Vous avez traversé beaucoup d'épreuves, aujourd'hui. Quant à moi, ce mois-ci, j'ai dormi dans ce camion plus souvent que dans mon lit.

Violet esquissa un demi-sourire.

— Je vais commencer par poser les nouvelles serrures, ajouta Wyatt. Comme ça, vous serez tranquille.

Violet se mordilla les lèvres avec indécision.

— Pourquoi ma grand-mère vous a-t-elle choisi, vous ?

— Parce que je suis le meilleur.

Violet leva les yeux au ciel, heureuse de ses efforts manifestes pour alléger l'atmosphère. Après la journée qu'elle venait de passer, un trait d'humour ne faisait pas de mal.

— Le plus modeste aussi, dit-elle.

Wyatt coupa la lumière, les replongeant dans l'obscurité alors qu'ils retournaient à l'extérieur.

— Lorsque nous avons démarré notre activité, mes associés et moi avons fait de la publicité ciblée. Nous nous étions adressés aux groupes de femmes, via les cours de yoga, les églises et paroisses, et aux personnes âgées, via des associations… Le bouche-à-oreille a fait le reste. Notre réputation s'est répandue dans la région comme une traînée de poudre. Voilà comment Mme Ames m'a trouvé.

Violet plissa les yeux.

— Si je comprends bien, les femmes et les personnes âgées forment l'essentiel de votre clientèle.

Il hocha la tête.

— Statistiquement, elles sont les principales proies des criminels. Je ne voulais pas me contenter de jouer les gardes du corps pour les stars et les plus riches.

— Et aviez-vous l'intention de demeurer chez ma grand-mère pendant que vous seriez à River Gorge ?

— C'était prévu dans l'accord, en effet, répondit-il.

Ils repartirent vers la maison.

— Au départ, j'avais bloqué une semaine pour cette mission mais je peux rester plus longtemps, si nécessaire. Mme Ames m'avait dit qu'elle avait quelque chose à faire et voulait pouvoir agir sans avoir à regarder en permanence par-dessus son épaule. Elle m'avait chargé de surveiller ses arrières.

Il sourit à Violet avec une petite grimace.

— En principe, je devais me faire passer pour son neveu, venu de Lexington.

Violet se frotta les tempes. Cette couverture faisait de Wyatt un proche parent, quelqu'un de sa famille, ce qui ne collait pas avec les images qu'il faisait déjà naître dans son esprit. Des images totalement inappropriées, au demeurant.

Le rouge aux joues, elle détourna la tête.

En tout cas, faire appel aux services d'un garde du corps ne ressemblait pas à sa grand-mère. Mais comme elle ignorait tout des inquiétudes de cette dernière, elle ne pouvait que supputer. Seule certitude, il s'agissait certainement de quelque chose d'énorme pour que son aïeule, qui n'avait jamais été peureuse, ait eu une telle idée.

Comme ils arrivaient devant le porche, elle ralentit le pas et se tourna vers Wyatt.

— Serez-vous capable de prouver que sa chute n'était pas accidentelle ?

— J'ai l'intention de tout mettre en œuvre pour le démontrer.

— Et parviendrez-vous alors à identifier son agresseur ?

Il plongea les yeux dans les siens.

— Je ne quitterai pas la ville avant de l'avoir démasqué.

Violet toisa le géant qui lui faisait face. Il semblait honnête, sérieux, et sa grand-mère ne l'avait pas choisi par hasard. D'ailleurs, il inspirait tellement confiance qu'elle était allée jusqu'à lui proposer de séjourner chez elle pendant sa mission.

— D'accord, dit-elle, la joue contre les boucles soyeuses de Maggie. Vous pouvez rester dans la maison et vous n'aurez pas à dormir dans votre camion.

Elle gravit les marches du perron avant de se retourner.

— Je vais ouvrir le canapé-lit et préparer du café, ajouta-t-elle.

Wyatt se dirigea vers son camion pour y chercher ses affaires tandis que Violet montait installer un lit parapluie dans son ancienne chambre. Quelques instants plus tard, elle revint, un babyphone à la main. Elle sortit des draps et des couvertures d'un placard.

Wyatt s'activait déjà à changer les serrures des portes de la cuisine.

— Si vous m'aviez demandé de dormir dans mon camion, je ne vous l'aurais pas reproché, dit-il, sans interrompre son travail.

— Si j'avais préféré que vous passiez la nuit hors de la maison, je ne me serais pas souciée de votre réaction, répliqua-t-elle avec un sourire.

Si elle avait eu peur que Wyatt représente un danger quelconque pour Maggie, elle se serait moquée d'être mal jugée par lui.

Il lâcha un petit rire.

— Cela me semble normal.

Elle brancha la cafetière, la remplit d'eau et la démarra.

— Crème ou sucre ?

Il secoua la tête.

— Je le prends toujours noir, merci.

— Bien.

Après avoir apporté un café à son séduisant bricoleur, elle pivota sur elle-même. Les poings sur les hanches, elle se demanda par où commencer pour remédier au désordre laissé par l'intrus.

Elle décida de ranger et de nettoyer d'abord la cuisine.

— Avez-vous une idée de ce qui effrayait à ce point ma grand-mère lorsqu'elle vous a appelé ? demanda-t-elle.

— Eh bien…

Wyatt ferma la porte arrière et testa la serrure avant de poser un jeu de clés identiques sur le comptoir.

— Eh bien, non, malheureusement, répondit-il. Ça pourrait être n'importe quoi. Vous avait-elle semblé soucieuse, ces derniers temps ?

Violet rougit alors qu'elle tentait de se rappeler la dernière fois qu'elle avait parlé à sa grand-mère.

— Depuis la naissance de Maggie, nous ne nous téléphonons plus aussi souvent qu'avant. Il faut dire que je n'arrête jamais, je ne vois plus passer mes journées.

— Quel âge a votre fille ?

Violet se mordilla les lèvres, débattant sur la meilleure façon de lui parler de sa vie.

— Huit mois. Elle n'a pas dormi pendant les quatre premiers mois mais elle semble se rattraper, maintenant. Je ne vais pas m'en plaindre. Les mères célibataires ont le droit, elles aussi, de souffler de temps en temps, non ?

Les yeux bruns pénétrants de Wyatt se tournèrent dans sa direction, se posèrent sur sa main gauche.

— Vous n'êtes pas mariée ?

— Non. Je ne l'ai jamais été. Et vous ? lança-t-elle. Y a-t-il une Mme Stone qui vous attend quelque part ? Avec vos enfants ?

— Non, madame.

— Pourquoi non ?

Les mots s'échappèrent de ses lèvres avant qu'elle ne puisse les retenir. Là encore, cela valait sans doute mieux. S'il avouait ouvertement de gros défauts, peut-être cesserait-elle de rêver comme une collégienne, d'imaginer une alchimie, entre eux, les ingrédients d'un conte de fées.

Wyatt Stone était un total inconnu alors pourquoi se demandait-elle ce qu'elle éprouverait s'il mettait les mains sur ses hanches ou les glissait dans ses cheveux ? Elle était ridicule. Apprendre qu'il était coureur de jupons, joueur compulsif ou obsédé par son travail, par exemple, lui remettrait peut-être les idées en place

— Je crois que je ne suis pas un cadeau, répondit-il sans cesser d'activer son tournevis. Il paraît que je suis cynique, méfiant et opiniâtre.

Violet se mit à rire.

— Votre métier explique ces traits de caractère, je suppose.

— C'est sûr, dit-il en glissant la chaîne dans la fente. Ma personnalité exaspérait mes proches et pourtant, au combat, je me serais fait tuer pour eux. S'ils n'ont jamais réussi à me gérer, je ne vois pas qui d'autre s'y risquerait.

Violet ramassa un petit tas de verre brisé et le mit dans la poubelle.

— Combien de frères et sœurs avez-vous ?

— Ni frères ni sœurs. Je suis fils unique.

Wyatt fronça les sourcils par-dessus son épaule.

— Pardon. Je parlais de mes frères *d'armes*. Parfois j'oublie qu'ils ne sont pas de mon sang. En tout cas, nous formons indéniablement une famille. Sawyer, Jack, Cade et moi avons fondé Fortress Security environ deux ans après mon départ de l'armée. Nous avions tous essayé de nous réinsérer dans la vie civile mais cela n'a pas fonctionné. La vie militaire nous avait trop changés et nos compétences particulières ne semblaient utiles à personne.

Les mâchoires serrées, il rangea ses outils.

— Finalement, j'ai décidé d'ouvrir une entreprise qui nous permettrait de faire ce pour quoi nous avons été formés et entraînés. Protéger nos semblables.

— Dans quelle branche avez-vous servi ? demanda Violet.

— J'ai appartenu des années au corps des rangers.

Il sourit, incapable de dissimuler sa fierté.

— Sawyer et Jack l'étaient aussi. Nous nous sommes rencontrés à Fort Benning.

Violet se rapprocha, curieuse d'en apprendre davantage.

— Une entreprise dédiée à la sécurité des personnes et dirigée par d'anciens militaires ? Impressionnant.

— Cela en jette, non ? répondit-il en riant. Mais le frère de Sawyer, Cade, n'a jamais été à la hauteur, il faut bien le dire.

La gorge de Violet se serra. Il n'était pas question de généraliser, de mal juger tous les militaires sous prétexte que son ex-petit ami l'avait salement plaquée lorsqu'il avait appris sa grossesse. Mais une telle colère l'habitait encore qu'elle avait du mal à résister à la tentation.

— Tous les soldats ont des valeurs chevillées au corps, comme le courage et l'amour de la patrie, poursuivit Wyatt. Mais nous avons voulu que l'« honneur » soit également au centre de Fortress Security, de notre entreprise. Peu importe la façon dont il se décline.

Exactement.

Violet posa son balai pour ranger la salle à manger.

Wyatt Stone était peut-être très gentil, sexy en diable et indéniablement charmant, mais ses derniers mots l'avaient ramenée sur terre.

Les hommes comme Wyatt mettraient toujours la famille en dernier dans l'ordre de leurs priorités. Violet en avait fait l'amère expérience.

Et Maggie méritait mieux.

3

Violet se réveilla en sursaut. Le cœur serré, elle s'efforça d'oublier le monstre sans visage qui avait hanté ses cauchemars. Les rayons du soleil filtraient par la fenêtre de la chambre. Elle s'étira en bâillant. Les parfums de son enfance étaient partout. Ils imprégnaient les oreillers, les draps, flottaient entre les rideaux. Elle inspira avec délice ces fragrances florales avant de se tourner vers le lit de sa fille.

À sa vue, Maggie lâcha son petit pied qu'elle tétait avec application pour lui décocher un grand sourire édenté et lui tendre ses mains potelées.

Violet la prit dans ses bras et se recoucha avec elle pour un long câlin.

— Aujourd'hui, je suis sûre que tout ira mieux, lui promit-elle. Quand nous irons voir Grandma, les médecins nous diront qu'elle se rétablit, qu'elle va bientôt sortir du coma. Et bientôt, nous prendrons nos petits déjeuners avec elle et pas avec le cow-boy qui a passé la nuit sur le canapé.

Violet changea puis habilla le bébé avant d'enfiler un short en jean et un débardeur, cette journée de juillet s'annonçant caniculaire. Elle laissa tomber ses cheveux en voile jusqu'à sa taille au lieu de les nouer en queue-de-cheval. Elle tenta de se convaincre que si elle choisissait cette coiffure malgré la chaleur déjà très présente, le regard de Wyatt sur elle n'y était pour rien.

La façon dont il avait posé ses yeux bruns sur elle, la

veille au soir, l'avait troublée, touchée. Il l'avait observée et écoutée comme s'il lisait dans ses pensées.

Vu les images inconvenantes avec lesquelles elle s'était endormie, avec lui dans le rôle principal, elle espérait se tromper sur les dons en matière de télépathie de Wyatt.

Violet tira le lit en bois pour l'éloigner de la porte. À la lumière du jour, avoir voulu se barricader semblait un peu excessif, voire ridicule. Cela dit, elle se savait capable de se tromper lourdement sur les hommes. Et lorsqu'elle était entrée dans cette chambre, la veille au soir, elle s'était demandé si elle n'avait pas commis une erreur en laissant Wyatt passer la nuit dans la maison.

Elle glissa Maggie dans une écharpe porte-bébé et descendit l'escalier à pas de loup. Elle ne voulait pas réveiller Wyatt. Il était un peu plus de 6 heures et c'était tôt pour quelqu'un qui avait besoin de caféine pour parvenir à garder les yeux ouverts après 22 heures.

Avant même d'avoir atteint les dernières marches, elle huma les délicieuses fragrances d'un café fraîchement moulu. Elle se hâta vers la cuisine. Wyatt était-il donc déjà debout ? Et avait-il eu le temps de préparer un café ?

Lorsqu'elle le découvrit, torse nu et lui tournant le dos, elle s'immobilisa un instant pour admirer ses épaules incroyablement larges et ses biceps tout aussi impressionnants.

— Avez-vous faim ? demanda-t-il sans se retourner.

Pour la deuxième fois, il semblait savoir comme par magie qu'elle était là.

Violet entra dans la cuisine.

— Je pensais que vous dormiez encore.

Wyatt secoua des œufs brouillés dans l'une des poêles en fonte de sa grand-mère et sourit par-dessus son épaule.

— J'aime courir avant l'aube. Regarder le lever de soleil. Me vider la tête avant de commencer une nouvelle journée.

Violet eut un petit rire.

— Vous êtes déjà sorti courir ?

Pour sa part, avant l'aube, elle n'aimait que dormir.

— Bien sûr. Un peu d'exercice, une bonne douche, un solide petit déjeuner et me voilà d'attaque. J'avais apporté des photos aériennes du coin qui pourraient m'être utiles, cette semaine. Elles m'ont aidé à faire le tour du domaine de votre grand-mère. Je ne voulais pas m'éloigner sans vous avoir prévenue que je sortais. Je ne savais pas trop quand Maggie se réveillerait.

Violet fut surprise qu'il se soit souvenu du prénom de sa fille. Elle ne le lui avait donné qu'une seule fois.

— Mme Ames a une belle propriété, poursuivit-il. Plus de cinquante hectares de champs. Une grande parcelle est cultivée à l'arrière. Visiblement, elle est louée à un fermier du coin. J'ai hésité à plonger dans le lac. En tout cas, l'endroit est magnifique, paisible. Et j'avoue avoir été impressionné par la roseraie.

Violet hocha la tête. La roseraie était la fierté de sa grand-mère. Chaque année ou presque, ses rosiers étaient primés par des experts jardiniers du Kentucky. Quant au lac, il avait longtemps été un lieu de prédilection de Violet, surtout en été. Il y avait toujours une petite brise sous les saules et si cela ne suffisait pas, les eaux ombragées se chargeaient de la rafraîchir.

Wyatt coupa le feu sous la poêle et glissa des œufs brouillés parfumés aux fines herbes dans une assiette. Il la posa sur la table de la cuisine, déjà dressée pour deux.

— Je me suis servi dans le frigo, dit-il avec une grimace d'excuse. J'espère que ça ne vous ennuie pas. Bien entendu, je remplacerai tout ce que j'ai pris lorsque je descendrai en ville. Mais je m'étais dit que vous auriez faim au réveil.

— Merci.

Il retourna près de ses fourneaux pour y prendre le bacon grillé.

— J'ai grandi dans un ranch, poursuivit-il. Et cette ferme me rappelle beaucoup la maison de mon enfance.

— Y avez-vous vécu des moments heureux ? demanda-t-elle.

— Chaque jour était un pur bonheur, répondit-il avec conviction.

Une serviette à carreaux rouges jetée sur une épaule, il apporta le bacon.

Incapable de s'en empêcher, Violet promena les yeux sur son torse musclé.

Il suivit son regard et grimaça, un peu gêné.

— Pardonnez-moi. À force de vivre seul, j'ai pris de mauvaises habitudes. Je vais mettre un T-shirt, ajouta-t-il avant de disparaître dans la pièce voisine. Commencez, ne m'attendez pas. C'est bon quand c'est chaud.

Quand il revint, Violet s'efforça de cacher sa déception. Elle le préférait torse nu.

— Qu'avez-vous prévu pour aujourd'hui ? demanda-t-elle, tout en installant sa fille sur la chaise haute.

Wyatt prit place en face de Maggie.

— Je vais descendre en ville, répondit-il.

Violet se dirigea vers le comptoir pour préparer un biberon. Elle fouilla l'un des sacs pour y retrouver la boîte de Cheerios, les céréales préférées de Maggie.

— Le petit déjeuner est servi, ma puce, dit-elle en attachant une serviette au cou de l'enfant. Que comptez-vous y faire ? reprit-elle.

— J'ai l'intention de parler aux gens, d'essayer de leur tirer les vers du nez, répondit-il. D'écouter ce qu'ils ont à dire sur votre grand-mère. Prêter une oreille aux rumeurs qui courent me mettra peut-être sur une piste.

Tout en sirotant son café, il sourit à Maggie.

La petite lui lança une céréale et le manqua. De beaucoup.

Violet alla se remplir un bol de café.

Maggie pourrait faire un effort, se dit-elle, contrariée.

Le cri de joie que poussa soudain la fillette la fit se retourner.

Alors que Maggie applaudissait en riant aux éclats, Wyatt découpait, l'air de rien, une tranche de bacon.

— Qu'avez-vous fait ? s'enquit Violet, heureuse de voir l'expression ravie de la petite.

Wyatt s'essuya les lèvres.

— Rien du tout. De quoi parlez-vous ?

— Pourquoi a-t-elle crié de joie ?

Wyatt jeta un coup d'œil innocent à l'enfant.

— Elle a crié de joie ?

Violet pencha la tête et plissa les yeux.

— Vous l'avez vue, forcément. Vous êtes assis en face d'elle.

Comme elle reportait son attention sur la cafetière, Maggie s'esclaffa de nouveau. Cette fois, Violet se retourna plus vite et surprit Wyatt en train de tirer la langue.

— Vous faites des grimaces à mon bébé ?

— Pas du tout.

— Je viens de vous voir lui tirer la langue, insista Violet, en faisant un effort pour ne pas sourire. Vous m'avez menti.

Wyatt se tourna vers Maggie.

— Rapporteuse. D'accord, Violet, j'avoue tout. Depuis que vous nous tournez le dos, j'ai montré à votre fille tout mon répertoire de grimaces.

Les yeux rivés sur lui, la fillette se balançait sur son siège. Elle souffla soudain sur ses céréales et les répandit partout.

— Oh ! non ! s'exclama Violet. Maggie !

Elle lui essuya le menton en riant.

— Je ne l'avais encore jamais vue faire ça.

Wyatt envoya un clin d'œil au bébé avant de reporter son attention sur Violet.

— Et vous, qu'avez-vous prévu, aujourd'hui ? demanda-t-il. Voulez-vous m'accompagner en ville avant que nous rendions visite à Mme Ames ou préférez-vous aller la voir de votre côté, d'abord ?

Les mots de Wyatt perturbèrent Violet. Elle le connaissait

depuis moins de vingt-quatre heures et pourtant, elle avait soudain l'impression qu'ils formaient déjà un vieux couple.

Elle prit un moment pour analyser la situation.

Un homme aussi attentionné que séduisant lui avait préparé son petit déjeuner. Il avait fait rire sa fille... Pas de quoi fouetter un chat, en somme. Et pourtant, ces petits gestes sans conséquence lui avaient suffi pour broder une jolie romance, et imaginer des lendemains qui chantent, dignes des contes de fées de son enfance. Il ne lui en avait pas fallu davantage pour se mettre à croire qu'ils formaient tous les trois une charmante petite famille.

Elle se sentit soudain d'une stupidité sans nom. Parce que Wyatt était le premier homme à faire preuve de gentillesse à son égard depuis la naissance de Maggie, elle commençait à délirer... Elle était vraiment pathétique. Wyatt se montrait simplement professionnel. Il était là pour effectuer une mission à la demande de sa grand-mère. Pas pour concrétiser les fantasmes de Violet.

Elle avait besoin de se ressaisir et très vite.

Discrètement, elle pressa une main sur son ventre, pour écraser les papillons qui y dansaient.

Elle répondit à la question :

— Non. Merci.

Elle ne pouvait pas se permettre de rêver. Ce ne serait juste ni pour Maggie ni pour elle. Qu'est-ce qui ne tournait pas rond dans sa tête ? Et depuis quand avait-elle envie à ce point d'un homme dans sa vie ? Elle n'avait besoin de personne. Elle s'en sortait très bien toute seule.

— Maggie et moi allons rendre visite à ma grand-mère de notre côté, dit-elle. Pendant ce temps-là, faites ce que vous avez à faire et nous nous retrouverons plus tard.

Violet se leva pour porter sa tasse et son assiette dans l'évier. Elle ferma un instant les paupières et s'ordonna de se calmer. Beaucoup de gens aimaient faire rire les bébés. Wyatt n'était pas le premier et ne serait pas le dernier à le faire. Elle ne devait pas commencer à interpréter un fait, somme toute anodin, y voir un sens qu'il n'avait pas.

De toute façon, elle rêvait d'une famille traditionnelle pour Maggie, avec une maman et un papa qui s'embrassaient pour un oui ou pour un non et se tenaient la main devant la télévision.

Wyatt n'avait pas le profil.

Elle rouvrit les yeux et se redressa avant de se retourner vers le duo qui continuait à faire des grimaces à table.

— Nous devons nous préparer à partir, dit-elle.

Wyatt inclina la tête de cette manière troublante, celle qui lui donnait l'impression qu'il voyait à travers elle.

— Êtes-vous sûre que vous ne préférez pas que je vienne avec vous ?

Elle enfonça les mains dans les poches arrière de son short.

— Sûre et certaine. Je suis tout à fait capable de me débrouiller et je ne veux pas vous empêcher de travailler. Plus tôt nous saurons ce qui est arrivé à ma grand-mère, mieux cela vaudra. Si elle est réveillée à mon arrivée à l'hôpital, je vous appellerai pour vous permettre de venir l'interroger en personne.

— D'accord.

Violet prit Maggie dans ses bras et la cala sur une hanche.

— À plus tard.

Au volant de sa petite berline jaune, Violet écoutait d'une oreille distraite le CD de comptines qu'elle avait glissé dans le lecteur pour bercer Maggie. Tout en conduisant, elle pensait à sa grand-mère et un regain d'inquiétude la tourmentait.

Le ciel était d'un bleu sans nuage, le soleil brillait au-dessus des collines alentour. La journée promettait d'être belle, le temps était idéal pour une balade en voiture.

Prendre ses distances avec le séduisant militaire qui gardait la maison de sa grand-mère lui ferait du bien. Elle se rappela l'arrivée de Wyatt à bord de son gros camion noir. Au premier regard, il l'avait impressionnée et pas uniquement parce qu'il était très grand et bien bâti. Mais quand il s'était tourné vers elle, qu'elle l'avait vu avec son chapeau de cow-boy et ses bottes, elle avait senti son cœur s'affoler dans sa poitrine.

— Idiote, marmonna-t-elle avant de jeter un coup d'œil au siège-auto sur la banquette arrière.

Maggie n'avait pas plus besoin d'un père que Violet d'un petit ami ou d'un mari.

Toutes deux se débrouillaient très bien toutes seules.

Un sourire aux lèvres, elle reporta son attention sur la route. Des affiches publicitaires s'agitaient sur les poteaux électriques qui défilaient. Elles invitaient les automobilistes à se rendre à la prochaine foire du comté.

Très vite, Violet se remit à penser à l'homme qui lui avait préparé son petit déjeuner. Ce genre d'attentions ne faisait sûrement pas partie de son contrat. Grimacer pour faire rire Maggie non plus.

Le ronronnement bruyant d'un moteur derrière elle la ramena au présent. Elle promena les yeux autour d'elle pour chercher l'origine de ce grondement intempestif.

Comme elle parvenait en haut d'une colline, elle contempla un instant la vue sur la vallée mais très vite, son regard se posa sur son rétroviseur.

Un véhicule bleu et blanc tout cabossé rugissait derrière elle. On aurait dit une de ces épaves, bonnes pour la casse, réservées aux derbys durant lesquels les concurrents heurtaient volontairement leurs vieilles bagnoles pour les détruire. Violet n'avait jamais compris l'engouement de certains pour ce prétendu sport.

En tout cas, vu l'état de cette voiture et l'agressivité de son conducteur, elle se demanda non sans inquiétude s'il se croyait sur un circuit de derby.

Elle leva le pied de l'accélérateur pour le laisser passer.

Elle roulait déjà à cinquante kilomètres-heure, au-delà des limites autorisées, et la pente était raide.

Mais au lieu de la doubler, le fou au volant de son bolide se rapprocha encore au point de coller son pare-chocs. Et il se mit à klaxonner.

Il avait manifestement le doigt collé sur son avertisseur. Le bruit était insupportable et, exaspérée, Violet descendit sa vitre pour sortir sa main et lui faire signe de passer.

Il ne le fit pas.

Au contraire, il fit rugir son moteur de plus belle et se rapprocha encore. Elle voyait ses phares avant dans son rétroviseur.

Perturbée par le bruit, Maggie commença à pleurer.

Violet changea de tactique et accéléra, déterminée à prendre le large.

Peut-être parviendrait-elle à le décourager. Ou mieux, à le décider à la dépasser une bonne fois pour toutes. En tout cas, elle l'espérait.

Avec une profonde inspiration, elle se concentra sur l'étroite route qui serpentait devant elle.

La vieille guimbarde se laissa distancer un moment avant d'accélérer de nouveau et de la rattraper pour heurter son pare-chocs arrière.

Terrifiée, Violet serrait si fort son volant que ses jointures en blanchirent. Elle se demandait avec une angoisse croissante ce que comptait faire ce psychopathe.

Une série de virages s'annonçait, certains en épingle à cheveux, et Violet comprit qu'elle devait ralentir pour les négocier en sécurité. Ou mieux, s'arrêter. Mais le fou furieux derrière elle ne le permettait pas.

Elle prit soudain conscience qu'à la vitesse à laquelle elle roulait, elle allait peut-être mourir. Le type à ses trousses attendait sans doute la première occasion pour l'envoyer dans le décor. Elle ferait alors plusieurs tonneaux avec Maggie attachée sur le siège arrière.

Les cris désespérés de l'enfant derrière elle lui déchiraient le cœur. La peur le disputait au regret dans son esprit. Elles étaient piégées.

Elle regarda avec horreur la guimbarde reculer une dernière fois avant d'accélérer pour l'emboutir avec force.

Sa petite berline s'écarta du bord de la route quelques instants et dérapa sur le bas-côté.

Elle comprit, affolée, qu'elle allait basculer dans le ravin.

Par miracle, elle aperçut alors sur sa droite l'entrée d'un petit parking désert, celui d'une chapelle perdue au milieu des collines. Elle s'y engouffra.

Son poursuivant passa en trombe et continua sa course folle.

Violet s'arrêta, coupa le moteur et sortit de l'habitacle. Elle tremblait de tous ses membres. Elle libéra Maggie de son siège-auto et s'avança, l'enfant dans les bras, vers les marches de l'église. Elle s'y laissa tomber et, le visage dans ses mains, explosa en sanglots tout en embrassant sa fille.

Si quelqu'un la voyait, il penserait qu'elle avait perdu la raison.

Peut-être était-ce le cas, d'ailleurs.

Mais toutes deux avaient surtout failli perdre la vie.

4

Wyatt sortit du bar. Ébloui par la lumière du soleil, il plissa les yeux et rabattit son stetson sur son visage. Son passage au café local s'était avéré inutile. Après avoir commandé un thé glacé, il avait posé quelques questions sur Mme Ames au patron et aux clients accoudés au comptoir. Personne ne lui avait répondu. Ils l'avaient tous ignoré de façon ostensible. Par expérience, Wyatt savait que les habitants des petites villes ne se livraient pas facilement aux inconnus mais en général, il parvenait à amadouer au moins les hommes lorsque ceux-ci se retrouvaient pour boire un verre. Les bars étaient l'équivalent masculin des salons de coiffure pour colporter ragots et rumeurs.

Sauf ici. Les types qui sirotaient leur bière n'avaient pas desserré les dents.

Il s'était heurté au même silence dans tous les autres endroits de la ville où il s'était arrêté, du restaurant du coin à la quincaillerie, en passant par le garagiste. Personne ne savait rien, personne n'avait rien à dire sur Mme Ames.

Devant leur manque de coopération manifeste, il comprit qu'il ne servait à rien d'insister et il sortit du bar. Une fois dans la rue, il joua un moment avec son porte-clés, se demandant où se rendre ensuite.

Avant qu'il n'ait eu le temps d'en décider, une voiture de patrouille se gara non loin de lui. Les gyrophares étaient allumés mais pas la sirène. Le type qui en sortit avait la cinquantaine, de larges épaules et une étoile sur la poitrine.

Wyatt effleura son chapeau et s'écarta pour lui permettre de passer sur l'étroit trottoir. Il se demanda ce qui l'avait poussé à activer ses gyrophares.

Il attendit un instant pour voir où irait le shérif. Se pouvait-il qu'un habitant du quartier ait été victime d'un accident, comme Mme Ames ? Les clients du bar s'étaient-ils brusquement lancés dans une bagarre générale après son départ ?

À sa grande surprise, l'homme s'arrêta devant lui, une main posée sur la crosse de son arme.

— C'est vous le gars qui dérange les gens en les bombardant de questions ?

D'abord surpris qu'il s'adresse à lui, Wyatt se retourna mais il n'y avait personne derrière lui. C'était bien à lui que parlait le shérif.

— Je ne pense pas, monsieur, répondit-il. J'ai fait un tour dans la ville, j'y ai croisé plusieurs personnes avec qui j'ai échangé aimablement. Voilà tout.

Son interlocuteur le considéra d'un long regard.

— D'où venez-vous ?

— De Lexington.

Agacé, Wyatt lança à son tour :

— Êtes-vous représentant des forces de l'ordre depuis longtemps ?

— Depuis un certain temps, oui.

Wyatt sourit.

— Quelqu'un s'est plaint de mon comportement ?

Dans ce cas, il aurait aimé savoir de qui il s'agissait mais le shérif ne le lui dirait certainement pas. Dommage, parce que celui qui avait porté plainte avait peut-être quelque chose à cacher. Un récent cambriolage par exemple, ou l'agression d'une vieille dame.

— Est-ce que se montrer amical est considéré comme un crime par ici ?

Certes, Wyatt avait abordé une dizaine d'habitants

de River Gorge mais il avait veillé à ne pas évoquer des sujets trop sensibles et à ne pas insister quand il n'obtenait pas de réponses. Il s'était borné à demander si quelqu'un connaissait Mme Ames, avait entendu parler de sa chute ou était susceptible de lui indiquer un bon serrurier pour changer les serrures après un cambriolage. Certes, il s'en était déjà chargé lui-même mais il espérait ainsi tâter le terrain, décrypter les réactions, voir qui était choqué d'apprendre qu'un délit avait eu lieu dans le coin, et qui le savait déjà. Mais personne ne lui avait prêté la moindre attention.

Le shérif grimaça. Son expression était fermée, agressive et tout sauf accueillante.

— Qu'est-ce qui vous amène à River Gorge ?

— Je suis en visite, je suis venu voir quelqu'un, répondit Wyatt.

— Et qui ?

— Gladys Ames. La connaissez-vous ?

— Je connais tout le monde dans mon comté, mais vous, je ne vous avais jamais vu. Êtes-vous de la famille de Gladys Ames ?

— Pas exactement. Mme Ames est la grand-mère de ma petite amie, improvisa-t-il. Je suis venu à sa demande. Il semble que la maison de son aïeule ait été cambriolée, hier soir. Violet vous avait appelé pour le signaler, non ?

Une pointe de culpabilité tortura Wyatt. Il avait sans doute eu tort de raconter que Violet était sa petite amie. Cela dit, il n'avait pas l'intention de dire au shérif qui il était et encore moins ce qu'il était venu faire à River Gorge. D'autant plus que Mme Ames avait fait appel à lui pour enquêter… sur le shérif. Si ce dernier n'avait rien à se reprocher, pourquoi Gladys Ames ne s'était-elle pas adressée directement à lui au lieu de solliciter les services de Fortress Security ? Se faire passer pour le petit ami de Violet n'était pas une mauvaise idée et paraissait plus crédible que de prétendre être le neveu de la vieille dame.

Le shérif le dévisagea d'un air suspicieux.

— C'est marrant. Quand j'ai discuté avec Violet, hier soir, elle ne m'a rien dit à propos de votre venue. Elle n'avait pas l'air au courant.

— Elle ne l'étais pas, ce n'était pas prévu. Mais lorsqu'elle m'a appris qu'elle avait été agressée chez sa grand-mère, je suis venu immédiatement. Me reprochez-vous de vouloir la protéger ?

Il se redressa de toute sa hauteur et serra les mâchoires pour rappeler au shérif Masterson que, s'il arborait l'étoile, Wyatt était là, lui, pour protéger Violet et Maggie. Quiconque leur chercherait des ennuis devrait passer par lui et jusqu'ici, personne ne s'y était encore risqué.

— Avez-vous des pistes à propos du cambriolage ? reprit-il. Cette histoire semble bien étrange, non ? Pourquoi pénétrer par effraction dans la maison d'une vieille dame pour ne rien emporter ? De plus, sa petite pension de veuve est modeste. Qu'y avait-il à dérober chez elle ? Et comme par hasard, ce soi-disant cambriolage a eu lieu le jour même où la pauvre est tombée d'une échelle. En tant que shérif, vous devez vous interroger, non ?

— Les crimes se produisent partout, vous savez. J'enquête évidemment sur ce cambriolage mais les chutes de vieilles dames sont malheureusement fréquentes.

Du regard, il examina Wyatt de la tête aux pieds, s'attarda sur sa veste, ses hanches et ses chevilles.

Ce dernier décida d'être direct :

— Vous vous demandez si je porte une arme ?

S'il pensait le gêner, il se trompait lourdement. Wyatt était titulaire d'une autorisation de port d'armes en règle et s'entraînait certainement plus souvent au tir que lui.

— Avez-vous été militaire ? s'enquit Masterson.

— Chez les rangers.

Le shérif opina avec un rictus ironique.

— Violet est au courant ? lança-t-il, se moquant ouvertement de Wyatt.

De quoi devait-elle être au courant ? Du fait qu'il avait été dans l'armée ? Ou qu'il était soi-disant son copain ? s'interrogea Wyatt.

Sur ces entrefaites, deux femmes en jogging apparurent. Elles sortaient visiblement du parc voisin. L'une d'elles – une grande blonde – riva les yeux sur Wyatt, un sourire timide sur les lèvres.

Wyatt lui rendit son sourire.

Le shérif Masterson effleura le bord de son chapeau et lança aux nouvelles venues :

— Bonjour Maisey, Jenna.

Les deux amies s'arrêtèrent, souriant toujours à Wyatt. La blonde le reluquait carrément.

Elle lui tendit la main.

— Jenna Jones, dit-elle. Je ne crois pas que nous ayons été présentés.

— Ravi de faire votre connaissance, répondit Wyatt. Je demandais au shérif s'il avait du nouveau à propos de Mme Ames. Comme vous le savez peut-être, elle est tombée hier d'une échelle et alors qu'elle était à l'hôpital, sa maison a été cambriolée. Ce n'était vraiment pas son jour de chance.

— Nous l'ignorions, répondirent les deux femmes, visiblement abasourdies.

Jenna, qui n'avait pas lâché la main de Wyatt, resserra son étreinte.

— Mme Ames est la femme la plus gentille que je connaisse. Comment va-t-elle ? Personne ne m'avait parlé de sa chute.

La rousse se tourna vers le shérif.

— Quelqu'un est donc entré par effraction chez elle ? Pourquoi faire une chose pareille ? Avez-vous un suspect ?

Wyatt comprit qu'il avait mal ciblé ses visites dans la ville. En général, les hommes lui parlaient facilement. Il brisait la glace avec des sujets classiques comme le sport, les voitures ou les combats militaires avant de les pousser à se confier sur ce qu'il avait vraiment envie de savoir. Mais ici, tout était manifestement différent. Sans doute aurait-il dû faire un peu de jogging.

Comme Masterson restait silencieux, la dénommée Jenna insista.

— Qu'attends-tu pour répondre ? Et surtout pour trouver le coupable ?

Le ton était dur et familier. Sans doute étaient-ils d'anciens amants ou, en tout cas, avaient-ils partagé une relation qui s'était mal terminée. Jenna avait l'air de vouloir frapper le shérif au visage et Wyatt se demanda si elle allait le faire.

Masterson renifla.

— Je mène l'enquête…

— Eh bien, quand tu en auras fini avec ces investigations, dit-elle, peut-être serait-il utile de passer un peu de temps sur les routes, de contrôler les automobilistes. Nous venons de voir une véritable épave heurter sciemment une berline près de Devil's Curve. Quand vas-tu te décider à agir pour empêcher les crétins de prendre les routes du comté pour un circuit de derby ?

Le cœur de Wyatt cessa de battre.

— Quel genre de berline ? s'enquit-il.

— Petite, répondit la rousse. Et jaune, si ma mémoire est bonne.

Wyatt les salua rapidement et s'éloigna en vitesse vers son camion garé plus bas dans la rue. Il se ravisa soudain et revint sur ses pas pour demander aux joggeuses :

— Savez-vous si quelqu'un a été blessé ?

Il avait déjà tiré son téléphone de sa poche pour composer le numéro de Violet.

— Je ne pense pas, répondit Jenna. La voiture jaune s'est réfugiée sur le parking de l'église à temps. Une femme en est sortie. Elle avait l'air d'avoir survécu. Le chauffard au volant de la vieille guimbarde a continué sa route. Nous étions sur la colline, sur un sentier de randonnée, et il n'était pas facile de voir la scène de là-haut mais les coups de klaxon incessants et les rugissements de moteur nous avaient alertées.

Wyatt serra les poings.

— Quand était-ce ?

— Il y a peut-être une heure.

— Merci, dit-il, avant de partir en courant.

Son téléphone collé à l'oreille, il appela Violet.

Décrochez. Décrochez.

Quand il tomba sur sa messagerie vocale, il lui demanda de le rappeler. Il priait pour que Violet et sa petite fille aillent bien. Il se reprochait de les avoir laissées partir seules alors que tous ses instincts lui soufflaient qu'elles étaient en danger. L'histoire dans laquelle Mme Ames était embarquée n'était pas terminée, loin de là. Il aurait dû les accompagner, les protéger.

Cela ne se reproduira plus, se promit-il.

Il ouvrit sa portière et s'installa au volant. Tout en démarrant, il rappela Violet mais une fois de plus, il atterrit directement sur sa boîte vocale.

Encore tétanisée par la peur, Violet tenait à peine sur ses jambes quand elle sortit de l'ascenseur de l'hôpital et remonta le long couloir vers le poste d'infirmières. Maggie dormait dans ses bras, épuisée à force de pleurer, après l'incident avec le chauffard. Lorsqu'elle parvint finalement au bureau, les membres du personnel soignant étaient tous occupés. Personne n'avait de temps à lui consacrer. La veille, quand Violet était arrivée, sa cousine Tanya était de service. Violet attendit un long moment, scrutant l'étage à la recherche d'une personne disponible mais elle renonça vite à attendre. Elle voulait voir sa grand-mère sans tarder.

Elle repasserait au bureau des infirmières lorsqu'il y aurait moins de monde.

Avant même d'atteindre la chambre, elle entendit du bruit à l'intérieur et son cœur s'accéléra.

— Grandma ?

Comme elle poussait la porte, elle se pétrifia en reconnaissant la femme âgée qui était assise au chevet de la blessée.

— Bonjour, Violet, dit Ruth. Entre.

Ruth, l'amie de sa grand-mère, avait étalé des cartes sur le lit. Apparemment, elle avait commencé une réussite sur les couvertures.

— Il n'y a aucun changement, dit Ruth. L'état de Gladys est stationnaire.

Trop d'années au soleil avaient tanné ses joues. Ses cheveux tirés en un chignon sévère mettaient en valeur ses petits yeux verts. Elle esquissa une grimace dépitée à la vue de ses cartes et en tira trois autres.

Violet prit une chaise et s'installa près de sa grand-mère. Elle posa la main sur la sienne. Des machines bipaient autour d'elles, enregistrant le rythme cardiaque, la tension et les niveaux d'oxygénation de la malheureuse. Une perfusion était plantée dans son bras, distillant quelque chose dans ses veines.

Soulevée par une vague de désespoir, Violet s'efforça de reprendre pied. Certes sa grand-mère semblait très mal en point, mais elle était en vie. Et elle avait toujours été une battante. Elle allait s'en sortir.

— Qu'a dit le médecin ?

— Je n'ai vu que Tanya, répondit Ruth. Elle vient toutes les heures environ pour constater que son état est stable.

Ruth cessa de s'intéresser à ses cartes et croisa les jambes. Une vie de dur labeur à River Gorge avait donné à sa peau l'aspect du cuir.

— Pas de nouvelles, bonnes nouvelles, conclut-elle.

Violet ne partageait pas cet optimisme. Ne pas savoir

était angoissant. Maggie dans les bras, elle mêla ses doigts à ceux de sa grand-mère.

— Tanya était ici hier quand nous sommes arrivées de Winchester.

— C'est une bonne fille.

Une pointe de culpabilité tortura Violet. Tanya et elle avaient le même âge, vingt-six ans. Mais contrairement à sa cousine, Violet n'était pas restée dans la région pour soutenir sa grand-mère. Un beau jour, elle était partie pour l'université mais elle n'était pas retournée à River Gorge après avoir décroché son diplôme. Pour tout dire, elle n'était pas souvent venue la voir au cours des deux dernières années. Elle aurait au moins dû passer la nuit dernière avec elle à l'hôpital…

Elle posa la joue contre la tête de Maggie. Non, elle n'aurait pas pu rester à son chevet. La nuit dernière, elle n'avait cessé de se ronger les sangs, de craindre un deuxième cambriolage et d'imaginer ce que le cow-boy embauché par sa grand-mère ferait subir à un éventuel intrus.

Sa gorge se serra au souvenir du cambrioleur qui avait pris la fuite à son arrivée. Il s'était jeté sur elle, l'avait prise par les épaules et envoyée au tapis. Quand elle avait fait sa toilette, elle s'était aperçue qu'elle était couverte d'ecchymoses. Une dizaine d'heures plus tard, une voiture avait voulu l'envoyer dans le décor. Il ne s'agissait certainement pas d'une coïncidence, d'un hasard.

Comme elle reportait son attention sur la tête bandée de sa grand-mère, elle se remémora les événements récents la concernant. Une chute qui avait failli être fatale, un cambriolage, une course-poursuite menée par un psychopathe, l'embauche d'un agent de sécurité privé… Et la liste ne cessait de s'allonger. D'ailleurs, Violet devait contacter au plus vite le bureau du shérif local pour signaler l'agressivité incompréhensible de ce type au volant de sa vieille voiture. Il ne serait sans doute jamais identifié mais elle devait néanmoins porter plainte. Elle avait envisagé d'appeler la police depuis le parking de l'église, mais elle était trop secouée pour le faire et, de toute façon, le véhicule en question avait disparu depuis longtemps.

Le chauffard était-il l'homme qui s'était introduit chez sa grand-mère ?

— Ruth, commença Violet. Quand vous avez trouvé ma grand-mère hier, la porte de la maison était-elle ouverte ? Entrouverte, peut-être ?

— Non, répondit Ruth en secouant la tête pour donner plus de poids au mot. J'ai frappé, sonné. La porte était bien fermée. Pourquoi ?

— Êtes-vous entrée ?

— Bien sûr, répondit-elle. La maison n'était pas verrouillée. Elle l'est rarement. Je suis entrée, je l'ai appelée, mais Gladys n'était pas là. J'ai pensé qu'elle était descendue au jardin pour couper quelques roses. J'ai alors remarqué que la grange était ouverte.

— Et vous l'avez trouvée…

Les yeux de Ruth se remplirent de larmes au souvenir de son amie étendue par terre dans une mare de sang.

— Oui, exactement.

— Savez-vous ce qu'elle faisait dans la grange ? Y gardait-elle quelque chose ?

— Pas que je sache. Pourquoi ? ajouta Ruth. Pourquoi toutes ces questions ? Il s'est passé quelque chose d'autre ?

Violet se demanda ce qu'elle pouvait lui raconter. Tant qu'elle ignorait la raison pour laquelle sa grand-mère avait embauché un garde du corps, il était sans doute dangereux de trop en dire. D'un autre côté, elle était certaine que Ruth était une amie. Elle et sa grand-mère se connaissaient depuis plus d'un demi-siècle.

— Sa maison a été cambriolée, hier soir.

— Quoi ? s'exclama Ruth, horrifiée. Décidément ! Qu'ont pris les voleurs ?

Violet haussa les épaules.

— Je ne sais pas. Rien, apparemment, mais je n'étais pas revenue ici depuis un certain temps.

En vérité, elle n'était passée qu'une fois depuis la naissance de Maggie. Depuis huit mois, sa vie se résumait à s'occuper de son bébé et à essayer de grappiller quelques heures de sommeil. Entre les biberons et les poussées dentaires, ses nuits étaient trop courtes. Elle était épuisée.

— Un cambriolage, répéta Ruth, abasourdie.

— Comment allait ma grand-mère, ces derniers temps ? reprit Violet. Elle avait l'air d'aller bien ou elle paraissait préoccupée ?

Ruth fronça les sourcils et considéra le visage livide de sa vieille amie.

— Elle me semblait soucieuse et distraite. Je pensais qu'elle s'inquiétait pour Mary Alice.

— Pourquoi ? Quel est le problème avec Mary Alice ? s'enquit Violet.

Comme Ruth, Mary Alice était une amie de longue date de sa grand-mère. Toutes deux l'avaient soutenue quand sa fille, la mère de Violet, était partie et lorsque son mari était mort et qu'elle avait dû élever seule sa petite-fille…

— Est-elle…, commença Violet. Mary Alice est-elle…

Y avait-il une bonne façon de poser cette question ?

Ruth secoua la tête.

— Mary Alice n'est pas morte, si c'est ce que tu allais demander, dit-elle. Mais elle souffre depuis quelques années de la maladie d'Alzheimer. Et les symptômes ont empiré, dernièrement. Elle perd de plus en plus la tête, son état se dégrade et la situation est de plus en plus difficile à gérer pour la famille Masterson. Voir les ravages de cette maladie est très douloureux pour ses proches, y compris pour ta grand-mère. Ils sont tous terrassés.

Violet ne connaissait pas bien la famille de Mary Alice.

Son mari avait été shérif quand Violet était jeune et son fils avait pris la relève, à présent.

— Et vous ? demanda Violet.

Ruth eut un sourire triste.

— Quelqu'un doit tenir le coup.

Tanya, un grand sourire aux lèvres, passa la tête par la porte ouverte de la chambre et frappa le mur.

Violet se leva.

— Tanya !

Elle embrassa sa cousine avec chaleur, en faisant attention à ne pas réveiller Maggie qui dormait dans ses bras.

— As-tu des nouvelles à nous communiquer ?

— D'après le Dr Shay, tout va bien et il faut seulement nous armer de patience. Notre grand-mère se réveillera quand elle sera prête à le faire. Il faut attendre. Elle aura peut-être besoin de temps pour se remettre d'un accident comme celui-ci. Et toi, comment vas-tu ? Et ta petite princesse ?

Violet caressa le dos de Maggie endormie qui sourit dans son sommeil.

— Très bien.

— Tant mieux. Je passerai la voir aussi souvent que possible et je vous tiendrai au courant de l'évolution de son état. Notre grand-mère est coriace, Violet, dit-elle. Elle va s'en tirer, je lui fais confiance.

Violet hocha la tête. Elle serait là pour aider sa grand-mère à chaque étape de sa convalescence. En attendant, elle cohabiterait avec l'ancien ranger reconverti en garde du corps. Avec Wyatt, elle serait en sécurité, elle en était certaine.

Bien sûr, passer trop de temps avec un homme aussi attentionné et sexy que Wyatt Stone risquait de lui poser quelques problèmes. Il lui fallait surtout apprendre très vite à cesser de prendre ses désirs pour des réalités.

5

Lorsqu'elle entendit rugir un moteur dans la cour, Violet se pétrifia. Depuis sa rencontre avec le chauffard, ce matin, elle se sentait nerveuse. Dès qu'elle était rentrée, elle avait appelé le bureau du shérif. La femme qui lui avait répondu avait promis d'envoyer un adjoint pour prendre sa déposition. Mais aux yeux du shérif, il ne s'agissait sans doute pas d'une urgence.

Le cœur battant, elle s'approcha de la fenêtre pour regarder qui arrivait. Maggie dormait dans son petit lit mais Violet se sentait capable de s'enfuir avec elle sur-le-champ, si la situation l'exigeait. Elle écarta le rideau d'une main tremblante, se reprochant une fois de plus de ne pas avoir accepté la proposition de Wyatt, de passer la journée avec lui.

À la vue de son camion garé devant le porche, elle poussa un soupir de soulagement. Il gravit les marches du perron à la hâte.

L'inquiétude peinte sur ses traits raviva sa nervosité. Si Wyatt Stone était anxieux, il y avait tout lieu de s'angoisser.

— Que se passe-t-il ? demanda-t-elle, la gorge serrée, quand il ouvrit la porte.

Il riva les yeux aux siens.

— Vous allez bien, Dieu merci. Quelqu'un m'a dit qu'une voiture dont la description correspondait à la vôtre avait été poussée hors de la route par un chauffard, ce matin. J'étais sûr qu'il s'agissait de vous. J'ai essayé dix fois de vous appeler mais vous ne répondiez pas.

Il promena les yeux sur son visage.

— Vous avez eu peur. Je le vois à vos joues rouges, à votre essoufflement. C'était bien vous au volant de cette voiture, non ?

Une vague d'émotion balaya soudain Violet.

— J'ai appelé la police en rentrant. Et quand j'ai entendu un véhicule entrer dans la cour, j'ai paniqué tout à coup. J'ai imaginé que le fou furieux, non content d'avoir tenté de m'envoyer dans le décor, revenait finir le travail. C'est ridicule. Et je suis désolée de ne pas avoir pris vos appels.

— Vous devez enregistrer mon numéro sur votre portable. Si j'ai besoin de vous joindre, il est indispensable que vous répondiez.

Violet hocha la tête.

— Bien sûr. À l'avenir, j'y veillerai. Comptez sur moi.

— Avez-vous reconnu le conducteur ou noté les numéros de la plaque d'immatriculation ?

— Sa voiture n'avait pas de plaque et il m'était impossible de voir le type à travers les vitres teintées. Il m'a terrifiée, j'avoue. Il a surgi derrière moi, venant de nulle part, poursuivit-elle. Il ne cessait de klaxonner en cognant mon pare-chocs. Le bruit était assourdissant. Maggie hurlait. J'ai cru que nous allions mourir, toutes les deux.

Wyatt s'approcha et lui ouvrit les bras. Il lui proposait un moment de réconfort tout en lui laissant la liberté de l'accepter ou de le refuser. Violet hésita. D'un côté, elle n'avait pas envie de sangloter sur l'épaule d'un inconnu. Mais d'un autre, elle avait vraiment besoin d'un peu de chaleur humaine. De toute façon, une fois que cette histoire serait terminée, elle ne le reverrait jamais. Alors…

Elle se blottit contre son torse musclé et enroula les bras autour de sa taille. Sous son oreille, elle entendait son cœur battre à grands coups. Wyatt sentait le savon, une odeur qu'elle trouva rassurante.

Il l'étreignit plus fort.

— Ça va aller, dit-il. Tout ira bien.

— Je vous remercie. D'être ici. D'être venu aider ma grand-mère et d'être resté. Je ne sais pas ce que je ferais sans vous, toute seule dans cette maison. Je me demande s'il vaut mieux demeurer ici ou partir. Si je retourne chez moi, que va-t-il arriver à ma grand-mère ? Si je reste, que risque Maggie ?

— Je vous protégerai toutes les trois, Mme Ames, votre fille et vous, répondit-il. Faites-moi confiance. Et quand j'aurai découvert qui est derrière toute cette violence, je lui ferai regretter de s'en être pris à vous, croyez-moi.

Violet frissonna. Les mots étaient prononcés avec calme, sans aucune colère. Pourtant, elle sentit qu'il ne s'agissait pas de paroles en l'air.

— Merci, dit-elle avec sincérité.

Le hurlement d'une sirène de police la fit se redresser.

Mais comme elle tentait de s'écarter pour courir de nouveau à la fenêtre, Wyatt la retint.

— Attendez, dit-il. Je dois vous avouer quelque chose… J'ai raconté au shérif que vous étiez ma petite amie. Et maintenant, si cela ne vous ennuie pas, j'aimerais que vous fassiez semblant de l'être…

Violet l'observa avec curiosité.

— Pourquoi lui avoir dit ça ?

Avait-il réellement envisagé cette éventualité ?

— Je suis tombé sur lui en ville et il m'a fait subir un interrogatoire en règle, répondit-il. Il voulait savoir ce que j'étais venu faire ici. Je n'avais pas l'intention de lui parler de mes activités réelles et encore moins, de ma mission actuelle.

Il ne s'agissait pas d'elle, comprit Violet. Il avait eu besoin d'une couverture et avait saisi la première idée qui lui était venue à l'esprit. En réalité, il n'avait aucune envie d'être son petit ami. Évidemment pas. Il fallait vraiment qu'elle sorte de ce fantasme ridicule. De surcroît, elle était bien placée pour savoir que lorsqu'un homme débarquait quelque part pour jouer les sauveurs, il était toujours parti le lendemain au petit jour.

Elle vit par la fenêtre l'adjoint sortir de sa voiture de patrouille et elle se tourna vers Wyatt.

— D'accord, dit-elle. Et pour être crédibles, mieux vaut nous tutoyer.

— Bien sûr, vous avez raison. *Tu* as raison ! Je pensais te le proposer, de toute façon.

Lorsqu'ils lui ouvrirent, l'adjoint effleura d'une main son chapeau.

— Mademoiselle Ames ?

— Merci d'être venu si vite, répondit-elle en lui tendant la main. Laissez-moi vous présenter Wyatt Stone, mon copain, ajouta-t-elle en s'efforçant de ne pas rougir.

Wyatt serra la main de l'adjoint avec assurance.

— Bonjour !

— Je suis l'adjoint Santos. J'ai appris que vous aviez été victime d'un incident sur la route et je suis venu faire un rapport à ce sujet. Étiez-vous tous les deux dans la voiture quand ce chauffard s'est attaqué à vous ?

— Non, répondit Violet. J'étais seule avec mon bébé.

L'adjoint Santos sortit un petit calepin de sa poche.

— Dites-moi tout ce dont vous vous souvenez.

— Bien sûr.

Santos prit des notes tandis qu'elle lui racontait avec le plus de détails possible la course-poursuite. Mais quand elle lui décrivit la vieille voiture, il leva le nez.

Sa réaction n'échappa pas à Wyatt.

— Connaissez-vous cette voiture ? s'enquit-il.

L'adjoint reporta son attention sur son papier.

— Je ne peux pas l'affirmer mais je vais vérifier. Rien d'autre ? ajouta-t-il en tapotant son stylo contre le bloc-notes.

Violet secoua la tête.

— Non. Je crois que c'est tout.

Comme il se tournait vers Wyatt, ses yeux tombèrent sur le tatouage qui ornait son avant-bras.

— Avez-vous fait l'armée ?

Wyatt leva brusquement le menton.

— Dans les rangers. Et vous ?

L'adjoint Santos se redressa à son tour.

— J'ai longtemps fait partie des forces spéciales.

Wyatt sourit et lui tendit la main.

— Ravi de vous rencontrer.

Une étrange complicité parut naître instantanément entre les deux hommes.

— Puis-je vous demander quelque chose ? lança Wyatt.

— Je vous écoute, dit Santos redevenu méfiant.

— Le bureau du shérif a-t-il reçu un appel cet après-midi au sujet d'un individu qui parlait aux gens en ville ?

— D'un individu qui parlait aux gens ? répéta l'adjoint, perplexe. Que voulez-vous dire ?

— Rien. Permettez-moi de vous poser une autre question. Connaissez-vous bien le shérif ?

— Non, pas très bien, répondit-il. En quittant l'armée, il y a quelques années, j'ai décidé de devenir adjoint et je suis venu à River Gorge parce qu'il y avait un poste à pourvoir. Il ne m'a pas fallu longtemps pour comprendre que Masterson faisait la pluie et le beau temps dans cette ville. Et ça me va. Je veux effectuer du mieux possible le travail pour lequel je suis payé. Et rien d'autre.

— Bien sûr.

L'adjoint reporta son attention sur Violet.

— Mon rapport sera disponible en ligne demain.

— D'accord, un grand merci.

Elle le regarda se diriger vers sa voiture et s'en aller.

Les pleurs de Maggie se firent entendre à travers le babyphone posé dans le salon.

— Elle a faim, dit Violet, en consultant sa montre.

Wyatt ouvrit la porte-moustiquaire et la lui tint pour lui permettre de passer.

— Pourquoi ne monterais-je pas chercher Maggie pendant que tu lui prépares son repas ? Une sorte de travail en équipe. Qu'en dis-tu ?

De travail en équipe ? Le concept était nouveau pour Violet, surtout en matière de garde d'enfant, mais bien sûr, elle n'y était pas opposée.

— D'accord. Merci.

Alors qu'elle s'activait dans la cuisine, le babyphone lui transmettait toujours les cris de Maggie. Mais bientôt la voix apaisante de Wyatt les interrompit.

— Que se passe-t-il, ma puce ? Tu as faim, peut-être ? Viens avec moi… Dis donc, tu es drôlement lourde ! J'arrive à peine à te soulever.

Violet sourit tout en préparant le biberon. Elle sortit un petit pot d'un placard et le versa dans une casserole.

Via le babyphone, Maggie babilla un instant avant de se remettre à pleurer.

— D'accord, d'accord, dit Wyatt. Je vais réessayer de te porter mais tu dois m'aider.

— Non ! cria Maggie, lui lançant le seul mot de son vocabulaire.

— Quoi ? s'exclama-t-il surpris. Tu ne veux pas ?

Wyatt se mit à rire.

— J'ignorais que tu parlais. Que sais-tu dire d'autre ?

— Non ! répéta Maggie.

Les pas rapides de Wyatt qui descendait l'escalier se firent entendre et un instant plus tard, il apparut, Maggie dans les bras.

— Je ne voudrais pas avoir l'air de critiquer mais cette petite fille me semble un peu négative.

— Non ! déclara Maggie avec à-propos.

Violet rit.

— C'est le seul mot qu'elle connaisse. Sois indulgent.

Wyatt l'installa sur la chaise haute.

— Tu devrais lui apprendre à dire « oui ». Imagine que quelqu'un débarque pour lui proposer un million de dollars ? Et que dirait-elle ?

— Non, répondit Maggie, fière d'elle-même.

Violet versa le contenu du petit pot qu'elle avait réchauffé dans un bol, le posa près de l'enfant avec un sourire et prit place à côté d'elle.

Wyatt remplit deux verres de thé glacé et lui en tendit un.

— J'ai rencontré le shérif en ville, dit-il.

Violet leva les yeux vers lui.

— Tout à l'heure, tu as interrogé l'adjoint à propos d'un appel que le bureau du shérif aurait reçu. C'était vrai ? Quelqu'un l'a contacté pour se plaindre de toi ?

— Non, bien sûr que non. Mais c'est ce que le shérif Masterson a prétendu quand il m'a abordé.

Violet fronça les sourcils en remuant la purée.

— J'ai un peu parlé avec lui hier soir, après le cambriolage.

— Tu dois bien le connaître, poursuivit Wyatt. Tu as grandi à River Gorge, non ?

— Oui mais je ne le connais pas bien, dit-elle, en plaçant une cuillerée dans la bouche ouverte de Maggie. Ma grand-mère et moi n'avons jamais eu de raison de faire appel au shérif. Je voyais parfois sa mère mais lui, jamais.

Wyatt digéra un instant ses paroles.

— Il semblait pourtant te connaître.

— Comment ça ? s'enquit-elle avec curiosité. T'a-t-il dit quelque chose sur moi ?

Violet se demandait ce que le shérif savait sur elle. Peut-être avait-il appris la naissance de Maggie, l'année dernière. Les mères célibataires n'avaient pas bonne presse dans le coin.

Wyatt avala une gorgée de thé.

— Il insinuait que tu n'aimais pas les militaires. Le père de Maggie en est-il un ?

— Oui, répondit-il avec raideur.

— Masterson avait-il raison ? poursuivit Wyatt. As-tu quelque chose contre les soldats ?

Violet pinça les lèvres, furieuse et humiliée que quelqu'un ait fait allusion à son ex.

— Le shérif Masterson ignore tout de moi.

Elle n'avait aucune envie de parler du père de Maggie, mais éviter le sujet, tenter de botter en touche, ne ferait que la rendre plus pathétique. Autant crever l'abcès. De toute façon, il n'y avait pas grand-chose à en dire. Leur histoire avait été brève.

— Le père de Maggie fait partie des marines, dit-elle. Je pensais qu'il était amoureux et il m'avait promis que nous finirions notre vie ensemble.

Elle lança un regard penaud à Wyatt. En général, elle n'était pas du genre à se jeter au cou du premier venu. Elle s'était toujours efforcée de garder la tête sur les épaules. Mais son ex avait été si persuasif, si charmant…

— Nous avons échangé des mails pendant un certain temps mais quand je lui ai annoncé ma grossesse, il a cessé toute correspondance, interrompu brusquement nos échanges. Totalement. Il a changé de numéro de téléphone, disparu de la circulation. Je lui avais proposé de faire la connaissance de sa fille, de faire partie de sa vie, même s'il m'avait brisé le cœur et que j'avais surtout envie de l'étrangler. Mais il n'a pas donné suite, il n'était pas intéressé.

Wyatt la dévisagea un long moment en silence.

— Je suis désolé, dit-il enfin.

— J'ai fait preuve d'une stupidité sans nom dans cette affaire.

Elle esquissa un sourire d'excuse. Elle se sentait toujours coupable de dire du mal du père de Maggie qui s'était pourtant comporté comme un pauvre type.

— Mais je ne regrette rien. J'ai Maggie. Elle enchante ma vie.

Wyatt envoya un clin d'œil au bébé.

— En même temps, elle est quand même un peu négative…

Maggie lui décocha un large sourire édenté.

— Non.

Violet essuya les joues collantes de purée de l'enfant et poursuivit :

— Je suis contente que tu sois là, Wyatt. Et je n'ai rien contre les militaires. Au contraire, j'éprouve une profonde gratitude à leur égard. Ils défendent notre pays, ses valeurs et notre liberté au péril de leurs vies.

Il la regarda attentivement, comme s'il attendait quelque chose de plus.

Violet lui tendit la main.

— Je suis très heureuse de te connaître, Wyatt Stone.

— J'en suis flatté.

Il lui serra la main un peu trop longtemps et elle le laissa faire. Ce geste voulait-il dire quelque chose ? Et pour lui, que signifiait-il ?

Violet le lâcha et se mit en devoir de nettoyer le plateau de la chaise haute.

Elle n'avait rien à reprocher à Wyatt mais elle devait rester sur ses gardes. Certes, ils pourraient être amis, faire équipe, pour reprendre son expression, et unir leurs efforts pour aider sa grand-mère. Mais rien de plus. Et tôt ou tard, leurs routes se sépareraient. Voilà pourquoi elle devait s'interdire de fondre quand elle le voyait parler à Maggie avec sérieux ou qu'elle surprenait la petite lui envoyant des baisers. Cela ne durerait pas. Il ne s'agissait que d'un moment, un épisode éphémère de sa vie.

Wyatt suivit Violet sur la terrasse, au soleil. Elle avait prétendu qu'elle avait besoin de s'aérer et il ne pouvait pas se résoudre à la laisser sortir seule. Vu tout ce qui se passait dans cette ville, il était inquiet. Elle avait mis son bébé dans une écharpe, un mode de portage qui lui semblait étrange mais Maggie avait l'air contente. Grâce à ce système, Violet l'emportait partout avec elle mais gardait les mains libres.

Violet s'arrêta pour admirer les roses de sa grand-mère. De petites plaques identifiaient certains pieds, les lauréats du concours du comté. Wyatt ne connaissait pas grand-chose aux fleurs mais il comprenait pourquoi d'aussi magnifiques parterres avaient été primés.

— J'ai l'impression que cette vieille voiture disait quelque chose à l'adjoint Santos, déclara Violet, la main en visière pour protéger ses yeux de l'éclat du soleil. Et d'ailleurs, il ne doit pas y en avoir beaucoup dans une petite ville, non ?

— Sans doute pas, dit Wyatt.

Il avait lui aussi remarqué la réaction de Santos quand elle lui avait décrit le véhicule mais il ne voulait pas en tirer de conclusions hâtives.

— Il s'agissait peut-être seulement d'un mouvement de surprise, poursuivit-il. Santos me semble être un honnête homme et nous en ferons peut-être un allié. Ce serait bien. Après ma rencontre avec le shérif aujourd'hui, je suis sûr que ce type a une dent contre moi et manifestement, il décide de tout dans le comté. S'il veut m'arrêter pour ingérence dans son enquête, j'irai en prison. Et si je me retrouve derrière les barreaux, je n'aurai pas la possibilité de t'aider.

Violet se retourna pour lui faire face.

— Masterson n'a donc de comptes à rendre à personne ? Il me semble avoir beaucoup de pouvoir. Comme le disait l'adjoint, il fait la pluie et le beau temps à River Gorge.

— Les shérifs ont beaucoup trop de pouvoir partout, répondit Wyatt en secouant la tête. Mes frères d'armes me trouvent souvent cynique. Ils n'ont pas tort.

— Un peu de cynisme me paraît justifié dans la situation présente. Quelque chose ne va pas. Quelqu'un a agressé ma grand-mère, est entré par effraction chez elle et m'a envoyée dans le décor. Comme si cela ne suffisait pas, le shérif prétend que des gens se sont plaints de toi en ville mais l'adjoint n'en a pas entendu parler, ce qui est plus que curieux. Le comportement de Masterson me semble louche. Ce n'est sans doute pas un hasard si ma grand-mère a fait appel à toi et non aux autorités locales.

Wyatt s'efforçait de s'en tenir aux faits.

— Plusieurs raisons pourraient l'expliquer. Peut-être ne savait-elle plus très bien à qui faire confiance. Dans les petites villes, la plupart des habitants sont liés les uns aux autres, d'une manière ou d'une autre. Les rumeurs se propagent vite. Peut-être préférait-elle s'adresser à quelqu'un de neutre pour assurer ses arrières. Si elle se sentait vraiment en danger, à qui d'autre aurait-elle pu demander de s'installer quelque temps chez elle pour veiller sur elle ? De plus, j'ai eu l'impression, en lisant ses mails, qu'elle aurait peut-être voulu un peu d'aide pour mener à bien ses investigations. En tout cas, elle posait des questions sur les capacités de l'agence dans ce domaine.

Tandis qu'ils marchaient, Violet jouait avec les petites mains de Maggie. Elle fronça les sourcils.

— Ma grand-mère t'a envoyé des mails ? Les as-tu gardés ? Pourrais-je les voir ?

— Bien sûr.

Comme elle retournait à la maison, il la suivit.

— As-tu faim ? demanda-t-il soudain. Tu n'as rien mangé depuis ce matin. Et il y a plein de légumes dans le jardin.

Violet lança un regard sceptique vers le potager.

— Ce n'est pas à toi de les cueillir.

— Ça ne me dérange pas.

Wyatt s'aperçut qu'il était sincère. L'idée de cuisiner pour Violet lui plaisait.

Ils s'arrêtèrent dans la cuisine et il consulta sa boîte mail sur son smartphone avant de lui tendre l'appareil.

— Voilà les messages que j'ai reçus de ta grand-mère.

— Merci.

Elle posa Maggie sur le sol et lui tendit une girafe en

caoutchouc que l'enfant se mit aussitôt à mordre avec énergie. Elle lut alors les mails qui défilaient sur le petit écran.

— Je m'en veux que ma grand-mère ait eu peur de quelque chose et n'ait pas eu le réflexe de m'appeler, de m'en parler, dit-elle. Je ne sais pas ce que j'aurais pu faire, mais j'aurais aimé être au moins au courant.

Wyatt lui frotta le dos pour tenter de la réconforter avant d'enfoncer les mains dans ses poches. Il n'avait pas à avoir ce geste avec elle. Violet n'était pas sa copine, mais la petite-fille d'une cliente. Dans quelques jours, le mystère serait résolu et elle retournerait à Winchester. De son côté, il repartirait à Lexington où il essayerait d'oublier la jolie brune si intelligente et si charmante qui le troublait depuis l'instant où il l'avait saluée.

Violet se tourna vers lui, une expression étrange sur le visage.

— Je pense à quelque chose… Ma grand-mère n'a pas d'ordinateur. Alors, comment t'a-t-elle envoyé ces messages ?

Avant qu'il ne puisse répondre, un rugissement de moteur fendit l'air de l'après-midi, suivi immédiatement d'un bruit de verre brisé et du hurlement d'une alarme.

Wyatt traversa le salon en courant et ouvrit la porte d'entrée. Les warnings de son camion clignotaient pour protester contre une agression.

Au bout de l'allée, il vit une vieille voiture bleue et blanche qui s'éloignait…

6

Il va falloir rappeler le bureau du shérif, songea Violet.

Elle regrettait de ne pouvoir choisir l'adjoint qui viendrait enregistrer sa nouvelle plainte. Cela dit, si Wyatt semblait faire confiance au dénommé Santos, pour sa part, elle se méfiait désormais de tout le monde. Elle n'avait pas du tout apprécié la visite du shérif Masterson, le soir où la maison de sa grand-mère avait été cambriolée. Il l'avait traitée avec une hostilité totalement incompréhensible.

Maintenant, elle regardait Wyatt courir derrière la voiture qui prenait de la vitesse.

Accrochée à ses jambes, Maggie essayait en vain de se lever. Violet la prit dans ses bras et la couvrit de baisers.

Wyatt l'appela alors du dehors.

— Viens voir.

Elle s'approcha de la fenêtre.

Les mains sur les hanches, il se tenait dans l'allée. Il avait éteint l'alarme de son camion et il considérait d'un air navré la petite berline jaune garée devant.

Violet ouvrit la porte avec précaution et descendit lentement les marches du porche pour le rejoindre. Elle avait l'impression d'être passée en mode « pilotage automatique ». Maggie, qui avait envie d'être posée par terre, gigotait dans ses bras.

Son smartphone à l'oreille, Wyatt demandait à quelqu'un de renvoyer un adjoint chez eux.

Il lui faudrait dresser deux rapports de police en une seule journée.

Dans la ville la plus calme du monde.

Le soleil caressait la peau de Violet et le parfum des roses embaumait l'air, déclenchant un flot de souvenirs. Mais le comté ne ressemblait plus beaucoup à celui qu'elle avait connu autrefois.

La vitre côté passager du camion de Wyatt avait été brisée. Des éclats de verre scintillaient sur le sol.

— J'espère que Santos va revenir, dit-il en glissant son téléphone dans sa poche. La liste des agressions dont nous sommes victimes s'allonge d'heure en heure.

Il reporta son attention sur les véhicules vandalisés.

— Je suis désolé que ta voiture ait été endommagée.

Violet suivit son regard. Son ventre se noua à la vue de l'état de sa petite berline. Sur sa portière était peint en grosses lettres noires le mot :

PARTEZ

— Seigneur !

Son cœur s'affola dans sa poitrine, sa gorge se serra. Le message était limpide, sans équivoque.

PARTEZ.

C'était un ordre. Une menace.

Qui a fait ça ? Et pourquoi ?

Wyatt prit Violet par les épaules et l'attira contre lui. Il lui frotta le dos pour la réconforter, la réchauffer. En effet, malgré les températures caniculaires, elle frissonnait.

— Tu la feras repeindre.

Sidérée, elle continuait à regarder fixement ce message glaçant quand un coup de klaxon la fit sursauter. Elle se détendit en voyant apparaître la voiture de l'adjoint.

Wyatt l'étreignit un peu plus fort.

— Il ne manquait plus que lui, marmonna-t-il.

Violet se tourna vers le nouvel arrivant. Son sourire

s'envola quand il descendit de son véhicule et qu'elle le reconnut. Il ne s'agissait pas de Santos.

Mais du shérif.

Wyatt se hérissa lorsque Masterson s'avança vers eux d'un pas décontracté. En passant, il ne jeta qu'un bref coup d'œil indifférent aux dommages subis par leurs véhicules.

— Quel est le problème ? demanda-t-il.

Les mains sur la bouche, Violet émit un son étranglé.

Wyatt la serra contre lui d'un geste rassurant avant de lancer à Masterson :

— Vous êtes arrivé ici très vite, shérif. C'est incroyable. Je m'entretenais avec quelqu'un de votre bureau, il y a quelques instants à peine. Je viens de raccrocher.

Le regard de l'élu considéra tour à tour Wyatt, Violet et Maggie.

— J'étais dans les parages…

Wyatt le dévisagea aussitôt d'un air suspicieux.

— Ah, oui ? Et pour quelle raison ? La propriété de Mme Ames n'est pas située sur une route fréquentée mais au fond d'un cul-de-sac.

— Vous semblez attirer les ennuis comme les arbres la foudre, rétorqua le shérif. Voilà pourquoi j'ai eu envie de venir jeter un œil. Et manifestement, j'ai bien fait, ajouta-t-il en se tournant vers les véhicules vandalisés.

— En tout cas, vous avez raté le coupable de peu, poursuivit Wyatt. En fait, puisque vous étiez dans le coin, vous avez forcément croisé sa voiture. Un vieux tacot bleu et blanc, bon pour la casse ou pour un derby de démolition. Vous l'avez vu, non ? Le type a filé, il y a moins de dix minutes.

Le shérif enfonça les mains dans ses poches.

— Non. Je n'ai vu personne sur la route.

Violet bougea et Wyatt la lâcha. Il ne voulait pas la retenir si elle préférait rentrer. Mais au lieu de se diriger vers la maison, elle se blottit plus étroitement contre lui et enfouit son visage dans son cou, Maggie dans les bras.

D'instinct, Wyatt les serra plus fort, se promettant en son for intérieur de les protéger quoi qu'il advienne.

Le shérif se rapprocha des véhicules.

— Vous paraissez confrontés à beaucoup de problèmes. Je ferai, bien sûr, un rapport à ce sujet mais vous admettrez que la situation soulève quelques questions…

Wyatt prit une profonde inspiration, expira lentement et s'ordonna de se maîtriser.

— Lesquelles, par exemple ?

Le shérif donna un coup de pied dans le pneu avant de la voiture de Violet.

— Pour commencer, répondit-il, je serais curieux de savoir ce que vous avez fait pour énerver quelqu'un à ce point. Et pourquoi.

Il s'accroupit devant les lettres peintes sur la carrosserie et y passa un doigt

— Je me demande d'ailleurs si vous n'auriez pas intérêt à suivre ce conseil, à partir, à rentrer chez vous. Vous avez un bébé. La meilleure façon de protéger votre enfant est de l'éloigner.

Violet se tendit. Elle se retourna brusquement pour faire face au shérif.

— Êtes-vous en train d'insinuer que ma fille est en danger à River Gorge ? lança-t-elle avec feu. Que l'individu qui m'a envoyée dans le décor et qui a vandalisé ma voiture pourrait maintenant s'en prendre à elle ? C'est bien ça ?

Elle se dégagea de l'étreinte de Wyatt comme si, à présent, elle n'avait plus peur ni besoin de protection. Elle ressemblait soudain à une guerrière décidée à défendre bec et ongles les siens.

Wyatt sourit au shérif.

Ce dernier, visiblement déconcerté, leva les mains dans un geste de reddition.

— Je n'ai jamais dit ça.

— Vous l'avez laissé entendre, répliqua-t-elle sèchement.

Et cela ne me plaît pas. J'ai l'intention de rester ici jusqu'à ce que ma grand-mère soit rétablie. Et pendant mon séjour à River Gorge, il n'est pas question que quiconque se permette de me menacer, de m'agresser ou de s'attaquer à Maggie. Et c'est à vous, shérif, d'y veiller. Si vous ne vous estimez pas responsable de ma sécurité, de celle de ma fille et de la protection de nos biens, pourriez-vous m'expliquer en quoi consiste exactement votre travail ?

Le shérif perdit son expression narquoise.

Wyatt toussota pour masquer son éclat de rire. Contrairement à Violet, il n'avait pas, lui, la possibilité de lancer les quatre vérités au shérif qui aurait été trop content de l'arrêter ou de lui créer des ennuis. Mais Violet n'avait pas hésité à remettre ce prétentieux à sa place et à lui montrer le peu de cas qu'elle faisait de ses menaces à peine voilées.

Et Wyatt la trouva magnifique.

Masterson ouvrit un calepin et prit quelques notes pour son rapport puis partit sans les saluer. Ses lunettes de soleil réfléchissantes dissimulaient ses yeux mais la façon dont il serrait les mâchoires prouvait qu'ils l'avaient mis hors de lui. Pourtant, ils lui avaient seulement demandé de faire son travail.

— C'est un pauvre type, conclut Wyatt.

Il fit entrer Violet dans la maison et leur remplit deux verres de thé glacé.

— Et maintenant ? lança Violet, en tapotant des doigts la table de la cuisine. Le shérif n'a évidemment pas l'intention de nous aider.

— C'est certain.

Il essaya de se recentrer sur quelque chose qu'il pouvait contrôler. Son enquête.

— Tu disais que ta grand-mère n'avait pas d'ordinateur ? Tu es sûre qu'on ne le lui a pas volé ?

Il récupéra son smartphone pour lister les options wifi disponibles.

— Je ne capte aucun réseau, ajouta-t-il.

Il se déplaça dans les pièces, cherchant la présence d'une box, d'un câble Internet. En vain.

Violet se dirigea vers l'ancien bureau de son grand-père et ouvrit le tiroir-classeur.

— Ma grand-mère n'a jamais souscrit d'abonnement Internet. Quand je vivais ici, j'avais un ordinateur portable au lycée mais je devais me rendre à la bibliothèque ou dans un café pour obtenir une connexion wifi.

Elle parcourut le contenu d'une chemise cartonnée avant d'agiter des feuillets en l'air.

— Ce sont les factures de téléphone des derniers mois. Aucun abonnement Internet n'y figure.

— D'accord. Inutile donc de chercher un modem ou un routeur.

Il appela un garagiste local à l'aide de son smartphone. Quand il raccrocha, il annonça à Violet :

— J'ai pris des dispositions pour faire remplacer la vitre de ma portière. J'ai également demandé des devis pour faire repeindre ta voiture. Cela dit, je ne te conseille pas de dépenser de l'argent tant que nous ne saurons pas exactement ce qui se passe dans cette ville.

Violet rangea les papiers dans le bureau, puis s'adossa au mur. Le front soucieux, elle caressait les boucles de Maggie.

— Ruth a peut-être une connexion Internet. Ma grand-mère aurait pu te contacter de chez elle. Et à ce sujet, j'ai revu Ruth à l'hôpital et elle a dit qu'en effet, ma grand-mère était préoccupée ces derniers temps. Peut-être parce qu'une de leurs amies souffre de démence et que son état a empiré.

— J'en suis désolé, dit Wyatt. Comment s'appelle-t-elle ?

— Mary Alice. Elle a toujours été très proche de ma grand-mère mais elle vit un peu en recluse.

Comme ses yeux tombaient sur des romans empilés sur le bureau, un grand sourire se dessina sur ses lèvres.

— Je sais où ma grand-mère a utilisé un ordinateur.

Une heure plus tard, Wyatt pénétra avec son camion dans l'atelier de carrosserie de la petite ville et confia le véhicule à un employé. Vu le prix demandé à Violet pour faire repeindre sa voiture, elle avait sans doute intérêt à en acheter une neuve.

Maggie avait grignoté des céréales en route et semblait prête pour une nouvelle aventure. Comme ils avaient du temps à tuer pendant que la vitre serait remplacée, ils décidèrent de se rendre à la bibliothèque qui n'était pas loin.

Violet retrouva Wyatt devant l'atelier de carrosserie. Elle portait Maggie en écharpe et les romans empruntés par sa grand-mère sous le bras.

— Prêt ?

— Allons-y, je te suis.

Tout en marchant sur le trottoir, Wyatt surveillait attentivement les alentours. Ils se trouvaient dans une zone pavillonnaire et beaucoup de gens profitaient de leur jardin. Certains entretenaient leurs plates-bandes, d'autres se prélassaient sur une balancelle. Des enfants couraient devant un arroseur automatique en criant, d'autres se poursuivaient sur leurs vélos ou envoyaient des ballons dans des paniers boulonnés sur des portes de garage.

— C'est étrange, dit Violet. Tout semble normal, je me rappelle avoir vu cet endroit exactement comme ça autrefois, mais un danger plane au-dessus de nous et personne ne semble en être conscient.

Ils s'engagèrent dans la rue au bout de laquelle se trouvait la bibliothèque. Wyatt promenait les yeux autour de lui, s'apprêtant à voir surgir à tout moment une vieille voiture bleue et blanche.

— Il est logique que personne ne se sente menacé, dit-il. Ton agresseur t'attaque par surprise et toujours quand tu es seule. Il veut t'effrayer. Pas mettre toute la ville en état d'alerte.

— Sans doute, répondit-elle comme ils arrivaient à destination. Je déteste l'idée que le shérif nous ait pratiquement rendus responsables de ces attaques. Quand des gens comme lui cesseront-ils de s'en prendre aux victimes ?

— Des gens comme lui ? répéta Wyatt. Jamais.

Il suivit Violet sur les marches d'un bel édifice datant de la fin du XIXe siècle. Près d'une grande porte d'entrée rouge vif, un panneau indiquait que l'endroit avait abrité autrefois le fondateur de la ville, construite en 1864.

Violet entra et se dirigea vers un bureau en bois. Tout en y posant les romans empruntés par sa grand-mère, elle sourit à la sexagénaire qui s'avançait vers eux.

— Bonjour, madame Foster.

La bibliothécaire ajusta ses lorgnons sur son nez avant de dévisager Violet un moment. Quand elle la reconnut enfin, elle poussa un cri et pressa les mains contre sa poitrine.

— Violet Ames ! Doux Jésus ! Voilà une éternité que tu n'étais pas venue. Comment vas-tu ? Approche-toi que je te voie.

Mme Foster la serra dans ses bras. Elle se pencha pour caresser les joues de Maggie en roucoulant puis se redressa pour considérer Wyatt avec gravité.

— Vous devez être l'homme dont je ne cesse d'entendre parler. Vous affolez toutes les femmes du coin, vous savez.

Wyatt se sentit bêtement rougir. Il lui tendit la main.

— Wyatt Stone. Je suis ravi de faire votre connaissance, madame.

Violet sourit, un peu gênée et alla droit au but :

— Madame Foster, je me demandais si ma grand-mère était venue ici ces jours-ci pour utiliser l'un des ordinateurs mis à la disposition du public.

— Oh ! oui. Elle vient régulièrement depuis plusieurs semaines. Comment va-t-elle, d'ailleurs ? J'ai entendu dire qu'elle avait fait une terrible chute. Nous vieillissons mais nous refusons de le reconnaître. Nous faisons des choses que nous ne devrions probablement pas faire.

— Comme quoi ? s'enquit Wyatt.

Mme Foster haussa les épaules.

— Comme monter sur une échelle dans sa grange. C'était de la folie. L'année dernière, je me suis fait un lumbago en soulevant une boîte de décorations de Noël du grenier. J'ai été arrêtée pendant deux mois. Deux mois ! La vieillesse est un naufrage. Heureusement pour Gladys, Ruth devait déjeuner chez elle et l'a trouvée. Vivre seule à notre âge est dangereux.

Violet se mordilla les lèvres.

— Savez-vous pourquoi elle avait besoin d'un ordinateur ?

— Non, répondit la bibliothécaire en secouant la tête. Elle cherchait sans doute des recettes de cuisine sur Internet. Pour ma part, je me connecte pour cette seule raison.

— Puis-je en utiliser un ? demanda Violet.

— Bien sûr. Venez avec moi.

Tous trois traversèrent la salle, leurs pas claquant sur le parquet ciré. Plusieurs personnes lisaient sur des canapés et des fauteuils disposés entre les étagères. Assis autour d'une femme coiffée d'une couronne en carton, des enfants l'écoutaient leur raconter une histoire.

— Nous y sommes, dit Mme Foster avec un geste de la main.

Une dizaine de moniteurs d'ordinateur étaient installés sur des tables. Mme Foster offrit un tabouret à Violet, puis rapprocha une chaise pour Wyatt.

— Les voici. Prenez votre temps.

— Savez-vous lequel Mme Ames préférait utiliser ? demanda Wyatt.

Les gens étaient souvent prisonniers de leurs habitudes, et il espérait que la grand-mère de Violet ne dérogeait pas à cette règle.

— Bien sûr. Elle aimait s'asseoir devant celui-ci. De là, elle pouvait profiter d'une belle vue sur le parc. Un bon choix, non ?

— Certainement.

— Très peu de personnes se servent de ces appareils, en réalité, poursuivit Mme Foster. Désormais, tout le monde a un ordinateur ou une tablette à la maison et un smartphone dans la poche. Mon arrière-neveu a les trois et il n'a pas onze ans. Comment voulez-vous qu'il trouve le temps de lire un livre ? ajouta-t-elle en levant les yeux au ciel.

— Nous pensons que ma grand-mère recherchait quelque chose de particulier sur Internet, dit Violet. J'espère découvrir de quoi il s'agissait. Pour terminer ses investigations pour elle et lui faire gagner du temps.

Wyatt se rapprocha de l'écran et afficha l'historique des recherches.

— Gardez-vous un journal des utilisateurs ? demanda-t-il. Le registre des dates et heures de connexion ?

Dans l'affirmative, il pourrait utiliser ces informations pour déterminer les sites que Mme Ames avait consultés en ligne. Apparemment, personne n'avait effacé la mémoire de cet appareil depuis longtemps.

— Bien sûr. Je reviens tout de suite.

Dès que Mme Foster se fut éloignée, Violet se rapprocha de Wyatt.

— Je n'aurais pas dû lui dire que ma grand-mère effectuait des recherches sur quoi que ce soit. J'ai gaffé.

Wyatt se força à sourire.

— Ce n'est pas grave. Mme Foster a l'air sympa et ton histoire était crédible.

La bibliothécaire revint avec un grand cahier.

— Je vous le confie mais je dois vous laisser, désolée. L'heure du conte est terminée et Clary a besoin d'aide avec les enfants.

Ils attendirent qu'elle soit partie pour parcourir la liste.

— Regarde, dit Violet. Ma grand-mère était pratiquement la seule à utiliser cet ordinateur et elle est venue presque tous les jours au cours des trois dernières semaines.

Wyatt fit défiler l'historique, passant en revue les liens et les pages visités chaque fois que Mme Ames s'était connectée.

— L'historique est surprenant. Ton grand-père était-il un vétéran ?

— Oui. William Ames, répondit Violet. Pourquoi ?

— Ta grand-mère consultait des sites web de l'armée, celui des anciens combattants, celui des cimetières militaires et celui des dates d'enterrement de différents soldats…

Wyatt sentit soudain les poils se hérisser sur sa nuque tandis qu'un long frisson lui parcourait l'échine. Comme chaque fois qu'il se sentait surveillé. Il jeta un coup d'œil autour de lui puis reporta son attention sur l'écran.

— Elle effectuait en particulier des recherches sur un ancien GI dénommé Henry Davis. Ce nom te dit-il quelque chose ? Un parent peut-être ?

Violet, qui jouait avec les doigts de Maggie, lui caressa les joues.

— Non. Je n'avais jamais entendu ce nom. Peut-être s'agit-il de quelqu'un qu'elle connaissait quand elle était jeune ? Un voisin ?

— Il habitait Twin Forks. Twin Forks n'est pas loin d'ici. Peut-être sortaient-ils ensemble, à une époque ?

— Je ne sais pas. J'aimerais qu'elle se réveille et nous dise ce qui se passe. Nous ne sommes même pas sûrs que sa chute soit liée à ses recherches Internet. Les deux événements n'ont peut-être rien à voir.

— C'est vrai, dit Wyatt, ravi de l'entendre envisager toutes les possibilités. Mais la concomitance de ses investigations sur Internet et de son besoin d'un garde du corps pour assurer ses arrières n'est certainement pas une coïncidence.

De nouveau, il promena les yeux autour de lui, se demandant pourquoi il avait soudain la chair de poule. Il était temps de partir.

— Je ne sais pas pourquoi elle consultait ces sites mais je trouve son intérêt curieux. Ce Henry Davis a disparu il y a près de cinquante ans. Pourquoi se mettre à le chercher maintenant ? C'est étrange.

La bouche de Violet s'ouvrit mais elle la referma sans dire ce qui lui venait à l'esprit. Peut-être pensait-elle la même chose que Wyatt.

— Tu as raison, c'est bizarre. On y va ?

— Attends, un instant.

Il venait de tomber sur une nouvelle série de pages consultées. Cette fois, Mme Ames s'était intéressée au passé d'une femme, une certaine Mary Alice Grigsby.

Violet s'approcha de lui pour regarder la liste des sites web et des recherches effectuées par sa grand-mère.

— Mary Alice ? C'est une des connaissances de ma grand-mère. Que cherchait-elle donc à son sujet ?

— Je ne sais pas. Il n'y a pas beaucoup d'éléments pour nous mettre sur une piste. Uniquement son nom, parfois associé à une date. 1968.

Il s'assura à nouveau que personne ne les épiait ou ne les écoutait.

— Par prudence, j'efface l'historique de cet ordinateur au cas où quelqu'un viendrait ici pour chercher la même chose que nous, dit-il. Henry Davis est peut-être une piste ou peut-être pas mais compte tenu des événements des derniers jours, je préfère ne pas laisser d'indices.

— Tu as raison.

Violet se rendit dans la zone pour enfants et choisit quelques livres pour Maggie.

Mme Foster les salua.

— Avez-vous trouvé ce que vous cherchiez ?

Wyatt chercha frénétiquement un mensonge quelconque, mais avant qu'il ne réussisse à en trouver un, Violet le devança.

— Apparemment, ma grand-mère avait envie d'adopter un chaton. Peut-être se sentait-elle seule dans cette grande maison. En tout cas, elle avait listé les refuges de la région qui recueillent les animaux abandonnés. Je vais peut-être lui en dénicher un pour la surprendre quand elle se réveillera.

Un sourire rayonnant éclaira le visage de la bibliothécaire.

— C'est tellement gentil à toi. J'aimerais que mes petits-neveux soient aussi attentionnés. Je mets les albums pour ta fille sur la carte de bibliothèque de ta grand-mère. Tu me les rapportes dans deux semaines ?

— Promis.

Violet tendit les livres à Wyatt, puis se dirigea vers la sortie.

— Bravo pour ton sens de la répartie, chuchota-t-il à son oreille.

— Merci. Maintenant, nous avons besoin de comprendre qui est Henry Davis et pourquoi ma grand-mère effectuait des recherches sur lui depuis près d'un mois.

Wyatt pressa son smartphone contre l'oreille.

— Je m'en occupe.

Ils allèrent feuilleter les albums de Maggie sur un banc du parc et s'offrirent ensuite une glace. Bien plus tard, Wyatt reçut des nouvelles du carrossier. Sa vitre était réparée. Violet attendit avec Maggie devant l'atelier pendant qu'il payait et récupérait ses clés.

Elle eut soudain l'impression étrange et désagréable d'être épiée et un frisson la parcourut. Elle se sentait de plus en plus nerveuse.

— Prête à partir ? demanda Wyatt en se dirigeant vers le camion.

— Oui.

Il s'installa au volant et vérifia ses rétroviseurs puis jeta un regard curieux dans sa direction.

— Tout va bien ?

Elle se frotta les bras. Elle avait la chair de poule.

— Je deviens un peu parano, je crois.

Tandis qu'ils traversaient le centre-ville, elle regarda

les automobilistes qui passaient, les ruelles sombres. Une sourde angoisse l'envahissait.

Bientôt, ils regagnèrent la route du comté qui menait vers la maison de sa grand-mère. La vue était magnifique. Des montagnes se découpaient à l'horizon, des collines couvertes de champs ou de forêts de déclinaient à l'infini sous un ciel sans nuage. Des oiseaux volaient, des écureuils sautaient de branche en branche. Ils eurent même la chance d'apercevoir un chevreuil en bordure du bois.

Violet suivit des yeux la rivière qui, après avoir dégringolé de la montagne, serpentait vers la vallée en contrebas de la route. Son cœur se serra lorsqu'un virage en épingle à cheveu apparut. Elle roulait alors dans l'autre sens, ce jour-là, mais elle reconnut l'endroit où la voiture bleue et blanche l'avait poursuivie. À ce souvenir glaçant, elle serra les lèvres.

Wyatt ralentit et demanda soudain :

— Cela fait longtemps que cette balustrade est dans cet état ?

Violet se pencha en avant pour voir ce qu'il lui montrait.

— Non. Je ne pense pas.

Wyatt se gara non loin du parapet défoncé.

Violet blêmit à la vue d'un pick-up rouge planté sous le petit pont, à quelques pas du cours d'eau.

Wyatt mit ses warnings en marche.

— Attends-moi. Je reviens tout de suite.

La gorge serrée, Violet le regarda se précipiter en bas du petit ravin.

Il sortit son smartphone de sa poche et le coinça entre son épaule et son oreille pour pouvoir parler à quelqu'un tout en ouvrant le véhicule accidenté.

Quelqu'un se trouve à l'intérieur, comprit-elle.

La peur s'empara d'elle. Elle baissa sa vitre.

— Que se passe-t-il ? Que puis-je faire pour aider ? cria-t-elle.

Wyatt secoua la tête et leva la main dans sa direction pour

lui demander de rester sur place. Elle l'entendit donner leur emplacement à son correspondant, la description du pick-up.

Mais le pire était à venir.

— Une seule personne, la conductrice, disait-il. Une femme âgée de soixante-dix ou quatre-vingts ans. Décédée.

Violet sortit du camion. Elle prit Maggie dans ses bras et se rapprocha du parapet, soudain terrifiée à l'idée d'être seule. Des souvenirs de la voiture qui l'avait percutée lui revinrent en mémoire.

Elle fit quelques pas sur la chaussée, descendit vers les lieux du drame, vers Wyatt. Comme elle parvenait à ses côtés, le visage de la conductrice du petit véhicule accidenté lui apparut.

Le cœur en miettes, Violet reconnut les yeux verts de Ruth, l'amie de sa grand-mère.

Ils étaient grands ouverts…

7

Assis sur la balancelle de la terrasse, Wyatt s'efforçait d'effacer de sa mémoire les images de la vieille dame qu'il avait trouvée morte, quelques heures plus tôt. Il attendait que Sawyer, son ami et cofondateur de Fortress Security, le rappelle.

Si les proches de Mme Ames commençaient à se faire tuer, il devenait impératif d'accélérer l'enquête afin de découvrir au plus vite ce qui se tramait. Et Sawyer était très doué en matière de recherches. En fait, il avait un talent particulier pour déterrer les secrets enfouis. Il avait quitté l'armée depuis peu et il avait beaucoup de mal à s'adapter à la vie civile. Voilà, entre autres, pourquoi il s'était spécialisé dans le domaine des investigations. Lorsqu'il se plongeait dans un dossier, il finissait par en savoir plus que les intéressés eux-mêmes. Sawyer était également capable de se rendre invisible, de se transformer en fantôme, une qualité dont Wyatt avait besoin dans cette affaire. Avec Sawyer à la manœuvre, Wyatt aurait la possibilité de se concentrer sur la protection de Violet et de Maggie.

La nuit était tombée. Il entendait des chouettes hululer dans les arbres, des crapauds croasser près du lac tout proche, des grillons striduler dans l'herbe. Wyatt était aux aguets. Aucun bruit alentour ne lui échappait et il reconnut celui des pas de Violet dans la maison. Elle descendait l'escalier après avoir mis Maggie au lit. Quand elle apparut, la voix de la petite fille était perceptible via le babyphone qu'elle tenait à la main.

Elle ouvrit la porte-moustiquaire de la terrasse, les yeux rivés sur le petit appareil.

Wyatt l'invita à venir s'asseoir à côté de lui.

Elle accepta avec un sourire et plaça le babyphone sur l'accoudoir.

— Maggie traverse les événements avec sérénité, dit-elle. Je devrais prendre exemple sur elle.

— Avoir une mère forte sur qui elle sait pouvoir s'appuyer dans les tempêtes doit l'aider à bien dormir.

Wyatt étendit le bras sur le haut des coussins de la balancelle, laissant sa main pendre près de Violet. Il mourait d'envie de la poser sur son épaule mais il se l'interdit. Faire semblant d'être son petit ami devant des tiers était une chose, mais la toucher chaque fois qu'il en rêvait et qu'elle était près de lui ne serait pas professionnel.

Violet regardait dans le vide.

— Je n'arrive pas à croire que Ruth soit morte.

Wyatt aurait aimé lui offrir quelques mots de réconfort mais n'en trouva pas. La tragédie dont l'amie de sa grand-mère avait été victime était horrible et très inquiétante.

— Elle roulait vers l'hôpital quand le drame s'est produit, poursuivit Violet. Elle allait sans doute rendre visite à ma grand-mère. Et je ne peux pas m'empêcher de me demander si c'est la raison pour laquelle cet accident a eu lieu. Et si elle n'a pas été sciemment poussée en dehors de la route…

— Le shérif examine la question, répondit Wyatt. Nous en saurons davantage bientôt.

Violet tourna vers lui ses yeux bleus, teintés d'angoisse.

— Maggie et moi aurions pu connaître le même sort, hier.

Via le babyphone, ils entendaient les babillements de Maggie qui s'endormait. Malgré son inquiétude, Wyatt sourit. Il aurait aimé comprendre ce que racontait cette petite fille.

— Elle doit être épuisée, dit-il. La journée a été caniculaire et elle a passé beaucoup de temps au soleil.

Violet ramena ses cheveux au-dessus de sa tête en un chignon improvisé et soupira.

— Il est près de 22 heures et il fait encore très chaud.

Elle relâcha ses mèches brunes qui tombèrent sur ses épaules, libérant un parfum de vanille enivrant.

— As-tu reçu des nouvelles de ton associé ? reprit-elle.

— Pas encore.

À la vue de son expression résignée, vaincue, il ajouta en lui tapotant l'épaule :

— Nous allons progresser, mener cette enquête à bien et mettre un terme à ces crimes, je te le promets.

— D'accord, dit-elle en repliant les jambes sous ses fesses.

Sa réponse alla droit au cœur de Wyatt. Ce « d'accord » ne laissait pas de place au doute, au moindre questionnement. Elle lui faisait confiance. Et elle avait raison. Il tiendrait parole.

Comme elle se rapprochait de lui pour poser la tête sur son épaule, il se rendit compte qu'il ne voulait pas seulement la protéger. Il avait surtout envie de la toucher, de la réconforter, de la voir sourire, de faire rire Maggie, d'être près d'elle, d'être avec elles deux… Wyatt les considérait l'une et l'autre comme des personnes précieuses. Bien sûr, leur sécurité faisait partie de son travail mais il avait l'impression de veiller sur elles comme si elles étaient sa femme et sa fille, sa famille.

— J'ai préparé du café, poursuivit-elle. Je doute de pouvoir dormir. Pas après qu'un fou furieux est entré sur la propriété de ma grand-mère pour peindre des menaces sur ma voiture. Et je me disais que rester en bas cette nuit avec toi, pour monter la garde, ne serait peut-être pas une mauvaise idée.

Lui proposait-elle vraiment de passer la nuit avec lui ? Troublé, Wyatt ne savait plus quoi penser.

— Tu devrais plutôt dormir. Tu es épuisée et Maggie a besoin d'une maman en pleine forme.

Il devinait que Violet ne suivrait ses conseils que s'il mettait en avant le bien-être de l'enfant. Elle ferait n'importe quoi pour sa fille, il en était certain.

— Je surveillerai les alentours, cette nuit, ajouta-t-il. Compte sur moi.

— À ton avis, que se passera-t-il si je ne pars pas ? Si je n'obéis pas à l'ordre peint sur ma voiture ?

— Sens-toi libre de retourner chez toi, si tu le souhaites, répondit-il. Je suis capable de gérer la situation ici, si tu estimes que vous serez plus en sécurité ailleurs.

Il s'en voulait de le dire, mais c'était la vérité.

— J'hésite, je l'avoue, dit-elle. Je me suis demandé ce qui valait mieux pour Maggie. Rester à River Gorge est dangereux, c'est évident. Mais qu'arrivera-t-il si l'auteur de ces crimes pense que je sais quelque chose ? S'il croit que j'ai découvert sur quoi ma grand-mère enquêtait ? Ou qu'elle m'en avait parlé avant l'accident ? Comment puis-je être certaine que son agresseur me laissera rentrer chez moi tranquillement ? Et si son objectif était justement de me séparer de toi ? Ne serais-je pas mille fois plus en danger loin de toi, sans ta protection ?

Ses yeux bleus suppliaient Wyatt de la rassurer.

— Je ne veux pas m'enfuir comme une idiote en pensant éviter le danger pour me rendre compte trop tard que je me suis jetée dans la gueule du loup.

Le cœur de Wyatt se serra. La peur qu'il voyait dans le regard de violet, comme les questions auxquelles il ne pouvait pas répondre, était insupportable. Il éprouvait une aversion viscérale pour les criminels et plus généralement, pour le mal. C'était la raison même pour laquelle ses amis et lui avaient fondé Fortress Security.

Ils entendirent Maggie pleurer un peu.

Violet se redressa légèrement, s'écartant de Wyatt.

— Elle cherche son sommeil.

— Elle fait des vocalises, c'est ça ? Peut-être devrais-tu envisager de lui donner des cours de chant.

Violet lui donna un coup de coude dans les côtes en riant.

— D'abord, elle te paraît trop négative et maintenant, elle ne sait pas chanter ? Tu es trop exigeant, Wyatt !

— J'ai déjà entendu ce genre de reproches, admit-il.

Il reporta son attention sur le babyphone. Comment un homme avait-il pu quitter cette femme merveilleuse et cette adorable petite fille ? Abandonner une jeune mère et son enfant n'était pas bien. Pourtant, s'il ne les aimait pas, sans doute valait-il mieux que ce type se soit éloigné. Elles méritaient mieux. L'une et l'autre.

Violet fronça les sourcils.

— À quoi penses-tu ?

Wyatt détourna la tête. L'ex-petit ami de Violet n'était pas son affaire.

— À rien.

— Quelque chose te tourmente, répliqua-t-elle. Je le vois bien. Dis-moi quoi, sois honnête avec moi. J'ai besoin de savoir ce qui t'ennuie – et pas en version édulcorée. Si tu sais quelque chose à propos de ce qui se passe, quelque chose que tu ne m'as pas dit… S'il te plaît, parle-m'en.

Après un moment d'hésitation, il finit par lâcher :

— Je suis désolé que le père de Maggie soit parti. Voilà ce à quoi je pensais. Je sais que ça ne me regarde pas et je suis désolé d'y faire allusion mais tu me l'as demandé.

Violet s'écarta de nouveau de lui.

— Merci de t'en soucier mais ne t'inquiète pas. Tout va bien.

— Il a eu tort de partir, de vous abandonner toutes les deux. Je ne comprends pas une telle attitude. Surtout de la part d'un militaire.

— Non, non. Tout est ma faute. Je m'étais emballée trop vite.

Wyatt s'interdit de répondre. Violet n'était pas responsable de sa mésaventure mais il ne réussirait pas à l'en convaincre. Elle était forte. Déterminée. Maggie avait de la chance. Et l'ex de Violet était un crétin.

Comme elle se frottait les yeux, il sentit son ventre se nouer.

Pleurait-elle ? se demanda-t-il. À cause de lui ?

Il se leva, arrêtant la balancelle.

— Je ne voulais pas te blesser. Je pense seulement que vous méritez toutes les deux beaucoup mieux.

— Mes larmes n'ont rien à voir avec toi, ne t'en fais pas. C'est la fatigue et l'accumulation des événements dramatiques des derniers jours qui me minent, voilà tout.

Elle poussa un soupir.

— J'irai à l'hôpital demain. En tout cas, je regrette de ne pas avoir interrogé Ruth à propos de Henry Davis. Peut-être ma grand-mère lui avait-elle dit quelque chose à ce sujet. C'est sans doute à cause de ses confidences que Ruth est morte.

Wyatt lui décocha un sourire teinté de remords.

— Je t'accompagnerai, cette fois.

— D'accord.

— À propos de ce que tu disais tout à l'heure, reprit Wyatt, je ne sais pas si Maggie et toi serez plus en sécurité en restant ou en partant, mais si tu décides de rester, je te promets de ne pas vous quitter des yeux.

— Veiller sur nous ne risque pas de t'empêcher de mener ton enquête ? Démasquer le coupable devrait être ta priorité. Pas nous. Nous ne sommes pas dans le contrat que tu avais négocié avec ma grand-mère.

Il brandit son smartphone qu'il avait posé à côté de lui.

— Voilà tout ce dont j'ai besoin pour effectuer mes investigations. Et… Violet ?

— Oui ?

— Je me fous de ce contrat.

Elle sourit.

— D'accord.

Le smartphone de Wyatt bourdonna, annonçant l'arrivée d'un texto.

Il sourit.

— Tu vois ? dit-il. Je travaille.

Il tapota l'écran et lut le message de Sawyer.

— Que se passe-t-il ? s'enquit Violet en voyant son visage s'assombrir.

— Lorsque j'ai discuté avec Sawyer tout à l'heure, il se demandait si ta grand-mère n'avait pas entrepris des recherches pour le compte de son amie atteinte de démence. Le grand-père de Sawyer a la maladie d'Alzheimer et il paraît que ces malades se souviennent mieux d'événements lointains que d'autres, plus récents. D'après Sawyer, Mary Alice avait sans doute parlé de quelque chose à ta grand-mère qui a effectué ces investigations pour elle.

Violet fronça les sourcils.

— C'est possible.

— Par ailleurs, j'avais prié Sawyer de mener une petite enquête sur Mary Alice Grigsby et il m'apprend qu'elle s'est mariée l'année où Henry Davis a disparu.

— Et alors ?

— Mary Alice a épousé un certain Masterson…

Violet se frappa le front. Bien sûr, elle connaissait le nom de famille de Mary Alice, elle l'avait toujours su, mais pas Wyatt. Comment aurait-il pu le deviner ? Pourquoi ne le lui avait-elle pas dit ? *Quelle idiote !* Et surtout, pourquoi n'avait-elle pas fait le rapprochement plus tôt ?

— Mary Alice est la mère du shérif. Ma grand-mère était son amie. Est-il possible qu'elle lui ait confié un secret ?

— Peut-être, dit Wyatt.

Violet réfléchissait à plein régime. Les liens qui unissaient Mary Alice et le shérif expliquaient-ils l'accident de sa grand-mère ou l'épisode avec la voiture qui l'avait emboutie ? Ou la mort de Ruth ?

De nouveau, le téléphone de Wyatt vibra.

— J'ai reçu un mail, dit-il, lui faisant signe de se rapprocher. Concernant Henry Davis.

Wyatt cliqua sur le lien contenu dans le message et découvrit un article du journal du comté voisin, datant de 1968. Un GI de vingt-trois ans, Henry Davis, n'avait pas rejoint son régiment après une permission. Il était donc considéré comme déserteur. La dernière fois qu'il avait été vu, il assistait à un concert dans le comté de Grove.

— River Gorge se trouve dans le comté de Grove, murmura Violet.

Son cœur se mit à battre à grands coups dans sa poitrine alors qu'elle s'interrogeait sur le contenu de cet article.

À ses yeux, plus rien n'avait de sens. Pas même l'homme assis à côté d'elle, qui semblait plus soucieux de sa sécurité que du mystère qui planait au-dessus de cette histoire. Elle l'avait entendu dire à son associé qu'il lui laissait le soin de s'occuper de l'enquête, des recherches, parce que lui-même ne pouvait pas tout gérer. Il avait expliqué au dénommé Sawyer qu'elles deux étaient sa priorité. Détail touchant, quand il parlait de Maggie et contrairement à la plupart des gens, il ne la désignait pas comme « le bébé » ou « la fille de Violet ». Il l'appelait « Maggie ». Il la considérait comme une personne à part entière. Violet y était très sensible. Elle avait remarqué qu'il s'inquiétait toujours de la petite. Il la portait facilement et n'hésitait pas à faire des grimaces idiotes pour l'amuser. Il se montrait gentil et aimant.

Violet prit soudain conscience de la tournure de ses pensées et s'efforça de se ressaisir. Elle devait cesser de songer à la gentillesse de Wyatt. Wyatt était un homme adorable qui effectuait son travail avec sérieux. Violet, elle, était une mère célibataire qui avait une fâcheuse tendance à prendre ses désirs pour des réalités. Fonder une famille avec un papa et une maman qui s'aimaient et qui aimaient leur petite Maggie relevait du rêve, du fantasme.

Elle décida de monter se coucher. Avant de se laisser emporter par la douceur de la soirée. Dans le passé, s'emballer trop vite ne lui avait pas réussi.

— Tu as raison, je suis fatiguée et j'ai besoin de dormir. Bonne nuit.

Plusieurs heures plus tard, les rayons du soleil qui filtraient à travers les rideaux entrouverts, réveillèrent Violet en sursaut. Des grains de poussière dansaient dans l'air, suspendus comme des confettis irisés. Un sourire effleura ses lèvres. Son regard se dirigea vers le réveil posé sur la table de nuit. Il était plus de 8 heures. D'habitude, Maggie ne dormait jamais si tard. La pauvre devait être épuisée.

Violet roula sur le côté et jeta un coup d'œil dans le petit lit pliant.

Il était vide.

Maggie avait disparu.

Violet se leva d'un bond.

— Wyatt !

Elle se rua dans l'escalier et dégringola les marches à toute vitesse avant de ralentir en entendant Maggie crier avec force :

— Non !

Comme elle entrait dans la cuisine, elle découvrit sa fille qui riait aux éclats.

Wyatt agita une spatule depuis les fourneaux où il s'activait.

— Tu auras encore droit à des œufs et des toasts, ce matin. Je dois t'avouer que je ne sais rien confectionner d'autre.

Violet embrassa la tête de l'enfant, s'efforçant de recouvrer son souffle.

— Elle n'était pas dans son lit, j'ai paniqué.

Elle posa la main sur sa poitrine où son cœur battait encore la chamade. Pendant un moment, elle avait imaginé le pire. En oubliant qu'il y avait quelqu'un d'autre dans la maison. Quelqu'un de bien.

— Elle a longtemps babillé toute seule, dit-il. Comme tu ne réagissais pas tout de suite, comme hier, j'ai pensé que tu avais besoin de dormir… Et je suis monté la chercher. Je ne voulais pas te faire peur, ajouta-t-il, visiblement ennuyé. Je pensais que tu nous entendrais en te réveillant, que tu l'entendrais rire. Que tu commencerais la journée avec deux heures de sommeil de plus et un sourire.

Violet se frotta les yeux.

— Tu as raison. J'ai eu tort de m'inquiéter.

Elle se sentait un peu idiote. D'un autre côté, personne ne l'avait jamais aidée avec Maggie. Et Wyatt était pratiquement un inconnu.

Elle se dirigea vers la cafetière et se versa une grande tasse.

— As-tu du nouveau concernant Henry Davis ? demanda-t-elle en sirotant son café.

— Pas encore. J'ai demandé à Sawyer de consulter les dossiers militaires du GI Davis. Il semble qu'il ne soit jamais revenu d'une permission. Il est possible qu'il ait déserté, oui. En 1968, beaucoup de jeunes gens n'avaient pas envie de continuer à se battre au Vietnam. Ils ne voyaient plus le sens de cette guerre. Henry Davis a peut-être eu l'idée de disparaître, de se forger une nouvelle identité. D'après Sawyer, après dix ans de recherches infructueuses, ses parents avaient demandé à ce qu'il soit déclaré officiellement « disparu » afin d'organiser une cérémonie commémorative. Sawyer va essayer de contacter ses proches pour voir si quelqu'un aurait entendu parler de son sort. Ses parents sont morts depuis longtemps mais il avait des neveux, des frères et sœurs. Ils savent peut-être quelque chose.

Le téléphone de la maison sonna et Violet sursauta.

— C'est peut-être l'hôpital, dit-elle en se précipitant pour répondre. Allô ?

— Violet ? demanda une voix féminine.

— C'est moi, oui.

— Ici, Mme Foster. De la bibliothèque. J'ai reçu les livres que vous avez demandés.

— Je n'ai pas demandé…

— Oui, c'est vrai, l'interrompit Mme Foster. Mais ils sont là, ils vous attendent alors vous devriez venir les chercher sans tarder.

Le regard de Violet balaya la pièce et s'arrêta sur le visage de Wyatt.

— Maintenant ?

— Oui. Maintenant, ce serait idéal, ma chère.

Violet sentit la peur l'envahir. Elle était levée depuis moins de dix minutes et déjà quelque chose d'autre n'allait pas.

— J'arrive.

— Et surtout, ajouta Mme Foster à la hâte. Venez avec votre ami.

Violet raccrocha et se tourna vers Wyatt.

— C'était Mme Foster. Nous devons nous rendre à la bibliothèque. Tout de suite.

8

Tout en serrant Maggie contre elle, Violet monta les marches jusqu'à la bibliothèque. Wyatt la talonnait. Il était à peine 9 heures du matin et la bibliothèque n'ouvrirait officiellement qu'à 10 heures mais à l'intérieur, les lumières étaient déjà toutes allumées. Le cœur serré, elle se demandait ce qui les attendait.

Mme Foster les guettait et leur fit signe d'entrer.

— Merci d'être venus.

Elle referma la porte derrière eux et tira le verrou.

— Je suis désolée de m'être comportée si étrangement au téléphone, j'étais inquiète et je ne savais pas quoi faire d'autre. Mais maintenant que j'ai eu le temps de reprendre mes esprits, j'ai surtout peur de vous avoir dérangés pour rien. Vous allez sans doute me trouver ridicule.

— Qu'est-ce qui vous inquiétait ? s'enquit Wyatt. Et pour mémoire, sentez-vous libre de nous appeler à tout moment.

— Bien sûr, renchérit Violet. Ce n'est jamais un problème pour nous de venir. Que s'est-il passé ?

Mme Foster s'humecta les lèvres.

— Lorsque je suis arrivée, ce matin à 8 heures, le shérif Masterson m'attendait devant la bibliothèque. J'étais venue tôt pour ranger les étagères. Il est compliqué de le faire après l'ouverture, quand il y a du monde. Surtout le matin parce que je suis toute seule. Une assistante vient m'aider certains après-midi.

Violet se rapprocha.

— Vous n'avez pas l'air bien, remarqua-t-elle, en lui prenant le bras. Puis-je aller vous chercher un verre d'eau ? Voulez-vous vous asseoir ?

Mme Foster hocha la tête et la laissa l'entraîner vers un fauteuil.

— Merci. Comme je le disais, j'ai sûrement réagi de manière excessive. Après ce qui est arrivé à ta grand-mère et à Ruth, je ne peux pas m'empêcher d'angoisser. Je me sens en sursis. J'ai peur d'être la prochaine.

Violet s'assit en face d'elle et posa Maggie par terre. Aussitôt, la petite rampa vers la chaise la plus proche pour s'y accrocher et tenter de se relever. Violet l'avait habillée d'une robe d'été à carreaux rouges et blancs, avec une petite culotte blanche en dessous. Pour compléter sa tenue de cow-girl, il ne lui manquait qu'une paire de bottes mais Violet les avait oubliées, dans sa hâte pour se rendre à la bibliothèque.

De toute façon, pensa-t-elle pour se déculpabiliser, le pédiatre lui avait dit qu'il était préférable de laisser les bébés marcher pieds nus. Bien sûr, Maggie ne marchait pas encore, mais elle essayait de se mettre debout en s'agrippant aux meubles.

Wyatt fronça les sourcils et demanda à Mme Foster :

— Pourquoi le shérif Masterson était-il ici ? Vous dites qu'il vous attendait ?

— Oui, répondit-elle. En fait, je ne parle pas du shérif Masterson actuel mais de son père, l'ancien shérif. Le vieux Tom. Il a été si longtemps shérif que parfois, je me comporte avec lui comme s'il l'était encore.

Violet se tourna vers Wyatt, devinant qu'il avait besoin d'éclaircissements.

— Le mari de Mary Alice était shérif avant que son fils ne prenne la relève. Mais je ne connais pas Tom Masterson. Je ne l'ai jamais rencontré.

— Tu n'as rien manqué, déclara Mme Foster. Il ressemble

beaucoup à son fils, en plus odieux. Les chiens ne font pas les chats. Le vieux Tom m'a toujours fait peur et pour ne rien arranger, il a un problème avec l'alcool. D'ailleurs, il était ivre à 8 heures du matin. Cela dit, je ne lui jette pas la pierre. J'imagine qu'il a une vie difficile depuis que sa femme sombre dans la démence.

Elle parut soudain infiniment triste.

— Quand l'état de Mary Alice s'est dégradé, tout le monde en a été bouleversé. Nous nous y attendions bien sûr. C'est le genre de maladie qui ne s'arrange jamais. Mais comment se préparer à une telle épreuve ?

Le cœur de Violet se serra en songeant aux souffrances de Mary Alice et de tous ceux qui l'aimaient.

— Que voulait M. Masterson ?

— Jeter un œil aux ordinateurs. Je l'ai laissé faire, évidemment. Je ne sais même pas si j'aurais pu refuser. Il a quand même été shérif pendant des années. Pendant des décennies. Lorsque j'ai senti son haleine chargée de gin, je me suis inquiétée. Mais surtout, j'ai trouvé étrange qu'il débarque ce matin pour me demander la même chose que vous hier. D'autant plus que Mary Alice et ta grand-mère ont toujours été très proches et que l'une est malade, l'autre à l'hôpital. J'ai peut-être trop lu Agatha Christie mais le voir se présenter pour la première fois de sa vie à la bibliothèque, ivre, et deux heures avant l'heure d'ouverture officielle, a déclenché une alarme interne. C'est idiot, non ? ajouta-t-elle en fronçant les sourcils.

— Pas du tout, répondit Wyatt. C'est la preuve d'un esprit perspicace et intelligent.

— Quand vous dites qu'il vous a demandé la même chose que nous, reprit Violet, voulez-vous dire l'ordinateur sur lequel se connectait ma grand-mère ?

— Oui, répondit-elle en se tordant les mains.

— A-t-il dit ce qu'il cherchait, en particulier ? s'enquit Wyatt.

— Non. Il souhaitait seulement savoir si Gladys avait utilisé les ordinateurs dernièrement et si quelqu'un d'autre était venu m'interroger à ce sujet. J'ai répondu « non » aux deux questions.

Elle rougit.

— En principe, je ne mens pas.

Violet lui sourit.

— Personne ne vous reproche rien. Vous étiez seule avec un homme qui avait bu, vous aviez peur. À votre place, n'importe qui aurait menti.

Mme Foster baissa les yeux.

— Merci de dire ça.

— Je suis sincère, assura Violet. Que pouvez-vous nous dire d'autre ?

— Quand il a parlé de ta grand-mère, je lui ai dit qu'elle était à l'hôpital après être tombée d'une échelle. Il n'a pas fait de commentaire. Il est passé devant moi et s'est assis devant l'un des ordinateurs. C'est à ce moment-là que je t'ai appelée.

Wyatt regardait Maggie qui, en s'accrochant aux chaises, s'efforçait de faire le tour de la table.

— Connaissiez-vous Mary Alice et Tom avant leur mariage ? demanda-t-il.

— Vaguement, répondit-elle. J'ai rencontré Mary Alice à un feu de joie au Potter's Field. C'était un grand lieu de rencontres, autrefois. Nous sommes restées très proches jusqu'à son mariage. Aussi longtemps que nous l'avons pu.

— Pour quelle raison votre amitié n'a-t-elle pas perduré ? s'enquit Wyatt.

Mal à l'aise, Mme Foster tira sur sa jupe, visiblement ennuyée de parler des histoires personnelles des autres. Après un moment, elle se décida pourtant à tout déballer. Elle reporta son attention sur Wyatt.

— Une fois la bague au doigt, tout a changé pour Mary Alice. Depuis des années, elle avait très envie de se marier pour quitter ses parents et être enfin libre de faire ce qu'elle voulait. Mais elle a vite déchanté. Ses parents étaient pénibles mais Tom s'est révélé mille fois pire. Quand ils sont revenus de leur lune de miel, il l'a coupée de tout le monde. Et après la naissance de ses enfants, elle ne sortait presque plus jamais de la maison. Par la suite, la plupart de ses amies ont quitté la région, ce qui n'a rien arrangé. Nous bavardions encore lorsqu'elle venait chercher des livres à la bibliothèque, chaque semaine. Mais son mari était toujours dehors à l'attendre dans la voiture. En réalité, seule ta grand-mère a toujours refusé de laisser Mary Alice dans cet isolement. Quand sa maladie mentale a été diagnostiquée, ta grand-mère était pratiquement la seule personne que Tom laissait entrer chez lui.

Parvenue près de sa mère, Maggie essaya maladroitement de se redresser. Violet la prit sur ses genoux et l'embrassa.

Wyatt reporta son attention sur Mme Foster.

— Puis-je jeter de nouveau un œil sur les ordinateurs ? Je suis curieux de voir ce que M. Masterson y a cherché pendant qu'il était ici.

— Faites comme chez vous, dit-elle en lui désignant les appareils d'un geste. Pour ma part, je suis surtout contente qu'il soit parti. Son fils a débarqué ici quelques instants avant votre arrivée. Je ne sais pas comment il savait où il était mais il l'a entraîné d'autorité dehors en passant par la porte de service. Il aurait sans doute été embarrassant pour lui d'être surpris en train de sortir son père ivre de la bibliothèque.

Maggie s'agita et Violet la reposa sur le sol. La petite se mit immédiatement à ramper dans la direction où Wyatt était parti.

— Madame Foster ? reprit Violet, une nouvelle question lui venant à l'esprit. Le nom de Henry Davis vous dit-il quelque chose ?

Mme fronça les sourcils.

— Ce nom me semble vaguement familier. Je ne sais pas pourquoi.

— C'était un GI, originaire du comté de Grove, qui a disparu en 1968. Il avait vingt-trois ans, à l'époque.

— Ce nom ne m'est pas inconnu mais je suis incapable de le resituer. Désolée. Je ne sortais pas souvent de River Gorge quand j'étais jeune. Est-il toujours porté disparu ?

— Je l'ignore.

Wyatt revenait, visiblement perdu dans ses pensées. Il était vêtu d'un jean et d'un T-shirt gris qui mettaient en valeur son corps musclé. Violet eut soudain envie de le toucher.

— Il n'y a eu aucune recherche récente sur aucun des ordinateurs, dit-il. Je me demande s'il n'était pas venu uniquement pour consulter l'historique des recherches, comme nous l'avions fait.

Mme Foster eut un geste d'ignorance.

— Je n'ai pas regardé. J'avais peur de m'approcher de lui, alors je suis retournée au bureau et je t'ai appelée, Violet. Sa présence, surtout à cette heure-ci, m'inquiétait.

Violet se pencha pour lui prendre la main. Elle comprenait les sentiments de Mme Foster, ses craintes, sans savoir si elles étaient fondées, s'il y avait un réel danger, ou si elle se faisait des idées.

— Que voulait-il, à votre avis ? poursuivit Mme Foster. De quoi s'agit-il ? D'abord vous, puis Tom… Pourquoi vous intéressez-vous aux recherches Internet de ta grand-mère ? Elle n'a jamais eu l'intention d'adopter un chat, n'est-ce pas ?

— Non.

Violet lui sourit tristement. Elle préférait ne pas en dire davantage pour ne pas l'exposer. Elle reporta son attention sur Wyatt. Son expression sombre l'inquiéta. Que se passait-il ?

— Où est Maggie ? demanda-t-il soudain.

Il se retourna, balayant la salle des yeux.

— Tu la vois ?

— Non.

Violet bondit de sa chaise, la renversant presque dans sa précipitation. Son cœur se serra douloureusement.

— Elle rampait vers toi, il y a un instant.

Wyatt retourna au pas de course vers les ordinateurs.

— Elle n'est pas là, cria-t-il. Maggie !

Sa voix résonna entre les rangées d'étagères remplies de livres.

Mme Foster se dirigea vers la porte d'entrée.

— Je vais vérifier si elle ne se serait pas cachée derrière le bureau.

En proie à une angoisse croissante, Violet traversa la bibliothèque, se pencha pour regarder sous les tables, parcourut les allées désertes.

— Maggie ! Maggie ?

Wyatt la rejoignit.

— Elle n'est pas dans la salle de lecture, ni près des ordinateurs, ni dans les lavabos ni dans l'espace réservé aux enfants.

— Maggie ! cria Violet d'un ton désespéré.

Elle passa une main tremblante dans ses cheveux, essayant de réfléchir.

— C'est un bébé. Elle ne peut pas être loin.

— Elle n'est pas assez grande pour atteindre les poignées de portes et elles sont toutes fermées, dit Wyatt. La bibliothèque n'est pas encore ouverte, donc personne n'a pu l'enlever. Alors séparons-nous et recommençons.

— Elle n'est pas ici, c'est évident, répliqua Violet au bord des larmes. Nous avons déjà regardé partout. Quelque chose lui est arrivé. Je le sens. Je le sais ! Maggie !

Elle se tourna sur elle-même et pointa une porte du doigt.

— Mme Foster a dit que le shérif avait emmené son père par la porte de service.

— Maggie serait incapable de l'ouvrir, objecta Wyatt.

— Et si quelqu'un était entré par là et l'avait enlevée ?

Elle s'élança vers la porte et la poussa. Sans difficulté. Elle n'était pas verrouillée.

Maggie n'aurait pas pu l'ouvrir, pensa Violet en regardant la rue à la recherche du shérif ou peut-être de la voiture de derby bleue et blanche. Mais un adulte, oui.

Elle aperçut soudain au loin sur le trottoir une petite robe à carreaux et se rua dans cette direction, affolée.

— Non ! Maggie ! Non !

En rampant, son bébé se rapprochait dangereusement de la chaussée alors que de nombreuses voitures y passaient à toute allure.

9

— Maggie ! Arrête-toi !

Traversée par une décharge d'adrénaline, Violet s'élança vers l'enfant mais dans sa précipitation, elle se tordit la cheville et s'étala de tout son long sur le trottoir, les mains en avant.

Des larmes jaillirent de ses yeux tandis qu'elle se relevait pour reprendre sa course, de plus en plus angoissée.

Inconsciente du danger, la petite fille se tourna vers elle et sourit, croyant à un nouveau jeu. Et très vite, elle se recoucha sur le ventre pour avancer en s'aidant de ses bras, en mode « commando ». Une brise légère soulevait la jupe de sa robe rouge et blanche.

Violet courait de toutes ses forces.

— Bébé, attends ! Attends maman !

Mais Maggie ne l'entendait plus. Attirée par un sac en plastique accroché à une plaque d'égout qui se gonflait sous le vent comme un ballon, elle se hâtait vers la chaussée. Le sac disparaissait et réapparaissait, écrasé par les voitures qui roulaient dessus pour se regonfler immédiatement.

— Maggie !

Wyatt passa devant Violet. En trois enjambées, il rattrapa la petite, la souleva dans ses bras et la tendit à Violet.

Intensément soulagée, Violet la prit contre elle, la serra avec force avant d'exploser en sanglots.

— Pardonne-moi, ma chérie. J'ai eu tort, je n'aurais pas dû te quitter des yeux. Je t'aime tellement.

Perturbée par ses larmes, Maggie se tortilla en pleurant.

Violet essuya ses joues.

— Maintenant, je lui fais peur. Calme-toi, ma puce. Ça va.

Elle fit sauter Maggie dans ses bras, luttant contre la vague d'émotion qui l'étreignait encore.

Wyatt la prit par les épaules, lui offrant de la force et du réconfort, et les entraîna vers la bibliothèque.

— Ce n'était pas ta faute, dit-il. Tu n'avais aucune raison de t'inquiéter. Tu ne pouvais pas savoir.

Il la fit entrer dans le bâtiment.

— Prends un moment pour te ressaisir, bois un peu d'eau. Ensuite, nous irons rendre visite à Mary Alice et son mari, l'ancien shérif.

Violet n'était pas sûre d'être prête à rencontrer Tom Masterson. Si, comme elle le pensait, il n'était pas étranger à la mésaventure de Maggie, il pourrait être le prochain à l'hôpital.

Wyatt expliqua à Mme Foster ce qui s'était passé et lui recommanda de veiller sur elle, de se méfier de tout le monde. Elle lui indiqua comment aller chez les Masterson.

Violet éprouvait une gratitude sans bornes pour Wyatt. Non seulement il avait sauvé sa fille, mais il restait fort quand elle n'y parvenait plus. Et surtout, il gardait la tête froide. Il était déterminé à avancer, à découvrir la vérité et à démasquer le coupable, alors qu'elle était tentée de courir se cacher dans un coin.

Lorsqu'ils regagnèrent le camion, elle attacha Maggie dans son siège-auto avant de rejoindre Wyatt à l'avant du pick-up.

— Je n'arrive toujours pas à croire à la réalité de ce qui vient de se produire, dit-elle, en proie à une peur résiduelle. Quel monstre est-il capable de ce genre de choses ? Tenter de m'envoyer dans le décor ou peindre des menaces sur ma voiture est une chose. Mais enlever une petite fille à sa mère pour la laisser seule et sans protection dans la rue, là où elle pourrait se faire écraser ou kidnapper par n'importe qui, en est une autre.

Le souvenir de son bébé rampant vers la chaussée et les voitures remonta à sa mémoire. Une larme roula sur sa joue.

Sans un mot, Wyatt prit sa main et mêla leurs doigts. De l'autre main, il tenait fermement le volant.

Violet posa la tête sur son épaule.

Wyatt se gara devant une maison bien entretenue sur Ridge Road. Un drapeau américain flottait sur le pignon du toit.

Wyatt se tourna vers Violet.

— Prête ? demanda-t-il.

— Pas du tout, répondit-elle. Rien ne prouve que Tom Masterson a pris Maggie et l'a sciemment laissée sur le trottoir devant la bibliothèque. Mais j'en suis persuadée. Et j'ai très envie de le frapper. De le massacrer.

— Moi aussi. Mais tu as raison. Nous n'avons aucune certitude, alors évitons les conclusions hâtives. Nous devons avancer avec prudence. Chercher des réponses, pas une vengeance. Pas encore, ajouta-t-il même si l'idée de corriger celui qui avait pris le bébé ne lui déplaisait pas.

Violet se tourna vers lui.

— D'accord. Mais si j'ai un jour la preuve qu'il est responsable, qu'il a mis volontairement ma fille en danger, je l'étranglerai.

— Et je t'y aiderai, répondit-il en lui frappant la main pour sceller leur pacte et alléger l'ambiance.

Avec un petit rire, elle ouvrit sa portière.

— Allons-y.

Le sourire de Wyatt s'élargit. Il se rendit compte soudain à quel point il l'admirait. Il était fier de la façon dont elle se battait et défendait Maggie. Elle restait debout dans les épreuves quand tant d'autres s'écroulaient.

Violet libéra l'enfant de son siège-auto.

Maggie enfouit aussitôt la tête dans le cou de Violet. Après avoir tant pleuré, elle était épuisée.

Le grincement de la porte-moustiquaire de la belle maison attira soudain leur attention. Ils virent une vieille femme frêle en robe de chambre et bigoudis sortir sur la terrasse. Elle se laissa choir sur la balancelle, posant un sac de toile à ses pieds. Elle en tira une paire d'aiguilles et une grosse pelote de laine bleue.

— S'agit-il de Mary Alice ? chuchota Wyatt.

Violet la regarda avec attention.

— Oui mais elle était si ronde et si élégante autrefois que j'ai du mal à la reconnaître, murmura-t-elle.

Mary Alice se mit à tricoter. Tout en travaillant, elle fredonnait.

Violet glissa son bras sous celui de Wyatt et l'entraîna vers la terrasse. Elle s'approcha de la vieille dame.

— Mary Alice ?

La pauvre femme interrompit son ouvrage et leva la tête, l'air hagard. Ses yeux bleu laiteux se posèrent sur Violet.

Son regard était vide, distant. Wyatt regretta de ne pouvoir voir à l'intérieur de la maison malgré une porte ouverte. Le vieux Tom s'y trouvait-il ? L'idée de pénétrer un territoire potentiellement hostile, de poser des questions, sans savoir où il mettait les pieds l'ennuyait. De plus, il était conscient qu'il serait très difficile d'interroger une femme dans l'état de Mary Alice.

Celle-ci lança :

— Bonjour. Il fait beau, aujourd'hui.

— Oui, répondit Violet. Comment allez-vous ?

— Très bien, merci. Je tricote une couverture pour Tom. Il fait souvent froid, la nuit.

Violet glissa un œil vers Wyatt.

Il n'eut aucun mal à lire dans ses pensées. Les nuits étaient caniculaires. Pour réussir à dormir, il fallait ouvrir les fenêtres, créer des courants d'air. Mary Alice n'avait décidément plus toute sa tête, ce qui ne l'aiderait pas à répondre à des questions. Pourtant, il laissa Violet continuer. Confuse ou non, Mary Alice était leur seule chance d'avancer.

Violet décocha un sourire éclatant à la vieille femme.

— J'espère que nous ne vous dérangeons pas. Tom est-il là ?

Wyatt regarda Mary Alice avec attention. Sa réponse était capitale.

Elle se remit à son ouvrage.

— Non. Il est au travail. Il fait partie de l'équipe du soir pour pouvoir être avec moi et le bébé, pendant la journée.

Wyatt s'essuya le front d'un revers de main. Les propos de Mary Alice lui permettaient de mesurer la gravité du problème. Ils avaient peu de chances d'obtenir quoi que ce soit d'utile. Elle pensait qu'elle avait un bébé, que son mari était au travail et non en retraite… Et apparemment, elle n'avait plus la notion du temps non plus. Il était à peine 10 heures du matin.

Mary Alice reporta soudain son attention sur Violet.

— C'est ta petite-fille, Gladys ? demanda-t-elle. Il est honteux que sa mère se soit enfuie avec cet homme en te laissant sa gamine sur les bras. Cela vaut mieux pour Violet, c'est sûr. Mais pour toi, c'est dur, ajouta-t-elle en secouant la tête.

Violet serra le bras de Wyatt.

Mary Alice pensait donc que Violet était sa grand-mère ? Et que Maggie était Violet ?

Wyatt couvrit sa main de la sienne pour la rassurer. Il se reprochait d'avoir entendu des secrets qu'il n'était pas censé connaître, mais Violet savait certainement qu'il ne portait jamais de jugement. Il se moquait de savoir qui l'avait élevée ou pourquoi. Il était là pour elle et pour Maggie. Le reste ne lui importait pas.

Violet mit sa main en visière pour protéger ses yeux du soleil.

— Je suis Violet, dit-elle. Voici ma fille, Maggie, et mon petit ami, Wyatt.

Ce dernier se redressa et lui tendit la main pour la saluer mais Mary Alice ne la vit pas. Elle se remit à fredonner.

Il laissa alors tomber sa main, stupéfait de comprendre soudain à quel point et sans aucun professionnalisme, il s'était attaché à Violet et à son bébé.

Elle caressa l'enfant endormie dans ses bras.

— Mary Alice, vous souvenez-vous de Henry Davis ? demanda-t-elle, visiblement froissée par la remarque de Mary Alice à propos de sa mère.

La vieille dame la fusilla du regard.

— Je t'avais interdit de prononcer ce nom. Il s'agit d'un secret. De *mon* secret. Pas du tien. Tu ne dois jamais parler de lui.

— Je suis désolée, bégaya Violet.

Wyatt fronça les sourcils, ne sachant pas quoi répondre ni même ce que signifiait cette brusque colère.

— Je ne voulais pas en parler, poursuivit Violet. J'avais oublié. Je suis désolée.

Mary Alice secoua la tête.

— Je t'ai dit mille fois de n'en souffler mot à personne. Tu lui as dit à lui ? ajouta-t-elle en désignant Wyatt d'un mouvement de menton d'un air peu amène.

— Non, promit Violet. Pas un mot, je le jure. Je suis passée te voir parce que j'avais du mal à me souvenir de certaines choses, ces temps-ci et que j'espérais que tu pourrais m'aider.

Wyatt promenait les yeux autour de lui, s'efforçant de scruter l'intérieur de la maison, d'écouter les bruits pour tenter de deviner si le vieux Masterson était là, sur le point de surgir, de les interrompre, de les jeter dehors.

L'expression de Mary Alice s'adoucit.

— Moi aussi, j'oublie tout, dit-elle.

— C'est dur, renchérit Violet avec un gros soupir. Je

déteste ça. Si seulement j'arrivais à me souvenir de Henry Davis, je…

— Je t'ai dit d'arrêter !

Violet sursauta et se rapprocha de Wyatt comme si la vieille dame pouvait devenir une menace.

Il se pencha vers elle, la rassurant du regard.

— Continue, murmura-t-il. Prends ton temps, ne la bouscule pas.

Violet hocha la tête.

— Désolée, je ne le fais pas exprès, dit-elle. J'oublie tout.

Mary Alice écarquilla les yeux. Elle se pencha en avant, posant ses coudes osseux sur ses genoux.

— Tu n'as pas oublié où tu l'as mise, n'est-ce pas ?

— De quoi parles-tu ? demanda Violet. Je crois que j'ai oublié. Et toi, tu sais où je l'ai mise ?

— Non ! cria Mary Alice.

Elle se leva brusquement et se mit à arpenter la terrasse.

— Tu m'avais dit que tu la cacherais dans un endroit sûr. Tu avais promis ! Et maintenant, tu l'as perdue ?

— Je ne sais pas, balbutia Violet. J'ai oublié de quoi il s'agit. Si tu me le dis, je me souviendrai où je l'ai mise. C'était quoi ? Dis-le-moi.

Mary Alice s'arrêta pour regarder de plus près Violet. Puis elle examina Maggie et Wyatt.

Il se demanda ce qu'elle voyait. Cette pauvre femme était pour lui un mystère complet, un être totalement imprévisible.

Elle se rassit, considéra ses ongles, la terrasse, le ciel. Puis soudain, elle plongea son visage entre ses mains et explosa en sanglots.

— Mary ? lança soudain une voix de ténor. Mary ? Je suis rentré. J'arrive.

Quand la porte-moustiquaire se rouvrit, Mary Alice se précipita contre la balustrade de la terrasse avec un cri.

Un vieillard aux cheveux gris, grand et maigre mais aux

larges épaules s'approcha d'elle et la prit dans ses bras. Il la berça maladroitement.

Il n'est probablement pas encore remis de sa cuite, pensa Wyatt.

— Qu'y a-t-il, chérie ? gronda-t-il.

— Je ne sais pas, répondit-elle d'une voix étouffée. Je ne me souviens pas.

Tom Masterson remarqua alors Wyatt, Violet et Maggie.

— Qui êtes-vous ? Et que faites-vous chez moi ?

Son T-shirt rouge était déchiré à la manche et son jean bleu délavé pendait sur ses hanches.

— C'est vous qui l'avez fait pleurer ? reprit-il, les poings serrés.

Il était ivre et avait du mal à articuler les mots. Il loucha sur Maggie. Sa bouche s'ouvrit à nouveau comme s'il s'apprêtait à ajouter quelque chose mais il ne parla pas.

Il vient de comprendre, pensa Wyatt. *Il reconnaît Maggie.*

Wyatt lutta contre l'envie de demander à Violet d'aller l'attendre avec le bébé dans le camion. Il rêvait de prendre le vieil homme par le col, de le bombarder de questions et d'obtenir des réponses par la force si nécessaire.

Il lui fallut un instant pour recouvrer la maîtrise de lui-même.

— Je suis Wyatt Stone, répondit-il avec calme. Voici ma petite amie, Violet Ames, et sa fille, Maggie. Nous sommes venus parce que la grand-mère de Violet, qui est une amie de Mary Alice, a eu un accident. Elle est à l'hôpital.

Mary Alice s'accrocha au bras de son mari.

— Quoi ?

— Ma grand-mère est tombée, déclara Violet. Je ne sais pas comment elle est tombée mais elle est dans le coma. Elle ne se réveille pas.

Une lueur passa dans les yeux de la vieille femme. Elle leva le menton, regarda son mari. Mary Alice était de retour.

Tom Masterson perçut également le changement qui

s'opéra chez son épouse. Il la saisit par les épaules et planta les yeux dans les siens.

— Que t'ont-ils demandé ? Qu'as-tu dit ?

— Rien, balbutia-t-elle, essayant en vain de se libérer de son emprise. Je ne sais pas.

— Pourquoi pleures-tu ?

Mary Alice parvint à s'écarter de lui. Elle passa les doigts sur ses joues humides.

— Je pleure ? dit-elle, étonnée.

Tom ouvrit la porte et la força à entrer.

— Bon sang ! Je t'ai dit mille fois de ne pas parler à des étrangers. Et s'ils étaient venus pour te faire du mal ?

— Pourquoi quelqu'un voudrait-il lui faire du mal ? lança Violet.

— Ne vous mêlez pas de ça, dit-il, les yeux brillants de rage. Ce n'est pas à vous de me dire comment je dois m'occuper de ma femme. Et maintenant, partez. Vous n'avez rien à faire chez moi.

Violet recula, sonnée par la réflexion du vieux Masterson sur sa femme.

— Nous sommes venus voir Mary Alice.

— Pourquoi ? demanda-t-il. Elle ne va pas bien et vous la harcelez. Je vais porter plainte.

Violet prit une expression moqueuse.

— Et pour quoi ? Que me reprochez-vous exactement ?

— Pour harcèlement ! Pour l'avoir fait pleurer. Vous lui faites peur.

— C'est *vous* qui la terrifiez, répliqua Violet.

Wyatt s'avança pour protéger Violet et Maggie, au cas où la situation dégénérerait et où l'ancien shérif en viendrait aux mains.

— Nous ne voulions pas contrarier votre femme, monsieur Masterson. Nous ne sommes venus que parce qu'elle est très proche de la grand-mère de Violet.

Mary Alice les regardait à travers la porte-moustiquaire,

les mains pressées contre le fin grillage de chaque côté de son visage.

— Je veux voir Gladys, dit-elle. Je ne savais pas qu'elle était tombée. Je ne comprends pas ce qui lui est arrivé. Je veux la voir.

— Tais-toi, Mary, dit Tom d'un ton las.

— Nous ne savons pas non plus ce qui s'est passé, déclara Violet. Elle ne va pas bien.

Avec un cri de frustration, Tom frappa le mur. Apeurée, Mary Alice recula d'un pas.

— Va t'allonger, lui ordonna-t-il. Gladys est une vieille dame qui est tombée d'une échelle. C'est tout.

— C'est tout, vraiment ? insista Violet.

Les yeux remplis de larmes, Mary Alice dévisageait son mari.

— Oui, grogna-t-il, c'est tout.

Mary Alice se détourna et entra enfin dans la maison, laissant la porte se refermer en grinçant derrière elle.

Tom posa les mains sur ses hanches et haussa les épaules à nouveau.

— Si vous osez revenir tourmenter ma malheureuse femme, je porterai plainte et vous le paierez cher. Maintenant et pour la dernière fois, sortez de chez moi.

Violet se détourna et se hâta vers le camion de Wyatt.

Un long moment, Wyatt regarda fixement Tom, l'évaluant. Il espérait que le vieillard laisserait échapper quelque chose d'utile, vu son état d'énervement.

Il ne le fit pas.

— Au revoir, monsieur Masterson, dit Wyatt. Et à bientôt.

Wyatt ne savait pas comment ni pourquoi, mais il était sûr que l'ancien shérif cachait quelque chose.

Il devina que Tom Masterson ferait n'importe quoi, irait jusqu'à tuer, pour dissimuler ses crimes passés. Il n'avait pas hésité à s'attaquer à la grand-mère de Violet, à Ruth, à Violet, à un bébé. Il s'en prendrait à sa propre femme si nécessaire.

Tout en s'éloignant, Wyatt espérait que Mary Alice ne serait victime d'aucune chute douteuse dans un avenir proche.

10

Violet sirotait un verre de thé glacé sur la terrasse, à l'arrière de la maison. Elle était reconnaissante à Wyatt d'avoir insisté pour retourner chez sa grand-mère et y faire une petite halte au lieu de se précipiter à l'hôpital. Elle n'avait pas mesuré tout de suite à quel point les événements de la matinée l'avaient fatiguée, mais à un moment, pendant que Maggie faisait sa sieste, elle s'était endormie sur une chaise de la cuisine.

Elle sourit à la vue de sa petite fille qui, assise à ses pieds, mâchouillait consciencieusement sa girafe en caoutchouc.

La porte-moustiquaire s'ouvrit et Wyatt apparut.

— Vous allez bien, mesdames ?

Maggie se tourna vers lui pour lui décocher un grand sourire avant de recommencer à mordre son jouet.

Violet fit de son mieux pour paraître détendue, tout en sachant que Wyatt n'était sans doute pas dupe de son expression. Il semblait doté du don de double vue, capable de sonder les reins et les cœurs au-delà des apparences et des faux-semblants. De son œil pénétrant, il regardait les gens quand ils parlaient, bougeaient et il décryptait leurs comportements sans même y penser. Elle regrettait de ne pas avoir ce don. Il lui aurait été bien utile en amour. Si elle avait eu la faculté de voir les hommes tels qu'ils étaient, elle n'aurait pas eu le cœur brisé parce que le père de Maggie l'avait plaquée, elle n'aurait peut-être pas passé la première moitié de sa grossesse à pleurer toutes les larmes de son corps. Et elle n'aurait pas passé la seconde à ruminer sa colère contre sa propre stupidité. Elle aurait alors peut-être même su que ce pauvre type n'aurait plus eu la moindre importance dès qu'elle poserait les yeux sur le petit visage de Maggie dans la salle d'accouchement. À partir de ce moment-là, sa fille était devenue le centre de tout.

Violet ne pouvait s'empêcher de se demander si Wyatt devinait également les remous et les tourments qui agitaient son cœur. Savait-il à quel point il la troublait ? Lui plaisait ? Se doutait-il du rôle central qu'il jouait dans ses fantasmes ? Si au départ, ceux-ci avaient été très érotiques, maintenant, elle s'imaginait fonder une famille avec lui…

La tête penchée sur le côté, Wyatt la dévisageait de son œil de lynx, et un long frisson la parcourut.

— Viens t'asseoir, lui lança Violet. Il y a une belle vue de la terrasse.

Il s'avança vers elles. En passant devant Maggie, il lui fit une grimace. Puis il s'installa à côté de Violet qui ne put s'empêcher de rougir, une réaction stupide, au demeurant.

— As-tu progressé dans tes recherches ? demanda-t-elle pour dissimuler sa gêne.

— Pas vraiment. Cela dit, j'ai mis Sawyer sur le coup et il est très doué pour découvrir ce que d'autres ont voulu enterrer.

Les mâchoires serrées, il détourna la tête. Était-il frustré ? s'interrogea-t-elle. Elle avait beau faire, elle ne parvenait pas à lire en lui comme lui lisait en elle.

— Nous pourrions poser quelques questions à l'hôpital, dit-elle, regrettant de ne rien avoir de mieux à proposer. J'aimerais bien savoir sur quoi ma grand-mère avait envie d'enquêter. Je reprendrais volontiers le flambeau pour trouver ce qu'elle cherchait.

Wyatt étendit ses longues jambes devant lui.

— Moi aussi.

Wyatt avait passé la journée sur son ordinateur portable,

utilisant son smartphone lorsqu'il avait besoin de se connecter sur Internet. Il avait effectué de nombreuses investigations sur Henry Davis, sur la famille Masterson et sur les grands-parents de Violet. Jusqu'à présent, il n'avait pas établi de liens clairs entre eux tous.

— Je me demande ce que Mary Alice avait confié à ta grand-mère, dit-il. Elle a perdu la mémoire mais elle n'a pas tout oublié puisqu'elle se souvient l'avoir chargée de cacher quelque chose pour elle.

— Et la maison a sans doute été visitée pour cette raison. L'intrus cherchait ce quelque chose et manifestement, il ne l'a pas trouvé.

Seule sa grand-mère pourrait les mettre sur une piste, leur dire de quoi il retournait.

— Que dirais-tu d'un petit tour en voiture ? suggéra Violet.

— Pour aller à l'hôpital ?

— Exactement. Quelqu'un nous aurait appelés si ma grand-mère était sortie du coma ou si son état avait empiré, je sais. Mais...

— Mais tu aimerais la voir. Je ne te le reproche pas.

Maggie s'accrocha aux jambes de Wyatt et lui tendit son jouet.

Wyatt haussa un sourcil surpris.

— Tu me donnes ta girafe ? Cela me touche beaucoup, ma puce. Un grand merci !

— Non !

Wyatt éclata de rire. Il prit la petite fille dans ses bras et se leva avec souplesse avant de tendre sa main libre à Violet.

— Autant y aller maintenant et profiter au maximum des heures de visite.

Violet s'efforça d'ignorer le frisson qui la parcourut comme chaque fois qu'il la touchait.

L'hôpital était plus calme le soir. À cette heure-ci, la plupart des gens étaient rentrés chez eux pour dîner. D'ailleurs, quelqu'un leur demanderait de quitter les lieux à 20 heures.

Comme ils passaient devant le poste d'infirmières, Violet aperçut Tanya devant un écran d'ordinateur.

— Hello, lança-t-elle doucement.

Sa cousine lui sourit.

— J'espérais bien te voir, ce soir, dit-elle en se levant pour l'embrasser. Où est Maggie ? ajouta-t-elle soudain.

Violet regarda derrière elle.

— Là-bas.

Elle lui montra du doigt le couloir au bout duquel se tenait Wyatt. Penché en avant, il tenait les petites mains de Maggie dans les siennes pour l'aider à marcher. Les bras levés au-dessus de sa tête, l'enfant balançait les jambes maladroitement devant elle.

Violet sourit, heureuse et fière de sa fille. Voir Wyatt avec la petite la faisait fondre.

Tanya applaudit.

— Bravo, petite princesse. Elle n'est plus très loin d'y arriver, dit-elle.

— Je crois qu'elle aura encore besoin d'aide pendant quelque temps, répondit Violet, plus réaliste. Wyatt, laisse-moi te présenter ma cousine, Tanya. Tanya, voici Wyatt.

— Vous êtes le petit ami dont tout le monde parle.

— Ravi de faire votre connaissance, dit Wyatt.

— Y a-t-il du nouveau avec Grandma ? demanda Violet dans l'espoir de détourner l'attention de Tanya de Wyatt.

— Son état est stationnaire mais le médecin pense que le pire est derrière elle. Il s'attend à ce qu'elle se réveille bientôt.

Violet soupira de soulagement.

— Vraiment ?

— D'après lui, elle devrait sortir du coma dans les heures prochaines, maintenant. Elle a bien supporté les différentes opérations qu'elle a subies et elle se rétablit. Notre grand-mère est forte, Violet. Elle sera bientôt sur pied.

Le sourire de Violet s'élargit.

— Sans aucun doute.

Le téléphone de bureau se mit à sonner et Tanya fronça les sourcils.

— Je dois prendre cet appel mais je suis de service jusqu'à 23 heures, alors ne vous inquiétez pas des heures de visite officielles. Je n'ai pas l'intention de vous expulser.

Avant de s'éloigner, elle décocha un grand sourire à Wyatt.

Violet sentit la morsure de la jalousie blesser son cœur. Faux petit ami ou pas, elle commençait à se sentir très attachée à Wyatt.

— Tanya ? dit soudain Wyatt.

— Oui ? dit-elle en se retournant

— Connaissez-vous Mary Alice Masterson ?

— Bien sûr. C'est une grande amie de notre grand-mère.

— Comment va-t-elle ? poursuivit-il. Nous avons entendu dire que son état avait empiré dernièrement. Savez-vous pourquoi ?

Tanya appuya sur une touche pour mettre sa conversation téléphonique en attente.

— Mary Alice est malade depuis longtemps, expliqua-t-elle à Wyatt. Elle est arrivée aux urgences, il y a quelques semaines, après une mauvaise chute dans sa cuisine. Les médecins ont alors effectué une batterie de tests qui ont montré que sa maladie mentale s'était fortement aggravée. Ils ont d'ailleurs conseillé à M. Masterson de la placer dans un établissement spécialisé, dans un centre de vie assistée, à proximité de chez lui. Mais il a refusé. Il semble déterminé à la garder à la maison et personne n'a insisté.

Wyatt fronça les sourcils.

— N'était-il pas obligé de suivre les recommandations médicales ? De faire ce qui est le mieux pour Mary Alice ?

— Il est en bonne santé et à la retraite. Il a donc la possibilité de s'occuper d'elle, répondit Tanya. S'il le faut, il pourra embaucher une infirmière à domicile pour l'aider. Pour les patients dans la situation de Mary Alice, il vaut toujours mieux rester à la maison quand c'est possible.

Chez elle, elle a ses repères. Mais bien sûr, chaque famille en décide en fonction de ses propres capacités.

Wyatt hocha la tête.

Tanya sourit.

— Pardon. Je dois répondre à cet appel.

— Bien sûr.

Violet entraîna Wyatt vers la chambre de sa grand-mère et s'assit à côté de son lit. Elle lui prit la main et lui raconta d'une voix douce tout ce qu'elle et Wyatt avaient fait depuis qu'ils avaient appris sa chute dans la grange. Elle avait lu quelque part que les personnes plongées dans le coma percevaient ce qui se passait autour d'elles.

— Si tu m'entends, Grandma, j'ai besoin que tu te réveilles et que tu me dises le sens de toute cette histoire, chuchota-t-elle en caressant tendrement ses cheveux gris. Un danger plane au-dessus de nous, de toi, de Maggie et de moi. Et j'ai peur.

Wyatt posa une main protectrice sur son épaule pour la tranquilliser et lui redonner confiance.

Violet appuya ses joues ruisselantes de larmes contre lui. Sa gratitude à l'égard de cet homme hors du commun ne cessait de croître.

Wyatt ouvrit la portière passager de son camion et attendit que Violet attache Maggie dans son siège-auto. Dès que Violet fut installée à l'avant, il s'assit au volant. La journée avait été éprouvante, sans doute l'une des pires depuis son arrivée, songea-t-il en démarrant. La disparition de Maggie, ce matin, leur angoisse croissante tandis qu'ils la cherchaient partout avant de la voir, rampant vers une route très fréquentée… L'estomac noué, Wyatt se remémora la scène. Il se demandait comment Violet n'avait pas sombré dans la folie après cet épisode. Elle avait eu très peur, elle en avait été profondément affectée mais elle restait debout.

Et maintenant, manifestement, elle réfléchissait aux événements et s'inquiétait de la suite. Il aurait aimé qu'elle lui en parle mais elle semblait perdue dans ses pensées, à des années-lumière de lui.

Le silence qui était tombé dans le camion devenait pesant, la nuit qui les enveloppait suffocante. L'expression préoccupée de Violet se reflétait dans la vitre de sa portière.

N'y tenant plus, il finit par se tourner vers elle.

— As-tu envie d'en parler ? demanda-t-il.

— Je voudrais tellement qu'elle sorte du coma, répondit-elle. Elle seule peut nous expliquer toute l'affaire. Il faut qu'elle se réveille. J'ai une théorie à propos de cette histoire ou du moins, une hypothèse. Aimerais-tu l'entendre ?

— Bien sûr.

Il lui jeta un bref coup d'œil avant de reporter son attention sur la route.

Violet se pencha vers lui dans l'ombre.

— Je pense que Mary Alice a confié à ma grand-mère quelque chose qui l'a bouleversée. Et voilà pourquoi elle a commencé à se poser des questions et à enquêter. Quel que soit ce secret, il était si grave qu'elle ne pouvait pas s'en désintéresser, laisser tomber ou le mettre sur le compte de la maladie mentale de Mary Alice. Et je suis persuadée que tout est lié au dénommé Henry Davis.

Wyatt était d'accord. Il partageait globalement la même théorie sur le sujet mais celle de Violet était plus inquiétante. En effet, si elle avait raison, il serait dangereux pour sa grand-mère de sortir du coma. Si elle reprenait conscience, celui qui l'avait assommée dans la grange serait alors enclin à venir terminer le travail…

— Et à mon avis, le vieux Masterson connaît le secret de Mary Alice, poursuivit Violet. L'état mental de sa femme lui fait peur parce qu'il ignore si elle a définitivement tout oublié ou si elle va tout déballer au premier venu. Il s'efforce de la garder sous cloche pour qu'elle ne parle pas mais la situation est stressante pour lui. Voilà pourquoi il boit du matin au soir et pourquoi il préférerait que je parte.

— D'après toi, c'est lui qui conduisait la voiture bleue et blanche ?

Sawyer était tout à fait capable de se renseigner sur la question. Même si la vieille voiture n'était pas immatriculée sous le nom du shérif ou de son père, Sawyer saurait trouver le lien avec eux s'il y en avait un.

— Oui, et si ma théorie est juste, il ne va plus tarder à avoir des ennuis et il s'en doute. Soit ma grand-mère va se réveiller et le dénoncer, soit je vais finir par découvrir le secret de Mary Alice.

— Ton raisonnement se tient, dit Wyatt. Peut-être est-il temps de nous concentrer sur cette vieille voiture. Si nous découvrons qui était au volant, qui t'a poussée hors de la route, nous aurons le nom de celui qui veut que tu partes. Et nous aurons alors la possibilité de comprendre pourquoi.

Le véhicule n'avait pas de plaque d'immatriculation mais Wyatt l'avait bien vu quand il l'avait poursuivi dans l'allée, alors qu'il s'éloignait de la maison. Il y avait forcément un registre, une photographie, quelque chose qui reliait cette épave roulante à son propriétaire.

— Merci, dit Violet.

Elle se tourna vers lui et ajouta :

— Je suis heureuse que tu sois là.

Wyatt reporta son attention sur la route. Se remémorer sa mission, l'objet de sa présence, lui était de plus en plus difficile. Il devenait trop attaché à Violet, trop attiré par elle. Il avait été embauché par Gladys Ames pour effectuer un travail précis et jusqu'à présent, il avait échoué. Au lieu de se concentrer sur l'enquête, il ne cessait de se faire des idées à propos de Violet, des idées qu'il n'avait pas eues depuis très longtemps. Il n'était pas de l'étoffe dont on faisait les maris ou les pères. L'armée l'avait sculpté, avait fait de lui l'homme qu'il était. Pourtant, son cœur avait fondu quand

Maggie lui avait offert sa girafe adorée. Ou lorsque Violet lui faisait confiance pour la soutenir et la réconforter. Être aimé d'elles deux le comblerait. Pourtant, il ne devait pas y penser, s'illusionner. Violet ne voulait pas d'un autre militaire dans sa vie. Et jusqu'à son dernier souffle, et même s'il vivait cent ans, Wyatt était et serait toujours un ranger.

Des gyrophares illuminèrent soudain l'obscurité derrière lui, le ramenant au présent.

Violet se retourna pour regarder derrière.

— Que se passe-t-il ? C'est pour toi ?

Wyatt leva le pied et se rabattit sur le bas-côté pour permettre au conducteur de le dépasser.

— Je ne crois pas. Je respecte les limites autorisées. Je vais le laisser me doubler.

Mais la voiture de patrouille resta derrière lui et ajouta bientôt une sirène aux gyrophares.

Avec un soupir, Wyatt finit par s'arrêter. Il sortit son permis de conduire et les papiers du camion ainsi que son autorisation de port d'armes. Puis il baissa sa vitre et attendit. Les mains en évidence sur le volant, il tenait les documents entre les doigts.

Près de lui, Violet secoua la tête.

— C'est ridicule, gronda-t-elle. Ils n'ont donc rien de mieux à faire que nous faire peur, nous menacer ou nous harceler ?

Le faisceau d'une lampe torche éblouit bientôt Wyatt qui grimaça.

— Tout va bien, officier ?

L'adjoint Santos éclaira les mains de Wyatt.

— Vos papiers, je vous prie.

— Quel est le problème ? s'enquit Wyatt. Je suis sûr que je ne roulais pas trop vite.

L'adjoint Santos examina les papiers du véhicule.

— S'agit-il de votre camion ?

— Absolument. Je l'ai acheté quelques jours après avoir quitté l'armée.

— Pouvez-vous m'expliquer pour quelle raison ce véhicule a été signalé comme volé ?

Wyatt en resta un instant bouche bée.

— Non, monsieur. Je ne comprends pas.

Wyatt avait travaillé dur pour gagner de quoi acquérir son camion qui était devenu pratiquement sa deuxième maison depuis qu'il avait fondé Fortress Security. Et pourtant, quelqu'un prétendait qu'il l'avait volé ? Il serra plus fort le volant.

Santos le dévisagea un moment.

— Avez-vous une arme avec vous ? demanda-t-il enfin.

— Et même deux, une à la cheville et une autre dans la boîte à gants.

— Pour quelle raison ? Deux armes semblent un peu exagérées pour une sortie en semaine.

— Je ne pense pas, marmonna Wyatt.

Il riva les yeux sur ceux de l'adjoint, pesant une décision majeure. Pouvait-il lui faire confiance ? Était-il de mèche avec le shérif ?

Violet prit soudain les devants.

— Wyatt nous protège, Maggie et moi, dit-elle, se penchant de côté pour mieux voir l'adjoint.

Santos rendit ses papiers à Wyatt.

— Je suis heureux que vous ayez quelqu'un pour veiller sur vous, mademoiselle Ames. Mais les habitants de River Gorge n'ont pas l'habitude de sortir leur artillerie pour un oui ou pour un non, vous savez. Ce n'est pas la jungle ici, ajouta-t-il en souriant, peut-être pour alléger l'atmosphère.

— Ce n'est pas ce que je voulais dire, répondit-elle.

Wyatt décida finalement de prendre le risque de se confier à l'adjoint, à quelqu'un qui pourrait les aider, en espérant qu'il ne commettait pas ainsi une grave erreur.

— D'accord, je vais tout vous expliquer. Pour commencer,

je ne suis pas son petit ami. Mais le cofondateur d'une entreprise, basée à Lexington, chargée de la sécurité des personnes. La grand-mère de Violet m'avait embauché quelques jours avant cette chute qui l'a plongée dans le coma. J'enquête donc pour découvrir pourquoi. Pour comprendre ce qui l'avait effrayée au point de faire appel à une protection extérieure au lieu de s'adresser au shérif local comme n'importe qui l'aurait fait.

Santos regarda un instant la route avant de reporter son attention sur Wyatt.

— Continuez…

— Depuis la tragédie qui a envoyé Mme Ames à l'hôpital, Violet et moi avons été la cible de nombreuses attaques, vous ne l'ignorez pas. Quelqu'un au volant d'une vieille voiture a tenté de l'envoyer dans le décor, la maison a été cambriolée, quelqu'un a pris sa fille à la bibliothèque et l'a laissée sciemment seule sur le trottoir d'une rue animée, le mot « PARTEZ » a été peint en grosses lettres sur sa voiture. Quant à moi, j'ai été accusé de harceler les habitants du coin, quelqu'un a brisé une vitre de mon camion. Et maintenant, mon véhicule a été signalé à tort comme volé. J'ai donc de bonnes raisons d'être très prudent. Pour moi, excusez-moi de le dire, River Gorge, *c'est* la jungle.

L'adjoint poussa un juron.

— Je vais contacter le dispatcheur, lui faire savoir que votre véhicule n'a jamais été volé. Et consulter les rapports concernant la chute de Mme Ames pour voir si quelque chose semble louche.

— Je vous en remercie.

Wyatt leva son chapeau en signe de gratitude et l'adjoint partit.

Violet le regarda remonter dans sa voiture.

— Penses-tu qu'il va répéter à quelqu'un ce que tu lui as confié ?

— Non. Et il fallait qu'on lui dise la vérité. Si le shérif

est corrompu, comme je le crains, un adjoint intègre et susceptible de nous défendre est notre seule chance d'aboutir.

Il se remit en route et sourit à Violet, espérant avoir l'air plus confiant qu'il ne l'était.

— Essaye de ne pas t'inquiéter.

Elle jeta un coup d'œil par-dessus son épaule à Maggie qui dormait à l'arrière.

— Plus facile à dire qu'à faire, répondit-elle en soupirant.

Wyatt appuya sur la pédale d'accélérateur avec un peu plus d'énergie que nécessaire. Plus tôt ils seraient à la maison, mieux cela vaudrait.

— À ton avis, qui a signalé le prétendu vol de ton camion ? reprit Violet. Qui aurait intérêt à faire quelque chose comme ça ?

— Je ne sais pas.

Il reporta son attention sur son rétroviseur. Une voiture les suivait depuis le dernier carrefour. Les lumières bleues et blanches des gyrophares s'allumèrent et commencèrent à tourner avant qu'il n'ait eu la possibilité de dire à Violet de se préparer.

Elle se retourna.

— C'est une blague ! s'exclama-t-elle.

Wyatt s'arrêta, rassembla ses papiers et une fois de plus, posa les mains sur le volant, là où elles étaient bien visibles.

— Ça va, détends-toi, dit-il. Nous sommes à moins d'un kilomètre de chez ta grand-mère. Finissons-en et rentrons nous coucher.

Les bras croisés, elle fronça les sourcils.

— Cette histoire tourne au ridicule.

— Ils ne font que leur travail.

— Quelqu'un a menti au shérif dans le seul but de te causer des ennuis.

Le shérif Masterson s'approcha de la vitre de Wyatt.

— Permis et papiers du véhicule.

Wyatt lui tendit les documents qu'il n'avait pas eu le temps de ranger.

Le shérif Masterson y jeta un coup d'œil indifférent.

— Sortez du camion.

— Monsieur, je vous ai remis mon permis de conduire, les papiers du véhicule, mon autorisation de port d'armes. Que me voulez-vous ?

Le shérif leva le menton et posa la main sur la crosse de son pistolet.

— Envisagez-vous d'utiliser votre arme, ce soir ?

— Non, monsieur.

— Alors sortez.

Wyatt jeta un regard dans la direction de Violet.

— Je reviens tout de suite. Ne bouge pas.

— Allez, lança le shérif d'un ton impatient.

Wyatt obéit tout en veillant à demeurer à une distance respectable de Masterson. Autour d'eux, l'air de la nuit était lourd et moite.

Il n'y avait personne, pas de témoins éventuels.

Le shérif le regarda fixement.

— J'ai reçu un avis signalant le vol de ce véhicule. Qu'avez-vous à dire à ce sujet ?

Il pointa le faisceau de sa lampe dans les yeux de Wyatt qui, ébloui, porta la main à son visage.

— Votre adjoint vient de m'arrêter, il y a moins de cinq minutes, répondit-il. C'est bien mon camion. Je l'ai acheté neuf, je ne l'ai pas volé.

La lumière s'éloigna.

— Avez-vous une critique à formuler sur la façon dont vous être traité ?

— Non, monsieur. Je vous expose simplement la situation.

— J'ai surtout l'impression que vous avez envie de créer des ennuis, le coupa le shérif.

Wyatt mordit l'intérieur de ses joues pour s'interdire

de répondre. Il ne pouvait pas laisser ce type l'énerver. Sa priorité était de mettre Maggie et Violet en sécurité.

— J'ai entendu dire que vous étiez allés voir ma mère, aujourd'hui, poursuivit le shérif. Comment cette visite s'est-elle passée ?

Wyatt étouffa un gémissement. La conversation prenait mauvaise tournure.

— Pas très bien…

Masterson opina du chef.

— Mon père m'a tout raconté. Pouvez-vous m'expliquer ce que vous faisiez là-bas ? De quel droit avez-vous dérangé une femme âgée et malade ?

— Violet et moi rendions une visite de courtoisie à la meilleure amie de sa grand-mère. Rien de plus. Nous pensions qu'elle serait contente d'avoir des nouvelles de Mme Ames.

Le shérif croisa les bras.

— À ce que j'ai appris, vous l'avez fait pleurer. Il me semble que vous provoquez des problèmes partout où vous passez. Avez-vous envisagé de quitter la ville comme on vous l'a demandé ?

Violet passa la tête par la vitre ouverte côté conducteur.

— Nous ne partirons pas avant le rétablissement de ma grand-mère. Je me fiche du reste. Vous savez, ajouta-t-elle, je trouve que vous n'êtes pas à la hauteur de vos devoirs de shérif. Vous ne faites pas bien votre travail.

La colère brilla dans les yeux de Masterson et il fit un pas vers le camion de Wyatt.

— Personne ne vous a sonnée, mademoiselle Ames. Et je vous conseille de…

Wyatt s'interposa entre le shérif et Violet.

— Et moi, je vous conseille de bien réfléchir avant de terminer votre phrase, dit-il en serrant les poings. Et de vous adresser à elle avec respect.

Le shérif recula d'un pas. Il regarda le visage rouge de colère de Wyatt, ses poings serrés.

— Des menaces ? dit-il en attrapant les menottes à sa ceinture. Vous me donnez une bonne raison de vous arrêter.

— C'est un abus de pouvoir ! protesta Violet.

Wyatt se tourna vers elle, l'intimant du regard à la prudence.

— Les clés sont sur le contact. Appelle Fortress, contacte Sawyer. Il peut être là dans moins d'une heure. Enferme-toi bien dans la maison en l'attendant. Et quand il arrivera, fais ce qu'il te dira. Fais-lui confiance. Aveuglément.

Le shérif Masterson passa les menottes aux poignets de Wyatt avant de le pousser contre sa voiture de patrouille. Il pressa son visage contre le capot tandis qu'il le palpait. Il lui confisqua ses armes.

Il ricana.

— J'espère que Mlle Ames et son bébé n'auront pas d'ennuis maintenant que vous ne serez plus là pour veiller sur elles.

Wyatt se redressa et le fusilla du regard.

— Je vous déconseille de les approcher.

— Une autre menace ? Vous êtes en forme, ce soir, hein ?

— Si quelque chose arrive à l'une ou l'autre en mon absence, je vous en tiendrai personnellement responsable, et quand j'en aurai fini avec vous, vous regretterez d'avoir un jour croisé ma route.

Le visage du shérif était livide alors qu'il le repoussait.

— Entrez là-dedans.

En proie à une folle colère, Wyatt se laissa tomber sur la banquette arrière de la voiture de patrouille. Il fit un signe de tête à Violet.

Au volant du camion, elle redémarra aussitôt pour se diriger vers la maison de sa grand-mère.

Furieux contre lui-même, Wyatt priait pour que Sawyer arrive à River Gorge avant la prochaine attaque.

11

Au volant du camion de Wyatt, Violet roula sans encombre jusqu'à la ferme de sa grand-mère. Elle s'approcha le plus possible de la maison avant de couper le moteur.

Dès que le shérif Masterson avait collé le visage de Wyatt contre sa voiture de patrouille, elle avait appelé Fortress Security. Elle avait longuement expliqué à Sawyer les événements de la nuit et lui avait demandé de venir en urgence.

Il était parti sur-le-champ.

Assise dans l'habitacle du camion, Violet découvrit soudain la roseraie, éclairée par les phares. À la vue de son état, son cœur se serra. Les parterres dont sa grand-mère s'occupait avec tant d'amour avaient été massacrés. Tous les rosiers avaient été décapités, les fleurs écrasées. Le sol était jonché de pétales. Ne restaient que des tiges couvertes d'épines dressées pathétiquement sous le clair de lune.

Anéantie, Violet sentit un frisson glacé lui parcourir l'échine. Certes, il ne s'agissait que de fleurs, de plantes, et non d'êtres humains. Mais ce carnage était une nouvelle menace. Celui qui avait vandalisé ce jardin ne s'y était pas attaqué par hasard. Dans le comté, tout le monde savait à quel point les roses étaient importantes pour sa grand-mère. Une violence aussi ciblée, ne fit que renforcer la certitude de Violet : le vieux Masterson était le coupable. Ce qui n'était pas une bonne nouvelle. L'actuel shérif étant le fils du vieillard, il n'arrêterait jamais son père, à moins de le surprendre en train de l'étrangler de ses propres mains. Et encore, cela ne suffirait peut-être pas.

Dès le lendemain matin, elle demanderait aux médecins de l'hôpital de transférer sa grand-mère ailleurs, se promit-elle. Dans un établissement situé à l'extérieur du comté de Grove.

N'importe où mais loin d'ici, quelque part où les Masterson ne pourraient pas l'atteindre.

Violet scruta de nouveau la nuit, se félicitant d'avoir laissé la lumière du porche allumée en partant. Avant d'ouvrir sa portière, elle promena les yeux alentour pour s'assurer qu'il n'y avait personne. Enfin, elle sauta sur l'herbe, saisit la poignée du siège-auto dans lequel dormait Maggie et se hâta vers la maison.

Elle longea le porche à grands pas et essaya de mettre la clé dans la nouvelle serrure. Mais d'une main, l'opération n'était pas facile et pour ne rien arranger, elle tremblait comme une feuille.

— Allez, s'ordonna-t-elle, luttant contre la peur qui l'envahissait.

Les bruits nocturnes devenaient angoissants, le vent lui-même semblait murmurer un message menaçant à son oreille et elle frissonna.

Elle parvint enfin à ouvrir, se précipita à l'intérieur. Elle claqua la porte derrière elle, tira le verrou et mit la chaîne. Avec un soupir de soulagement, elle posa le siège-auto dans un coin et fit le tour des pièces pour s'assurer que toutes les portes et fenêtres étaient bien fermées.

— Tout va bien, murmura-t-elle. Il n'y a personne dans la maison, à part Maggie et moi.

Elle monta coucher le bébé dans son berceau, puis redescendit préparer du café. Pendant qu'il infusait, elle alla chercher le vieux fusil de son grand-père accroché au-dessus de la cheminée et le chargea. Elle ne l'avait pas utilisé depuis des années mais si quelqu'un entrait et la menaçait ou s'en prenait à Maggie, elle ne le raterait pas.

La gorge serrée, elle se remémora les terribles événements de la journée, l'horrible moment où Maggie avait disparu à la bibliothèque ou celui où le shérif avait passé les menottes à Wyatt. Quant au souvenir de la roseraie saccagée, il lui donnait la nausée. Sa grand-mère avait toujours soigné ses fleurs avec tant d'amour. Violet se rappelait encore le jour où elle l'avait appelée à l'université pour lui annoncer qu'elle avait été récompensée pour ses rosiers à la foire du comté. Et maintenant, ils gisaient écrabouillés sur le sol, réduits en charpie.

Deux cafés plus tard, quand des phares déchirèrent la nuit, Violet s'empara du fusil. Elle se dirigea lentement vers le salon et écarta le rideau. Une jeep était garée derrière sa voiture.

Plaquée contre le mur, elle compta silencieusement jusqu'à dix pour tenter de se calmer puis elle regarda de nouveau au-dehors.

Un grand blond vêtu de noir se tenait devant la porte.

— Mademoiselle Ames ? cria-t-il. Je suis Sawyer Lance. Vous pouvez poser votre arme. C'est vous qui m'avez demandé de venir.

Violet ne baissa pas son fusil.

— Montrez-moi une pièce d'identité.

L'homme s'empara d'une carte de bristol, la carte de visite de Fortress Security, et la colla contre la vitre.

— Je suis Sawyer Lance, répéta-t-il. De Fortress Security.

Il avait les cheveux ébouriffés, une barbe épaisse mal taillée, un T-shirt ajusté et un jean étroit. Il n'était pas aussi baraqué que Wyatt mais semblait deux fois plus effrayant. Son nom était écrit en lettres noires sur la carte de visite de Fortress Security.

— Présentez-moi une pièce d'identité avec photo.

Il se pencha pour regarder à travers la fenêtre, les mains collées de part et d'autre de son visage pour mieux voir à l'intérieur.

— Vous plaisantez, j'espère ?

— Pas du tout, répliqua-t-elle en agitant le canon du fusil. Montrez-m'en une ou quittez tout de suite la propriété de ma grand-mère.

Avec un juron, il tira un portefeuille de sa poche arrière et lui tendit une carte d'identité militaire. Elle portait un numéro de matricule mais pas de photo…

— Vous ne me connaissez pas encore, je m'en rends compte, mais croyez-moi, avec ou sans ma petite bouille collée dessus, ces papiers sont les miens. Le gars qui parviendrait à me les voler n'est pas né.

Wyatt lui avait dit de faire confiance à Sawyer mais dans ce contexte, ouvrir la porte à un inconnu s'avérait plus difficile que prévu.

— N'avez-vous donc pas de permis de conduire ?

— Je l'ai perdu alors que j'étais à l'étranger.

Violet prit une profonde inspiration et finit par ouvrir la porte.

Sawyer entra. Il laissa tomber un gros sac noir sur le canapé et parcourut la pièce des yeux.

— Combien de personnes se trouvent dans la maison ?

— Deux, répondit Violet. Maggie, mon bébé, et moi. Et vous aussi, maintenant.

— Quel âge a le bébé ?

— Huit mois.

— Vous avez raison de ne pas me faire confiance. J'aurais pu être dangereux mais je ne le suis pas.

Il portait une cicatrice sur la joue, une brûlure près de l'œil gauche, remarqua-t-elle.

Il l'observa pendant qu'elle l'étudiait et grimaça un sourire.

— Je veux dire : je ne suis pas dangereux *pour vous* mais je le suis, de façon générale.

Il se dirigea vers la cuisine.

— Où est le bébé ? Combien de chambres y a-t-il à l'étage ? Et combien d'issues ?

Violet s'efforça de répondre à la myriade de questions qu'il lui lançait. Tout en l'interrogeant, il vérifia les serrures des portes et des fenêtres avant d'explorer la maison de fond en comble.

Elle lui emboîta le pas.

— Pourquoi n'avez-vous pas demandé un nouveau permis de conduire ? s'enquit-elle.

— Je viens de rentrer. J'ai été libéré il y a deux semaines. Où aimeriez-vous que je m'installe pour la nuit ?

— Wyatt dormait sur le canapé.

— Ça me paraît bien.

Violet se balança d'un pied sur l'autre, déchirée entre le désir de se montrer hospitalière et celui de courir à l'étage et de se barricader dans sa chambre.

— Je vais vous chercher un café.

Sans attendre sa réponse, elle repartit vers la cuisine.

Sawyer la suivit.

La gorge de Violet se serra tandis qu'elle remplissait deux tasses, se remémorant la façon dont Wyatt avait fait la même chose, quelques heures auparavant.

Où était-il maintenant ? Pourquoi n'avait-il pas appelé ? Que lui faisait subir le shérif Masterson ? Wyatt serait-il lui aussi victime d'un nouvel « accident » ?

Au bord des larmes, elle se frotta les yeux.

Sawyer le remarqua.

— Vous n'avez pas l'air d'aimer le café, dit-il.

— Ce que je n'aime pas est le fait que Wyatt ait été arrêté alors qu'il n'avait rien fait de mal et que j'ignore tout du sort qui lui est réservé.

Sawyer commença à sortir un ordinateur portable de son sac à bandoulière.

— Ne vous inquiétez pas, il va bien, dit-il.

— Comment le savez-vous ? Lui avez-vous parlé ?

Sawyer s'arrêta pour la regarder.

— Vous l'avez vu, non ? Il n'a pas le physique d'une victime. Il sait se défendre, se battre. Croyez-moi. Il va bien.

Elle se laissa tomber sur une chaise de la cuisine de sa grand-mère et se pinça le haut du nez.

— Puissiez-vous dire vrai.

— Êtes-vous proches, tous les deux ? demanda Sawyer.

— Il est la seule personne en qui j'ai confiance, déclara-t-elle sur la défensive, espérant que, contrairement à Wyatt, Sawyer n'avait pas la capacité de lire dans ses pensées.

— Eh bien, je vais essayer de ne pas le prendre personnellement, de ne pas me vexer, dit-il en allumant son ordinateur. Quel est votre code wifi ?

— Il n'y a pas de wifi. Wyatt utilise son smartphone quand il a besoin de se connecter.

— Génial.

Avec un gros soupir, il étendit ses longues jambes sous la table et étira son cou, inclinant sa tête vers chaque épaule avant de la tourner sur elle-même pour détendre sa nuque ankylosée.

La sonnerie du téléphone de la maison retentit soudain et Violet se hâta vers le combiné.

— Allô ?

— Violet Ames ?

— Oui, je suis bien Violet.

— Ici Roger de l'hôpital de River Gorge.

— Que se passe-t-il ? demanda-t-elle, le souffle court. Ma grand-mère va bien ?

Sawyer s'immobilisa et la dévisagea avec intensité.

Le dénommé Roger poursuivit :

— Je suis désolé de vous annoncer que son état s'est brutalement dégradé depuis deux heures. Il faut vous préparer au pire. Et voilà pourquoi le médecin m'a demandé de vous appeler, de vous prévenir

Le cœur de Violet se brisa.

— Quoi ?

— Elle risque de ne pas passer la nuit. Vous devriez revenir à son chevet sans tarder, ajouta-t-il. Je suis navré.

Le cœur au bord des lèvres, Violet le remercia et raccrocha.

— Ma grand-mère est en train de mourir, dit-elle, incrédule. Je ne comprends pas. Nous l'avons vue tout à l'heure et elle allait bien. Il lui est arrivé quelque chose.

— Je suis désolé de l'apprendre.

Sawyer lui tendit ses clés.

— Prenez ma jeep. Personne ne saura que vous êtes au volant et c'est plus prudent. Je vais rester pour veiller sur Mandy.

— Sur qui ?

— Sur le bébé, dit-il en montrant l'escalier. Votre fille.

— Maggie.

— À moins que vous ne préfériez la réveiller et l'emmener avec vous.

Violet ne voulait évidemment pas tirer Maggie du sommeil, mais elle hésitait à la confier à un homme qu'elle venait de rencontrer et qui était incapable de se souvenir de son prénom. Elle n'avait pas envie non plus de jeter Maggie sur les routes en pleine nuit. Nul ne pouvait prédire où et quand se produirait la prochaine catastrophe.

Les mots de Wyatt résonnèrent dans son esprit. « Enferme-toi en l'attendant. Et quand il arrivera, fais-lui confiance. Aveuglément. »

De nouveau, elle se tourna vers Sawyer. Avec son visage brûlé, ses cheveux en bataille et sa barbe de trois jours, il ressemblait plus au problème qu'à la solution, mais Wyatt lui faisait confiance, et elle faisait confiance à Wyatt.

Elle prit les clés sur la table.

— Maggie ne devrait pas se réveiller avant l'aube. Si cela arrive malgré tout, ne la touchez pas. Appelez-moi. Quand je vous ai contacté tout à l'heure, mon numéro s'est affiché sur votre smartphone. Je serai revenue dans une heure. Si j'ai un empêchement, je vous préviendrai.

— Ça marche.

— Je vous la confie. Veillez bien sur elle, je vous en prie.

— Comptez sur moi.

Violet courut le long du couloir désert du deuxième étage jusqu'au poste d'infirmières. Appuyée contre le mur, Tanya bavardait avec une collègue. Elle écarquilla les yeux à la vue de Violet.

— Désolée d'avoir mis si longtemps à arriver, dit Violet. Ils l'ont déplacée ? Je ne sais même pas si je suis au bon étage.

Sa grand-mère avait-elle été transportée en soins intensifs ? Ou, pire, là où les patients étaient conduits quand…

La gorge serrée, elle avait du mal à déglutir. Elle s'efforça de se calmer, de respirer à fond.

— Que dois-je faire ?

Tanya regarda Violet comme si elle avait perdu la tête.

— De quoi parles-tu ?

— Grandma, répondit Violet, soudain mal à l'aise. Quelqu'un m'a appelée pour me dire de venir de toute urgence.

— Pourquoi ?

— On m'a dit que son état avait empiré, qu'elle ne passerait pas la nuit, que je devais me préparer au pire.

— Qui t'a dit ça ? demanda Tanya, effarée. Grandma est dans le même état que tout à l'heure. Qui t'a appelée ? ajouta-t-elle, les sourcils froncés.

— Un certain Roger. De l'hôpital de River Gorge.

Tanya secoua lentement la tête.

— Je ne connais personne du nom de Roger et je suis restée ici toute la nuit.

Violet la dévisagea un instant avant de se précipiter vers la chambre de sa grand-mère. Elle priait pour que l'appel téléphonique soit une mauvaise plaisanterie et non une menace visant son aïeule.

La gorge serrée, elle ouvrit la porte de sa chambre.

— Grandma ?

Le rideau avait été tiré autour du lit, rendant sa grand-mère invisible dans la pièce faiblement éclairée.

— Grandma ?

Terrifiée, Violet appuya sur l'interrupteur et s'approcha. Elle écarta le rideau d'une main tremblante.

Le visage de son aïeule était serein comme il l'avait été pendant les heures de visite, mais le plateau roulant utilisé pour les repas avait été placé au-dessus d'elle.

Il était recouvert de pétales de roses écrasés.

Une feuille gisait sur les fleurs détruites.

Votre fille ou votre grand-mère, Violet ? Vous ne pouvez pas les protéger toutes les deux. L'une d'elles va mourir dans les quarante-huit heures et le compte à rebours a déjà commencé…

12

Tanya se précipita aux côtés de Violet.

— Qui a fait cela ? s'écria-t-elle, horrifiée.

— À toi de le dire, répondit Violet en sortant son téléphone.

Elle voulait contacter au plus vite Sawyer et lui demander de monter à l'étage pour s'assurer que Maggie allait bien.

— Qui est venu ici en dernier ? ajouta-t-elle.

— Personne, déclara Tanya. Après votre départ, je suis passée la voir puis j'ai éteint la lumière avant de faire ma tournée auprès des autres malades.

Elle reporta son attention sur les roses sans chercher à dissimuler son effroi. Comme elle s'apprêtait à saisir la lettre, Violet lui prit le bras pour l'en empêcher.

— Non, n'y touche pas. Il y a peut-être des empreintes qui nous aideront à identifier l'auteur de ces menaces.

Tanya enfonça les mains dans ses poches et se balança d'un pied sur l'autre, tout en dévisageant Violet d'un air suspicieux.

— Pourquoi n'as-tu pas l'air plus étonnée que ça ? Que se passe-t-il ? Que ne me dis-tu pas ?

Violet leva un doigt pour la faire patienter un instant. Sawyer venait de prendre son appel et elle lui résuma l'incident. Elle le supplia d'aller tout de suite voir Maggie. Une fois certaine que sa fille était en sécurité, elle contacta la police. Le dispatcheur lui promit d'envoyer un adjoint mais Violet n'était pas certaine de vouloir l'attendre.

Le cœur déchiré, elle se demandait auprès de qui elle

devait rester. D'instinct, elle avait envie de courir rejoindre Maggie, pourtant sa fille avait Sawyer pour la protéger, un garde du corps formé et armé, un ancien ranger. Sa grand-mère n'avait que Tanya qui avait laissé quelqu'un s'introduire dans sa chambre. Cela dit, pour être juste, Violet n'avait pas été totalement honnête avec sa cousine. Comme elle ne lui avait rien dit des dangers qui menaçaient leur aïeule, Tanya n'avait pas pris de précautions particulières. Sans doute était-il temps de tout lui dire. Au départ, Violet avait eu peur d'exposer sa cousine mais la laisser dans l'ignorance se révélait plus risqué que tout.

La mettre au courant de la situation serait sans doute un atout.

Elle se tourna vers elle.

— Nous devons sortir Grandma d'ici, la transférer au plus vite dans un autre établissement, hors de ce comté. Je comptais en faire la demande dès demain matin.

Les sourcils froncés, Tanya croisa les bras.

— Et pourquoi ?

Violet hésita. D'un côté, lui révéler les derniers événements la mettrait peut-être en danger. D'un autre côté, Tanya n'était ni un bébé ni une vieille dame dans le coma. Non seulement elle avait le droit de savoir ce qui arrivait à leur grand-mère, mais l'informer lui permettrait d'être utile, d'agir à bon escient.

— Manifestement, quelqu'un, lié au bureau du shérif, peut-être même le shérif lui-même ou son père, cherche à me nuire. Depuis mon arrivée, je suis la cible d'attaques et de manœuvres d'intimidation. Et je suis certaine que celui qui me menace est également l'agresseur de notre grand-mère.

Tanya écarquilla les yeux.

— Que racontes-tu ? Elle est tombée.

— Bien sûr. Mais certainement pas toute seule. Quelqu'un l'a aidée.

— Elle est tombée d'une échelle, lui rappela Tanya.

Violet secoua lentement la tête.

— Non, elle n'est jamais montée sur cette échelle. Et puisque nous en sommes aux révélations, l'homme qui m'accompagne n'est pas mon petit ami. Mais un garde du corps. Il avait été engagé par Grandma. Elle l'avait chargé de la protéger mais elle ne lui avait malheureusement pas précisé de quel danger. Et elle était déjà dans le coma quand il a débarqué chez elle. En tout cas, elle se sentait menacée.

Tanya la dévisagea un long moment sans rien dire avant de se laisser tomber dans un fauteuil, visiblement sonnée. Elle reporta son attention sur la lettre abandonnée sur la table roulante. Elle contenait une menace et un compte à rebours.

— D'accord, dit-elle. Je parlerai au médecin dès demain matin pour demander son transfert. Je raconterai que tu souhaites l'avoir plus près de toi. Ensuite, j'appellerai tous les établissements hospitaliers des comtés voisins pour voir s'ils ont un lit disponible.

Violet l'embrassa rapidement.

— Merci. Je ne peux pas attendre l'adjoint, ajouta-t-elle avec une grimace d'excuse. Je dois rentrer m'occuper de Maggie. En passant, je m'arrêterai au bureau du shérif. Je n'ai pas encore la preuve que Masterson soit compromis mais même s'il l'est, tous les adjoints ne le sont pas. L'un d'eux acceptera peut-être de m'écouter et de s'intéresser à l'affaire.

À l'aide de son smartphone, elle prit des photos de la scène.

— Je te laisse. À plus tard.

— Que dois-je faire ? s'enquit Tanya. Je n'ai pas envie de m'éloigner d'elle mais je suis la seule infirmière de garde à l'étage pendant les prochaines heures. Je dois rejoindre le bureau.

— Appelle la sécurité, répondit Violet. Demande à l'un des vigiles de l'hôpital de rester près d'elle jusqu'à l'arrivée de l'adjoint. Mais je t'en prie, ne laisse pas l'adjoint seul avec elle. Il y a un lien entre sa chute et le bureau du shérif. Encore une fois, à ce stade, je n'ai aucune preuve mais les coïncidences troublantes se multiplient et intuitivement, je sens un danger.

Visiblement bouleversée par la tournure des événements de la nuit et par les propos de Violet, Tanya hocha la tête.

— Je crois en l'intuition féminine, dit-elle. Mes petites antennes me trompent rarement.

Violet décrocha le téléphone à côté du lit de sa grand-mère et le tendit à Tanya.

— Appelle la sécurité, répéta-t-elle. Mais attends que quelqu'un arrive pour quitter la chambre et n'oublie pas ce que je t'ai dit à propos du bureau du shérif.

Tanya prit le récepteur et composa un numéro.

— Fais attention à toi, Violet.

— Ne répète à personne ce que je viens de te dire et comporte-toi comme si je ne t'avais rien dit.

— D'accord.

Incapable d'attendre l'ascenseur, Violet s'engouffra dans la cage d'escalier et dégringola les marches. Puis elle se rua vers le parking. Elle avait hâte de se rendre au bureau du shérif et de s'expliquer avec ce dernier. Combien de menaces, d'intimidations et d'agressions, ses proches et elle devraient-ils encore subir avant qu'il ne se décide à faire quelque chose ? Comment croire qu'il n'était pas impliqué alors qu'il semblait se moquer de ce qui lui arrivait ? Son travail ne consistait-il pas à agir, à la protéger ?

Elle sauta dans la jeep de Sawyer et fonça sur la route. Elle arriva devant le bureau du shérif, assoiffée de justice.

D'un pas décidé, elle se dirigea vers l'accueil.

— Je veux parler au shérif Masterson, dit-elle à la femme aux cheveux gris qui lui souriait. Je m'appelle Violet Ames et je ne partirai pas avant de l'avoir vu.

— De quoi s'agit-il ? s'enquit son interlocutrice.

Une porte s'ouvrit derrière elle et le shérif apparut, arborant son éternel air suffisant, suivi de près par un Wyatt qui, lui, semblait furieux. À la vue de Violet, les deux hommes s'immobilisèrent.

Wyatt reprit ses esprits le premier. Il s'approcha d'elle et l'attira à lui.

— Merci d'être venue si vite, dit-il. Allons-y.

— Non, attends. Quelqu'un vient de menacer Maggie et ma grand-mère. Une fois de plus. Ma fille a huit mois et ma grand-mère est dans le coma, dit-elle à la cantonade. Je tiens à en parler au shérif.

À chaque mot, sa voix devenait plus forte et plusieurs visages se tournèrent dans sa direction.

Le shérif Masterson s'approcha d'elle.

— Y a-t-il un problème, mademoiselle Ames ?

— Oui, il y a un problème, cria-t-elle, attirant encore plus l'attention. À plusieurs reprises, quelqu'un de votre ville a menacé et mis en danger mon bébé, ma grand-mère et moi-même.

Quand elle lui montra sur l'écran de son smartphone les photos prises à l'hôpital, il serra les mâchoires sans répondre. Mais Violet n'avait pas l'intention de se calmer.

— Je vous ai signalé tous ces incidents mais vous n'avez rien fait, asséna-t-elle. À part me suggérer de m'en aller, de quitter la région. Qu'attendez-vous pour faire votre travail ?

En proie à une violente émotion, Violet luttait contre les larmes. Il n'était pas question de montrer la moindre faiblesse. Il fallait que le shérif la voie comme une femme forte. Inébranlable. Qui ne cédait pas sous la menace.

— Est-ce ainsi que vous protégez les habitants de cette ville ? poursuivit-elle. Quand ils sont menacés, vous leur conseillez de partir ? Pour pouvoir ensuite prétendre qu'aucun crime et délit n'est à déplorer dans votre juridiction, je suppose. C'est trop facile.

Wyatt l'attira à lui et enfouit son visage dans ses cheveux.

— Nous devons y aller, lui chuchota-t-il à l'oreille. Maintenant.

Son souffle chaud sur sa peau fit vaciller la détermination de Violet.

Elle réussit pourtant à lancer au shérif d'une voix forte :

— Vous devez m'aider. Et protéger ma grand-mère.

Elle jeta un coup d'œil aux autres hommes et femmes en uniforme, les prenant à témoin.

— Celui qui nous menace m'a prévenue que nous avions quarante-huit heures avant la prochaine attaque.

Sur ces mots, elle partit avec Wyatt.

Wyatt démarra la jeep de Sawyer pendant que Violet attachait sa ceinture.

— Tu as bien fait d'emprunter ce véhicule. Personne ne pouvait deviner que tu étais au volant, d'autant qu'il y a des verres teintés et qu'il fait nuit.

Violet se frotta les bras. Après sa sortie, elle frissonnait.

— Que t'a fait le shérif ? demanda-t-elle.

— Rien. Ils m'ont laissé seul dans une pièce tout le temps. J'ai fini par demander à un adjoint l'autorisation de passer un coup de fil. J'ai appelé Sawyer mais j'ai fait semblant de parler à un avocat. Et ils m'ont relâché.

Elle fronça les sourcils.

— Tu as appelé Sawyer ? répéta-t-elle. Et pas moi ?

— Tu étais censée être avec Sawyer. Quand il m'a expliqué que tu étais à l'hôpital, je me suis dit que j'allais devoir rentrer à pied.

Violet leva les yeux au ciel.

— La maison est à près de dix kilomètres d'ici.

— Et alors ? Sawyer ne pouvait pas venir me chercher. Il devait veiller sur Maggie et de toute façon, il n'avait pas les clés de mon camion.

Elle se tourna vers lui.

— Je ne comprends pas. Le shérif t'a donc conduit au poste pour te laisser dans une pièce sans rien faire ? Il ne t'a ni menacé ni interrogé ? Rien ? Quel était l'intérêt de la manœuvre ?

— Me montrer qu'il a tous les pouvoirs.

Sans doute Masterson avait-il voulu l'intimider. Lui prouver qu'il avait les pleins pouvoirs dans le comté et que Wyatt devait se soumettre parce qu'il n'aurait jamais le dessus. À moins qu'il ne s'agisse d'un autre avertissement.

— As-tu vu les photos que j'ai montrées au shérif ? poursuivit Violet.

— Oui. Ce n'est pas lui le coupable. Il n'a pas quitté son bureau pendant tout le temps où j'étais là-bas. Je l'ai entendu pérorer pendant des heures, donner des ordres, raconter des blagues stupides, commenter un match à la télévision. Matériellement, il n'aurait pas pu se rendre à l'hôpital.

Violet ferma les paupières et poussa un gros soupir.

— Alors qui ?

— Nous démasquerons l'auteur de cette lettre, de ces menaces, lui promit Wyatt. Je l'ai déjà dit, mais c'est vrai, et j'ai besoin que tu me fasses confiance.

Violet ne réussit pas à lui sourire.

— Le monstre a ravagé la roseraie.

— Je suis désolé. C'est ces roses saccagées qu'il a laissées à l'hôpital ?

Elle hocha la tête, les yeux brillants de larmes.

Wyatt prit sa main et mêla leurs doigts. Avec ce geste, il lui promettait d'agir. Il la lâcha quand il s'engagea dans l'allée menant chez sa grand-mère. Les phares de la jeep balayèrent les rosiers détruits et la minuscule voiture de Violet. Ils s'aperçurent alors que ses deux pneus avant avaient été tailladés.

— Tu ne m'avais pas parlé de ça, dit Wyatt.

— Je ne l'avais pas vu. J'ai à peine regardé ma voiture en arrivant. La remettre en état va me coûter une fortune.

Il se força à sourire.

— Si tu la laisses ici assez longtemps, quelqu'un la

volera peut-être et la somme que te versera ton assurance te permettra d'en acheter une neuve.

Au volant de la jeep, il traversa la cour.

— Dis-moi, Violet, étais-tu ivre quand tu es rentrée ?

— Bien sûr que non.

— Eh bien, peut-être devrais-tu songer à reprendre quelques cours de conduite. Tu as garé mon camion n'importe comment.

En constatant qu'il avait raison, elle se mit à rire. Elle lui prit le bras alors qu'ils se dirigeaient vers la maison.

Conscient qu'ils n'auraient plus l'occasion d'être seuls avant un bon moment, Wyatt s'arrêta alors qu'ils étaient encore loin du porche. Une fois à l'intérieur, ils retrouveraient Sawyer. Une longue nuit de recherches les attendait.

— Viens ici, dit-il.

Il attira Violet contre lui et la prit dans ses bras. À sa grande joie, elle l'étreignit avec force.

Mieux, elle se blottit contre lui.

Le cœur de Wyatt s'accéléra dans sa poitrine tandis qu'il promenait les mains sur son dos. Cette femme l'affolait. Il savait que le moment était mal choisi mais il rêvait de l'embrasser avec passion et de lui faire l'amour.

— Je suis désolé de ne pas avoir été là pour t'accompagner quand tu es allée à l'hôpital, ce soir, dit-il d'une voix rauque.

La culpabilité l'avait ravagé alors qu'assis dans une pièce déserte, il se demandait si Violet et Maggie avaient réussi à rentrer chez elles en toute sécurité.

— Je t'avais promis de te protéger. Au lieu de quoi, je me suis emporté et…

— Tu cherchais à me défendre, murmura-t-elle, tournant son beau visage vers le sien. Cela m'a touchée.

— J'ai été stupide. Impulsif. J'aurais dû trouver un autre moyen de faire reculer Masterson. S'il t'était arrivé malheur ou à Maggie, je…

Submergé par une brusque émotion, il fut incapable de terminer sa phrase.

Wyatt caressa tendrement la joue de Violet. Ce geste n'était ni professionnel ni déontologique, il le savait, mais la façon dont elle le dévorait des yeux lui donnait toutes les audaces. Il mourait d'envie de l'embrasser. Il s'efforça de se raisonner, de se sermonner. Il n'avait pas été payé pour la séduire. Et il n'était pas du genre à profiter de la faiblesse d'une femme qui voulait seulement protéger sa fille.

Lorsque Violet se hissa sur la pointe des pieds et posa ses petites mains sur ses épaules, il vit briller dans ses yeux un désir aussi puissant que le sien.

Il poussa un gémissement. La chaleur de son corps de femme pressé contre le sien l'affolait.

Sa bouche était là, tout près de la sienne, attendant d'être capturée. Il comprit qu'il allait céder à la tentation.

Derrière lui, la porte de la maison s'ouvrit brusquement, faisant sursauter Violet.

Sawyer les regarda un moment avant de lancer :

— Qu'est-ce que vous fabriquez ? Voilà dix minutes que je vous ai entendus arriver. Que signifient ces messes basses ? Vous en avez encore pour longtemps ou vous êtes prêts à entrer et à vous mettre au travail ?

Violet baissa la tête et se précipita à l'intérieur, cachant ses joues rouges de confusion derrière ses longs cheveux bruns.

Wyatt prit un instant pour rassembler ses pensées et se rappeler que Sawyer était un ami, même s'il avait très envie de l'étrangler.

— Merci d'être venu.

— Quand tu veux.

Sawyer referma la porte derrière Wyatt et le suivit dans la cuisine.

Violet s'y trouvait déjà. Elle avait l'air de culpabiliser et Wyatt s'interdit de chercher pourquoi.

— Maggie s'est-elle réveillée pendant mon absence ? demanda-t-elle.

— Non, répondit Sawyer se laissant tomber sur une chaise au bout de la table. Mais à un moment, elle a crié « Non ! » si fort que j'ai cru que quelqu'un était entré par sa fenêtre. J'ai foncé à l'étage mais quand je suis arrivé dans sa chambre, elle s'était déjà rendormie. Je l'entendais ronfler.

Wyatt sourit. Il imaginait Sawyer grimpant les marches quatre à quatre, pour défendre le bébé, tout ça pour se rendre compte qu'elle parlait dans ses rêves.

Sans doute à moi, pensa-t-il.

— C'est à peu près tout, conclut Sawyer. Et toi, Stone ? demanda-t-il à Wyatt. Ce petit séjour en prison ?

— Super.

Pendant qu'ils parlaient, Violet tapota l'écran de son smartphone. Un instant plus tard, les leurs bourdonnèrent.

— Je viens de vous envoyer les photos que j'ai prises à l'hôpital, dit-elle. Que faut-il faire maintenant ?

Sawyer fit défiler les clichés.

— Ces roses viennent-elles de la roseraie d'ici ?

— Je le crois, oui, répondit Violet.

Wyatt avait envie de la prendre dans ses bras pour la réconforter. Tout à l'heure, dans la cour, l'aurait-elle laissé l'embrasser ? Avait-elle voulu qu'il le fasse ? Et pourquoi n'avait-il pas profité de l'occasion ? Il fronça les sourcils. Il avait eu raison de se l'interdire, non ? Il n'aurait pas été juste de la laisser confondre sa mission et la vraie vie. Non ?

Sawyer posa son téléphone sur la table et jeta un coup d'œil à Wyatt.

— Si je comprends bien, vous soupçonnez qu'un crime a été commis il y a des années à l'insu de tous dans cette petite ville. Et votre principal suspect est l'ancien shérif. Cela ne va pas être simple.

— Non, en effet, reconnut Wyatt.

— Et pour ne rien arranger, le shérif actuel est le fils de votre suspect numéro un ?

— Exactement.

Sawyer émit un long sifflement.

— Ça devient de plus en plus compliqué.

— Il ne s'agit que d'hypothèses, dit Wyatt. En réalité, nous ignorons qui a dissimulé quoi et pourquoi, comme qui protège qui et pourquoi. Nous n'en avons pas la moindre idée.

— Seules certitudes, dit Sawyer, la grand-mère de Violet avait besoin de protection. Et maintenant, sa petite-fille et son arrière-petite-fille sont, à leur tour, menacées. Le crime en cause, le secret à préserver à tout prix, doit donc être énorme…

Wyatt hocha la tête.

— En effet. Je n'imagine personne se donner autant de mal pour un vol de poules sans importance.

Violet se tourna vers Sawyer.

— Par hasard, avez-vous appris quelque chose sur Henry Davis ?

— J'y travaille.

— Et sur la vieille voiture bleue et blanche ? ajouta Wyatt.

— J'y travaille aussi.

Wyatt alla chercher une bouteille d'eau dans le réfrigérateur.

— J'essaie d'imaginer ce qui pousserait quelqu'un à s'attaquer à une vieille femme ou à un bébé. Un vol ? Un détournement de fonds ? Une dette de jeu ?

— Pourquoi faudrait-il que ce soit nécessairement lié à l'argent ? répliqua Violet. Peut-être s'agit-il d'une fraude. Le shérif Masterson avait peut-être aidé Henry Davis à disparaître. Ce dernier ne voulait pas retourner se battre au Vietnam et maintenant, le vieux Masterson a peur que Mary Alice oublie de tenir sa langue et déballe toute l'histoire.

Sawyer se caressa la barbe.

— J'ai une autre hypothèse. En réalité, le shérif n'est pas le fils du vieux Masterson mais le fils du GI déserteur. Et les Masterson ne veulent pas éventer ce secret qui ternirait la réputation de la famille.

— Tu crois ? demanda Wyatt.

— Va savoir, répliqua Sawyer.

Wyatt sourit.

Violet regardait les photos sur son smartphone.

— En tout cas, la lettre m'annonce qu'un drame va se produire dans les quarante-huit heures. Voilà pourquoi j'ai demandé à Tanya de faire transférer ma grand-mère dans un autre établissement, hors du comté.

Les deux hommes se tournèrent vers elle et elle poursuivit :

— Tanya m'a promis d'en parler aux médecins, demain matin. L'auteur du message a raison. Je n'ai pas le don d'ubiquité, je ne peux pas être partout et les protéger toutes les deux. À moins que Maggie et moi n'emménagions dans la chambre de ma grand-mère à l'hôpital. La déplacer dans un autre comté et confier sa sécurité à un autre shérif contribuera peut-être à limiter le danger.

— C'est certain, dit Sawyer. Sage décision.

Wyatt était d'accord. Mme Ames serait plus en sécurité en dehors de la juridiction du shérif Masterson, en revanche à propos de Violet et Maggie, il n'était pas certain qu'un départ précipité soit la bonne solution.

— À mon avis, tu devrais rester avec nous jusqu'à ce que nous sachions qui est derrière tout ça. Partir seule pourrait être dangereux, nous en avons déjà parlé.

Épuisée par une lourde journée, Violet réprima un bâillement.

— D'accord. Nous ferons le point avec Tanya après le petit déjeuner. Je retournerai peut-être parler avec Mary Alice demain.

Wyatt se gratta la tête.

— Je ne sais pas si c'est une bonne idée. Le vieux Masterson nous a interdit d'approcher sa femme. Ne pas en tenir compte risque de le pousser à bout.

Il jeta un long regard à son coéquipier.

— Peut-être pourrais-tu, toi, rendre une petite visite impromptue à Mary Alice. Personne ne te connaît encore dans le coin. Tu pourrais aller te balader dans son quartier, passer devant chez elle. Avec un peu de chance, tu verras une vieille dame tricoter sur la terrasse de sa belle maison qui a un beau drapeau américain sur son toit.

Sawyer sourit.

— Et je m'arrêterai pour la saluer et lui poser des questions sur un homme disparu depuis cinq décennies.

Violet bâilla de nouveau.

Wyatt lui tendit la main.

— Pourquoi n'irions-nous pas dans le salon ? Nous y serons plus confortablement installés que dans la cuisine. Tu t'es déjà endormie sur une chaise, tout à l'heure. Pourquoi ne pas essayer le canapé, pour changer ?

Sawyer sourit.

— Tu as toujours le mot pour rire à ce que je vois.

Violet mêla ses doigts aux siens tandis qu'ils retournaient dans la grande salle. Elle s'assit sur le sofa, Wyatt prit place à côté d'elle.

Sawyer se laissa tomber par terre, le dos appuyé contre le canapé afin de voir les baies vitrées, la porte d'entrée, le couloir, la cuisine et la porte arrière.

Wyatt avait passé ses dernières nuits au même endroit pour la même raison et à tenter en vain de mettre en place les pièces du puzzle.

Mary Alice, Tom Masterson, un GI disparu en 1968 et la grand-mère de Violet.

En d'autres termes, une femme atteinte de la maladie d'Alzheimer, un alcoolique, un déserteur que personne n'avait jamais revu et une vieille dame dans le coma.

En bref, ils n'avaient rien et moins de quarante-huit heures pour démasquer l'auteur de ce message et l'empêcher de mettre ses menaces à exécution…

13

Réveillé en sursaut, Wyatt se frotta les yeux. Il s'était endormi en discutant avec Sawyer. Tous deux avaient échangé des hypothèses et évoqué les difficultés à enquêter dans une petite ville où le shérif avait tous les pouvoirs.

Il se rendit compte qu'un bruit sourd l'avait tiré du sommeil. Comme il tendait l'oreille, il repéra de légers craquements au-dehors.

Affalé sur le canapé en face de lui, Sawyer se leva et gagna à grands pas l'arrière de la maison. Lui aussi avait entendu.

Il sortit dans la nuit.

Wyatt s'écarta doucement de Violet. Elle s'était assoupie contre lui, la tête au creux de son épaule, une main sur son torse.

— Dors, dit-il d'un ton apaisant en démêlant leurs corps enlacés.

Elle ouvrit des yeux embués de sommeil.

— Qu'y a-t-il ? Maggie pleure ?

Il se mit debout et prit son arme sur la table.

— Non, ne t'inquiète pas. Reste ici.

Le bruit revint, suivi cette fois d'un long sifflement.

Elle se redressa.

— Qu'est-ce qu'on entend ?

— Sawyer est allé voir dehors ce qui se passe. C'est lui qui siffle.

— Pour t'avertir d'un danger ?

— Non. Les sifflements sont une sorte de code entre nous. Celui-ci signifie plutôt : « Viens voir. »

— Je monte chercher Maggie.

Ils se séparèrent. Violet se dirigea vers l'escalier pour gagner l'étage et Wyatt sortit par la porte arrière.

Les mains sur les hanches, Sawyer se tenait dans la grange, là où Mme Ames était tombée. Il hocha la tête quand Wyatt y entra à son tour et pointa le doigt vers le grenier.

— Je me demande depuis combien de temps elle est là-haut.

Wyatt s'avança à pas lents. Il entendait quelqu'un qui marchait dans l'ancien grenier et qui grommelait.

— Qui ça « elle » ? demanda-t-il.

— La vieille dame.

Mary Alice apparut, en chemise de nuit et robe de chambre. Elle s'approcha tout près du bord.

— Où est-elle ? leur lança-t-elle. Je ne la trouve pas. Où l'avez-vous mise ?

— Madame Masterson ? lança Wyatt. Que fabriquez-vous là-haut ? Faites attention, vous pourriez tomber. Vous êtes très près du vide. Reculez, je vous en prie.

Les premiers rayons de soleil filtraient à travers les lucarnes. Des débris de foin tombaient du grenier tandis que Mary Alice arpentait le grenier.

Wyatt tendit le cou pour mieux voir leur visiteuse.

— Pourquoi ne pas descendre et nous expliquer comment nous pourrions vous aider ? proposa-t-il.

— Pas avant que je ne l'aie retrouvée ! cria-t-elle.

Ses traits se durcirent et elle le fusilla du regard.

— Où est-elle ? Dites-le-moi ! Cette boîte est à moi !

Comme elle se détournait du bord pour repartir sous les combles, elle glissa sur du foin en vrac et trébucha. Ses bras battirent l'air.

— Oh !

Wyatt bondit, les bras en avant, pour la rattraper si elle basculait dans le vide.

— Faites attention !

Mary Alice recouvra son équilibre et le regarda à travers les planches du grenier.

— Qui êtes-vous ? demanda-t-elle. Et que faites-vous ici ?

— Je suis Wyatt Stone, un ami de Mme Ames. Je suis là pour vous aider.

Mary Alice se figea. Le sang se retira de son visage et elle se pencha en avant.

— Elle vous a parlé de lui ?

— Oui, mentit Wyatt. Elle m'a tout raconté. Vous aussi, vous pouvez me faire confiance.

La vieille femme s'écarta brusquement du bord. Elle plongea le visage entre ses mains et explosa en sanglots.

— Pourquoi a-t-elle fait ça ? Elle m'avait promis !

— Je suis vraiment désolé.

Wyatt entendit les babillages de Maggie avant de voir Violet surgir dans la grange, sa fille calée sur sa hanche.

— Que se passe-t-il ? demanda-t-elle en s'approchant de Wyatt et Sawyer.

— Il y a une vieille dame qui pleure dans ton grenier, expliqua Sawyer.

La veille au soir, ils avaient décidé de se tutoyer.

— Quoi ?

— C'est Mary Alice, dit Wyatt. Elle cherche ce qu'elle avait confié à ta grand-mère. Une boîte, apparemment.

Violet recula, cherchant des yeux la malheureuse.

— Mary Alice ? Tout va bien ?

La malheureuse se rapprocha, les yeux gonflés de larmes.

— Gladys, c'est toi ?

Violet fronça les sourcils.

— Tom sait que vous êtes ici ?

— Non, bien sûr que non. Tu sais bien qu'il m'interdit de sortir de la maison.

Wyatt passa la main dans ses cheveux.

— Je dois appeler le bureau du shérif, dit-il. La pauvre femme est visiblement désorientée et son mari doit être mort d'inquiétude.

Dans un sens, il était tenté de profiter du fait que Mary Alice soit seule pour l'interroger mais il ne voulait pas abuser de sa faiblesse. Elle n'était manifestement pas capable de comprendre les tenants et les aboutissants des questions qu'il lui poserait.

Violet fit la grimace.

— À mon avis, il cuve son vin quelque part et ne s'est même pas rendu compte de sa disparition, grogna-t-elle. Pourquoi ne contacterais-tu pas le bureau du shérif pendant que je parle avec elle ? Cette visite inattendue est peut-être l'occasion d'en savoir plus. J'espérais pouvoir lui parler à nouveau et elle vient d'elle-même ici.

Wyatt se détourna pour composer le numéro du bureau du shérif.

— Fais vite, dit-il. Dès qu'il aura été prévenu, il débarquera dans les cinq minutes.

— Que dis-tu, Gladys ? cria Mary Alice. Que lui as-tu dit ? As-tu parlé de Henry à cet homme ?

— Bien sûr que non, répondit Violet.

Wyatt se précipita vers elle, espérant rattraper le coup.

— Je lui ai déjà dit que Gladys m'avait tout raconté parce qu'elle me faisait confiance et qu'elle aussi pouvait se fier à moi.

Violet fronça les sourcils.

— Oh.

— Vous n'êtes qu'une bande de menteurs, lança Mary Alice avec colère. Tout le monde ment. Moi aussi. J'ai menti toute ma vie. Je ne veux plus le faire.

— Ça va, Mary Alice, dit Violet. Personne ne te reproche d'avoir menti, tu n'avais pas le choix. Et tu sais que tu as toujours la possibilité de me parler.

Maggie se tortillait dans les bras de Violet. Elle voulait être posée sur le sol.

Wyatt termina son appel au bureau du shérif. Il prit Maggie et désigna Mary Alice d'un mouvement de tête.

— Continue avec elle, dit-il à Violet. Je m'occupe de la princesse.

Violet s'humecta les lèvres et se dirigea vers l'échelle.

— Je suis désolée que tu sois fâchée, Mary Alice. Je n'ai jamais voulu te contrarier.

— Tu n'aurais pas dû lui dire, protesta la vieille dame. Ce n'était pas ton secret et tu m'avais juré de n'en souffler mot à personne. En tout cas, je tiens à récupérer cette boîte, maintenant. Où est-elle ? Où l'as-tu cachée ?

Wyatt l'encouragea d'un geste de la main à creuser le sujet.

— Fais-la parler de cette boîte, chuchota-t-il.

Violet saisit l'échelle.

— Puis-je monter, Mary Alice ? Nous serons plus à l'aise pour parler si nous sommes à la même hauteur.

Wyatt grimaça. Ce n'était pas ce qu'il avait voulu dire.

Il leva le bras pour l'arrêter mais elle ne le vit pas.

Violet se mit à gravir les barreaux jusqu'au moment où le cri de Mary Alice la pétrifia.

— Non ! Ne t'approche pas de moi !

Violet redescendit en vitesse et rejoignit Wyatt au centre de la grange. Ils regardèrent avec inquiétude Mary Alice qui continuait de crier.

— Pardon ! dit Violet. Je t'avais mal comprise. D'accord, je reste en bas.

La pauvre femme jeta à Wyatt un regard interrogateur.

— Êtes-vous venu pour m'arrêter ? demanda-t-elle.

— Pas du tout, madame. D'ailleurs, pourquoi aurais-je envie de vous arrêter ? ajouta-t-il, penchant la tête de côté.

— Parce que j'ai gardé ses affaires au lieu de les remettre aux autorités, dit-elle. Je les ai cachées. Ensuite, je les ai confiées à Gladys mais j'ai eu tort et maintenant elles ont disparu.

— Ses affaires sont-elles dans la boîte que vous cherchez ? demanda-t-il.

De nouveau, Mary Alice apparut au bord du grenier.

— Oui.

Elle se laissa tomber sur une botte de foin et s'essuya le nez avec sa robe de chambre.

Violet demanda :

— À qui appartient ce qu'il y a dans cette boîte ?

— Mary Alice ! cria une voix masculine derrière eux.

Le vieux Tom Masterson surgit dans la grange.

Se pouvait-il que quelqu'un du bureau du shérif ait dit au mari de Mary Alice où elle était ? Ou avait-il deviné tout seul qu'elle viendrait là ? Dans ce dernier cas, comment l'avait-il compris ? Savait-il que sa femme avait confié à Mme Ames une boîte qu'elle était censée garder pour elle ?

Le hurlement lointain d'une sirène se fit entendre. Les forces de l'ordre arrivaient et Wyatt était prêt à parier que la première voiture à s'arrêter devant la porte serait conduite par le shérif actuel, le fils de Mary Alice.

Le vieux Masterson se tourna vers Wyatt et Sawyer.

— Où est-elle ? lança-t-il d'un ton accusateur. Que lui avez-vous fait ?

Mary Alice s'approcha du bord du grenier.

— Je suis là, Tom, répondit-elle d'un ton las. Ramène-moi à la maison.

Tom Masterson s'avança. Son T-shirt était chiffonné et son jean aurait eu besoin d'une ceinture. Il n'avait pas bouclé ses bottes ni peigné ses cheveux et son haleine était chargée de bière.

— Descends tout de suite, Mary Alice. Que fabriques-tu là-haut ? Tu sais très bien que tu ne dois pas sortir de la maison.

Elle balança les jambes dans le vide, cherchant les barreaux de l'échelle.

— Pardon. J'ai eu tort, je ne voulais pas.

— Tu ne voulais pas profiter du moment où je dormais pour filer en douce ? grogna-t-il. Tu ne voulais pas monter dans ce grenier ? Tu ne voulais pas me faire mourir de peur ? Tu ne voulais pas me désobéir ? Me défier ? Cesse de me prendre pour un imbécile !

Mary Alice se mit à pleurer.

— Du calme, intervint Wyatt. Mary Alice, s'il vous plaît, prenez votre temps et faites très attention. Et vous, monsieur Masterson, baissez d'un ton, je vous prie. Votre femme s'apprête à descendre, il n'est pas question de lui faire peur.

— Vous me menacez ?

Wyatt se mordit l'intérieur des joues. Le goût du sang emplit sa bouche, l'empêchant de dire quelque chose qui pourrait le renvoyer en prison. Il ne pouvait pas se permettre de donner au shérif une raison de lui passer de nouveau les menottes. Et remettre à sa place le vieux Masterson lui coûterait certainement très cher.

Les sirènes stopèrent quand les voitures de patrouille arrivèrent dans la cour et se garèrent devant la grange. Quelques instants plus tard, le shérif entra. Il évalua la scène d'un coup d'œil circulaire avant de se précipiter au secours de sa mère sur l'échelle. Il lui chuchota des mots apaisants pour la rassurer et l'aida à regagner lentement la terre ferme.

Une fois en bas, il fusilla son père du regard.

— Peux-tu m'expliquer ce qui s'est passé ?

Sans répondre, le vieux Masterson dévisagea Wyatt.

— Je suis désolée, déclara Mary Alice. Je voulais seulement chercher ses affaires.

— Les affaires de qui ? répéta Wyatt.

— De Henry.

D'un air fautif, Mary Alice porta les mains à ses lèvres et se tourna vers son mari.

— Je crois que je ferais mieux de rentrer m'allonger.

— Je crois que tu ferais mieux de la fermer, marmonna-t-il, l'arrachant brutalement à l'étreinte de leur fils. Allons-y.

Le shérif suivit ses parents. Il ressemblait soudain plus à un petit garçon qu'à un homme chargé de la sécurité de tout un comté.

Wyatt leur emboîta le pas, à la fois écœuré et consterné par la dynamique familiale des Masterson.

— Je n'aurais pas dû garder ses affaires, dit Mary Alice. J'aurais mieux fait de les rendre à sa famille. C'est ce qu'il faut faire.

— Ferme-la ! cria Tom Masterson.

Il s'arrêta pour la tirer brutalement par le bras. Ses yeux étincelaient de rage.

— Papa, intervint le shérif.

Avec un gémissement, Mary Alice se détourna.

Le vieux Masterson ouvrit la voiture et jeta presque sa malheureuse épouse à l'intérieur.

— Où allons-nous ? demanda-t-elle d'une voix chevrotante. Au puits ?

Sans répondre, son mari claqua la portière. Il ferma les paupières un long moment, s'efforçant de recouvrer son calme.

Le puits signifiait manifestement quelque chose pour lui. Mais quoi ?

Son fils se rapprocha de lui.

— Rentre à la maison. Je te suis au volant de ma voiture de patrouille.

Tom Masterson hocha la tête et s'en alla.

Violet se glissa à côté de Wyatt.

— Cet épisode était pour le moins perturbant, dit-elle doucement.

Le shérif Masterson se tourna vers elle, comme s'il l'avait entendue.

— Prenez bien soin de votre grand-mère, mademoiselle Ames. Quand les femmes prennent de l'âge, les ennuis se multiplient.

Le cœur de Violet se mit à battre à tout rompre dans sa poitrine. Le shérif du comté venait-il de menacer sa grand-mère ? Devant témoins ? Était-il complètement fou ? Elle posa Maggie dans l'herbe pour composer le numéro du portable de Tanya, en espérant que sa cousine était toujours à l'hôpital.

— Allô ? répondit Tanya.

— Comment va Grandma ? lança Violet. Est-ce qu'un agent de sécurité de l'hôpital veille toujours sur elle ? As-tu pu parler aux médecins au sujet de son transfert ?

— Violet ? demanda Tanya. Que se passe-t-il ? Qu'est-ce qui ne va pas ?

— Tout va bien. Je suis juste un peu secouée, ce n'est rien. Mais comment va notre grand-mère ?

— Bien. Son état est stationnaire.

— Et que dit le chirurgien ? insista Violet.

— Il n'est pas encore passé mais c'est normal. Il est trop tôt et il a d'autres patients à voir aux étages un et cinq. Je t'appellerai dès que j'en saurai plus. D'accord ? Je n'ai pas le temps de te parler, là. Je dois faire le tour des chambres pour m'occuper de mes malades.

— Et qui assure la sécurité de Grandma ?

— Un vigile monte la garde devant sa porte. Un de ses collègues va bientôt venir le relever.

Violet se détendit un peu.

— D'accord. À plus tard.

Elle raccrocha et se tourna vers Wyatt. Maggie rampait vers lui.

— Te souviens-tu du nom du garagiste chez qui tu as fait réparer ton camion ?

— R.G. Carrosserie.

Violet essaya de se concentrer sur les problèmes graves et non sur le fait que son bébé s'attachait de plus en plus à un homme qui serait bientôt parti.

— Je dois faire remplacer mes pneus. Je veux avoir la possibilité de partir avec Maggie à tout moment si le besoin s'en fait sentir.

Wyatt lui donna le numéro, puis il joua avec Maggie pendant que Violet prenait des dispositions pour que sa voiture soit remorquée jusqu'à l'atelier de réparation.

Elle n'était plus très sûre d'être en sécurité à River Gorge. Peut-être vaudrait-il mieux pour elle rentrer à Winchester, chez elle, comme le lui avait si aimablement conseillé le shérif. En tout cas, elle était certaine d'une chose : elle devait avoir la possibilité de quitter la ville sur-le-champ avec Maggie, en cas d'urgence. Et un véhicule avec deux pneus crevés ne lui serait d'aucune utilité.

Violet paya le chauffeur de la dépanneuse quand il vint chercher sa voiture puis rentra dans la maison pour voir ce que faisaient Maggie et les deux hommes.

Wyatt étudiait avec Sawyer une série de cartes topographiques étalées sur la table de la cuisine. Maggie s'était endormie dans ses bras.

Violet se rapprocha et lui prit la petite.

— Je monte la mettre au lit et je reviens.

— Prends ton temps, dit-il.

Sawyer grogna, un stylo entre les dents.

Violet se rendit à l'étage et posa doucement Maggie dans son berceau. Quand elle redescendit, elle regarda avec curiosité ce qu'ils avaient noté sur ces cartes.

— Ce sont des cartes de la région, non ? dit-elle en reconnaissant le tracé de la rivière et les villes du comté de Grove. À quoi correspondent ces croix rouges ?

— Aux puits, répondit Sawyer.

Violet se tourna vers Wyatt.

— Je ne comprends pas.

— Mary Alice a demandé à son mari s'ils allaient « au puits » et à ce moment-là, le vieux Masterson l'a presque frappée.

— Tout le monde a un puits dans son jardin, par ici, dit Violet.

— Tout le monde possède peut-être un puits, répliqua Wyatt, mais la plupart sont désaffectés ou abandonnés depuis longtemps. Les gens ont l'eau courante, maintenant.

Sawyer tourna une carte dans sa direction.

— Les croix représentent les puits du comté. Certains ont probablement été désaffectés par l'État, d'autres ont été abandonnés et sont sans doute recouverts de planches ou de grillage mais toujours accessibles. Dès que j'aurai fini de les répertorier, j'irai les inspecter.

Violet se tourna vers lui, effarée.

— Tous ? Mais il doit y en avoir des dizaines et des dizaines. Comment vas-tu faire ?

Sawyer sourit.

— Je vais me servir de mes petites jambes musclées.

Violet leva les yeux au ciel.

— Il te faudra une éternité pour y arriver. Et il ne reste que trente-six heures avant que ceux qui nous veulent du mal ne mettent leurs menaces à exécution.

— J'irai d'un point à l'autre en camion quand ce sera possible, mais je serai certainement obligé de parcourir à pied une partie du circuit.

Violet lutta contre la frustration qui l'envahissait. Certes, Sawyer était prêt à battre la campagne pour visiter tous les puits. Mais cela suffirait-il ? Elle en doutait.

Elle se leva soudain et les regarda tous deux avec un sourire d'excuse.

— Pardonnez-moi mais je vais vous laisser un instant. J'ai besoin d'un peu d'air frais.

— As-tu envie d'aller faire un tour ? proposa Wyatt.

— Oui, mais je ne peux pas m'éloigner. Je viens de coucher Maggie.

— Je m'en occupe, dit Sawyer. Les bébés m'adorent. Surtout Mandy.

— Maggie ! corrigèrent Wyatt et Violet à l'unisson.

Sawyer éclata de rire.

— Je sais. J'adore vous faire enrager et ça marche à tous les coups. Partez et laissez-moi travailler.

Violet sortit sur la terrasse. En passant, elle attrapa le plaid étendu sur la balancelle.

Wyatt la rejoignit, deux bouteilles d'eau à la main. Il en offrit une à Violet, puis lui prit la couverture qu'il jeta sur son épaule.

Elle lui tint le bras tandis qu'ils marchaient.

Wyatt lui sourit.

— La journée n'a pas très bien commencé mais nous avons avancé. Mary Alice a dit que la boîte qu'elle cherchait – et son contenu –, appartenait à Henry.

— Et elle parlait certainement de Henry Davis, renchérit Violet.

— Les pièces du puzzle se mettent en place. Après les recherches sur Internet de ta grand-mère, les révélations de Mary Alice à propos des affaires de Henry, nous savons maintenant qu'un puits est lié à cette histoire pour une raison encore inconnue mais sûrement déterminante. Si nous avons de la chance, Sawyer trouvera le puits auquel elle faisait allusion, peut-être même aussi la boîte et tout sera réglé avant la tombée de la nuit. La lettre de menace n'aura alors plus d'importance. Nous aurons identifié son auteur avant que les quarante-huit heures soient écoulées.

— Le problème est qu'il y a beaucoup de puits à voir.

— Il n'est pas nécessaire de les fouiller tous. Sawyer va mener ces investigations avec méthode et efficacité, fais-lui confiance.

Violet avait peur pour elle et sa famille, elle était triste pour Mary Alice et elle espérait que la découverte du puits permettrait enfin de résoudre cette affaire.

Au fond de son cœur – et elle ne l'aurait jamais avoué à quiconque –, elle espérait aussi quelque chose d'autre.

Quelque chose de doux, de chaud, d'étrange et de nouveau, quelque chose qu'elle ressentait quand elle pensait à Wyatt, quand elle se remémorait la façon dont il l'avait serrée dans ses bras, la veille au soir.

Pendant un moment, elle s'était demandé s'il allait l'embrasser.

Elle s'était juré de ne plus jamais tomber amoureuse d'un militaire. Son ex-petit ami avait courageusement servi son pays mais quand il avait appris sa grossesse, il l'avait lâchement abandonnée.

Le cœur serré, elle songeait à Maggie. Violet non plus n'avait pas connu son père et savait donc à quel point une telle blessure était douloureuse. Mais sa peur de souffrir à nouveau, de voir Maggie perdre une autre figure masculine, l'empêchait peut-être de vivre quelque chose d'incroyable.

Pour ne pas passer à côté, devait-elle prendre un risque, se donner une chance ?

Ou recouvrer ses esprits et comprendre qu'elle n'était qu'une incorrigible rêveuse. Une rêveuse qui aspirait à l'impossible, à un amour fou et authentique, par exemple.

Comme elle lui jetait un coup d'œil de biais, elle surprit Wyatt en train de la dévisager.

Il désigna le lac dont ils approchaient.

— Est-ce là que nous allons ?

— Oui.

En sortant de la maison, elle n'avait pas vraiment de but de promenade précis mais le lac était parfait pour rester un moment tranquille et réfléchir.

Lorsqu'ils parvinrent près de l'eau, Wyatt étendit le plaid sur l'herbe.

Violet s'y allongea, heureuse d'être à l'ombre tout en voyant le soleil jouer à travers les branches d'un grand chêne.

Wyatt s'installa à côté d'elle.

— Je suis content que Sawyer soit ici, déclara-t-il finalement.

Elle sourit.

— Ah oui ?

Il lui prit la main et mêla leurs doigts, l'air coupable.

— Je suis content qu'il soit ici parce que je ne suis pas assez concentré sur mon travail. Depuis mon arrivée, je me suis laissé distraire, emporter par mes émotions.

Violet essaya de ne pas trop penser au sens de ses mots.

— Vraiment ?

— Hier soir, je mourais d'envie de t'embrasser.

— Et ?

Wyatt s'humecta les lèvres sans répondre.

Violet attendit, le regard rivé au sien. La peur du rejet la tétanisait.

— Wyatt, murmura-t-elle enfin. Pourquoi ne l'as-tu pas fait ? Pourquoi ne m'as-tu pas embrassée ? Dis-le-moi.

— J'ai résisté à la tentation. Je voulais me comporter en gentleman

— Et maintenant ?

Wyatt caressa sa joue avec tendresse.

— Maintenant j'ai juste envie de me comporter comme un homme.

Il baissa lentement la bouche vers la sienne, délibérément, sans lâcher ses yeux.

Lorsqu'il captura ses lèvres, un long frisson la parcourut. Leurs langues entamèrent une danse sensuelle et elle sentit un plaisir intense l'envahir et un désir impérieux la soulever.

Ce baiser était le genre de baiser dont Violet avait toujours, rêvé, mais qu'elle n'avait encore jamais connu. Le genre de baiser qui rendait les femmes folles de désir et leur faisait croire que tout était possible.

Y compris un amour fou et authentique.

14

Violet n'avait pas envie de quitter le lac, de rentrer à la maison. Près de l'eau, tout semblait différent, plus léger, plus positif et en tout cas, moins tragique. Comme, par exemple, ce baiser qui avait fait battre leurs cœurs plus vite. Le lac avait ce pouvoir, cet effet. Malheureusement, le moment de grâce qu'ils avaient partagé ne pouvait durer, elle le savait. Un compte à rebours avait été déclenché, une tragédie annoncée. Cette réalité désagréable s'imposait à eux et maintenant, trouver ce que Mary Alice était venue chercher dans le grenier à foin était une priorité absolue.

L'air sombre, Wyatt la suivait sur le chemin. Elle s'efforçait de ne pas regarder son visage tourmenté, de ne pas l'interroger sur la teneur de ses pensées. Par expérience, elle savait que lorsqu'une femme pose des questions directes à un homme, les réponses qu'elle obtient ne lui plaisent pas, en général. En tout cas, Wyatt n'avait pas prononcé un mot depuis qu'ils avaient cessé de s'embrasser. Il l'avait dévisagée un long moment avec intensité avant de lui proposer de rentrer. Ce n'était pas exactement la déclaration à laquelle elle avait aspiré mais elle n'avait pas émis de commentaire.

Lorsqu'ils arrivèrent sur la terrasse, il lui tendit le plaid. Puis il lui ouvrit la porte-moustiquaire et l'invita à pénétrer dans la maison.

Elle salua Sawyer d'un sourire puis monta directement à l'étage prendre une douche. Bien froide.

Après ses ablutions, elle réussit à se faire un brushing et

à se maquiller avant que Maggie ne se réveille de sa sieste. Un trait de liner, une touche de mascara, un peu de blush. Elle termina par quelques gouttes de parfum derrière les oreilles. Comme elle contemplait son reflet dans le miroir, elle tenta de se convaincre que cette mise en beauté n'avait rien à voir avec Wyatt. Elle s'ordonna d'effacer de sa mémoire le souvenir de ses lèvres chaudes sur les siennes.

Maggie fit un petit bruit dans son sommeil et Violet se pencha sur son berceau, mais la petite dormait paisiblement.

Elle laissa la porte de la chambre ouverte et descendit les marches de l'escalier vers la cuisine, tout en tirant sur son débardeur.

Lorsqu'elle entra, les deux hommes levèrent les yeux vers elle.

Wyatt resta un moment bouche bée.

Sawyer fit un signe de tête approbateur.

Satisfaite de leurs réactions, en particulier celle de Wyatt, Violet s'approcha.

— Tout avance comme vous voulez ?

Wyatt répondit :

— Nous avons scindé la liste des puits en deux en fonction de leurs emplacements. Sawyer va aller inspecter les plus éloignés de la ville et nous trois, Maggie, toi et moi, les plus proches. J'ai le sentiment que les plus accessibles sont tous désaffectés mais cela vaut le coup de vérifier. Nous en verrons quelques-uns avant de nous rendre à l'hôpital.

— De nous rendre à l'hôpital ? répéta Violet. Certes, je tiens à aller embrasser ma grand-mère mais il est important que tu puisses aider Sawyer pour effectuer le plus de fouilles de puits possible. Je ne veux pas te ralentir.

Combien de temps lui restait-il, maintenant ? Comment être sûre que l'auteur de la lettre laissée dans la chambre de sa grand-mère attendrait pour mettre ses menaces à exécution ?

— Nous pouvons faire les deux, assura Wyatt.

Sawyer se leva et s'étira, dévoilant un physique indéniablement avantageux. Alors qu'il se redressait, Violet ne put s'empêcher de penser que, sans sa barbe hirsute et ses cheveux en bataille, il serait sans doute très séduisant. Son sourire arrogant était une façade, une façon de cacher une faille, une fragilité, elle en était certaine. Plus d'une fois, elle avait pensé demander à Wyatt de lui raconter l'histoire de Sawyer, mais elle y avait finalement renoncé. En réalité, elle devinait qu'il ne lui dirait rien et emporterait les secrets de son ami dans la tombe, quels qu'ils soient.

— Je prends le camion, aujourd'hui, annonça Sawyer. Si quelqu'un est arrêté et envoyé en prison, ce sera moi, cette fois.

Wyatt sourit.

— Parfait.

Une demi-heure plus tard, ils sortaient tous de la maison.

Sawyer se mit en route pour faire la tournée des puits éloignés. De leur côté, Wyatt, Maggie et Violet partirent pour effectuer en voiture une petite reconnaissance des puits du coin avant de prendre le chemin de l'hôpital.

Tandis qu'ils roulaient, Violet regardait le feuillage des arbres, le ciel bleu traversé par de petits nuages blancs…

— Et si le shérif surprend Sawyer sur une propriété privée et lui tire dessus ? demanda-t-elle. Masterson est capable de tout…

Wyatt lui jeta un bref coup d'œil avant de reporter son attention sur la route.

— Ne t'inquiète pas pour Sawyer. Il sait se rendre invisible. Le shérif ne le verra pas, je te le garantis.

— Mais s'il tombe quand même sur lui ? Et s'il essaye de le tuer ? Il n'y aura personne pour l'en empêcher.

Wyatt sourit.

— Dans ce scénario très improbable, je serais plus inquiet pour le shérif que pour Sawyer.

Violet leva un sourcil surpris.

— Insinues-tu que Sawyer est dangereux ?

Un souvenir lui revint soudain en mémoire. Le soir où ils s'étaient rencontrés, lorsque Sawyer avait débarqué à la ferme alors que Wyatt était retenu au bureau du shérif, il lui avait dit qu'il n'était « pas dangereux pour elle » mais pouvait l'être « en général ».

Il secoua la tête.

— Je dis simplement qu'il a traversé beaucoup d'épreuves, combattu beaucoup de dangers, et qu'un shérif arrogant ne lui fait pas peur.

Elle réfléchit à ces paroles. Ce soir-là, Sawyer lui avait également raconté qu'il venait de quitter l'armée. Elle ne savait pas combien de temps il avait passé sous les drapeaux mais il n'était pas difficile de deviner qu'il était un baroudeur. Il avait dû rouler sa bosse et connaître beaucoup d'aventures.

— Sawyer est très entraîné, très qualifié, reprit Wyatt, mais il a été profondément traumatisé par certains combats. Voilà pourquoi j'espère que personne ne lui cherchera des noises.

Un frisson parcourut l'échine de Violet.

Comme ils parvenaient à un carrefour, ils découvrirent un immense panneau en bois qui se dressait devant eux. Il n'était pas en bon état, la peinture s'écaillait par endroits mais les mots écrits étaient bien visibles :

POTTER'S FIELD

Wyatt s'arrêta sur le bas-côté.

— Mme Foster, la bibliothécaire, ne nous avait-elle pas dit qu'elle avait fait la connaissance de Mary Alice à Potter's Field ?

— Oui, et d'après mon grand-père, c'était un lieu de rencontres autrefois, dit-elle avec un petit rire. Des jeunes, des vagabonds et des hippies, venus des quatre coins du comté, y venaient pour y camper et clamer leur désir de faire l'amour, pas la guerre.

Wyatt la regarda avec un grand sourire.

— Je me demande bien ce que Mme Foster fabriquait là-bas.

Violet se mit à rire.

— Qui sait ? Après tout, elle était jeune à l'époque, elle aussi.

Il considéra les bocages alentour.

— Il y a cinquante ans, l'endroit était peut-être un immense terrain vague sur lequel se retrouvait toute une jeunesse révoltée, mais aujourd'hui, il n'en reste que des champs de soja.

— Les temps changent, je suppose, dit Violet. Espérons que nous aurons plus de chance avec les puits.

Comme son smartphone se mettait à sonner, elle s'en empara et un regain de panique la traversa à la vue du nom qui s'affichait sur l'écran.

— C'est Tanya, dit-elle. Allô ?

— Salut, Violet.

Le ton n'était ni catastrophé ni affolé.

Violet poussa un soupir de soulagement. Apparemment, sa cousine n'avait pas de mauvaises nouvelles à lui annoncer.

— Quoi de neuf, Tanya ?

— Eh bien, le médecin nous donne le feu vert pour transférer Grandma dans un autre établissement. D'après lui, son état est stable, ses signes vitaux encourageants. Il n'y a donc aucune raison de la garder ici si tu préfères l'installer ailleurs. J'ai répertorié quatre établissements à moins d'une heure de route. Jusqu'à son rétablissement, tu pourras rester chez elle et par la suite, faire la navette. De cette façon, il nous sera facile pour toutes les deux de venir la voir. Je suis sûre qu'elle va bientôt sortir de son coma.

Violet se figea. Elle ne voulait pas perturber sa cousine ni trop lui demander mais Tanya semblait négliger un point essentiel. Leur grand-mère était en danger. La transférer à proximité serait de la folie.

— Que Grandma soit en bonne voie de rétablissement est une excellente nouvelle mais nous devons l'éloigner à plus d'une heure de route. Par ailleurs, je ne vais pas pouvoir rester plus longtemps dans sa ferme. Non seulement l'endroit n'est pas très sûr, mais je serai bientôt obligée de retourner à Winchester. La fin des vacances scolaires est proche.

Un grand silence lui répondit au téléphone.

Violet se tourna vers Wyatt, qui lui adressa un geste fataliste tout en continuant à rouler vers l'hôpital.

Elle avait souvent l'impression que Wyatt avait la capacité de lire dans ses pensées. Dans l'immédiat, cette faculté lui était utile mais à d'autres moments, elle était humiliante. Par exemple, quand il la surprenait en train de rêver. De s'imaginer avec lui.

— Nous sommes en route pour l'hôpital, Tanya, annonça Violet. Nous pourrons en discuter quand nous arriverons. Je ne veux pas t'éloigner d'elle mais sa sécurité est une priorité.

L'échéance du compte à rebours se rapprochait à grands pas, maintenant, songea-t-elle, le cœur serré.

— Je sais, répondit enfin Tanya. Je souhaite seulement qu'elle se réveille.

— Moi aussi.

La radio CB sur le tableau de bord de Sawyer se mit soudain à grésiller. Au milieu des parasites, une voix masculine demanda à ce qu'une ambulance et une voiture de patrouille se rendent immédiatement à une adresse trop familière.

— C'est chez Grandma ! s'exclama Violet, abasourdie.

L'ancienne ferme était à nouveau le théâtre d'un drame, comprit-elle.

Violet blêmit tandis qu'une myriade de possibilités plus horribles les unes que les autres affluaient à son esprit.

— Tanya, dit-elle. Je dois te laisser.

Au volant de la jeep de Sawyer, Wyatt remonta à toute vitesse l'allée qui menait à la maison. Il se gara devant, coupa le moteur et bondit sur le sol. Sans perdre de temps, il libéra Maggie de son siège-auto et la prit dans ses bras.

Violet les rejoignit.

— Ma grand-mère est à l'hôpital, Sawyer fait la tournée des puits des environs et nous, nous sommes ici et en pleine forme. Alors qui a besoin d'une ambulance ?

En route, elle avait envoyé plusieurs SMS à Sawyer qui lui avait confirmé qu'il enquêtait dans la campagne. Pour lui prouver qu'il allait bien, il lui avait envoyé un selfie sur lequel il apparaissait au bout d'une corde, en rappel au fond d'un puits.

Un ambulancier sortait de la grange et Wyatt se hâta vers lui.

— Excusez-moi, dit-il. Cette maison est celle de Mme Ames, la grand-mère de ma copine. Nous y séjournons pendant qu'elle est à l'hôpital. Pourriez-vous m'expliquer ce qui se passe ?

Pressentant un drame, Violet prit le bras de Wyatt et s'appuya sur lui.

Le jeune homme ouvrit le hayon de l'ambulance.

— Nous avons reçu un appel à propos d'une femme âgée qui…

Une sirène assourdissante l'interrompit. Une voiture de patrouille surgit et dérapa sur le gravier.

— Que s'est-il passé ? cria le shérif Masterson en sautant de son véhicule.

L'ambulancier pâlit.

— Je suis désolé, monsieur, mais apparemment elle est tombée du grenier à foin.

— Qui ? demanda Violet. Vous n'avez pas dit de qui il s'agissait.

Wyatt n'avait pas besoin d'entendre la réponse. Lorsqu'il l'avait entendu parler d'une « femme âgée », il avait compris.

Deux hommes en blouse blanche sortirent de la grange, portant un brancard.

Mary Alice Masterson y était étendue.

Tête basse, le vieux Masterson les suivait, les mains dans les poches.

Le shérif se fraya un chemin jusqu'à la malheureuse.

— Maman ?

Il se pencha pour caresser les cheveux gris de sa mère. Des larmes brillaient dans ses yeux.

Il se redressa et fusilla les ambulanciers d'un regard glacial.

Le plus âgé eut un sourire contraint.

— Mieux vaut la conduire sans plus tarder à l'hôpital.

Le shérif Masterson hocha la tête.

— D'accord, dit-il avant de reculer pour leur permettre de passer.

— Aimeriez-vous monter avec elle ? proposa l'un d'eux.

Personne ne savait s'il s'adressait au mari ou au fils de Mary Alice. Tous deux se tenaient l'un en face de l'autre maintenant et se regardaient en chiens de faïence.

— Non, merci, dit le shérif. Je vais y aller à bord de la voiture de patrouille. Mon père vient avec moi.

Violet se tourna vers le vieux Masterson.

— Que faisait votre femme dans la grange ? C'est vous qui l'avez conduite ici, n'est-ce pas ? Pourquoi ?

Le vieil homme serra les mâchoires et ne répondit pas.

Elle reporta son attention sur le shérif.

— Personne n'était revenu dans cette grange depuis des années, et maintenant, votre mère est la deuxième vieille dame à tomber du grenier à foin en moins d'une semaine. C'est bizarre, non ?

Comme le shérif Masterson la dévisageait en silence, Wyatt attira Violet contre lui.

— Je pense que nous ferions mieux de rentrer.

Il devinait qu'une violente explication allait éclater entre les deux Masterson et il ne voulait pas se mêler de leur querelle familiale. Pas en présence de Violet et de Maggie.

Elle le laissa l'entraîner.

Ils regardèrent par la fenêtre le père et le fils monter dans la voiture de patrouille du shérif et s'éloigner.

Violet prit son bébé dans les bras.

— Je suis convaincue que le vieux Masterson a poussé volontairement sa femme du haut du grenier à foin avant d'appeler les secours pour faire croire à un accident.

La même pensée avait traversé Wyatt.

— Et elle n'y était sans doute pas venue par hasard, ce matin, non plus. Son mari voulait faire croire qu'il s'agissait d'une fugue mais je n'en mettrais pas ma main au feu.

— Tu crois qu'il l'avait encouragée à se rendre ici dans l'espoir qu'elle tomberait et se casserait le cou ?

— Peut-être, dit-il. En tout cas, je n'en serais pas étonné.

L'ancien shérif était sournois. Wyatt avait déjà été confronté à ce genre de personnes fourbes et criminelles. Le problème était que son fils, l'actuel shérif, n'allait certainement pas enquêter sur le sujet. Si sa mère mourait, il ne ferait pas arrêter son père pour meurtre…

— Tu sais à quoi je pense ? lança soudain Violet.

Elle lui tendit Maggie et passa devant lui pour se diriger vers l'arrière de la maison.

— Des trois Masterson, Mary Alice est la plus honnête, poursuivit-elle. Et si elle croit qu'une boîte remplie des affaires de Henry Davis se trouve dans cette grange, il est fort probable qu'elle y soit. Retournons-y. Peut-être n'avons-nous pas encore regardé au bon endroit.

15

Poussé par la curiosité, Wyatt suivit Violet vers la grange. Avait-elle raison ? Étaient-ils passés à côté de quelque chose ? N'avaient-ils pas encore retrouvé cette boîte parce qu'ils ne l'avaient pas cherchée au bon endroit ?

Violet lui prit Maggie des mains et la cala sur sa hanche. L'enfant se blottit contre elle, enfouissant son petit visage dans son cou.

Lorsqu'ils pénétrèrent dans le hangar en bois, les rayons du soleil filtraient à travers une lucarne.

— Si j'avais quelque chose d'important à cacher, dit Violet, je le mettrais dans un lieu où personne n'a de raison d'aller. Cette grange réunit toutes les conditions et Mary Alice partageait mon avis puisqu'elle est venue ici à deux reprises dans l'espoir de découvrir cette boîte.

Wyatt la regarda s'avancer, protégeant la tête de Maggie d'une main. De minuscules grains de poussière dansaient dans la lumière.

— En tout cas, nous n'avons rien à perdre à la fouiller une nouvelle fois, dit-il.

— Séparons-nous, décida-t-elle. Je vais inspecter le côté droit. Et toi le gauche.

Un sourire sur les lèvres, il s'écarta d'elle pour examiner la zone qu'elle venait de lui attribuer. Des années durant, il avait commandé à des troupes d'hommes mais ces derniers temps, le mouvement semblait s'être renversé. Maintenant, il recevait des ordres au lieu d'en donner. La plupart émanaient d'une belle brune et de son bébé.

Tout en étudiant le sol, il se rappela soudain les paroles que Mary Alice avait laissé échapper l'autre jour alors qu'elle tricotait sur sa terrasse. La mère de Violet s'était enfuie avec un homme, confiant sa fille à sa propre mère, la grand-mère de Violet. Comment un parent pouvait-il abandonner ainsi son enfant ? Et vivre loin de lui sans en être affecté ? Aux yeux de Wyatt, un tel comportement était odieux, insupportable. Et voilà sans doute pourquoi il valait mieux qu'il ne connaisse pas le père de Maggie. En tout cas, cette dernière ne se demanderait pas si elle avait été aimée. L'amour que lui vouait Violet était inscrit sur son visage et imprégnait tous ses actes.

Violet se déplaçait lentement le long du mur en bois, promenant les doigts sur les vieilles planches. La lumière du soleil éclairait sa fine silhouette. Son débardeur mettait en valeur ses formes sexy et, dans ce short, ses jambes bronzées et fuselées semblaient immensément longues. Wyatt s'imagina les caresser, se glisser entre ses cuisses, lui faire l'amour…

Détournant la tête, il s'ordonna de reprendre ses esprits. Jamais une femme ne l'avait affolé à ce point. S'il était confiant sur ses chances de survie face aux attaques des Masterson, il avait de plus en plus de mal à résister au charme de Violet Ames.

Il longea le côté de la grange dont il était chargé. Il prit son temps, inspecta l'endroit avec soin mais ne remarqua rien de particulier.

Dans son dos, il entendait Violet chantonner à mi-voix une berceuse à son bébé.

Le cœur de Wyatt fondit. L'amour et le dévouement dont Violet faisait preuve envers sa fille et sa grand-mère le touchaient. Manifestement, l'une et l'autre signifiaient beaucoup pour elle. Lui aussi avait le sens de la famille. Le désir de partager la vie de Violet et de Maggie le submergea soudain. Pourquoi ne cessait-il de songer à cette éventualité, ces temps-ci ? s'interrogea-t-il. Et Violet, qu'en penserait-elle ? En avait-elle envie, elle aussi ? Le baiser qu'ils avaient échangé près du lac lui donnait de l'espoir. Plus il passait du temps avec elle, plus il rêvait de l'épouser. Il était certain que ses parents, ses frères d'armes et ses amis adopteraient facilement Violet et Maggie et qu'elles deux seraient heureuses avec lui.

Mais dans l'immédiat, il devait s'interdire d'y penser. Mener à bien sa mission devait être son unique priorité. Ce n'était pas le moment de fantasmer, de s'imaginer passer la bague au doigt de Violet et élever Maggie avec elle. Toutes deux avaient besoin d'être protégées. Le reste était secondaire.

— Wyatt ? lança soudain Violet. Viens voir.

Elle s'accroupit sur le sol, posant Maggie à côté d'elle. Aussitôt, la petite se mit à ramper vers lui.

Wyatt la ramassa et se rapprocha de l'endroit que Violet lui montrait.

— Qu'as-tu trouvé ?

Les sourcils froncés, Violet creusait la terre battue de ses doigts.

— Je ne sais pas très bien mais je sens quelque chose, un truc en fer. Quand j'étais jeune, mes grands-parents stockaient des bûches dans ce coin de la grange. Ce n'est peut-être qu'un morceau de ferraille accroché à un bout de bois. Mais je préfère m'en assurer…

Wyatt tira son smartphone de sa poche et alluma la lampe de poche. Il dirigea le faisceau lumineux vers la pièce métallique que lui désignait Violet.

Comme il se penchait pour l'examiner de plus près, il poussa un cri incrédule.

— Il s'agit d'un gond. Qui permet l'ouverture d'une trappe.

Violet le dévisagea d'un air sidéré.

— C'est incroyable. À quoi donne-t-elle accès, à ton avis ? À une cave ? À un abri ? Ou à un garde-manger ?

— Aucune idée. Voyons voir.

Il assit Maggie derrière lui avec un petit baiser, puis tendit son téléphone à Violet.

— Tiens-le pour m'éclairer.

Unissant leurs efforts, ils creusèrent la terre battue, et finirent par découvrir deux charnières métalliques et une trappe en bois. Elle s'ouvrit avec un long grincement.

Une bouffée de fierté emplit la poitrine de Wyatt.

— Bravo, Violet ! Tu as l'œil. Je ne suis pas sûr que j'aurais remarqué ce gond, même si j'avais marché dessus plusieurs fois.

Elle reprit Maggie sur ses genoux.

— Merci, dit-elle en rougissant.

Les mains posées de part et d'autre de l'ouverture, il examina l'intérieur du réduit.

— Continue de m'éclairer.

— Attends ! Tu ne vas pas descendre là-dedans !

Wyatt sauta dans le trou.

— Pourquoi ? Il n'est pas très profond. Et semble vide. Il y a surtout de la poussière. Passe-moi mon appareil, que je regarde de plus près.

Wyatt lui prit le smartphone des mains. Il balaya le faisceau lumineux dans l'étroite cavité et finit par repérer dans un coin une boîte à cigares jaunie.

Il s'en empara et la posa près de Violet et Maggie. D'une traction sur les avant-bras, il se hissa alors hors de la cavité et referma la trappe avec soin.

— À toi l'honneur, dit-il. Ouvre-la.

Violet secoua la tête.

— Non, je te laisse faire.

Wyatt sourit. Il souleva le couvercle de la boîte et y découvrit une montre, des plaques d'identité militaires et un portefeuille en cuir usé.

— Celui de Henry Davis ? demanda Violet.

Wyatt lut le nom gravé sur les plaques en laiton.

— Apparemment.

Il tira un mouchoir de sa poche. Il ne voulait pas laisser ses empreintes sur les affaires du disparu, au cas où elles seraient analysées par la suite, mais il tenait à savoir à qui elles avaient appartenu. Avec précaution, il tira du portefeuille un vieux permis de conduire, délivré dans le Kentucky. Le document lui confirma ses soupçons.

— Il est bien au nom de Henry Davis…

Violet lâcha un petit cri.

— J'espérais que cette boîte contenait de vieilles lettres d'amour, dit-elle. Ou en tout cas, quelque chose de personnel que Mary Alice cachait à son mari. La réalité est beaucoup plus troublante.

Elle avait raison. Pourquoi un GI aurait-il laissé son portefeuille et ses plaques d'identité militaires dans un trou creusé au fond d'une grange ?

— Qu'est-ce que cela signifie ? demanda-t-elle.

— Rien de bon, à mon avis.

Wyatt les entraîna vers la maison.

— Je dois informer Sawyer de notre découverte. Il voudra peut-être orienter différemment ses recherches, à présent.

Violet installa Maggie dans sa chaise haute et lui offrit un bol de céréales.

— Comment cela ?

Wyatt composait déjà le numéro de Sawyer.

— Eh bien… Quand il est parti, Sawyer ne savait pas très bien ce qu'il cherchait. Peut-être une boîte.

— Et maintenant ?

Wyatt pressa le téléphone contre son oreille. Son instinct comme son ventre noué lui soufflaient qu'ils étaient sur le point de découvrir un drame.

— Maintenant, nous cherchons les ossements de Henry Davis.

Violet s'efforça de ne pas paniquer quand, au volant de la jeep, Wyatt quitta la route pour longer une parcelle de terre en friche près de Potter's Field. Lorsque Wyatt lui avait parlé de la boîte à cigares, Sawyer avait insisté pour qu'ils viennent le retrouver. Il n'avait pas précisé pourquoi mais elle avait l'intuition que cette obstination n'était pas de bon augure.

Wyatt gara la jeep à côté du camion, bondit sur le sol et salua d'un geste Sawyer qui leur faisait signe de loin.

Le cœur battant, Violet descendit à son tour du véhicule. Elle libéra Maggie de son siège-auto et l'installa dans l'écharpe porte-bébé. Pour que la petite ne soit pas gênée par le soleil, elle lui mit un chapeau sur la tête.

Violet avait hésité à venir voir ce qui semblait tant bouleverser Sawyer, mais rester seule avec sa fille à la maison lui paraissait plus dangereux que tout.

— Il vous en a fallu du temps ! cria Sawyer en s'approchant d'eux. J'espère que vous avez apporté de l'eau.

Wyatt lui jeta la bouteille qu'il avait prise dans le réfrigérateur avant de quitter la ferme puis attendit que Violet les rejoigne.

— Maintenant que nous sommes au complet, raconte, dit-il. Qu'as-tu trouvé ?

Violet se blinda intérieurement.

Pourvu que ce ne soient pas les restes de Henry Davis. Pourvu que ce ne soient pas les restes de Henry Davis, se répétait-elle.

— Venez voir par vous-mêmes.

Sawyer les entraîna vers une rangée de grands pins.

— D'après moi, ces arbres ont une cinquantaine d'années, expliqua-t-il.

Violet faillit éclater de rire.

— Et alors ?

— Et je pense qu'ils ont été plantés pour cacher quelque chose.

Il se baissa pour passer sous des barbelés et se dirigea vers un cercle de briques recouvert de lourdes planches en bois.

— Tous les puits que j'ai visités aujourd'hui ont été, soit désaffectés par l'État et comblés, soit recouverts de panneaux de contreplaqué de mauvaise qualité.

Wyatt souleva les fils de fer pour permettre à Violet de se glisser en dessous.

— Celui-ci aussi a été condamné… mais par d'épaisses planches en bois, constata-t-elle.

— Exactement. Elles sont en excellent état. Et comme par hasard, il s'agit aussi du seul puits abandonné du comté qui se trouve sur une propriété appartenant… à Tom Masterson, le père du shérif actuel.

Il ajouta, un petit sourire en coin :

— Maintenant, demandez-moi quand il a fait l'acquisition de cette parcelle.

— Il y a cinquante ans ? lança Violet.

— Presque, répondit Sawyer. Ce terrain n'est pas constructible et n'a aucun intérêt pour la chasse. Alors pourquoi l'acheter ? Pourquoi planter ces arbres devant ce puits ? Et pourquoi le recouvrir de planches en bois massif ?

Wyatt promena les yeux sur le sol recouvert d'aiguilles de pin. Manifestement, il cherchait quelque chose.

Sawyer frappa les planches du pied pour attirer leur attention et désigna d'un geste les alentours pour qu'ils aient une vue d'ensemble.

— Détail étrange : au-delà de la clôture que nous venons de franchir et qui empêche les promeneurs d'entrer sur cette parcelle, il y a une autre rangée de barbelés. Elle entoure le puits dans un rayon d'une trentaine de mètres. Des panneaux interdisant l'accès à ce périmètre ont été accrochés aux poteaux d'angle. C'est bizarre, non ?

Violet jeta un long regard à Potter's Field, la propriété voisine.

— L'ancien shérif avait peut-être acheté ces terres pour

mettre un terme aux fêtes qui se tenaient par ici, autrefois. Mon grand-père racontait que les gens faisaient preuve d'un certain sans-gêne. Ils venaient danser et s'amuser à Potter's Field sans se soucier des détritus qu'ils laissaient derrière eux.

— Le shérif aurait pu interdire ces réunions sans se sentir obligé de faire l'acquisition de la parcelle d'à côté. D'ailleurs, personne n'a jamais vécu par ici. Aucune route carrossable n'y mène et les terres ne sont ni constructibles ni cultivables…

Wyatt s'accroupit à une dizaine de mètres du puits et émit un sifflement.

— Sawyer ?

Ce dernier se tourna vers Wyatt, les sourcils froncés.

— Oui ?

Visiblement inquiet, il courut à côté de son ami.

Le ton de voix de Wyatt eut le même effet sur Violet. Elle se pétrifia tandis qu'un frisson glacé lui parcourait l'échine. Wyatt avait découvert quelque chose qui lui posait un problème.

— Qu'y a-t-il ? s'enquit-elle, son cœur s'affolant dans sa poitrine.

Wyatt leva la main.

— Attends, n'approche pas.

Il montra quelque chose du doigt à Sawyer.

— Que penses-tu de ça ? Cela ressemble à une mine antipersonnel. Cela n'est pas possible, n'est-ce pas ? Personne ne mettrait ce genre de…

Avant même qu'il ait terminé sa phrase, Violet heurta quelque chose du pied et retint son souffle. Il ne s'agissait pas d'une pierre ou d'un morceau de bois.

C'était un objet métallique.

Elle se pétrifia.

— Ne bouge pas, cria Wyatt.

Il se redressa lentement, comme s'il retenait son souffle.

Aux tensions dont il était la proie, à son regard infiniment triste, elle comprit qu'elle venait de poser le pied sur une charge explosive.

Inconsciente du danger, Maggie tendit les bras vers Wyatt qui se dirigeait vers elle.

— Non ! lança-t-elle en riant aux éclats.

Des larmes jaillirent des yeux de Violet, inondant ses joues.

— Wyatt, sanglota-t-elle.

Comment avait-elle pu être aussi imprudente ?

— Ne bouge pas, ordonna-t-il. Laisse-nous réfléchir.

Les deux hommes s'approchèrent avec prudence. Légèrement penchés en avant, les sourcils froncés, ils se déplaçaient autour d'elle comme s'ils encerclaient un animal sauvage.

Maggie voulait que Wyatt la prenne et elle se tortillait dans les bras de Violet.

— Non ! répétait-elle en agitant ses petites mains vers lui.

Le désespoir emplit Violet.

Elle n'avait aucune chance de s'en tirer, elle l'avait compris à la vue de l'expression de Wyatt. Mais il n'était pas question que sa fille chérie subisse le même sort.

Ce n'était pas possible. Pas maintenant.

Maggie n'avait que huit mois. Elle avait encore tant de belles choses à vivre.

— Wyatt, cria Violet. Prends-la et va la mettre à l'abri avant que tout n'explose. Je t'en prie, sauve-la. Sauve mon bébé.

16

Wyatt ne répondit pas. Les neurones de son cerveau fonctionnaient à plein régime. Il examinait la situation, étudiait la mine antipersonnel de loin, se remémorait d'autres charges explosives qu'il avait vues dans le passé pour les comparer à celle-ci. Il tentait d'évaluer son ancienneté, son degré de dangerosité. Et le risque qu'elle explose simplement parce que Violet avait marché dessus.

Sawyer s'approcha. Il tendit les mains pour prendre Maggie dans ses bras. Une fois l'enfant en sécurité contre lui, il se tourna vers Wyatt.

— Je vais éloigner la petite, dit-il. Essaye de ne pas faire n'importe quoi, ajouta-t-il en désignant Violet d'un mouvement de menton.

Wyatt répliqua, l'air sombre :

— Tout est une question de point de vue.

— Wyatt, lança Violet d'un ton désespéré. Va avec eux, pars avec Maggie. Reste avec elle.

— Attends, répondit-il. Laisse-moi réfléchir.

Son esprit listait les probabilités, calculait ses chances. Maintenant que Sawyer et Maggie étaient hors de danger, il cherchait une solution pour sauver Violet sans les tuer tous les deux. L'idée qui germait dans son esprit n'était pas géniale mais il n'avait plus le temps d'en concevoir une meilleure.

— Je t'en prie, Wyatt, reprit Violet d'un ton insistant. Occupe-toi de Maggie, veille sur elle. Le reste est secondaire. J'attendrai que tu sois éloigné pour bouger. Elle ne verra rien et ne gardera aucun souvenir de moi. L'important, la seule chose qui compte à mes yeux, est que tu puisses la protéger quand je ne serai plus là.

Son sens du sacrifice bouleversa Wyatt.

— Reste calme et surtout ne bouge pas, dit-il. Je reviens.

— Elle deviendra orpheline mais elle y survivra parce qu'elle sera aimée. Autrefois, l'amour de ma grand-mère m'a permis d'être heureuse malgré l'absence de ma mère. Tanya l'élèvera et l'aimera, je le sais.

Wyatt s'éloigna, le cœur en miettes.

— Surtout ne déplace pas ton poids sur cette plaque.

— D'accord, promit Violet. Quand elle sera grande, tu lui diras que je l'aimais plus que tout.

Des larmes ruisselaient sur ses joues, à présent.

Le moteur de la jeep vrombit.

— Stone ! cria Sawyer par la vitre ouverte. Qu'as-tu en tête ? Quel est le plan ?

— Prends soin de mon bébé, je t'en supplie, Sawyer ! lança Violet. Partez vite avant que tout ne saute !

Wyatt recula de plusieurs mètres.

— As-tu confiance en moi, Violet ?

— Quoi ?

Elle essuya ses larmes et le dévisagea avec perplexité.

— Que fais-tu encore ici ?

Il recula encore de trois pas.

— As-tu confiance en moi ? répéta-t-il.

— Oui.

Il se mit en position de départ dans les starting-blocks, les jambes repliées, et s'apprêta à s'élancer.

— N'essaie pas de résister à l'impact, dit-il. Laisse-moi faire.

Violet secoua la tête.

— Ne tente rien pour moi. Va-t'en ! Protège Maggie !

— Un, cria Wyatt.

— Tu vas te faire tuer !

— Deux.

— Wyatt !

— Trois !

Il se propulsa en avant, se précipita vers la femme qu'il aimait. Il ne la laisserait pas mourir. Il ne permettrait pas qu'une petite fille de huit mois devienne orpheline. Pas maintenant. Pas alors qu'il avait pour mission de les protéger.

Emporté par son élan, il saisit Violet par les épaules et s'envola avec elle dans les airs. L'explosion qui s'ensuivit fut assourdissante. Ils furent projetés par le souffle et roulèrent sur le sol à plusieurs mètres de là. Des centaines de débris retombèrent en pluie autour d'eux.

Un instant sonné, Wyatt s'ordonna d'ouvrir les paupières et de remettre ses idées en ordre. Des images de champs de bataille remontaient à sa mémoire, se mêlant au présent de manière effrayante.

Une seule personne lui importait.

— Violet ?

Elle était étendue sur le dos, non loin de lui. Comme elle ne répondait pas, son cœur se serra. Il se traîna jusqu'à elle et la prit dans ses bras.

— Réveille-toi, je t'en supplie. Violet.

Mais elle restait inerte et silencieuse, telle une poupée de chiffon. Livide, les yeux clos, elle ne bougeait plus.

Comme il l'observait avec plus d'attention, il se rendit compte qu'elle respirait. Il perçut les battements de son cœur sous ses doigts.

Dieu merci, elle avait survécu ! comprit-il, intensément soulagé.

Mais il s'aperçut qu'elle avait les cheveux poisseux de sang. Sa tête avait dû heurter une pierre quand elle était retombée sur le sol.

S'était-elle assommée ? Ou pire, fracturé le crâne ?

Il scruta son visage avec une inquiétude croissante.

— Violet, parle-moi. Réponds-moi.

Derrière lui, il entendit des pas précipités.

— Wyatt ?

Sawyer apparut. Il sortit de la rangée de pins et s'approcha de Wyatt. Maggie pleurait dans ses bras, tendant les mains vers sa mère mais Violet ne réagit pas.

— J'appelle une ambulance ? lança Sawyer.

— Surtout pas. Il n'est pas question que le fils de pute qui a sciemment posé des mines antipersonnel ici apprenne que nous avons trouvé sa cachette. Occupe-toi de Maggie. De mon côté, je vais conduire Violet aux urgences, ajouta-t-il en la soulevant. Et nous reviendrons tous les deux à la nuit tombée pour fouiller ce puits et découvrir ce qui y est caché.

Wyatt parcourut à grands pas la distance qui les séparait de leurs véhicules.

— Si nous voulons obtenir justice, il va falloir trouver de l'aide à l'extérieur de ce comté, de cette ville maudite, où règne un shérif véreux qui a tous les pouvoirs.

— Veux-tu que j'essaye de joindre l'adjoint dont tu m'as parlé ? demanda Sawyer. Le dénommé Santos ?

— Non. Rentre avec Maggie à la maison et protège-la. Au prix de ta vie, s'il le faut, répondit Wyatt. Je te rejoindrai dès que possible. Ensuite, nous réglerons définitivement cette histoire.

— D'accord.

Le trajet jusqu'à l'hôpital fut atroce. Non seulement Wyatt souffrait pour Violet chaque fois qu'ils passaient sur un nid-de-poule. Mais il avait beau la supplier d'ouvrir les yeux, elle restait inanimée.

En arrivant, il abandonna son camion devant l'entrée des urgences, sans couper le moteur, et pénétra en courant à l'intérieur.

— J'ai besoin d'aide ! cria-t-il alors que les portes vitrées s'ouvraient sur son passage.

Il revint chercher Violet. Il était en proie à une angoisse

mortelle. Elle ne bougeait pas et sa blessure à la tête saignait abondamment. Sa chemise était trempée de sang.

— Aidez-moi ! répéta-t-il avec force pour attirer l'attention.

Enfin, il vit apparaître un homme en blouse blanche, deux infirmières sur les talons. Tous trois se mirent en action.

— Que s'est-il passé ? demanda le médecin.

— Je ne sais pas bien, prétendit Wyatt.

Il n'avait pas pris le temps d'inventer une histoire pour justifier les blessures de Violet. En tout cas, il préférait ne pas leur parler de la mine antipersonnel. Les blessures de Violet étaient dues à la violence de leur atterrissage, pas à l'explosion elle-même. Il n'était pas question d'évoquer le drame auquel ils avaient échappé de justesse. S'il apprenait qu'ils avaient trouvé son puits, le shérif déplacerait immédiatement ce qu'il y avait caché, cinquante ans plus tôt. Wyatt en était certain.

— Nous nous baladions dans les collines et nous escaladions des rochers quand elle est tombée, dit-il. Elle s'est cogné la tête sur une grosse pierre. Elle s'est assommée.

Le médecin ouvrit les paupières de Violet et y passa le faisceau d'une minuscule lampe de poche pendant que les infirmières couraient chercher un brancard. Elles l'y installèrent et l'emportèrent. L'une d'elles lui posa une perfusion.

Sans cesser de l'ausculter, le médecin bombardait Wyatt de questions.

— Depuis combien de temps est-elle inconsciente ? Avez-vous une idée de la hauteur d'où elle est tombée ? Où étiez-vous au moment de l'accident ?

Wyatt répéta qu'ils faisaient de la randonnée, qu'ils admiraient la vue lorsque le bord du sentier s'était effondré sous leurs pieds. Ils avaient dévalé une pente sur plusieurs mètres, se heurtant dans leur chute aux rochers et à des racines d'arbres.

Bientôt, il fut repoussé dans le couloir pendant que le trio s'activait autour de Violet.

Wyatt se laissa choir sur une chaise et prit son visage entre ses mains.

Autour de lui, les bruits et les odeurs de l'hôpital l'assaillaient, lui remémorant des épisodes terrifiants vécus alors qu'il était en mission à l'étranger.

— Apparemment, elle souffre d'une légère commotion cérébrale, annonça soudain une voix, le tirant de sa torpeur.

Wyatt se redressa.

— Comment va-t-elle ? A-t-elle repris connaissance ?

Le médecin, qui serrait une chemise cartonnée contre sa poitrine, hocha la tête.

— Elle a subi un choc violent, elle est couverte d'ecchymoses, de plaies et de contusions. Elle s'est cassé deux côtes. Mais aucune de ces blessures n'a causé de dégâts irréversibles. Elle s'en remettra. Nous avons recousu sa plaie à la tête et lui avons injecté par intraveineuse un puissant antalgique.

Des larmes de soulagement brûlèrent les paupières de Wyatt. Il prit la main du médecin dans la sienne et la serra avec force.

— Merci, merci beaucoup.

— Elle m'a recommandé de ne pas vous laisser partir sans vous avoir examiné.

— Elle est réveillée ? s'exclama-t-il, prêt à courir la rejoindre.

Mais le médecin le rattrapa par le coude.

— Elle a en effet repris connaissance mais vous ne la verrez pas avant que je vous aie ausculté.

Wyatt continuait de se débattre.

— Je veux la voir.

Il se dégagea et écarta le rideau derrière lequel Violet était étendue. Sa tête était enveloppée de pansements. Une des infirmières barbouillait ses bras de désinfectant.

Il s'approcha et lui caressa les cheveux.

— Violet. Je suis vraiment désolé.

Elle battit des paupières. Ses yeux brillaient.

— Désolé ? Mais de quoi ? Tu nous as sauvé la vie.

Bouleversé de la voir en vie et consciente, il laissa échapper une larme.

Elle l'essuya avec douceur.

— Tout va bien, murmura-t-elle. Grâce à toi.

Wyatt se pencha vers elle et enfouit son visage dans son cou. Ce n'était pas le moment de lui dire qu'il l'aimait, mais il se promit de lui déclarer bientôt sa flamme et de lui demander sa main. Ce qu'elle déciderait alors n'appartenait qu'à elle.

Violet regarda par-dessus son épaule à travers la pièce.

— Où est Maggie ? Sawyer est avec elle dans la salle d'attente ?

— Non. Ils ne sont pas ici mais ils sont en sécurité. Avec lui, elle ne risque rien, ne t'inquiète pas.

Le médecin se racla la gorge.

— Je ferais mieux de vous examiner, à présent, monsieur.

Wyatt se retourna. Il avait presque oublié qu'ils n'étaient pas seuls.

— Allez-y.

Il serra la main de Violet, ne voulant pas la lâcher. Il avait tellement de choses à dire mais le moment était mal choisi. Et il était en proie à des émotions aussi violentes que nouvelles pour lui. Il ne savait pas par où commencer.

Il rêvait d'un avenir avec Violet et Maggie. Il voulait former un couple avec Violet, un couple fort comme celui de ses propres parents, et fonder une famille avec elle, une famille comme celle qu'il avait eue.

Lorsqu'il avait décidé de s'enrôler, de devenir militaire, il y avait renoncé. Une dizaine d'années au sein de l'armée l'avait changé, durci. Mais Violet et Maggie étaient en train de faire réapparaître l'homme qu'il était avant de s'engager, l'homme qu'il était fondamentalement.

Comme le médecin se rapprochait, projetant le faisceau

de sa lampe-stylo dans les yeux de Wyatt, Violet le saisit par le bras pour lui demander :

— Quand le médecin en aura fini avec toi, pourras-tu monter t'assurer que ma grand-mère va bien ? Et peut-être demander à Tanya de descendre, si elle est là ? Je dois signer des papiers pour la demande de transfert.

Après un instant, elle se tourna vers Wyatt et poursuivit :

— Ni ma grand-mère, ni Maggie, ni moi ne devons rester dans ce comté. C'est trop dangereux.

Wyatt déposa un baiser sur son front, inhalant son doux parfum avec délice.

— D'accord, je comprends.

Il accorda au médecin deux minutes supplémentaires pour l'examiner avant de s'arracher à son emprise.

— Merci, dit-il. Je sais ce que je dois faire. Prendre des antalgiques, mettre de la glace sur ma tête et me reposer. Sans oublier de boire beaucoup d'eau.

Wyatt prit l'ascenseur jusqu'au deuxième étage, à la recherche de la cousine de Violet. Il avait également l'intention de passer voir sa grand-mère.

Un des vigiles de l'hôpital était accoudé au bureau des infirmières, flirtant avec une jeune blonde. La chaise devant la chambre de Mme Ames était vide.

— Hé, lui lança Wyatt. N'êtes-vous pas chargé de surveiller la chambre 214 ?

L'homme se tourna vers Wyatt.

— Ne vous en faites pas, elle ne risque rien. L'ancien shérif Masterson est avec elle.

— Quoi ? cria Wyatt.

Malgré ses jambes endolories, il se précipita vers le bout du couloir.

Tom Masterson était penché au-dessus du lit de la vieille dame qui gisait, inconsciente. Il lui chuchotait quelque chose à l'oreille.

— Que faites-vous ici ? lança Wyatt de la porte. Éloignez-vous d'elle.

Le vieux Masterson considéra Wyatt avec un mauvais sourire.

— Eh bien, vous en avez une drôle de tête ! Que vous est-il arrivé ?

— Sortez.

Tom Masterson traversa la chambre et s'arrêta près de Wyatt.

— Vous pensez que j'ignore ce que vous avez fait, dit-il d'un ton arrogant. Mais cette ville est la mienne et je sais tout ce qui s'y passe, tout ce qui s'y trame.

Wyatt redressa les épaules et serra les mâchoires.

— Ne vous approchez plus d'aucune femme de la famille Ames.

— J'ai essayé de les tenir à distance, croyez-moi.

Il jeta un coup d'œil en direction de la grand-mère de Violet.

— Ce sont elles qui sont venues mettre le nez dans mes affaires. Je leur avais pourtant dit de me laisser tranquille. Malheureusement, certaines personnes ne veulent rien entendre.

On frappa et un homme en blouse blanche apparut à la porte.

— Désolé de vous déranger. Je suis le Dr Fisk. Je suis passé voir comment se portait notre princesse au bois dormant.

— J'étais sur le point de m'en aller, dit Masterson. Je vous laisse. J'ai beaucoup à faire, aujourd'hui.

Il salua le médecin et quitta la chambre.

Wyatt s'approcha de la vieille femme sur le lit d'hôpital. Il devait la sortir de là avant que Masterson n'ait la possibilité de terminer ce qu'il avait commencé.

17

Assise sur le plancher du salon de sa grand-mère, Violet empaquetait des souvenirs et priait pour qu'ils réussissent tous à quitter River Gorge vivants. Elle enveloppa avec soin une photo encadrée de ses grands-parents, le jour de leurs noces, dans des feuilles de journal puis la rangea avec d'autres dans un carton.

— Je sais que je ne peux pas tout emporter mais j'ai l'impression que tout ce que je laisse sera voué à la destruction.

Depuis le canapé où il faisait sauter Maggie sur ses genoux, Wyatt se tourna vers elle.

— Prends tout ce qui te fait plaisir, tout ce que tu veux garder. Il y a beaucoup de place à l'arrière de mon camion et, si besoin est, nous pouvons louer une remorque.

— Merci.

Violet avait mal à la tête. En réalité, tout son corps était endolori mais elle refusait de se plaindre. Pas après l'épisode qu'elle venait de vivre avec Wyatt. Ils avaient échappé à une mort affreuse. Le reste semblait dérisoire.

— Le médecin a organisé le transfert de ma grand-mère dans l'autre hôpital demain, après le petit déjeuner. Tout ce que je n'aurai pas fini d'emballer à ce moment-là restera dans cette maison.

Violet avait failli mourir, déchiquetée par un engin explosif. L'effroi qu'elle ressentait encore lui permettait de relativiser sa tristesse à laisser des objets qu'elle aimait derrière elle.

— Je n'ai plus envie de chercher sur quoi enquêtait ma

grand-mère. À quoi bon risquer sa vie pour découvrir un secret qui remonte à plus de cinquante ans ? Maintenant, je n'ai plus qu'un objectif : les sortir, elle et ma fille, de ce maudit comté avant demain soir.

Wyatt posa Maggie sur le sol, puis vint s'asseoir à côté d'elle.

— Je suis désolé que tu aies été exposée au danger, dit-il en la dévisageant avec gravité. Rien de tout cela n'aurait dû se produire. J'étais chargé de vous protéger toutes les trois et j'ai échoué. Mais je ne partirai pas d'ici tant que celui qui a tenté de te tuer et qui s'est attaqué à Mme Ames n'aura pas été arrêté. Les Masterson ne me font pas peur.

Maggie s'accrocha au pantalon de Wyatt, s'efforçant de se redresser. Déterminée, elle le regardait, les yeux brillants.

Le tendre sourire qu'il lui décocha en retour fit fondre Violet.

— Que fais-tu, ma puce ? demanda-t-il à l'enfant.

La petite tira sur ses bras et parvint enfin à se mettre debout.

Violet faillit hurler de joie.

— Mon Dieu, elle a réussi !

Le sourire de Wyatt s'élargit.

— Bravo, Maggie !

Il l'attrapa et la lança en l'air avec un grand rire avant de la tendre à Violet.

Elle couvrit sa fille de baisers.

— Tu es une championne ! Je suis fière de toi !

— Non !

Wyatt se pencha pour déposer un baiser sur le front de la fillette.

— Beau travail, cow-girl. Marcher n'est plus qu'une formalité pour toi à présent, et tu ne vas plus tarder à galoper.

Consciente d'avoir franchi une étape, Maggie frappa dans ses mains pour applaudir son exploit.

Violet mesurait la profonde complicité qui unissait sa fille chérie et Wyatt. Depuis le début, tous deux s'entendaient à merveille. La petite n'avait jamais noué de tels liens avec quelqu'un d'autre que sa mère.

Penser qu'ils allaient bientôt tous se séparer l'anéantissait.

— Tu n'as pas besoin de rester ici, tu sais, dit-elle. Ma grand-mère comprendrait que tu jettes l'éponge. Je la connais. Elle ne voudrait pas que quiconque meure à cause de ce secret.

Wyatt eut un sourire contrit.

— Ne t'inquiète pas. Je ne te quitterai pas d'une semelle tant que vous ne serez pas toutes les trois à l'abri à Winchester. Mais ensuite, je reviendrai à River Gorge pour terminer ma mission. Ta grand-mère le mérite. Et toi aussi.

— Rester dans cette maison, dans ce comté, me semble une très mauvaise idée, répliqua-t-elle. Les Masterson sont dangereux et ils ont tous les pouvoirs dans la région. Voilà pourquoi nous avons tous intérêt à partir. D'ailleurs, rien ne dit que ma grand-mère sera en sécurité dans l'établissement où elle va être transférée. Le shérif Masterson n'aura sans doute pas trop de mal à découvrir où elle sera désormais hospitalisée. Comment l'empêcher de s'y rendre ? Pour tout dire, je ne sais pas comment réussir à protéger à la fois ma fille et ma grand-mère. Et mon incapacité à veiller en même temps sur l'une et sur l'autre me terrifie.

Comme l'avait signalé la terrible lettre qu'elle avait trouvée à l'hôpital, elle n'y parviendrait pas. Elle n'avait pas le don d'ubiquité et pour ne rien arranger, elle était blessée, à présent. Le moindre mouvement lui était douloureux.

— Tu as raison de partir, dit-il.

— Peut-être. Mais si, toi, tu restes, tu ne pourras plus nous protéger. Où que je sois, je serai seule et donc vulnérable.

Quelques jours plus tôt, ils avaient déjà eu cette discussion et n'avaient pas trouvé de bonne réponse. Wyatt n'avait pas de solution.

Ils entendirent la jeep de Sawyer remonter l'allée jusqu'à

la maison. Il avait mis la radio à fond et le refrain d'une chanson country s'échappait de l'habitacle par les vitres ouvertes. Lorsqu'il coupa le moteur, le silence retomba.

Wyatt se leva pour l'accueillir.

Sawyer entra et salua Violet d'un sourire.

— Le gars de l'atelier de carrosserie m'a dit que ta voiture serait prête demain matin. Ils avaient des pneus en stock.

L'adjoint Santos apparut soudain et suivit Sawyer à l'intérieur.

Violet sursauta en le voyant. À cause de la musique de Sawyer, elle n'avait même pas entendu un deuxième véhicule arriver.

Dissimulant sa surprise, Wyatt tendit la main au nouvel arrivant.

— Bonjour, Santos. C'est sympa de votre part d'être passé.

Sawyer envoya une bourrade amicale dans le dos de l'adjoint.

— Il voulait voir par lui-même comment vous alliez après avoir frôlé la mort de si près.

L'adjoint Santos haussa un sourcil surpris.

— De quoi parlez-vous ? Je suis venu parce que vous m'avez dit avoir été victimes d'un nouveau cambriolage.

Sawyer haussa les épaules.

— J'ai menti. Mais puisque vous êtes là, autant vous asseoir et nous écouter vous raconter notre journée. Elle a été palpitante, vous ne serez pas déçu.

Wyatt ferma la porte derrière eux.

Violet cala Maggie sur sa hanche et entraîna les trois hommes dans la cuisine. Chaque pas lui était douloureux.

— Puis-je vous offrir une tasse de café ? proposa-t-elle à l'adjoint.

— Non, merci.

Il considéra avec effarement le visage tuméfié de Wyatt et la tête bandée de Violet.

— Que s'est-il passé ?

Elle toucha le pansement qui ornait son crâne en grimaçant.

— Je souffre d'une légère commotion cérébrale, répondit-elle. Je m'en tire bien. J'ai failli sauter sur une mine antipersonnel, aujourd'hui.

Elle installa Maggie sur sa chaise haute et lui donna sa girafe en caoutchouc.

Santos fronça les sourcils.

— Je vous écoute.

Wyatt déposa la boîte à cigares contenant les affaires de Henry Davis sur la table.

— Nous avons trouvé cette boîte cachée dans la grange.

Sawyer se rapprocha.

— Nous parlons, bien sûr, de la grange de Mme Ames, la grange qui semble attirer de nombreuses vieilles dames, ces temps-ci, la grange dans laquelle elles viennent grimper à l'échelle au risque de se briser le cou, ajouta-t-il en lui tendant une paire de gants en latex.

Santos les enfila et souleva le couvercle de la boîte.

Violet raconta à Santos tout ce qu'ils avaient appris depuis leur dernière conversation.

— Et si l'implication du shérif actuel et de son père se confirme – et nous en sommes de plus en plus persuadés –, nous aurons besoin de votre aide, conclut-elle.

Les yeux rivés sur le contenu de la boîte, Santos passa la main dans ses épais cheveux noirs.

Sawyer sortit une clé USB de sa poche et la lui tendit.

— Vous trouverez sur cette clé tous les éléments dont vous aurez besoin pour localiser le puits. En particulier, plusieurs cartes géographiques et aériennes et une copie de l'acte de vente du terrain. J'y ai ajouté les notes que Wyatt a prises depuis son arrivée dans votre belle ville.

Santos opina du chef.

— D'accord, je les regarderai. Je verrai ce que je peux en faire et ce que je trouve de mon côté. Mais je dois vous prévenir que je me sens surveillé au bureau du shérif.

J'enquête sur votre affaire mais comme mes investigations doivent rester secrètes, je n'avance pas vite.

— Et malheureusement, nous n'avons plus beaucoup de temps, monsieur l'adjoint, dit Violet. Il me reste moins de vingt-quatre heures, à présent.

Elle le raccompagna à la porte et le regarda par la fenêtre monter dans sa voiture de patrouille et disparaître au bout de l'allée.

Sawyer était resté dans la cuisine avec Maggie.

Wyatt s'approcha derrière elle. Elle sentit sa présence, la chaleur qui émanait de lui. Sans se retourner, elle s'adossa à lui et il l'enlaça tendrement.

— Comment te sens-tu ? murmura-t-il.

Leur reflet dans la vitre lui renvoyait l'image d'un couple animé par une confiance mutuelle, une profonde complicité et du désir.

— En ce moment ? dit-elle en souriant. Très bien.

Violet n'avait pas envie de quitter Wyatt et pourtant, leurs routes se sépareraient bientôt. Elle posa la tête contre son torse.

Il enfouit le visage dans son cou.

— Je ne te quitterai pas avant d'être certain que vous êtes en sécurité, Maggie et toi. Je te le promets mais pour l'instant tu devrais dormir un peu. Demain, une dure journée nous attend.

Violet se retourna pour lui faire face.

— Et si je n'étais pas prête à te dire adieu ? lança-t-elle.

Une expression de surprise passa dans le regard de Wyatt et il sourit.

— Sérieux ?

— Sérieux.

Il colla son front au sien.

— Alors, il ne s'agira que d'un au revoir.

Sawyer surgit alors, rompant le charme, Maggie dans les bras.

— J'ai découvert quelque chose, dit-il d'un air sombre.

— De quoi s'agit-il ? s'enquit Wyatt.

Violet le lâcha et s'écarta de lui. Pendant un moment, elle avait espéré que tout s'arrangerait. Dans quelques heures, sa grand-mère quitterait la ville. Un adjoint local, qui semblait honnête, les aidait. Comme elle, Wyatt ne voulait pas non plus d'un adieu…

Mais maintenant, Sawyer arrivait, manifestement porteur de mauvaises nouvelles. Découragée, elle faillit exploser en sanglots.

— De quoi s'agit-il ? répéta Wyatt d'un ton plus grave.

— De la voiture sur laquelle vous m'avez demandé d'enquêter. J'en ai trouvé une qui correspond à la description et qui avait participé à un derby organisé lors de la foire du comté, il y a une dizaine d'années. Son propriétaire est âgé de quatre-vingts ans. En allant chercher Santos, je me suis arrêté chez lui pour l'interroger. C'est un charmant vieux monsieur. Mais il est un peu désorienté. Il a été victime d'un accident vasculaire cérébral, il y a deux ans, et il vit seul.

— D'accord…

— Il m'a expliqué que sa voiture était dans son garage. Il n'y a pas remis les pieds depuis son AVC.

Violet réfléchit aux nouvelles informations.

— Tu penses que quelqu'un lui a volé sa voiture.

— Peut-être, répondit Sawyer. En tout cas, avant de tomber malade, Mary Alice Masterson le conduisait fréquemment à ses rendez-vous médicaux ou au supermarché, au volant de cette bagnole. Quand leurs enfants étaient jeunes, ils se voyaient souvent.

Elle hocha la tête.

— Tom Masterson est donc probablement au courant de l'existence de cette voiture et surtout, de la possibilité qu'il a de l'emprunter sans que son propriétaire s'en aperçoive. C'est lui qui essaie de se débarrasser de moi. Je le sens depuis le début.

Wyatt se frotta les joues.

— Je revois le visage de Masterson, à l'hôpital. Il savait forcément que j'étais près du but et que j'allais bientôt tomber sur l'une de ses mines antipersonnel. Il n'a même pas cillé.

— La bonne nouvelle est que la nuit tombe, poursuivit Sawyer. Dans le noir, il ne va pas aller extraire ce qu'il avait planqué dans le puits pour le mettre ailleurs. Nous avons donc plusieurs heures devant nous.

La peur saisit soudain Violet. Elle se tourna vers les deux hommes.

— Vous n'avez pas l'intention de retourner là-bas ce soir, n'est-ce pas ?

L'horrible souvenir du moment où elle avait heurté l'engin explosif remonta à sa mémoire. Elle se rappelait parfaitement le poids de Maggie dans ses bras, la terreur sur le visage de Wyatt, la douleur de sa chute après l'explosion.

— Vous n'allez pas faire ça ! répéta-t-elle avec vigueur. C'est trop dangereux. Surtout en pleine nuit !

Sawyer ne répondit pas.

— Dis-lui qu'il ne faut pas, je t'en supplie, dit-elle à Wyatt. C'est de la folie !

Avant qu'il ne puisse répondre, la sonnerie du téléphone portable de Violet retentit. Quand elle vit le numéro de Tanya s'afficher sur l'écran, elle changea de couleur. En une fraction de seconde, elle imagina les pires scénarios. Le vieux Masterson avait-il étouffé sa grand-mère à l'aide d'un oreiller ? Réussi à lui injecter un poison mortel via sa perfusion ?

— Allô ? balbutia-t-elle d'une voix tremblante.

— Violet ?

— Oui ?

— Elle a repris connaissance ! s'exclama Tanya. Viens vite. Elle te réclame. Je dois m'occuper des malades mais toi, viens !

Violet bondit de joie.

— Grandma est sortie du coma !

Wyatt l'enlaça et l'étreignit avec force.

— Je vais te conduire là-bas, dit-il en prenant Maggie dans ses bras.

Sawyer les accompagna jusqu'au camion.

— De mon côté, je rassemble mon équipement et vais voir ce qu'il y a au fond de ce maudit puits.

— Sois très prudent, dit Violet en l'embrassant sur la joue. Je t'en prie, fais attention à toi.

Sawyer se tourna vers Wyatt, un sourire éblouissant sur les lèvres.

— Ta chérie vient de m'embrasser.

Wyatt prit Violet par les épaules et secoua la tête.

— Ne va pas te faire des idées.

— J'affole les femmes. Aucune ne me résiste. Dès que j'apparais, elles ne voient plus que moi. Il faut t'y faire, vieux.

Violet sentit des papillons danser dans sa poitrine. Lorsque Sawyer l'avait désignée comme « sa chérie », Wyatt ne l'avait pas contredit.

Il lui ouvrit la portière passager de son camion.

— Tout le monde a repéré la jeep de Sawyer, maintenant. Alors autant rouler installés confortablement.

Violet boucla sa ceinture de sécurité avec un sourire. Des senteurs de cuir, d'eau de Cologne et de menthe flottaient dans l'habitacle. Elle devait admettre que le camion de Wyatt lui plaisait davantage que la jeep de Sawyer.

Wyatt retira le siège-auto de Maggie de la jeep et l'installa à l'arrière du camion, puis il grimpa au volant.

— Allons voir ta grand-mère.

Violet traversa l'hôpital en courant et appela l'ascenseur.

Wyatt la suivait, Maggie dans les bras. Ses enjambées étaient si grandes qu'il n'avait pas besoin de hâter le pas pour rester à sa hauteur.

Violet recula à la vue des personnes qui sortaient de la cabine.

Les deux Masterson passèrent devant eux sans un mot. Le visage du shérif était fermé. Celui de son père ne valait guère mieux.

Une femme en tailleur-pantalon gris monta avec eux dans l'ascenseur. Une étiquette sur sa poitrine indiquait qu'elle était la directrice de l'établissement.

— Quatrième, s'il vous plaît.

Violet appuya sur le bouton tandis qu'une idée germait dans son esprit.

— Le shérif et son père étaient là, il y a un instant, lui dit-elle. Ils avaient l'air dévastés. J'espère que l'état de Mary Alice ne s'est pas aggravé.

Son interlocutrice la dévisagea avec curiosité.

— Êtes-vous une amie de la famille ?

— Oui, improvisa Violet. J'ai côtoyé les Masterson toute ma vie. Ma grand-mère et Mme Masterson ont toujours été très liées.

La directrice prit une expression de circonstance.

— Je suis désolée d'avoir à vous l'annoncer mais Mary Alice est morte. Hier, elle a été victime d'une terrible chute et malgré les efforts de toute l'équipe médicale, il n'a pas été possible de la sauver. Une tragédie. Je suis vraiment désolée. Si je peux faire quelque chose pour sa famille, dites-le-moi, d'accord ?

Violet hocha la tête. Elle posa la main sur le bras de Wyatt.

Mary Alice Masterson était morte. Sa grand-mère serait-elle la prochaine sur la liste ?

Wyatt, qui lisait probablement dans ses pensées comme d'habitude, lui sourit d'un air rassurant.

Lorsque l'ascenseur s'ouvrit à l'étage, ils se précipitèrent vers sa chambre.

À la vue de la chaise vide devant la porte, Violet imagina tout de suite le pire. De terribles questions la traversèrent.

Où était passé le vigile chargé de la sécurité de sa grand-mère ? Le shérif Masterson lui avait-il demandé de s'en aller ? Pour pouvoir l'assassiner sans témoin ?

Livide, elle actionna la poignée et se rua à l'intérieur.

— Grandma !

Violet s'immobilisa quand elle découvrit la vieille dame assise sur son lit d'hôpital.

Un homme en uniforme lui tendait un verre d'eau.

— Regardez, madame Ames, vous êtes réveillée depuis moins d'une heure et déjà, vous avez des visites, dit-il. Je serai derrière la porte si vous avez besoin de moi.

Un grand sourire sur les lèvres, sa grand-mère se tourna vers Violet et lui ouvrit les bras. Des larmes brillaient dans ses yeux.

— Viens m'embrasser, ma chérie.

Violet se jeta à son cou et lui couvrit le visage de baisers.

Sa grand-mère lui effleura le bandage qui ornait son crâne.

— Seigneur !

Elle reporta alors son attention sur l'homme qui se tenait à quelques pas.

— Monsieur Stone, j'imagine ?

Wyatt lui tendit la main.

— Bonjour, madame. Je suis ravi de vous rencontrer enfin.

— Vous avez compris ce qui s'est passé, alors ?

— Non, répondit Violet. Pas vraiment. Nous avons émis des hypothèses mais il nous manque beaucoup d'éléments.

Sa grand-mère découvrit Maggie, endormie dans les bras de Wyatt.

— S'agit-il de mon arrière-petite-fille ? demanda-t-elle, sidérée. De Maggie ?

— Bien sûr, répondit-il en s'approchant.

Elle caressa les jambes potelées de l'enfant et lui sourit.

— Comme elle a grandi ! Elle est de plus en plus belle.

— Merci, dit Violet avec fierté. Grandma, nous allons

rester avec toi aussi longtemps qu'il le faudra mais dans l'immédiat, nous avons besoin de savoir ce que tu sais.

Sa grand-mère hocha la tête.

— Tout a commencé le mois dernier lorsque j'ai déjeuné avec Mary Alice sur sa terrasse, dit-elle.

Son front se plissa et elle ajouta :

— Comment va-t-elle, d'ailleurs ? Es-tu allée la voir ?

Violet hésita, regarda Wyatt et décida finalement de dire la vérité.

— Elle est morte, Grandma. Je suis désolée. Je sais qu'elle comptait beaucoup pour toi.

Son aïeule parut accablée.

— Comment est-elle morte ?

— Elle est tombée de ton grenier à foin.

— Tombée de mon grenier à foin, répéta-t-elle, sonnée.

— Grandma, la pressa Violet, espérant qu'elle ne poserait pas de questions sur Ruth tout de suite.

Elle n'avait pas le cœur à lui annoncer d'autres mauvaises nouvelles et sa grand-mère n'était sans doute pas en état de les entendre. De plus, l'urgence était ailleurs. Ils étaient tous en danger.

— Nous devons vraiment savoir ce que tu sais.

La vieille dame essuya les larmes de ses joues.

— Pendant tout le repas, Mary Alice m'a parlé d'un garçon qu'elle avait connu, il y a longtemps, un jeune GI. Je ne l'avais croisé qu'une ou deux fois mais Mary Alice avait été proche de lui avant qu'il ne parte se battre au Vietnam...

Wyatt déplaça Maggie dans ses bras et lui tapota doucement le dos lorsqu'elle commença à se réveiller.

— Vous parlez de Henry Davis, n'est-ce pas ?

— Exact. Vous avez trouvé la boîte.

— Oui, madame.

— Bien.

— Continue, dit Violet en serrant la main de sa grand-mère.

— Peu de temps après le départ de Henry au Vietnam,

Mary Alice s'était fiancée avec Tom. Un jour, Henry, qui était revenu en permission, est passé lui dire bonjour. Tous deux étaient allés se promener pour évoquer cette guerre quand Tom a surgi. Il a toujours été jaloux. Et d'après Mary Alice, la voir avec Henry l'a mis dans une colère folle. Cela ne m'a pas étonnée. Tom n'était alors qu'un adjoint mais il a toujours été tyrannique. Leur fils ne vaut pas mieux.

Elle regarda tour à tour Violet et Wyatt.

— Quoi qu'il en soit, le reste de l'histoire était tellement horrible qu'au début, j'ai pensé que Mary Alice délirait. J'ai cru que sa maladie mentale la poussait à inventer, à travestir les faits. Mais j'ai quand même voulu vérifier, en avoir le cœur net. J'ai mené ma petite enquête via Internet et j'y ai trouvé assez d'éléments pour me faire réfléchir.

Violet se tendit.

— Tom Masterson, le mari de Mary Alice, a tué Henry Davis, n'est-ce pas ?

Sa grand-mère soupira.

— Je le crains. D'après Mary Alice, il s'agissait d'un accident. Tom aurait frappé Henry qui serait tombé en arrière. Sa tête aurait heurté la margelle du puits, un puits situé près du Potter's Field. Un malheureux concours de circonstances, en somme. Et non un acte volontaire. Quoi qu'il en soit, le pauvre GI ne s'est jamais relevé. Tom n'avait pas envie d'aller en prison à cause d'un stupide accident. Et voilà pourquoi il a jeté le corps de Henry dans le puits. Par la suite, aucun d'eux n'en a plus jamais parlé. Quand elle m'a donné cette vieille boîte à cigares en me demandant de la cacher quelque part et de n'en souffler mot à personne, je ne savais pas quoi faire. Me taire ne me semblait pas juste.

— Je suis vraiment désolée, dit Violet.

— Je ne voulais pas raconter cette histoire aux autorités sans preuves. J'ai donc décidé d'enquêter de mon côté d'abord. J'aurais ensuite contacté quelqu'un en dehors du comté pour obtenir de l'aide.

— C’est à ce moment que tu as fait appel à Wyatt, dit Violet.

— Oui.

La vieille dame explosa soudain en sanglots et sortit un mouchoir d’un paquet posé sur sa table de chevet.

— Solliciter la protection d’un professionnel était intelligent de ta part, dit Violet. Le vieux Masterson est un individu dangereux. C’est certainement à cause de lui que tu t’es retrouvée dans le coma et tu as eu beaucoup de chance de rester en vie.

— Eh bien, dit sa grand-mère en considérant ses pansements, je ne suis donc pas si intelligente que ça. J’ai sous-estimé la menace, j’aurais dû être plus prudente.

Elle se moucha.

— Mary Alice voulait que la famille de ce GI, de Henry Davis, récupère ses affaires et sache ce qui lui était vraiment arrivé. Il n’a jamais été un déserteur. Et Mary Alice tenait à ce qu’il soit enterré correctement.

Wyatt s’éclaircit la gorge.

— Je vais m’assurer qu’il le soit, madame. Comptez sur moi.

— Merci, chuchota la vieille dame.

Violet prit une profonde inspiration. Maintenant, il leur suffirait de faire témoigner sa grand-mère pour que Henry Davis obtienne justice et que plus personne ne meure.

18

Le smartphone de Wyatt bourdonna dans la poche de son jean. Il s'en empara et regarda l'écran d'un œil perplexe. Il ne reconnaissait pas le numéro qui s'affichait.

Il prit l'appel.

— Wyatt Stone.

— Adjoint Santos à l'appareil. Pourrions-nous nous retrouver quelque part ?

Wyatt fronça les sourcils. Près de lui, Violet serra plus fort Maggie dans ses bras comme si elle devinait les tensions dont il était la proie.

La grand-mère de Violet se redressa.

— Que se passe-t-il ?

Wyatt se détourna pour tenter d'obtenir un peu d'intimité.

— Où ? demanda-t-il à Santos.

L'adjoint poussa un gros soupir.

— Je ne sais pas. Dans cette ville, aucun lieu n'est sûr.

— Avez-vous découvert quelque chose ? s'enquit Wyatt.

Si l'adjoint les croyait à propos de l'ancien shérif, alors ils avaient un allié au sein des forces de l'ordre locales. Indéniablement, Santos serait un atout inestimable. Ils avaient surtout besoin de retrouver les restes de Henry Davis. En effet, le témoignage de Mme Ames à propos des confidences d'une morte ne suffirait sans doute pas à convaincre l'adjoint. Compte tenu de l'état mental de Mary Alice au moment de ces révélations, il leur fallait quelque chose de plus probant.

— À la fin de mon service, je me suis rendu dans un cybercafé pour y étudier les documents contenus dans la clé USB que vous m'avez remise, dit Santos. Je dois admettre que l'histoire m'a troublé et pour en avoir le cœur net, je suis retourné au bureau. Je voulais consulter le dossier des affaires non résolues, dans l'espoir d'y trouver plus de détails. Quand je suis arrivé, j'ai vu tout de suite que mon armoire était ouverte. Or, je la verrouille systématiquement. La clé est toujours dans ma poche.

— Retrouvons-nous chez les Ames, suggéra Wyatt. Mme Ames est sortie du coma il y a deux heures et elle a pu nous donner des éléments qui nous manquaient, combler beaucoup de trous. Je vous communiquerai ce que j'ai appris.

— Parfait, dit Santos avant de raccrocher.

Wyatt jeta un long regard aux trois Ames. Qu'y avait-il de mieux pour elles ?

— Violet, pourquoi ne resterais-tu pas avec Maggie auprès de ta grand-mère ? Vous seriez toutes les trois en sécurité. Il y a un vigile à la porte. Des gens partout.

— Pas question, répliqua Violet, serrant Maggie dans ses bras.

Wyatt essaya de discuter.

— Et pourquoi pas ? Je dois entendre ce que Santos a découvert de son côté mais je t'appellerai sur le chemin du retour. Je ne serai pas long et tu pourras en profiter pour bavarder avec ta grand-mère.

— Non. Moi aussi, je veux entendre ce que Santos a à dire. Nous reviendrons tout de suite après.

— Vas-y, chérie, dit sa grand-mère. Tu es plus en sécurité avec M. Stone qu'avec moi.

Sur ces entrefaites, Tanya entra dans la chambre, chargée d'un sac en plastique rose.

— Oh ! vous êtes tous là, formidable. Je viens de descendre à la boutique de cadeaux installée dans le hall pour y faire quelques emplettes. J'ai pris toutes les revues que tu aimes lire, Grandma. Celles qui concernent le jardin, bien sûr, et aussi quelques magazines consacrés à l'histoire.

Son sourire s'estompa à la vue des visages autour d'elle.

— Que se passe-t-il ?

— Nous devons retourner chez Grandma, répondit Violet. Peux-tu rester avec elle ?

— Bien sûr.

— Je t'appellerai si nous apprenons quelque chose d'important, dit Violet. Et j'essayerai de revenir ce soir. De toute façon, quoi qu'il advienne, je serai là demain matin pour t'accompagner au cours de ton transfert.

— Mon transfert ? répéta sa grand-mère visiblement perdue.

Tanya agita la main.

— Allez-y. Je vais m'occuper d'elle et j'en profiterai pour tout lui expliquer. À plus tard.

Violet hocha la tête.

— Merci. À bientôt, Grandma.

Wyatt l'entraîna vers le parking. Ils installèrent Maggie à l'arrière et prirent la route.

— Merci, dit Violet alors qu'ils s'éloignaient de l'hôpital.

Wyatt la regarda avec étonnement.

— Merci pour quoi ?

— Pour m'avoir laissée venir, dit-elle. Je sais que tu aurais préféré que je reste à l'hôpital.

— Je veux te protéger, répondit-il. Pas te contrôler.

Violet sourit, puis posa la main sur sa cuisse.

Il mêla leurs doigts.

— Et en réalité, je veille mieux sur toi si tu es avec moi que loin de moi. Cet échange avec Santos devrait être bref et sans danger. Je réagissais probablement de manière excessive. Je vois du danger là où il n'y en a pas. Croiser le vieux Masterson tout à l'heure m'a perturbé, je crois.

— En tout cas, j'espère que Santos aura quelque chose

pour nous permettre d'avancer. J'aimerais que toute cette histoire finisse vite.

Le cœur gonflé de gratitude, Violet se félicitait de l'aide de Santos. Elle était aussi intensément soulagée que sa grand-mère soit sortie du coma. Et que des vigiles de l'hôpital se relaient pour monter la garde devant sa chambre. Et surtout, que deux des cofondateurs de l'agence Fortress Security se chargent de leur protection à toutes les trois. Tout s'arrangeait, tout irait de mieux en mieux, maintenant.

Elle contemplait la nuit, savourant ce moment de paix et d'harmonie, quand une sirène derrière eux la poussa à se retourner sur son siège.

— Que se passe-t-il ? demanda-t-elle avec inquiétude.

— C'est un camion de pompiers, répondit Wyatt, un sourire rassurant sur les lèvres.

Il se mit sur le bas-côté pour permettre au véhicule de secours de passer. Quelques instants plus tard, il dut répéter la manœuvre, cette fois pour laisser une ambulance le doubler.

Toute son allégresse envolée, Violet sentit son cœur se serrer. Le fourgon d'incendie comme l'ambulance se dirigeaient tous deux vers la maison de sa grand-mère.

Avec un juron, Wyatt écrasa la pédale d'accélérateur.

Violet s'accrocha au siège. Elle était si tendue qu'elle craignait que son pied ne traverse le plancher du camion. Morte d'inquiétude, elle se demandait quelle nouvelle catastrophe s'était produite.

— Et s'il était arrivé malheur à Sawyer ? dit-elle enfin d'un ton angoissé.

Wyatt désigna du doigt son smartphone posé entre les sièges.

— Appelle-le.

Violet parcourut ses contacts, trouva « Sawyer » et frappa la touche d'appel. Son téléphone sonna, sonna, et elle finit par tomber sur la messagerie vocale.

Wyatt serra les mâchoires.

— Sawyer sait se défendre. Celui qui arrivera à le surprendre n'est pas né.

Malheureusement, Sawyer avait aussi un tempérament vif. Et le shérif verrait dans toute réaction brusque un bon prétexte pour lui tirer dessus.

Derrière eux, deux voitures de patrouille apparurent, sirènes hurlantes et gyrophares allumés. Elles aussi fonçaient vers la propriété de sa grand-mère.

Lorsque Wyatt s'engagea dans l'allée qui menait à l'ancienne ferme, il resta un instant sonné.

— Seigneur, murmura-t-il.

Violet retint un cri de désespoir à la vue du triste spectacle qui s'offrait à eux.

La vieille maison était la proie d'un impressionnant incendie. D'immenses flammes s'élevaient vers le ciel étoilé et une épaisse fumée noire emplissait l'air. Plusieurs véhicules de secours stationnaient dans la cour. Des hommes en uniforme s'activaient dans tous les sens. Des pompiers postés aux quatre coins de la pelouse dirigeaient leurs lances vers le feu, cherchant à le circonscrire. Un peu à l'écart, des adjoints considéraient la scène, bouche bée.

Horrifiée, Violet regardait la maison de son enfance partir en fumée. La cuisine où elle avait grandi près de sa grand-mère qui préparait des repas, la chambre où son grand-père lui lisait ses histoires, la salle à manger où ils se retrouvaient tous les trois le soir pour se raconter leurs journées… Tout serait bientôt réduit en cendres… Demain, il n'y aurait plus rien. Et tous les souvenirs qu'elle avait soigneusement emballés en prévision du déménagement subiraient le même sort. Tout serait détruit.

Wyatt la serra dans ses bras.

— Je suis désolé pour la maison mais heureusement, personne ne se trouvait à l'intérieur.

Violet hocha la tête. L'odeur âcre de la fumée lui piquait

les yeux et lui brûlait la gorge. Une chaleur infernale régnait alentour.

— Je vais réessayer d'appeler Sawyer, dit-elle.

Wyatt contourna son camion pour aller chercher Maggie. Il revint, un instant plus tard, avec l'enfant dans les bras.

— Messagerie vocale, répéta-t-elle une fois de plus.

Wyatt enfonça son vieux stetson sur la tête et s'avança vers le sinistre.

— Quelqu'un l'a peut-être vu et nous renseignera.

Violet le suivit, priant en silence pour le salut de Sawyer.

Mais à la vue de sa jeep garée entre les véhicules d'urgence, elle changea de couleur.

— Wyatt, murmura-t-elle en lui désignant la voiture.

Avec un juron, il lui tendit Maggie.

Il se rapprocha à grands pas de l'incendie et héla l'un des pompiers qui se trouvaient là.

L'homme fit de grands gestes dans leur direction pour les inviter à s'éloigner.

— Reculez, restez à distance. Ce n'est pas prudent. La structure n'est pas saine et risque de s'écrouler à tout moment.

— Je crois qu'il y a quelqu'un dans la maison, dit Wyatt. Mon copain est sûrement à l'intérieur. Sa jeep est dans l'allée.

Le pompier secoua la tête.

— Nous avons fouillé toutes les pièces et n'avons trouvé personne. L'ordre vient d'être donné d'évacuer les lieux.

Le hurlement d'une sirène les fit se retourner.

La voiture de patrouille du shérif s'arrêta en travers du chemin. Il s'avança à grands pas vers eux. Son indifférence manifeste mit les nerfs de Violet à vif. Visiblement, il se fichait complètement que la maison de sa famille soit la proie des flammes. Il n'avait même pas l'air surpris.

— Je dois vous demander de vous éloigner et de laisser ces hommes travailler, dit-il.

Wyatt se tourna vers lui.

— Qu'avez-vous fait ?

Une fenêtre à l'étage se brisa et Wyatt pivota dans cette direction.

— De quoi s'agit-il ?

Il regarda brièvement Violet, de l'espoir dans les yeux.

— Est-ce que c'est Sawyer ? Essaie-t-il de sortir ?

Elle le pensait aussi.

Il s'élança vers la maison en feu et disparut dans la fumée.

— Non ! cria Violet. Wyatt !

Maggie se mit à pleurer dans ses bras.

— Pardon, chérie. Je t'ai fait peur. Désolée.

Violet la berça doucement pour la calmer. Quand l'enfant cessa de crier, elle reporta son attention sur les deux hommes.

— Faites quelque chose, ordonna-t-elle au shérif et au pompier qui regardaient passivement Wyatt se faire happer par l'incendie.

Le pompier pressa un bouton de son talkie-walkie.

— Un homme se dirige vers le bâtiment. Essayez de l'intercepter.

Le ventre de Violet se noua. Maggie s'était remise à sangloter et ses cris déchiraient son cœur.

— Chut, ma puce.

Elle aussi était au bord des larmes.

— Capitaine, lança l'un des soldats du feu. Il n'y avait personne dans la maison. Nous sortons. Et nous allons nous efforcer de sauver la grange.

Le pompier lança à Violet un long regard teinté de regret. Il appuya à nouveau sur le bouton du talkie-walkie.

— Reçu.

Violet ferma les paupières et pria pour Wyatt et Sawyer.

— Madame, intervint le pompier, la forçant à rouvrir les yeux. Votre ami a peut-être contourné le bâtiment. Peut-être a-t-il vu quelque chose qui nous aurait échappé. Mes hommes se dirigent maintenant vers l'ancien hangar.

Violet acquiesça et essuya ses larmes d'un revers de

main. Wyatt avait en effet le don de voir ce que les autres ne voyaient pas.

Elle reculait, s'éloignant de la fumée quand une détonation retentit.

— Quel est ce bruit ? demanda-t-elle.

Le shérif se contenta de hausser les épaules sans répondre.

— Hé ! cria Violet. Vous n'avez pas entendu ?

Masterson l'ignora ostensiblement et reporta son attention sur les hommes au visage noirci de suie.

L'un d'eux lança :

— C'était un coup de feu, non ?

Le shérif secoua la tête.

— Certainement pas. Il s'agit plus probablement du bois qui craque sous l'effet de la chaleur.

Le soldat du feu plissa le front.

— Cela ressemblait plutôt à une déflagration.

Deux hommes sortirent alors de la maison à travers l'épaisse fumée et Violet reprit espoir. Malheureusement, aucun n'était Sawyer ou Wyatt.

— L'incendie est circonscrit, cria l'un d'eux.

Ses cheveux étaient gris de cendres et il tenait son casque sous le bras.

Les pompiers s'éloignèrent, tournant le dos à Violet et au shérif Masterson. Elle les entendit discuter de la meilleure façon d'opérer pour minimiser les dommages que l'effondrement inévitable de la maison allait provoquer.

Les adjoints remontaient déjà dans leurs voitures, les ambulanciers emballaient leurs affaires.

Violet regardait la vieille bâtisse fumante.

Une éternité plus tard, un homme apparut dans la brume, coiffé d'un chapeau de cow-boy qu'elle connaissait bien.

Violet courut vers lui. Elle s'efforça d'éviter la fumée, consciente que Maggie sur sa hanche en serait gênée.

Quand elle parvint à mieux distinguer l'homme, elle s'aperçut qu'il tenait une arme dans sa main.

Elle eut l'impression que son cœur s'arrêtait de battre. Quelque chose clochait dans sa façon de se mouvoir. Elle s'arrêta.

Lorsqu'il s'avança et sortit de l'ombre, elle reconnut le vieux Masterson. Peu rassurée, elle recula de plusieurs pas, gardant une distance entre eux.

Elle buta alors sur un corps étendu par terre et se laissa tomber à côté de lui.

— Wyatt ? Mon Dieu ! Que s'est-il passé ?

À la vue de la chemise trempée de sang de Wyatt, elle se souvint du coup de feu qu'elle avait entendu plus tôt.

Elle se tourna vers le vieillard.

— Vous lui avez tiré dessus, cria-t-elle.

Les yeux de Wyatt s'ouvrirent à demi.

— Cours, murmura-t-il. Pars vite !

Violet se redressa brusquement.

Oui, elle devait courir mais ce serait pour aller chercher de l'aide.

— Je reviens.

Alors qu'elle s'apprêtait à bondir vers le camion de pompiers garé sous les arbres, un ricanement dans son dos la glaça.

Tom Masterson apparut, le stetson de Wyatt sur sa tête.

— Il est temps d'y aller. Venez avec moi, Violet, dit-il.

Elle recula.

— Non. Je ne le laisserai pas.

Masterson agita son pistolet d'un air menaçant.

— Êtes-vous sûre de vouloir rester ici ? Parce que je ne vous poserai pas deux fois la question, je vous préviens. Si vous refusez de me suivre, vous allez le regretter.

Violet blêmit.

Allait-il vraiment la tuer ? Alors qu'elle avait un bébé dans les bras ?

Elle promena les yeux autour d'elle, à la recherche d'une aide. Mais les pompiers étaient loin. Leur camion les empêchait de la voir.

— Je vais crier, dit-elle d'un ton menaçant.

— Criez et je l'achève d'une balle en pleine tête. Qu'en dites-vous ?

Pour lui prouver qu'il ne plaisantait pas, il pressa le canon de son arme sur la tempe de Wyatt.

Celui-ci essaya de rouler sur le ventre. Manifestement, il voulait attraper la jambe du vieux Masterson et le faire tomber, mais il n'en eut pas la force.

Une voix masculine – sans doute celle du pompier à qui Violet avait parlé un moment plus tôt –, lança :

— Tout va bien, madame ? Vous revenez vers nous ?

Tom Masterson la regarda, attendant sa réaction. Il avait son pistolet braqué sur Wyatt.

Violet était piégée.

— J'arrive, je vous rejoins tout de suite, répondit-elle au jeune homme.

Résignée, elle suivit Masterson jusqu'à un véhicule stationné derrière les arbres, à quelques mètres de là.

Tandis que le vieillard démarrait, elle berça Maggie contre sa poitrine.

Le pompier qui la cherchait allait s'étonner qu'elle ne revienne pas vers eux, se dit-elle. Il retournerait sur ses pas pour en comprendre la raison et il trouverait Wyatt.

19

Wyatt se traîna sur ses avant-bras, grimaçant de douleur à chaque traction. Il avait pris une balle dans le ventre et ramper ne faisait qu'aggraver sa blessure. Mais il avait vu le vieux Masterson enlever Violet et Maggie et il devait absolument faire quelque chose. Le pire était à craindre.

— Au secours ! cria-t-il, essayant d'attirer l'attention des pompiers. Aidez-moi !

L'un des soldats du feu finit par l'entendre et se précipita vers lui. Il évalua rapidement la gravité de son état et appela ses collègues à la rescousse.

Pour parler de son cas, ils se servaient de termes médicaux que Wyatt connaissait et il n'eut pas de mal à décrypter leurs propos. Ses signes vitaux étaient bons mais son rythme cardiaque trop élevé, ce qui n'avait rien d'étonnant. Non seulement il avait été pris pour cible, mais il avait vu la femme qu'il aimait et la petite fille qui lui avait volé son cœur se faire kidnapper.

— Nous allons vous conduire aux urgences, monsieur, dit l'un des pompiers. Que vous est-il arrivé ?

Wyatt serra les dents, luttant contre la douleur.

— Le vieux Masterson m'a tiré dessus.

Wyatt avait vu une silhouette dans la fumée et avait couru dans cette direction, espérant qu'il s'agissait de Sawyer. Il se serait contenté de capturer le pyromane. Un coup de feu l'avait stoppé net dans son élan et il était tombé dans l'herbe.

Il n'avait repris connaissance qu'au moment où Violet avait trébuché sur lui.

Une folle colère s'empara de lui en se remémorant la façon dont Tom Masterson avait ensuite parlé à Violet et l'avait forcée à le suivre.

— L'ambulance est en route, dit quelqu'un. Encore une chance qu'elle n'était pas trop loin.

— Je n'en ai pas besoin, dit Wyatt. Appelez plutôt l'adjoint Santos. Je dois me rendre chez l'ancien shérif, chez Tom Masterson… avant qu'il ne les tue.

Il tira son smartphone de sa poche et contacta lui-même Santos. Tandis qu'il attendait qu'il réponde, il demanda à l'un des pompiers :

— Je vous en prie, recousez-moi pour que je puisse y aller.

— Santos, répondit l'adjoint dans l'appareil.

— Il a enlevé Violet et Maggie, dit Wyatt.

La tête lui tournait, il souffrait de vertiges. Il avait perdu beaucoup de sang et il craignait de perdre connaissance.

— Retrouvons-nous au puits, ajouta-t-il d'une voix faible.

Il était certain que l'ancien shérif les avait conduites là-bas, sur les lieux de son crime.

— Nous nous y rendions justement, répondit Santos. Sawyer est avec moi. Nous y serons dans vingt minutes.

— Faites vite. Chaque seconde compte.

Le pompier qui nettoyait sa blessure cessa soudain de s'activer. Son visage s'assombrit

— Qui, avez-vous dit, voulait les tuer ?

— Le vieux Masterson, grogna Wyatt. Le père du shérif.

L'homme balaya les alentours des yeux.

— En tout cas, lui, il était là, il y a quelques instants. Où est-il donc passé ?

— Il est probablement parti chez son père.

Wyatt le supplia du regard.

— Allez-y, recousez-moi en vitesse, répéta-t-il. C'est

important. Ou si vous préférez, donnez-moi le kit de suture, je me débrouillerai.

Le pompier fronça les sourcils.

— L'ambulance n'est pas loin. Peut-être vaudrait-il mieux laisser faire un professionnel. Je n'ai pas posé de points de suture depuis vingt ans, je vous préviens. Et c'était sur un champ de bataille. Le blessé que j'ai recousu a gardé une cicatrice monstrueuse.

— A-t-il survécu ? demanda Wyatt.

— Oui, monsieur, répondit l'autre avec fierté.

— Alors, allez-y.

Lorsque le vieux Masterson la poussa sans ménagement vers le puits, Violet tomba sur les genoux. Quelques heures plus tôt, elle avait failli sauter sur une mine antipersonnel à cet endroit-là. En proie à une folle terreur, elle sentit son cœur se serrer.

À la vue des barbelés, elle se tourna vers le vieillard.

— Non, je vous en supplie. Ne faites pas cela, cria-t-elle.

Les morceaux de terre dispersés aux alentours témoignaient de la violence de l'explosion de la veille.

— Laissez-moi partir, monsieur Masterson. Je ne dirai rien à personne. Je le jure.

— Fermez-la et avancez.

— Il s'agissait d'un accident, poursuivit-elle. Vous n'avez jamais voulu tuer Henry Davis. Mais quand il ne s'est pas relevé de sa chute, vous ne saviez pas quoi faire. Vous étiez jeune, vous avez paniqué. Dans cette situation, n'importe qui aurait agi comme vous l'avez fait.

L'ancien shérif souleva les fils de fer barbelés et lui ordonna de se glisser dessous.

— Vraiment ? Vous aussi ?

Violet se mordit les lèvres. Malgré ses efforts, un mensonge si énorme ne parvenait pas à les franchir. Non, elle n'aurait pas réagi comme lui. Si elle avait été à sa place, elle aurait tout fait pour venir en aide au malheureux Henry Davis. Elle aurait appelé les secours, se serait efforcée de le ranimer. Et si, malgré ses efforts, il avait succombé à ses blessures, elle aurait avoué l'histoire aux autorités, présenté ses excuses aux parents du jeune GI et prié pour obtenir leur pardon.

Certes, des drames se produisaient tous les jours mais ce que Masterson avait fait n'était pas un accident. La mort de Henry Davis était peut-être accidentelle mais la suite ne l'était pas. Le fait que l'ancien shérif n'ait pas tenté de le sauver ni contacté les pompiers, qu'il ait jeté son corps dans un puits et caché la vérité pendant cinquante ans, était un crime. Qu'il ait laissé penser que Davis était un déserteur était honteux. Et, cerise sur le gâteau, il avait mis sa propre femme sous cloche pour s'assurer qu'elle ne révélerait son secret à personne.

Non, elle n'aurait jamais fait ce que Masterson avait fait.

— Non.

— C'est bien ce que je pensais, dit-il. Maintenant, passez sous ces barbelés ou je vous arrache cette gamine des mains. Et cette fois, c'est au milieu d'un champ de mines que je la laisserai ramper.

Violet serra plus fort Maggie contre elle.

— C'est vous qui l'avez prise l'autre jour à la bibliothèque pour la laisser dans la rue. Toute seule. Elle aurait pu s'aventurer vers la chaussée, se faire écraser. Être tuée !

— C'était l'idée, répliqua-t-il en agitant le pistolet jusqu'à ce que Violet passe sous les fils de fer comme il l'avait ordonné. Après une telle tragédie, vous n'auriez plus eu le cœur à enquêter sur cette vieille affaire. Vous m'auriez laissé tranquille… Ne vous arrêtez pas, avancez !

Il pointa son arme sur Maggie.

— Dépêchez-vous. Ou je la bute.

Violet hâta le pas, s'efforçant d'éloigner son bébé de ce psychopathe. Mais à la vue du puits, elle se pétrifia. Son estomac se tordit en constatant que les planches qui le fermaient avaient été retirées.

Masterson avait tout prévu, comprit-elle. Il ne s'arrêterait pas avant qu'elle soit au fond de ce puits avec Henry Davis.

Terrifiée, elle refusa de faire un pas de plus dans cette direction.

— S'il vous plaît. Laissez-nous partir. Maggie est trop jeune pour témoigner contre vous et je ne le ferai pas non plus, je le jure.

À ce moment, des phares crevèrent soudain la nuit, balayant Potter's Field et illuminant le puits abandonné. Le vieillard fronça les sourcils.

Le shérif sortit de sa voiture de patrouille, traversa le champ à grands pas et se glissa à son tour sous les barbelés.

Il regarda son père en secouant la tête.

— Es-tu devenu fou ? Tu ne sais plus ce que tu fais. Tu as mis le feu à la maison des Ames.

Le vieux Masterson considéra son fils avec mépris.

— J'ai fait ce que j'avais à faire. Ne te mêle pas de cette histoire.

— Je suis le shérif. Je dois m'en mêler et je t'ordonne d'arrêter.

Tom Masterson posa la main sur son arme. Ses yeux étaient révulsés, sa bouche grimaçait. Il avait soudain tout d'un dément.

— Tu n'as pas d'ordres à me donner. Je suis ton père.

Il braqua son arme sur Violet qui se sentit blêmir. Elle recula, Maggie contre elle, et se prépara au pire.

— S'il vous plaît, non. Je vous en supplie. Ne tirez pas.

Le shérif s'avança, l'arme au poing.

— Papa, arrête !

Le vieux Masterson saisit Violet et la plaqua contre lui. Il avait visiblement l'intention de se servir d'elle comme d'un bouclier humain.

— Je t'ai dit de ne pas t'en mêler, fiston. Tu ferais mieux

de m'écouter. Garde tes mains propres. Contrairement aux miennes, elles ne sont pas couvertes de sang.

— À peine !

Violet reconnut la voix de Wyatt dans l'obscurité, et son cœur se mit à battre à coups redoublés dans sa poitrine. Il surgit de l'ombre, une main tenant un pistolet, l'autre pressée contre son flanc.

— Posez votre arme, Masterson. Laissez-les partir. De toute façon, vous n'échapperez plus à la justice, maintenant. Nous savons ce que vous avez fait. Il aura fallu cinquante ans pour cela, mais la vérité a fini par vous rattraper.

Le vieux Masterson regarda son fils.

— Arrête ces trois-là et finissons-en.

— Non, dit Wyatt. Tout ne fait que commencer. Votre femme a confié toute l'histoire à la grand-mère de Violet. Troublée par ces révélations, Mme Ames a mené l'enquête et découvert que tout était vrai. Elle a deviné que le sujet était explosif et, pour assurer sa protection, elle a contacté ma société de sécurité privée. Trop tard, malheureusement. Vous ou votre fils l'avez attaquée dans l'espoir de la réduire au silence. Dommage pour vous, il y a quelques heures, elle est sortie du coma. Et elle nous a tout raconté. Mon associé est descendu en rappel dans votre puits.

Tout en parlant, Wyatt s'avança jusqu'aux pins.

— Il a trouvé des ossements, les restes de Henry Davis. Vous avez acheté ces terres autrefois pour enterrer votre secret mais la vérité est en train d'éclater au grand jour. Nous savons aussi que vous avez « emprunté » à votre voisin sa voiture de derby pour envoyer Violet dans le décor, que vous avez vandalisé nos véhicules et laissé une note menaçante pour Violet à l'hôpital, dans la chambre de sa grand-mère. Et que vous avez mis le feu à la maison de Mme Ames, ce soir.

Il tourna les yeux vers le shérif actuel.

— Quant à vous, vous avez tenté d'aider votre père à

dissimuler son crime. Vous êtes entré par effraction chez Mme Ames, après avoir tenté de la tuer, dans l'espoir de retrouver la boîte contenant les affaires de Henry Davis. Et vous avez prétendu que mon camion avait été volé.

Les Masterson échangèrent des regards furieux.

Le ton ferme de Wyatt contrastait avec sa pâleur. De grosses gouttes de sueur coulaient sur son front. Il luttait pour ne pas perdre connaissance.

— Maintenant, vous allez payer pour vos crimes, ajouta-t-il. L'un et l'autre.

Le vieux Masterson empoigna Violet par les cheveux pour la forcer à avancer vers le puits béant.

— Je ne pense pas, non.

Cramponnée à la poitrine de sa mère, Maggie hurla de peur devant le trou noir et profond.

— Arrêtez ! cria Violet. S'il vous plaît, ne faites pas ça. Non !

Derrière elle, un coup de feu claqua.

Tom Masterson la lâcha et lança à son fils d'un ton rageur :

— Tu as osé tirer sur moi !

Violet était tombée contre la margelle. Comme elle atterrissait sur les genoux, le souvenir des mines antipersonnel lui revint à l'esprit et elle explosa en sanglots.

Sans prévenir, le shérif s'approcha de Wyatt et le frappa au bras pour envoyer valser son pistolet. Les deux hommes se précipitèrent pour tenter de le récupérer, chacun voulant le ramasser le premier. Ils roulèrent sur le sol.

Le vieux Masterson les rejoignit et envoya un violent coup de pied dans le flanc de Wyatt. Avec un gémissement, Wyatt s'effondra.

Horrifiée, Violet serra Maggie contre elle. De la main, elle lui couvrit les yeux pour l'empêcher de regarder la scène.

Wyatt fit appel à toute sa volonté pour se redresser et se jeter sur le vieux Masterson.

Mais le shérif vola aussitôt au secours de son père. Il tordit le bras de Wyatt et lui passa les menottes.

Tom Masterson ricana.

— Vous êtes stupide, Stone. Vous n'avez jamais eu la moindre chance de l'emporter. Mon fils est le shérif de ce comté. Il est assermenté. Pas vous. Personne ne vous croira. Vous allez finir en…

Avant qu'il ne puisse finir sa phrase, des phares apparurent et éclairèrent la scène. Bientôt, un fourgon s'arrêta à côté de la voiture de patrouille du shérif.

Stupéfait, le vieux Masterson baissa son arme.

La voix de l'adjoint Santos se fit entendre.

— Bonsoir, shérif, Wyatt, mademoiselle Ames. J'aimerais vous présenter Sam Culley, ajouta-t-il en leur désignant d'un geste l'homme qui le suivait. Le coroner du comté de Grove.

Sawyer sauta à son tour du véhicule. Tous trois s'approchèrent des barbelés.

— Il était temps, grogna Wyatt.

Il se tourna vers le shérif.

— Saviez-vous que dans l'État du Kentucky, seul le coroner en exercice a le pouvoir d'arrêter le shérif d'un comté ? demanda-t-il.

L'adjoint Santos braqua le faisceau d'une lampe de poche sur le sol et s'avança prudemment vers Tom Masterson pour lui confisquer son arme.

Tandis que Sam Culley lisait ses droits au shérif, Sawyer se dirigea vers Wyatt.

— Désolé de n'avoir pas été plus rapide mais sortir le coroner de son lit à cette heure tardive n'a pas été facile. En plus, il vit loin d'ici. Et surtout, il conduit plus lentement que mon arrière-grand-mère.

Wyatt serra la main de Sawyer avec force.

— Vous êtes arrivés à temps, c'est l'essentiel.

Il arracha son stetson de la tête du vieux Masterson, l'enfonça sur son propre crâne et se hâta vers Violet.

Elle sanglotait sans pouvoir s'arrêter en serrant Maggie contre elle. Mais cette fois, il s'agissait de larmes de soulagement. Enfin, cette histoire se terminait, enfin elle n'aurait plus à s'inquiéter pour sa grand-mère et pour sa fille. Et comprendre que Wyatt était en vie lui procurait tant de joie que cet afflux d'émotions devenait presque douloureux.

Wyatt l'aida à se relever et lui prit Maggie. Il les étreignit toutes les deux.

L'enfant se blottit instantanément contre lui. Ses cris se muèrent vite en gazouillis joyeux.

Violet savait très bien ce que ressentait sa fille. Dans les bras de Wyatt, tout devenait possible.

Assis dans la salle d'attente, Violet et Wyatt regardaient Maggie galoper dans les couloirs de l'hôpital. Il était difficile de croire que près d'un an s'était écoulé depuis l'appel terrifiant qui avait appris à Violet que sa grand-mère était dans le coma. Ce coup de fil avait été l'élément déclencheur d'une série d'événements qui avaient radicalement changé sa vie.

— Comment te sens-tu ? demanda Wyatt, toujours préoccupé par son bien-être.

— Très bien, assura-t-elle.

Il sourit.

— Tant mieux.

Il souleva Maggie qui revenait jouer dans leurs jambes et l'installa sur ses genoux. Elle tendit ses petites mains vers son stetson en riant.

Un instant plus tard, la grand-mère de Violet sortit d'une salle et les rejoignit, s'appuyant sur sa canne. Depuis des mois, elle s'astreignait à des séances de rééducation qui commençaient à porter leurs fruits. Elle marchait mieux qu'avant sa chute et grâce à sa kinésithérapeute, elle avait retrouvé un nouveau souffle. D'ailleurs, elle oubliait de plus en plus souvent sa canne parce qu'elle n'en avait plus vraiment besoin.

— Je suis en retard ? demanda-t-elle. Vous m'attendez depuis longtemps ?

Wyatt et Maggie se levèrent et l'embrassèrent avec chaleur.

— Pas du tout.

Elle s'assit à côté de Violet, posa un petit baiser sur le nez de l'enfant avant de reporter son attention sur l'homme qui leur avait sauvé la vie à toutes.

— Le procès est terminé. Avez-vous entendu les condamnations ?

Wyatt hocha la tête.

— Le procureur nous a téléphoné après le petit déjeuner pour nous les énoncer.

— Il m'a appelée, moi aussi, dit la vieille dame, l'air pensif mais satisfait.

Violet essaya de sourire, mais elle était en proie à trop d'émotions contradictoires pour y parvenir.

Le vieux Masterson avait été reconnu coupable des meurtres de Henry Davis et de Ruth, de tentatives de meurtre sur les personnes de Gladys Ames et de Wyatt, d'enlèvement et de tentatives de meurtre sur Violet et Maggie. Quant à son fils, le shérif Masterson, il avait été condamné pour complicité. Il avait en effet joué un rôle actif pour dissimuler les crimes de son père.

Justice avait été rendue mais il était difficile de se réjouir du verdict alors que tant de personnes avaient perdu la vie.

— Madame Stone ?

Une infirmière apparut sur le seuil de la salle d'attente et fit signe à Violet.

En comprenant qu'elle s'adressait à elle, Violet sentit une vague de bonheur la submerger. Certes, ils s'étaient mariés plusieurs mois plus tôt, mais elle avait encore du mal à croire qu'elle était l'épouse de Wyatt. Se savoir aimée par cet homme hors du commun la remplissait de joie. Et lorsqu'elle se rappelait qu'à la naissance de Maggie, elle s'était juré qu'elle ne tomberait plus jamais amoureuse d'un militaire, elle se trouvait ridicule.

Wyatt l'aida à se lever.

Il lui sourit avec chaleur.

— Tu es magnifique.

Elle lui rendit son sourire tout en se frottant les reins. Depuis le début de sa grossesse, elle avait pris beaucoup de poids, pourtant il ne cessait de lui répéter qu'elle était magnifique.

Elle glissa sa main dans la sienne. Elle savoura sa joie d'être la femme de cet homme merveilleux qui lui avait sauvé la vie de toutes les manières possibles. Son mari était adorable, courageux et formidable.

— Je t'aime, dit-il en se penchant pour l'embrasser.

Sa grand-mère sourit et se leva.

— Petite Maggie, il est temps de laisser tes parents tranquilles. Viens, ajouta-t-elle en lui prenant la main. Nous rentrons, toutes les deux.

Avant de quitter la salle, elle se tourna vers Violet et Wyatt.

— Nous vous attendons chez moi pour le déjeuner, dit-elle. Et Wyatt, vos parents m'ont appelée ce matin pour me dire qu'ils apporteraient le dessert.

Gladys Ames vivait maintenant dans le même quartier que Violet, Wyatt et Maggie. Après l'incendie, elle avait touché la prime d'assurance, vendu le terrain et acheté un chalet à Lexington. Chaleureux et accueillant, celui-ci demandait moins d'entretien que son ancienne ferme.

Et elle avait planté une roseraie dans l'arrière-cour.

Wyatt et Violet embrassèrent Maggie et Gladys puis ils suivirent l'infirmière vers la salle d'échographie.

— Avez-vous décidé si vous aviez ou non envie de connaître le sexe du bébé ? demanda l'infirmière.

Violet sourit à son mari.

— Absolument. Nous voulons le savoir.

Ils annonceraient ensuite la nouvelle à toute la famille. Violet avait hâte de commencer cette nouvelle aventure avec l'homme de sa vie.

Vous avez aimé *Maggie est en danger ?*
Découvrez la suite de votre série
« Gardes du corps en alerte »
dès le mois prochain, dans votre collection Black Rose.

NICOLE HELM

Par-delà le risque

Traduction française de
DOMINIQUE TRUFFANDIER

BLACK ROSE

HARLEQUIN

Titre original :
WYOMING COWBOY BODYGUARD

1

Tom était mort. Cela faisait maintenant une demi-heure qu'on avait entraîné Daisy Delaney loin de ce corps sans vie au regard vide. Pourtant, l'image de Tom, gisant sur le sol, hantait toujours son esprit. Ses membres qui formaient un angle anormal avec son corps, ses yeux marron grands ouverts, sans vie…

Et tout ce sang…

Elle était assise à l'arrière d'une voiture de police, qui traversait Austin à une allure régulière. Daisy Delaney. La mauvaise fille préférée de la country des États-Unis, jusqu'au jour où elle avait divorcé d'avec le fils prodigue de la country, Jordan Jones. Maintenant, elle était détestée de tous – et quelqu'un voulait même sa mort.

Mais c'était Tom qui avait été assassiné le premier.

Elle eut envie de fermer les yeux, mais craignit que l'image qui la hantait ne fasse que s'intensifier derrière ses paupières closes. Alors, elle se tourna vers la vitre et se concentra sur les pelouses d'un vert vif des maisons de banlieue, que l'aube effleurait d'une lumière couleur de perle.

Elle tenait le coup, même si elle était hantée par le regard sans vie de Tom, même si elle pouvait encore sentir l'odeur du sang. Elle était nauséeuse, elle devait prendre sur elle pour ne pas fondre en larmes, mais elle tenait le coup. *Tu dois toujours sauver les apparences, Daisy. Quoi qu'il arrive. Si quelqu'un te blesse, ne le lui montre surtout pas.*

Son nom de baptême était Lucy Cooper, mais son père ne l'avait jamais appelée que par son nom de scène, qu'il avait choisi lui-même : Daisy Delaney. Sa façon de rendre hommage à feu sa grand-mère chérie, qui lui avait offert sa première guitare.

À une époque, elle avait été heureuse et fière de porter ce nom, bien que sa mère et son frère n'aient jamais caché leur désapprobation. Mais aujourd'hui, pour la toute première fois, elle se demandait ce que serait devenue sa vie si elle n'avait pas suivi son père sur la voie de la célébrité.

Comme elle ne pouvait rien changer au passé, elle continua à tenir bon, sans rien laisser percer de son bouleversement et de sa frayeur.

Jusqu'à ce que la voiture s'arrête devant la maison de son frère, qui attendait sur le seuil de la porte. Il ne portait pas son uniforme de Texas Ranger, comme elle l'aurait cru. Pas de pantalon kaki au pli impeccable, de chemise, et d'étoile étincelante qui faisait sa fierté. Il était en survêtement – et tenait un bébé dans ses bras.

— Vous n'auriez pas dû m'amener ici, chuchota-t-elle à l'agent de police.

— C'est le ranger Cooper qui m'a demandé de le faire, m'dame.

Elle souffla. « Demandé ». Bien que son frère soit un Texas Ranger et que cet homme dépende du commissariat de police d'Austin, elle ne se faisait aucune illusion : son frère s'était arrangé pour que sa requête soit interprétée comme l'aurait été un ordre.

Quand l'agent lui ouvrit la portière, elle dut prendre sur elle pour lui sourire et le remercier. L'agent serra la main de Vaughn avant de se tourner vers elle.

— Nous aurons d'autres questions à vous poser, mademoiselle Delaney, dit-il avec un sourire compréhensif.

Mais pour le moment, celles auxquelles vous avez répondu sur la scène de crime nous suffiront.

Elle le gratifia d'un pâle sourire.

— Merci. Et s'il y a du nouveau dans l'affaire…

— Nous vous en informerons, votre frère et vous.

L'agent les salua d'un hochement de tête et partit. Daisy se tourna vers Vaughn et posa les yeux sur le bébé emmailloté dans sa couverture.

— Tu n'aurais pas dû me faire venir ici, dit-elle en caressant la joue de sa nièce du bout des doigts. Ce n'est pas prudent de m'héberger ici, avec vous tous.

— Prudence est mon deuxième prénom, répliqua Vaughn.

Sa voix ne trahissait ni peur ni même inquiétude, mais elle les entendait quand-même. Même si son frère collet monté n'avait jamais compris le besoin qu'elle avait ressenti de suivre les traces de leur père, il l'avait toujours protégée.

— Tu ne m'avais pas dit que tu étais revenue à Austin.

Elle avait pensé qu'elle pouvait le lui cacher, faire en sorte que Nat et lui ne s'inquiètent pas, alors qu'ils étaient en train de construire cette magnifique petite famille.

En pensant qu'elle pourrait cacher quelque chose à Vaughn, elle avait été idiote et naïve – ce qu'elle ne pouvait plus se permettre. Cela faisait maintenant presque un an qu'elle vivait dans la peur, mais elle avait pensé jusqu'ici que les menaces ne seraient jamais suivies de violence. La personne qui la harcelait n'avait jamais blessé personne, ni elle ni qui que ce soit dans son entourage.

Et ce soir, cette personne avait tué Tom, l'homme que Vaughn avait engagé pour assurer sa protection. Son esprit rationnel savait que ce n'était pas sa faute, mais Tom, cet homme si gentil, si amusant, cet homme qui avait fait tout son possible pour la protéger, était mort.

— Entre, Lucy.

Vaughn passa son bras libre autour de ses épaules et la première larme roula sur sa joue. Elle ne pouvait pas se permettre d'en laisser échapper d'autres. Cependant, la force paisible de son frère et son habitude de l'appeler par le prénom que seuls lui et leur mère utilisaient comptaient parmi les rares choses qui pouvaient la faire craquer.

Enfin… elle devait sans doute ajouter une entrée à la liste : le meurtre.

— Tom…

— Nous nous occuperons de tout, dit Vaughn en pressant ses épaules. C'était un homme bien.

Dans ses bras, la petite Nora gazouillait gaiement.

— Il n'aurait jamais dû mourir en cherchant à me protéger.

— Mais c'est ce qui est arrivé. Il faisait un travail risqué, et il le savait. Tu auras tout le temps de faire ton deuil plus tard, comme nous tous. Pour le moment nous ne devons penser qu'à une chose : te mettre en lieu sûr.

Elle chercha une répartie acerbe. Vaughn pouvait parfois être tellement froid ! Elle avait beau savoir que c'était à cause de la formation qu'il avait suivie pour entrer dans les forces de l'ordre, cette insensibilité l'horripilait. Mais… il tenait son bébé dans ses bras avec toute la délicatesse due à ce précieux cadeau, et des années plus tôt elle avait entendu sa voix se briser au moment de l'échange des vœux avec sa femme.

Non, Vaughn n'était ni froid ni insensible. Il avait seulement porté le contrôle de lui-même au rang d'art. Et il s'inquiétait pour elle. Daisy se faisait l'effet de n'être pour lui qu'un fardeau, mais il n'y avait aucun moyen de le convaincre que ce qui se passait n'était pas son problème.

— Nat a fait du café et Jaime ne va pas tarder à arriver, dit Vaughn.

Il verrouilla la porte derrière eux avant de la conduire à l'étage de son ranch en duplex.

— Qu'est-ce que Jaime a à voir avec ça ? demanda-t-elle, méfiante. Tu ne peux pas impliquer le FBI dans…

— Je n'implique pas le FBI. J'utilise mes relations au

sein du FBI pour trouver un endroit où tu seras en sécurité pendant que les professionnels mèneront l'enquête.

— Et quand tu parles de professionnels, c'est à toi que tu penses.

— Je pense à toutes les personnes que je pourrai rassembler pour enquêter sur cette affaire, rectifia-t-il. Notre lien de parenté m'interdit de prendre part à l'enquête officielle.

Autrement dit, son frère allait mener sa propre enquête non officielle. Vaughn avait beau être respecteux des règles, il n'hésitait jamais à les violer pour l'amour des siens.

Nat sortit de la cuisine alors qu'ils atteignaient le haut de l'escalier et embrassa fougueusement Daisy avant de demander, une lueur de compassion dans ses yeux marron :

— Comment vas-tu ?

Si Daisy ne s'était jamais demandé pourquoi Vaughn était tombé amoureux de Natalie, il lui arrivait d'être étonnée que le sentiment ait été réciproque.

— Je suis indemne.

Natalie pinça les lèvres.

— Physiquement, peut-être, mais ce n'était pas du tout ce que je voulais dire.

Elle dévisagea son mari.

— Ah, les Cooper…, marmonna-t-elle avec un soupçon de dégoût.

Mais même si le rythme dément de ses tournées lui interdisait de passer beaucoup de temps ici, auprès de sa famille, Daisy connaissait assez bien sa belle-sœur pour entendre l'amour dans ces paroles.

La sonnette retentit et Nora commença à s'agiter. Vaughn confia le bébé à Nat en échangeant quelques mots avec elle, dans la chorégraphie bien rodée qui résulte du mariage. Une pointe de douleur traversa Daisy.

Son divorce avait déclenché une campagne de dénigrement dans la presse – grâce à l'entourage de Jordan, qui cherchait désespérément à ce que sa vedette reste sur la pente ascendante.

Ensuite, le harcèlement avait commencé, et elle avait été comme frappée d'insensibilité, plongée dans le néant.

Mais elle se rappelait encore qu'en épousant Jordan, elle avait espéré connaître avec lui le genre de relation qui unissait Nat et Vaughn. Quelle farce !

— Assieds-toi, dit Nat en la poussant doucement sur le canapé. Tu veux bien tenir Nora pour moi ?

Nat lui posa le bébé minuscule dans les bras et s'éloigna vivement pour aller voir ce que faisait leur fille aînée tandis que Vaughn et son beau-frère gravissaient l'escalier.

— Ah, voilà la cavalerie ! lança Daisy, un sourire narquois aux lèvres.

— C'est bon de te revoir, Daisy, répondit Jaime Alessandro.

Jaime, qui était agent du FBI, était l'époux de la sœur de Natalie. Daisy ne l'avait rencontré qu'à quelques reprises, et l'avait trouvé nettement plus sociable que Vaughn. Néanmoins, elle était mal à l'aise que Vaughn ait fait appel au FBI.

— Allons droit au but, dit Vaughn en s'asseyant sur le canapé, à côté d'elle.

Jaime s'installa dans un fauteuil, face à eux.

— Je pense que tu sais combien Vaughn s'inquiétait pour toi, même avant ce meurtre, dit-il.

Daisy dévisagea son frère.

— Non. Je n'en crois pas un mot.

Jaime sourit, mais pas Vaughn.

— Nous avons étudié quelques possibilités tout en menant l'enquête. Aussi longtemps que le harceleur continue à échapper à la police, la priorité est d'assurer ta sécurité. Et pour y parvenir, j'ai une idée.

— Voilà des paroles bien menaçantes, venant d'un agent du FBI.

— Qu'est-ce que tu penses du Wyoming ?

— Je pense qu'il y fait froid, répondit-elle, pince-sans-rire.

— J'ai un ami là-bas, qui a suivi la formation à Quantico en même temps que moi. Il travaille dans une agence de sécurité. Je lui ai exposé ta situation, et il m'a proposé un plan. Mais pour qu'il fonctionne, nous devons t'isoler

— J'ai déjà été isolée. Le chalet…

— Non, coupa Vaughn. Il est isolé, mais encore trop repérable.

La dernière fois que leur vieux chalet familial leur avait servi de cachette, il avait été vandalisé.

— Tu étais trop facile à suivre, et le chalet était trop facile à trouver. Cette fois, nous allons prendre toutes les précautions nécessaires pour que personne ne puisse te suivre jusque dans le Wyoming.

Daisy avait envie de fermer les yeux, mais elle se contenta de les poser sur le bébé qu'elle tenait toujours dans ses bras.

— Tu veux donc que je m'éclipse pour aller dans le Wyoming. Et après ?

— Après, tu seras en sécurité jusqu'à ce que nous ayons trouvé ce type. Il y a eu un meurtre. Autrement dit, cette histoire prend de l'ampleur ; l'enquête va donc en prendre elle aussi.

— Nous pouvons nous arranger pour que tu arrives là-bas demain après-midi, enchaîna Jaime. Ils seront prêts à t'accueillir.

Elle eut envie de protester, mais l'image du corps sans vie de Tom s'imposa dans son esprit. Elle ne voulait pas mourir. Pas comme ça. Et surtout, surtout, elle ne voulait pas que Vaughn et sa petite famille courent le moindre danger par sa faute.

— Dis-moi seulement ce que je dois faire.

Zach Simmons contemplait la ville, qui ressemblait à toutes les photos de villes fantômes qu'il avait vues. Des bâtisses vides, des fenêtres aux vitres cassées. Une route de terre poussiéreuse qui devait jadis avoir été une grand-rue bouillonnante de vie. En ces lieux, on sentait tout autant le poids de l'histoire qu'un vide absolu.

C'était parfait.

Il sourit à l'homme qui, en plus de son associé, serait bientôt son beau-frère.

— Tu doutes toujours autant du bien-fondé de notre investissement ?

Cam Delaney le dévisagea.

— Bon sang, oui. Toujours autant.

Cam posa un regard morne sur les bâtisses décrépites et les montagnes qui se dressaient à l'horizon, que Zach voyait comme autant de sentinelles. Ce lieu était protégé. Sûr.

— Pour ta première mission, elle est plutôt importante.

Zach acquiesça. Il ne se faisait aucune illusion : le défi était énorme, hérissé de difficultés et de complications. Jamais il n'aurait pu expliquer à personne à quel point il était excité d'être délivré du carcan que représentaient les règles du FBI. Il ne regrettait pas une seule des minutes de sa carrière d'agent du FBI, mais ce travail avait fini par l'étouffer.

À tel point qu'il avait fini par se faire renvoyer.

Ce travail lui convenait nettement mieux, même si sa première mission allait être de protéger une enfant gâtée de la country qui s'était fourrée dans un sacré guêpier, dont elle était sans doute la seule responsable. Mais elle avait des ennuis, et on avait payé – et bien payé – l'agence de sécurité dans laquelle il travaillait aux côtés de Cam pour qu'elle reste en vie.

— Est-ce que Laurel a trouvé un lien entre cette femme et vous ? demanda-t-il.

Il espérait que le fait qu'elle s'appelle Daisy Delaney n'était qu'une coïncidence. Même s'il n'en disait mot à quiconque, il était un peu inquiet de voir les unions se multiplier entre Carson et Delaney.

En théorie, il était un Carson, bien que sa mère ait fui sa famille à l'âge de dix-huit ans et n'ait renoué avec ses racines que cette année. Il refusait de prêter foi à la supposée malédiction et n'accordait aucun crédit à la querelle ancestrale qui opposait les deux familles, qui passionnait les habitants de la petite ville de Bent, Wyoming – à tel point que Main Street était pratiquement coupée en deux : les commerces des Carson occupaient l'un des côtés, ceux des Delaney s'alignaient sur l'autre. Quant à cette histoire de malédiction, la légende prétendait que si un Carson et un Delaney nouaient des liens d'amitié – ou, que Dieu les en préserve, d'amour – la ville serait victime d'une série de catastrophes.

Cependant, bien qu'il y ait eu une recrudescence d'incidents à Bent l'année précédente, au cours de laquelle Carson et Delaney étaient tombés amoureux les uns des autres, tout allait bien maintenant.

Les cousins de Zach et leurs conjoints respectifs s'étaient mis à croire que c'était la destinée, et répétaient à qui voulait l'entendre que l'amour résolvait tous les problèmes.

Zach ne croyait pas plus à leurs dires qu'à la malédiction, mais la perspective d'assurer la protection d'une Delaney le mettait légèrement mal à l'aise.

— Elle continue à faire des recherches. Ça lui permet de s'occuper, maintenant qu'elle est en congé maternité. Mais comme le bébé devrait arriver d'un jour à l'autre, je ne suis pas certain qu'elle trouve une réponse à temps. Tu pourras toujours poser la question à la femme.

Zach haussa les épaules.

— De toute façon, c'est sans importance.

Cam gloussa.

— Bien sûr. Tu ne t'inquiètes pas de ce qui pourrait se passer si cette femme était l'une de mes cousines, que j'aurais perdue de vue depuis longtemps ?

— Non, pas du tout. La seule chose qui m'importe, c'est

de progéger Daisy Delaney de son harceleur, en supposant qu'il existe vraiment.

Parce que cette affaire donnerait le ton de ce qu'il voulait proposer dans cette ville. En apparence, l'endroit avait tout d'une ville fantôme. Mais sous les apparences, il pouvait devenir un havre où les victimes pourraient reprendre espoir pendant que les lents rouages de la justice se chargeaient des choses d'un point de vue légal.

S'il croyait aux vocations – et ces temps-ci, il commençait à y croire –, ceci était la sienne. Parce qu'il avait été lui-même l'un des lents rouages de la justice, et qu'il avait échoué à protéger les vies sur lesquelles il veillait. Dorénavant, il allait faire tout son possible pour que les personnes qu'on lui confiait soient en sécurité.

— Il faut que je parte pour l'aéroport, dit-il. Tu vérifieras tout ?

Cam fit un signe d'assentiment et demanda :

— Est-ce que le service de couverture est compris dans le forfait ?

— Ça dépend de toi, patron, répliqua-t-il en souriant et en lui assénant une tape sur l'épaule.

Cam le dévisagea, mais Zach ignora ce regard perspicace et se dirigea vers sa voiture. Il n'avait pas besoin que Cam lui fasse un autre sermon sur la nécessité de ne pas aller plus vite que la musique. Leur société démarrait tout juste, il ne devait pas nourrir d'espoirs trop déraisonnables.

Mais… Zach avait traversé une année éprouvante. Son frère avait été interné en hôpital psychatrique, et la sœur qu'il avait perdue de vue depuis longtemps avait pardonné à l'homme qui l'avait kidnappée et avait tué leur père. Il avait été viré du FBI – ce qui lui interdisait tout espoir de jamais refaire partie des forces de l'ordre. Et ensuite, il avait essayé d'aider l'un de ses cousins à déjouer les manigances d'un harceleur-assassin, et avait été blessé pendant l'opération.

Par certains côtés, ces difficultés lui avaient apporté tout ce qu'il avait toujours voulu : sa sœur était revenue dans sa vie, il avait trouvé un travail qui ne semblait pas vider son âme de toute essence, et il avait enfin pu tourner la page du meurtre de son père.

Et maintenant, il y avait ce projet : la Ville Fantôme. Il était incapable de réfréner son enthousiasme, son excitation. Tout dans sa vie s'était enfin mis en place. Tout lui semblait juste.

Il allait enfin pouvoir laisser le passé derrière lui et aller de l'avant, grâce à Daisy Delaney.

Il quitta les petites routes désertes du Wyoming pour s'engager sur la nationale et arriva enfin à l'aéroport de Dubois, quelques minutes avant l'heure où devait arriver sa cliente.

Il se gara et entra dans le petit terminal. Ses nerfs grésillaient sous le coup de l'excitation qui le gagnait toujours quand il commençait une nouvelle mission.

Avec l'aide de son ancien copain du FBI, il avait organisé les correspondances, et il savait sous quel déguisement avait voyagé Daisy Delaney. Mais il se demandait si une perruque et des lunettes noires auraient suffi pour que personne ne la reconnaisse, célèbre comme elle l'était.

Zach aimait la musique country, comme tout le monde. Aussi connaissait-il Daisy Delaney. Sa réputation avait fini par éclipser celle de son père, grâce à ses chansons qui parlaient sans détour d'alcool, d'infidélité et de vengeance. Les amateurs de country qui n'adoraient pas l'écouter adoraient la critiquer.

Bien sûr, depuis qu'elle avait divorcé d'avec Jordan Jones, l'enfant chéri de l'Amérique, les voix désapprobatrices s'étaient faites plus nombreuses. Zach n'avait pas suivi toute l'histoire, mais il s'était renseigné sur le sujet après avoir accepté la mission. Daisy avait été descendue en flammes par la presse, même après que son harceleur avait commencé à s'en prendre à elle – d'ailleurs, beaucoup pensaient qu'il ne s'agissait que d'une mise en scène par laquelle elle cherchait à s'attirer la sympathie du public.

Eh bien, si c'était ce qu'elle avait voulu faire, elle avait échoué.

Mais Zach ne pouvait pas écarter cette possibilité. Même s'il y avait eu un mort, malheureusement – son garde du corps –, il pouvait s'agir d'une mise en scène. Avec les gens riches et célèbres, tout était possible.

Cependant, il refusait de se laisser influencer. Il allait tirer ses propres conclusions sur Daisy Delaney et les agissements de son harceleur, qu'il soit imaginaire ou non.

Il regarda les passagers passer sous les portiques de sécurité. On lui avait dit de rechercher une femme aux cheveux et aux habits noirs, qui porterait un sac rouge et des bottes de cow-boy violettes. Il la repéra immédiatement.

Il fut frappé de voir combien elle était petite. Elle n'avait pas du tout l'air du genre de femme qui peut mettre le feu à la maison de son homme si son regard s'attarde un peu trop sur une autre femme, mais les apparences étaient parfois trompeuses. Il avait assez souvent travaillé sous couverture pour le savoir.

Il rajusta son chapeau et fit le signe de reconnaissance qui avait été convenu. Elle hocha la tête, se dirigea vers lui et lui tendit la main.

— Vous devez être monsieur Hughes.

C'était le nom d'emprunt que Jaime avait choisi. Il la détailla du regard : ses yeux étaient masqués par de grandes lunettes de soleil, et sa crinière noire dissimulait l'essentiel de son visage. Il ne savait pas ce qu'elle ressentait, mais elle n'en laissait rien paraître. C'était parfait. Si elle était nerveuse, mieux valait que cela ne se voie pas.

Il serra la main qu'elle lui tendait.

— Et vous êtes sans doute Mlle Bravo.

Encore un nom d'emprunt. Bientôt, ils n'en auraient plus besoin.

Il fit un signe de la tête vers le sac de voyage qu'elle portait à l'épaule.

— D'autres bagages ? demanda-t-il.

Elle secoua la tête.

— Suivez-moi.

Elle dévisagea toutes les personnes qu'ils croisèrent en sortant de l'aéroport, mais ses épaules demeurèrent souples, sa démarche détendue. Elle marchait à sa hauteur, sans agitation ni précipitation. Si elle craignait pour sa vie, elle le dissimulait à merveille.

Il lui ouvrit la portière de la voiture et elle s'installa sur le siège. La perspective de monter en voiture avec un étranger ne semblait pas l'inquiéter. Zach fronça les sourcils. Mais quand il eut contourné la voiture pour s'installer au volant, il avait masqué son étonnement sous une expression parfaitement neutre.

— Nous avons environ une demi-heure de route.

Il démarra et sortit du parking de l'aéroport.

— Vous pouvez enlever votre perruque, maintenant, suggéra-t-il. Mettez-vous à l'aise.

— Je préfère attendre.

Il acquiesça sans insister. L'affaire s'annonçait difficile. Si quelques indices trahissaient de temps à autre sa nervosité, sa cliente était dans l'ensemble très calme. Cependant, elle était prudente. Autrement dit, elle prenait la menace qui pesait sur elle au sérieux.

Ils continuèrent à rouler en silence à travers les vastes étendues du Wyoming. Zach la regardait du coin de l'œil de temps à autre, mais il avait toujours autant de mal à deviner ce qu'elle pouvait bien penser. Il ne la sentait pas impressionnée, mais il ne s'était pas attendu à ce qu'elle le soit. Elle devait préférer les lumières et les paillettes de la ville, ou le rythme lent et confortable de la vie du Sud, à laquelle elle devait être habituée.

Autant de choses que le Wyoming ne pouvait pas lui

offrir mais ici, elle trouverait la sécurité. Il descendit la grand-rue qui traversait ce qui était devenu son domaine, cette ville fantôme que Cam et lui avaient purement et simplement achetée.

Un jour, toutes les bâtisses de cette ville seraient autant de refuges. Peut-être même qu'elles constitueraient une ville parfaitement autonome, sous leur apparence d'abandon et de délabrement. Mais pour le moment, seule la maison principale avait été rénovée.

Il arrêta la voiture devant l'immense bâtisse, qui avait été construite plus d'un siècle plus tôt par un cadre des chemins de fer. Avec ses vitres cassées, son bois délavé et sa peinture qui s'écaillait, elle avait un petit air de maison hantée sur le point de s'effondrer.

Ce qui ne manquait jamais de le faire sourire.

— Voilà, nous y sommes.

Pour la première fois, le visage de sa cliente trahit ses sentiments : elle était tout simplement horrifiée. Il dut reconnaître qu'il en retira un certain plaisir.

— Ne vous fiez pas aux apparences : elle n'est pas si délabrée que ça. Je vous le promets.

Elle se tourna vers lui et le dévisagea longuement.

— Est-ce que vous pouvez me montrer une pièce d'identité ? demanda-t-elle enfin.

Il sortit son portefeuille de sa poche et le lui tendit.

— Allez-y.

Il ouvrit la portière et descendit de voiture.

— Quand vous serez prête, je vous ferai visiter l'endroit où nous allons passer ces prochains jours.

2

Daisy n'avait qu'une envie : appeler son frère pour lui demander s'il était devenu fou, puis appeler Jaime pour lui demander s'il était certain que ce type était sain d'esprit. Et enfin, appeler quelqu'un, n'importe qui, qui pourrait venir la chercher pour la ramener chez elle.

Cependant, dans le portefeuille que l'homme lui avait tendu avec désinvolture, elle avait trouvé son permis de conduire. Le nom qui y figurait était bien celui que Jaime lui avait donné, et la photo était bien celle de l'homme qui l'attendait, debout devant une bâtisse qui n'aurait pas détonné dans un film d'horreur. Elle avait aussi trouvé plusieurs permis de port d'armes et diverses attestations.

Quand Vaughn lui avait dit que le lieu où elle allait être emmenée était encore plus isolé que leur vieux chalet des Guadalupe Mountains, elle avait pensé que c'était impossible.

Elle s'était trompée. C'était possible – et terrifiant.

Elle referma le portefeuille et contempla l'immense bâtisse délabrée. Si le harceleur qui s'était lancé à ses trousses ne finissait pas par la tuer, elle allait mourir quand cette ruine s'écroulerait sur elle.

En plus, elle était certainement infestée de rats, et de Dieu sait quelles autres vermines.

Elle se sentait incapable de descendre de cette voiture, où elle se sentait en sécurité. Pourtant, l'homme dont on lui avait promis qu'il saurait la garder à l'abri de tout danger en était descendu et contemplait la bâtisse, un sourire aux lèvres.

Il ne pouvait pas être sain d'esprit. C'était impossible. Elle se retrouvait coincée au fin fond du Wyoming avec un déséquilibré pour toute compagnie.

Mais comme elle savait que Vaughn n'aurait jamais pris un tel risque, elle prit sur elle et descendit de voiture. Elle passa la bandoulière de son sac de voyage sur son épaule en essayant de ne pas trop regretter de ne pas avoir pu emporter sa guitare. Elle n'était pas venue ici pour écrire de la musique mais, littéralement, pour sauver sa peau.

Elle rejoignit Zach. Elle se méfiait toujours autant de lui, mais elle faisait confiance à son frère. Elle leva les yeux vers la maison comme il le faisait, mais avec beaucoup moins de ravissement que lui.

— Je sais que cette maison est plutôt rébarbative, vue de l'extérieur, mais c'est un peu le but.

— Le but ? demanda-t-elle en remarquant une planche qui pendait d'un unique clou tordu.

— De l'extérieur, n'importe qui penserait que personne n'a vécu ici depuis des décennies.

— Dites plutôt des siècles, marmonna-t-elle.

Il lui fit signe d'avancer, et elle le suivit sur l'allée aux dalles de pierre fendues et inégales qui menait à la porte d'entrée.

— Faites attention au trou, dit-il gaiement en montrant le trou béant dans les planches du porche.

Il glissa une clé dans la serrure et poussa la porte gondolée, qui s'ouvrit avec un grincement.

— Même si quelqu'un s'approche un peu trop, il ne verra qu'une vieille bâtisse qui tombe en ruine.

C'était tout ce qu'elle voyait, elle aussi. Cependant, en examinant un peu plus attentivement les lieux, elle remarqua quelques détails surprenants. Oui, cette maison semblait être dans un stade de délabrement avancé, avec son papier peint décollé et ses planchers gondolés, jonchés de gravats. Mais elle ne voyait ni poussière ni toiles d'araignée. Quant à l'odeur qui flottait dans l'air… ce n'était pas le relent de moisi auquel elle s'était attendue, mais une légère odeur de peinture.

Zach traversa le sol inégal jusqu'à une autre porte, qu'il déverrouilla et ouvrit. Quand il alluma la lumière, elle resta bouche bée.

Elle se trouvait dans une pièce magnifique, entièrement meublée et d'une propreté impeccable. La pièce était dépourvue de fenêtres mais, grâce à la lumière qui se réverbérait sur les murs de couleur claire, elle ne semblait ni froide, ni confinée.

— Voici la salle commune, dit-il.

Peut-être qu'il n'était pas aussi fou qu'elle le pensait, après tout.

— Là-bas, derrière le salon, il y a le coin cuisine, poursuivit-il. Vous êtes libre de l'utiliser autant qu'il vous plaira. Une fois que nous serons certains que personne ne vous a suivie jusqu'ici, vous pourrez sortir plus librement. Mais pour le moment, vous devez rester à l'intérieur.

Elle ne put qu'acquiescer, abasourdie. Est-ce que tout ceci était réel ? C'était peut-être elle qui était devenue folle. La tragédie qu'elle venait de vivre l'avait tellement traumatisée qu'elle avait perdu tout contact avec la réalité…

Mais quand Zach verrouilla la porte derrière eux, elle fut brusquement ramenée à la réalité : oui, elle se trouvait bien dans une étrange ville fantôme, avec un parfait inconnu.

Il avança vers deux portes et déverrouilla celle de droite.

— Votre chambre et votre salle de bains sont là, dit-il.

— Et qu'y a-t-il ici ? demanda-t-elle en montrant l'autre porte du doigt.

— C'est là que je dormirai.

— Vous… Très bien.

Il allait donc occuper la chambre juste à côté de la sienne. Ce parfait étranger, qui avait été engagé pour assurer sa protection, mais que ni elle ni Vaughn n'avaient jamais rencontré. Jaime le connaissait, mais il ne l'avait pas revu depuis l'époque où ils avaient suivi ensemble une formation pour rejoindre les rangs du FBI. Comment pouvaient-ils tous lui accorder une telle confiance ?

Il lui tendit la clé avec laquelle il venait d'ouvrir la porte de sa chambre et dit :

— Voici votre clé. Je n'ai pas de double. Comme les portes extérieures sont toujours verrouillées, vous pouvez décider de fermer la vôtre à clé quand vous le souhaiterez.

Elle savait qu'il cherchait à la mettre à l'aise, mais elle ne pouvait penser qu'à une chose : avec ou sans clé, n'importe qui pourrait pénétrer dans cette chambre – lui, ou quelqu'un d'autre.

Toute personne suffisamment décidée à vous atteindre trouvait toujours un moyen de parvenir à ses fins.

Il la dévisagea longuement avant de l'inviter à entrer, d'un geste de la main.

— Vous pouvez vous installer. Faites comme chez vous. Reposez-vous, si vous en avez besoin.

— Est-ce que cela se voit tant que ça ?

— Vous venez de vivre une véritable épreuve. Prenez tout le temps qu'il faudra pour vous familiariser avec cet endroit. De mon côté, je vais vérifier une nouvelle fois que personne ne vous a suivie depuis Austin. Si vous avez besoin de moi…

Il avança vers le mur et lui fit signe de le rejoindre. Hésitante, elle obéit, son sac toujours à l'épaule. Il tapota un endroit, sur le papier peint.

— Vous voyez cette fleur ? Celle dont les pétales sont du même vert que la tige, alors que ceux de toutes les autres fleurs sont bleus ?

Elle hocha la tête, méfiante.

Il pressa la fleur en question et un petit panneau jaillit du mur, démasquant un haut-parleur sous lequel il y avait un interrupteur.

— C'est un interphone, tout simplement. Si vous avez besoin de quoi que ce soit, n'hésitez pas à me prévenir. En fonction de ce que vous désirerez, je pourrai aussi bien venir que vous répondre.

Il appuya sur le panneau qui se referma avec un déclic, redevenant parfaitement invisible. Comment diable sa vie avait-elle pu devenir aussi… aussi digne d'un film d'espionnage ?

— Vous avez pensé à tout, n'est-ce pas ?

Un bref sourire illumina son visage, et un mélange de fierté et de tendresse traversa ses traits qui étaient restés jusqu'ici vides de toute expression. Quand elle découvrit ce petit aperçu de sa personnalité, la seule pensée qui occupa son esprit pendant quelques instants fut : *Bon sang, mais cet homme est séduisant !*

— C'est pour ça qu'on me paie.

Son masque neutre se remit aussitôt en place et l'étincelle qui avait illuminé ses yeux bleus s'éteignit. Il avait de nouveau tout du flic – ou plutôt, de l'agent du FBI mais, pour elle, c'était du pareil au même. Elle n'accordait pas autant d'importance que son frère à la nécessité de faire respecter la loi et l'ordre mais, dans sa situation actuelle, elle était ravie d'en bénéficier.

Elle étudia la pièce dans laquelle elle se trouvait. De jolis tapis bleus parsemaient un plancher bien ciré. Les murs étaient tendus d'un papier peint au motif floral, et la décoration était féminine et romantique. Les meubles étaient un peu éraflés, comme s'ils étaient anciens, mais parfaitement cirés. Quant au jeté de lit, il n'aurait pas détonné dans la chambre d'une jolie ferme, aux fenêtres agrémentées de rideaux en dentelle ondoyants.

L'atmosphère qui régnait dans cette pièce était apaisante, réconfortante. Si elle avait été dans un meilleur état d'esprit, elle aurait pu oublier l'aspect extérieur de la maison, les verrous, l'interphone et l'absence de fenêtres. Mais comment aurait-elle pu oublier que Tom, l'homme qui avait été engagé pour la protéger, était mort ?

— Installez-vous, mademoiselle Delaney. Vous êtes en sécurité, ici. Je vous le promets.

Elle posa doucement son sac de voyage sur le plancher luisant et marcha jusqu'au lit d'un pas lourd. Elle s'assit sur le joli jeté de lit et répondit :

— Je ne suis en sécurité nulle part, monsieur Simmons.

Il ouvrit la bouche pour protester, mais elle n'était pas d'humeur à discuter.

— Mais je me sens suffisamment en sécurité pour faire une bonne sieste, poursuivit-elle avec un geste vers la porte. Si vous voulez bien m'excuser…

Il haussa un sourcil, comme s'il était contrarié par son ton majestueux et la façon dont elle le congédiait, mais elle était trop fatiguée pour s'en soucier.

Il sortit de la pièce et referma la porte derrière lui.

Dès qu'elle fut seule, Daisy ôta sa perruque, s'allongea sur le lit et se laissa engloutir par le sommeil.

Zach passa l'après-midi à relire tous les renseignements dont il disposait au sujet du harceleur de Daisy – tant ceux qu'on lui avait communiqués que ceux qu'il avait rassemblés lui-même avant son arrivée.

Le meurtre de son garde du corps, perpétré alors qu'elle était sur scène, était sans doute le moment charnière. Jusque-là, personne n'avait vraiment enquêté sur les événements – sauf le détective privé que son frère avait engagé.

Zach appréciait que le ranger Cooper ait consenti à lui transmettre les rapports très détaillés fournis par ce détective. Il savait combien on pouvait se sentir impuissant quand on essayait de protéger l'un de ses proches, et lui était reconnaissant de lui avoir fourni de bonne grâce tous les renseignements dont il disposait.

Cependant, certains détails avaient été omis – ou, sans être omis, n'avaient pas été traités avec toute l'attention nécessaire. Si Zach avait fait un aussi bon travail au sein du FBI, c'était en partie grâce à sa faculté de trouver des pistes et de les connecter afin de parvenir à définir les schémas qui dictaient les actions des suspects, faculté que ses collègues n'avaient pas.

Avant que son frère se retrouve mêlé à une affaire sur laquelle il travaillait et qu'il se délivre de tous ses scrupules pour le protéger, sa carrière avait été exemplaire. Et c'était pour cela que sa séparation d'avec le FBI avait été moins douloureuse et retentissante qu'elle aurait pu l'être.

Il fit jouer ses épaules pour se délivrer de la tension qui l'habitait. Cette histoire le taraudait toujours, et cela ne lui plaisait pas. Parce que même s'il avait pu remonter le temps, il aurait agi exactement de la même façon, à quelques détails près.

La porte de la chambre de Daisy s'ouvrit, et elle sortit d'un pas hésitant. Elle avait enfin ôté sa lourde perruque noire, et ses cheveux blonds et plats étaient rassemblés en queue-de-cheval. Son visage semblait différent, mais il ne la connaissait pas encore assez bien pour dire ce qui avait changé. Si on lui avait posé la question, il aurait répondu qu'elle avait retouché son maquillage.

Elle avait troqué son élégante tenue noire contre un long T-shirt ample, d'un bleu qui évoquait le ciel par un après-mdi d'été, et des leggings noirs. Ses pieds étaient protégés par d'épaisses chaussettes violet vif.

Elle semblait n'avoir fait que dormir depuis qu'ils étaient arrivés, cinq heures plus tôt – à moins que la magie du maquillage ait suffi à atténuer la pâleur de sa peau et à estomper ses cernes.

— Il y a quelque chose à manger ici ?

Il se leva et se dirigea vers le coin cuisine.

— Les placards sont pleins. Faites comme chez vous.

Dites-moi seulement ce que vous voulez faire, et je vous montrerai où se trouve ce dont vous aurez besoin et comment faire marcher les appareils.

— Du café, dit-elle. Non… oubliez ce que je viens de dire. Je ne supporte pas très bien le café, depuis quelque temps.

Elle soupira. Si son épuisement ne se lisait plus sur son visage, il s'entendait encore dans sa voix.

— Que diriez-vous d'un chocolat chaud et d'un beignet ? proposa-t-il.

Un petit sourire arqua ses lèvres.

— Il y a là-dedans assez de sucre pour tuer un cheval.

— Petite joueuse, répliqua-t-il.

Elle soupira.

— Mais c'est une bonne idée. Après tout, je suis coincée ici pour échapper à un psychopathe qui n'hésite pas à tuer les gens qui me protègent. Compter les calories devrait être le cadet de mes soucis.

— Je pense que vous survivrez.

Elle leva les yeux au ciel.

— Vous n'avez jamais lu les commentaires laissés par certaines personnes sous des photos de femmes sur Internet, n'est-ce pas ? Enfin…

Elle désigna la cuisine d'un geste de la main.

— Je vous suis.

— Asseyez-vous, dit-il. Je m'occupe de tout. Je vous montrerai demain comment est agencée la cuisine. Aujourd'hui, vous êtes en permission.

— Merci beaucoup.

Elle s'assit sans protester, toucha sa pile de notes du bout du doigt et remarqua :

— Ça fait beaucoup de paperasse pour une simple mission de protection.

— Toute enquête génère de la paperasse, répondit-il en mélangeant du lait et du chocolat en poudre.

— Je pensais qu'on vous avait seulement engagé pour me protéger le temps que Vaughn et la police résolvent l'affaire.

Il mit la tasse dans le four micro-ondes caché dans un placard et posa un beignet sur une assiette.

— Je pourrais me contenter de vous protéger, en effet, mais ce n'est pas pour cela que CD Corp a été créée.

— CD Corp ? répéta-t-elle. On dirait le nom d'un gang de bande dessinée. Et un nom assez nul, en plus.

— Nous voulions que le nom de notre société soit neutre et sans éclat.

Il posa l'assiette devant elle et lui sourit.

— Mission accomplie.

— Quant à cette mission-là, répliqua-t-il en tapotant les papiers, elle consiste à assurer votre sécurité tout en comprenant la nature de la menace qui pèse sur vous.

Il ne remarqua ni la petite fossette qui se creusait dans sa joue quand elle souriait, ni ses yeux bleus qui lui rappelaient le ciel d'été.

— Tout ce qui pourra m'aider à cerner la menace ou à définir le schéma qui dicte les actes de votre harceleur me permettra de mieux vous protéger.

— Est-ce que je peux vous aider ?

Il se détourna pour attraper la tasse de chocolat dans le micro-ondes et se libérer de l'attirance étrange et parfaitement déplacée qu'elle lui inspirait. Ce fut d'une voix parfaitement neutre qu'il répondit :

— J'y compte bien.

Il remua le chocolat et posa la tasse devant elle avant de s'asseoir devant son ordinateur.

— Avez-vous remarqué le schéma selon lequel se déroulent tous les incidents ? demanda-t-il en épiant sa réaction.

Maintenant qu'elle avait dormi, elle semblait moins froide et détachée que pendant le trajet en voiture – et plus maîtresse d'elle-même que quand il lui avait montré sa chambre. Ce n'était que quand ils avaient traversé la maison sécurisée que sa méfiance, sa peur et son épuisement s'étaient enfin lus sur son visage.

Toutes ces émotions n'avaient pas encore complètement disparu, mais elle semblait mieux les contrôler. C'était sans doute normal : les chanteurs, puisqu'ils se produisaient en public, devaient avoir un certain don pour la comédie. Daisy était bonne comédienne, mais elle n'avait pu empêcher son calme apparent de se fissurer quand il lui avait assuré qu'elle était en sécurité.

Elle avait colmaté ces fissures, mais son regard était toujours hanté par un mélange de méfiance et de fatigue – de cette fatigue qui n'avait rien à voir avec un manque de sommeil.

— Quand vous parlez de schéma, vous voulez dire que tous les incidents se sont produits au moment où j'étais sur scène ? Mon frère me l'a fait remarquer, lui aussi. Je lui ai répondu que cela ne signifie qu'une chose : cette personne guette les moments où elle sait exactement où je vais être, et pendant combien de temps.

— Bien sûr, répondit-il. Mais je pensais aussi au lien entre les incidents et vos chansons.

Elle fronça les sourcils et prit une gorgée de chocolat.

— Tous les incidents, reprit-il, y compris le meurtre de votre garde du corps, se sont produits quelques semaines après que l'une de vos nouvelles chansons a commencé à passer sur les radios. J'ai dressé une liste des titres.

— Laissez-moi deviner… Ce sont toutes des chansons qui parlent d'alcool, d'infidélité et de promesses non tenues ?

— Non. Je n'ai rien trouvé qui puisse permettre d'établir un lien avec leur sujet.

Mais il allait quand-même examiner cette possibilité.

— Pour le moment, j'ai remarqué que tous les incidents se produisent quand une chanson que vous avez composée vous-même a du succès.

Elle reposa le beignet qu'elle avait porté à ses lèvres sans mordre dedans.

— Ça n'a pas de sens.

— Pas encore, répondit-il. Mais en creusant, nous en trouverons peut-être un.

— Comment avez-vous…

Il haussa les épaules.

— Je suis plutôt bon pour repérer les schémas suivis par les malfaiteurs.

— Seulement bon, ou carrément génial ?

Il ne put s'empêcher de lui sourire. Grâce à la formation qu'il avait suivie au sein du FBI, il avait appris à endosser toutes sortes de rôles et à se dissimuler sous un million de masques différents. Mais ce travail et l'univers ultra-sécurisé qu'il avait créé ici lui tenaient tellement à cœur qu'il avait bien du mal à continuer à jouer un rôle.

— Disons génial, mais je préfère que cela ne s'ébruite pas.

Elle éclata de rire et, pendant un bref instant, une lueur d'amusement chassa l'inquiétude qui voilait son regard. Il aurait aimé qu'il en soit toujours ainsi, qu'elle puisse se sentir suffisamment en sécurité ici pour rire et se détendre.

Uniquement parce que c'était son travail, son devoir, ce qu'il savait faire. Certainement pas à cause de ce que lui faisait ressentir la femme qu'on avait placée sous sa protection.

Il baissa les yeux vers son ordinateur en fronçant les sourcils, agacé par l'émotion déplacée qui l'avait traversé. C'était à cause des émotions qu'il avait été renvoyé du FBI. Il ne regrettait rien de ce qu'il avait fait, mais il savait combien il était difficile de ne pas se laisser détourner du droit chemin quand les émotions entraient dans la danse.

— Je pense que nous pouvons écarter la piste de l'admirateur déséquilibré, reprit-il. Les motivations de notre coupable sont plus personnelles.

— Pourtant, beaucoup de fans établissent un lien personnel avec l'artiste qu'ils admirent, remarqua Daisy. Ils pensent le connaître à travers sa musique. Que j'écrive mes chansons moi-même ou non, cela ne fait aucune différence pour mes fans.

— Mais cela en fait une pour une personne au moins, répliqua Zach. Sinon, les incidents ne se produiraient pas exclusivement au moment où sort une chanson que vous avez écrite vous-même.

Elle n'avait pas touché à son beignet et bu seulement quelques gorgées de chocolat. Elle se leva et se mit à faire les cent pas. Il attendit. Elle sembla enfin comprendre qu'il n'allait rien dire de plus et se tourna vivement vers lui.

— Écoutez… je ne sais pas comment je vais y arriver.

— Arriver à quoi ?

— À rester cachée ici, tapie dans cette maison, et…

Elle poussa violemment la chaise qu'elle avait occupée avant de passer les mains dans ses cheveux. Elle tremblait.

— À cause de moi, un homme de valeur a été tué. Je ne peux pas supporter d'y penser.

Malgré sa brièveté, cet éclat de douleur pure l'émut un peu trop. Il répondit, avec une brusquerie volontaire :

— C'est vrai, un homme de valeur a été tué. Mais il n'est pas un cas isolé. Beaucoup de gens de valeur meurent en cherchant à faire le bien, parce qu'il y a dans ce monde des forces et des hommes dont les motivations sont loin d'être aussi honorables que les leurs. Votre sentiment de culpabilité est naturel, mais vous allez devoir vous en délivrer.

— Oh ! vraiment ?

— Quand cette affaire sera réglée, vous devriez suivre une thérapie.

— Une thérapie, répéta-t-elle, comme s'il parlait une langue étrangère.

— En gros, le harcèlement s'apparente à une forme personnelle de terrorisme. Il est rare qu'on en ressorte indemne. Pour le moment, notre préoccupation est votre intégrité physique. Mais quand tout sera fini, il ne faudra pas que vous négligiez votre bien-être émotionnel.

— Est-ce que vous passez beaucoup de temps à prendre soin de votre bien-être émotionnel, Zach ?

— Personne n'entre au FBI ni n'en ressort sans une évaluation psychiatrique. Et tous les agents en passent également une avant, et après une mission en infiltration. Croyez-moi : certaines des missions que j'ai accomplies m'ont secoué, assez pour que j'aie besoin d'un suivi psychologique. Parler à quelqu'un de ce que je ressens ne me fait pas peur. Vous ne devriez pas avoir peur de le faire, vous non plus.

— C'est loin de me faire peur.

Il lui suffisait de regarder son visage renfrogné pour en douter, mais cela ne le regardait pas. Sa seule mission était d'assurer sa sécurité. Il n'était pas censé veiller à sa guérison.

— Parlons des personnes qui figurent sur cette liste, dit-il en tournant l'ordinateur vers elle.

Sur l'écran s'affichait une liste de personnes qu'elle avait dressée avec son frère, des personnes dont elle pensait qu'elles pouvaient avoir des raisons de lui en vouloir.

Elle se massa les tempes du bout des doigts.

— C'est Vaughn qui vous a donné ça ?

Il se leva, alla chercher l'aspirine rangée dans le placard, au-dessus de l'évier, et la posa à côté de son coude.

— Votre frère m'a envoyé des copies de tous les documents ayant trait à l'affaire.

Daisy regarda le flacon d'aspirine, les sourcils froncés, puis reposa les yeux sur lui.

— Est-ce que je suis censée vous donner un pourboire ?

— Il est compris dans tarif global du service de protection et d'enquête, mademoiselle Delaney. Au fait, Delaney est un nom de scène, c'est bien ça ?

— Comment ? rétorqua-t-elle avec un sourire narquois. Le dossier que vous avez établi sur moi ne comporte pas tout un chapitre sur mon nom ?

Il secoua la tête. Le lien potentiel entre cette femme et les Delaney n'avait aucune importance – pas plus que le désir que ce sourire narquois avait fait naître dans son ventre. Un désir auquel il ne céderait jamais, au grand jamais.

Tout ce qui importait, c'était ce que Daisy allait lui dire au sujet de cette liste, ainsi que les conclusions qu'il pourrait en tirer et les schémas qu'il pourrait établir. Alors, il ramena la conversation sur l'affaire et fit en sorte qu'elle ne s'en écarte plus.

3

Le sommeil apportait à Daisy un répit bienvenu, la libérant de ses inquiétudes, sauf quand les rêves se produisaient. Ils arrivait qu'ils n'aient pas le moindre sens mais, ces derniers jours, le corps sans vie de Tom y apparaissait toujours.

Elle était en train de rêver qu'elle se promenait dans les montagnes, au coucher du soleil. Tout était calme. Zach était avec elle et lui souriait. Elle aimait son sourire, elle aimait le déchaînement des couleurs du crépuscule dans le ciel. Elle avait envie d'écrire une chanson, hâte de le faire.

Un carnet et un stylo apparurent dans ses mains, mais à peine eut-elle commencé à écrire que les mots se transformèrent pour devenir une image de Tom. Elle trébucha sur quelque chose, baissa les yeux et vit le corps de Tom. Elle tendit le bras vers Zach, implorant son aide. Mais quand elle le regarda, ce n'étaient plus ses yeux qui la fixaient mais ceux, sans vie, de Tom.

Elle se mit à crier, ou à pleurer, ou peut-être les deux, et tressaillit violemment en se sentant tomber. Elle ouvrit vivement les yeux. Son visage était humide et sa respiration tellement rapide qu'elle en avait mal aux poumons.

Elle ne sursauta même pas quand elle vit, devant sa porte, une silhouette qui se découpait dans la lumière allumée dans la pièce voisine. D'instinct, elle avait su que Zach serait là, et sa présence lui sembla parfaitement normale et très rassurante.

Il ne portait qu'un pantalon de jogging, et elle ne put

s'empêcher de remarquer ses bras musclés et ses abdominaux bien dessinés. Cet homme avait un corps parfait – et elle était pratiquement certaine qu'il faisait exprès de s'habiller de sorte que cela ne se voie pas.

Il baissa lentement le revolver qu'il tenait à la main et expliqua :

— Vous avez crié et votre porte n'était pas fermée à clé…

Il leva les yeux vers le plafond et agita la main vers elle.

— Vous voulez peut-être…

Il laissa sa phrase en suspens. Elle était tellement perturbée par le tourbillon de ses émotions et bouleversée par son rêve qu'elle mit une bonne minute avant de s'apercevoir que la bretelle de son débardeur avait glissé de son épaule et qu'elle lui montrait presque ses seins.

Elle aurait dû être gênée, mais elle était surtout fatiguée, épuisée même par cette histoire qui lui pourrissait la vie.

— Désolée, marmonna-t-elle.

Elle rajusta son débardeur et remonta le drap sur son corps.

— Non. Ce n'est pas…

Il se râcla la gorge.

— Vous devriez fermer cette porte à clé.

Il semblait tellement troublé par la vue d'un bout de poitrine qu'elle s'en serait amusée si elle n'avait pas été aussi fatiguée.

— Pour me protéger des fous armés ? demanda-t-elle avec un signe de la tête vers son revolver.

— Simple mesure de précaution, répondit-il fermement.

— Dois-je comprendre que si j'avais crié et que ma porte avait été fermée à clé, vous n'auriez pas déboulé en tirant dans tous les sens ?

— Je n'ai pas tiré un seul coup de feu, riposta-t-il, éludant la question.

Mais elle n'avait pas besoin qu'il y réponde. Elle ne connaissait pas Zach Simmons, elle ne comprenait pas son mode de fonctionnement, mais elle savait qu'il avait une chose en commun avec son frère : il se donnait corps et âme à la mission qu'on lui avait confiée.

Et pour l'heure, la mission de Zach Simmons était de la protéger. Cette pensée aurait pu la réconforter si l'image du visage sans vie de Tom n'avait pas continué à hanter ses pensées.

— Vous voulez boire quelque chose ? demanda-t-il.

Sa voix était toujours aussi neutre, mais l'offre était gentille.

— Oui. Oui, je veux bien.

Il hocha la tête.

— Je vais voir ce que je peux dégotter. Rejoignez-moi dans le séjour.

Elle devina qu'il cherchait à lui faire comprendre qu'elle devait s'habiller plus décemment. Dès qu'il fut ressorti de sa chambre, elle se leva avec un soupir et alla fouiller dans son sac de voyage, dont elle sortit son grand peignoir en éponge jaune vif. Quand elle le portait, elle avait toujours un peu l'impression d'être Toccata, l'oiseau géant de *1, rue Sésame*, ce qui ne manquait jamais de la faire sourire.

Sauf cette nuit… mais elle se sentit quand-même un peu mieux. Quand elle rejoignit Zach, il était en train de verser du whisky dans un verre. Il avait passé un T-shirt d'une coupe différente de celui qu'il portait la veille, et qui dissimulait ces muscles d'une fermeté insoupçonnable. Ce nouveau T-shirt lui allait à merveille, ce qui fit naître en elle un nouvel éclair de désir, d'une intensité surprenante.

Il posa le verre sur la table et, d'un geste, l'invita à s'asseoir. Elle obéit et contempla le liquide ambré avec un brin de suspicion.

— Merci. Est-ce que vous avez quelque chose à mettre dedans ? Les héroïnes de mes chansons boivent peut-être leur whisky sec, mais pas moi. Ça me rend malade.

Il esquissa un sourire avant de hocher la tête et d'aller chercher une cannette de boisson gazeuse dans le réfrigérateur.

— Vous n'avez pas de soda sans sucre ?

— J'en rajouterai sur la liste de courses.

— Et où fait-on ses courses au milieu de nulle part, dans le Wyoming ?

— Même les habitants du Wyoming ont besoin de manger, vous savez. J'ai une assistante qui se chargera des courses. Faites une liste et nous vous fournirons tout ce dont vous avez besoin.

Elle sirota la boisson qu'il avait posée devant elle. Le mélange de sucre et de whisky était d'une familiarité réconfortante au milieu de tout ce… bouleversement.

— Vous ne buvez jamais de whisky ?

Elle lui sourit.

— Toutes mes chansons ne sont pas autobiographiques, mon vieux. Pour tout dire, je préfère la bière, mais ça ne fait pas autant tourner la tête, n'est-ce pas ?

— Non, mais j'aurais cru qu'il était plus facile de trouver des mots qui riment avec « bière » qu'avec « whisky ».

— Les chansons n'ont pas non plus besoin de rimer. Vous vous prenez pour un spécialiste de musique country ? Ou seulement un spécialiste de Daisy Delaney ?

— Je ne me prends pour rien de tout ça. Je me suis seulement renseigné sur votre travail, bien que je l'aie déjà entendu auparavant, bien sûr. Certaines de vos chansons marchent plutôt bien à la radio.

— Plutôt bien, oui. J'ai moins de succès que Jordan Jones, mais c'est le cas de tous les chanteurs. Et surtout des chanteuses.

Cette fois, elle prit une bonne rasade de son whisky soda. Le moment était mal chosi pour s'agacer de la façon dont la carrière de Jordan décollait alors que la sienne semblait stagner. Elle avait des préoccupations bien plus importantes : des cauchemars, des gardes du corps assassinés, des villes fantômes dans le Wyoming.

— La police ne le considère pas comme faisant partie des suspects.

Elle prit une nouvelle gorgée.

— Non, en effet.

— Et vous ?

Elle contempla les bulles qui éclataient à la surface de son verre. Pensait-elle que c'était l'homme qu'elle avait épousé, avec lequel elle avait échangé des promesses d'amour, de fidélité et de loyauté qui la harcelait maintenant ? Que c'était lui qui avait tué la personne qu'on avait chargée de la protéger ?

— Je ne veux pas croire que ce soit lui.

— Mais vous pensez qu'il pourrait être responsable ? insista Zach.

Apparemment, cela ne le dérangeait pas d'appuyer sur une plaie béante.

— J'en doute, répondit-elle. Mais le coupable pourrait bien être l'une des personnes de son entourage. Après que j'ai demandé le divorce, ses proches m'ont joué de sales tours. Ils ont fait courir des rumeurs disant que je l'avais trompé, que je buvais et que mon comportement était imprévisible et incohérent. Je sais ce que vous allez me faire remarquer : mes chansons n'ont pas aidé à faire pencher la balance en ma faveur. C'est quand-même amusant… mon père chantait le même genre de chansons, mais il a toujours été vénéré, même quand il a laissé tomber ma mère. Et moi… aux yeux d'une partie du public, je ne suis qu'une pouffiasse déséquilibrée qui n'a que ce qu'elle mérite.

Le regard de Zach demeura parfaitement inexpressif, dénué de tout jugement. Sans qu'elle sache pourquoi, cela l'agaça. Alors, elle continua à boire et attendit que le picotement de l'alcool réchauffe tout son corps, en espérant qu'il ralentirait un peu le rythme effréné des pensées qui se bousculaient dans son cerveau.

— Je ne veux pas me lancer dans un débat sur le féminisme ou l'égalité entre les sexes, reprit-elle. Je veux rentrer chez moi et dormir dans mon lit sans m'inquiéter pour ma sécurité. Et je veux que Tom soit en vie.

— Je travaille sur l'un de ces points. Je ne peux rien faire pour l'autre, et j'en suis désolé.

Sa voix était vide de toute émotion. Pourtant, cette fois, elle fut réconfortée par son détachement. Elle croyait bien plus à ces paroles que s'il avait cherché à se montrer trop convaincant.

— De quoi avez-vous rêvé ? demanda-t-il.

Il semblait toujours aussi imperturbable. Pourtant… il avait été gêné à la vue de son sein baladeur. On pouvait donc déstabiliser M. l'ancien du FBI. Elle se raccrocha à cette pensée.

— D'une balade, répondit-elle. De vous. De Tom. Un fatras sans queue ni tête, comme souvent chez moi. Mes rêves sont toujours très intenses, et je fais beaucoup de cauchemars quand… quand je me sens mal. Mais ils n'ont jamais été aussi proches de la réalité, ni aussi nombreux.

— Votre vie n'a sans doute jamais été aussi agitée ni effrayante qu'en ce moment.

— C'est vrai.

— Ces cauchemars n'ont rien d'amusant, mais vous devrez vous y faire. Certaines personnes trouvent un répit grâce à la méditation, d'autres grâce à l'alcool, même si je vous déconseille de prendre cette habitude. Faire du sport et se fatiguer peut également vous aider.

— Laissez-moi deviner… votre truc à vous, c'est le sport.

Il haussa les épaules.

— J'ai essayé les trois.

— Est-ce que vous rêviez beaucoup à cause de votre boulot ?

— Oui. Les rêves sont l'expression de notre subconscient. C'est une façon de faire face à tout ce que nous n'affrontons pas quand nous sommes réveillés, parce que nous en sommes incapables, par exemple. Notre cerveau essaie de démêler par lui-même tout ce que nous ne comprenons pas.

— Vous avez beaucoup plus réfléchi que moi au rôle du cerveau.

— La dimension psychologique est primordiale quand on travaille sous couverture. Votre métier, au contraire, fait plus appel au cœur qu'au cerveau.

Il avait cerné un peu trop facilement l'essence de la vocation de toute sa vie – ce qui, sans qu'elle comprenne pourquoi, atténua sa nervosité. Aussi choisit-elle de se concentrer sur la première partie de sa phrase.

— Vous avez travaillé sous couverture ? Fait tomber quelques gros clients ?

Il haussa les épaules.

— Quelques-uns, oui.

— Si vous ne vous en vantez pas, à quoi cela vous a-t-il servi ?

Il réfléchit à cette question avant de délivrer sa réponse avec une conviction totale.

— À obtenir la justice. À être fier d'avoir fait mon travail.

Elle plissa le nez.

— À votre place, j'aurais aimé que les projecteurs soient braqués sur moi.

— C'est sans doute la raison pour laquelle je suis dans la sécurité, et vous dans le spectacle.

— Sans doute, oui.

Elle finit son verre. Elle se sentait plus détendue maintenant, sans savoir si c'était grâce à l'alcool ou à la conversation de Zach. Elle avait l'impression désagréable que les deux avaient joué un rôle, et que Zach en était conscient.

— Je pense que je vais essayer de dormir, maintenant. Je vous remercie pour…

Elle ne savait pas comment décrire ce qu'il avait fait pour elle. Il avait répondu à sa détresse, lui avait proposé un verre, tenu compagnie… Personne ne lui avait offert autant depuis très longtemps.

Enfin… pour être parfaitement franche avec elle-même, elle devait reconnaître que c'était elle qui refusait de recevoir quoi que ce soit depuis très longtemps. Bien avant que le harcèlement commence.

Elle se leva sans finir sa phrase et Zach l'imita en ramassant son verre et sa cannette vides. Elle fut gênée par ce geste, sans savoir pourquoi, mais ne fit rien pour y remédier. Elle marcha vers la porte de sa chambre et l'ouvrit en lui jetant un dernier regard.

Zach regagnait sa chambre, lui aussi. Cet homme enveloppé d'un épais mystère, dont le visage inexpressif dissimulait un cœur d'or.

Il s'arrêta devant sa porte, sans se tourner vers elle. Pourtant, elle était certaine qu'il savait qu'elle le regardait.

— Daisy.

C'était la première fois qu'il prononçait son prénom, ou du moins la première fois qu'il le prononçait comme un être humain s'adressant à un autre être humain. Elle attendit qu'il poursuive, sans comprendre pourquoi elle retenait son souffle.

— Vous avez traversé beaucoup d'épreuves, reprit-il. Vous avez perdu un proche, et vous vous sentez responsable de sa mort. Ensuite, vous avez dû vous exiler, quitter votre vie, tout changer autour de vous. Vous avez peut-être l'habitude d'être en tournée, mais ce que vous vivez en ce moment est très différent. Vous ne pouvez pas évacuer la pression en chantant. Alors, ne soyez pas trop dure avec vous-même.

Sur ces mots, il entra dans sa chambre et referma la porte derrière lui. Elle entendit la clé tourner dans la serrure.

Zach n'avait jamais été un gros dormeur. Mais le lendemain matin, bien qu'il ait dormi pendant quatre heures, comme d'habitude, il se sentait un peu sur les nerfs. Sans doute parce que son sommeil avait été interrompu par les cris de Daisy.

Il avait eu tellement peur qu'il avait failli perdre une année de vie.

Mais d'un autre côté, tous ses derniers doutes s'étaient envolés. Elle était réellement terrifiée par quelqu'un – ou par quelque chose. Mais il allait quand même aborder l'affaire en se basant sur les faits, froids et tangibles. Il ne savait que trop bien ce qui pouvait arriver quand on s'impliquait trop dans une affaire, émotionnellement parlant.

Non, la vulnérabilité ne le laissait pas de marbre. Il pouvait le reconnaître maintenant. Et cette femme hantée par les cauchemars, qui se sentait responsable de la mort de l'homme qui avait été engagé pour la protéger, était vulnérable.

Mais il refusait de penser à la façon dont la bretelle de son débardeur avait glissé de son épaule, parce que cela n'avait rien à voir avec l'affaire.

Il fit quelques séries de pompes et d'abdos avant de passer aux fentes et aux flexions. Il allait devoir passer chez lui pour rapporter quelques affaires, à moins qu'il déménage carrément pour s'installer ici. Puisque son travail était ici, il ne passerait sans doute plus beaucoup de temps à Cheyenne.

Sa chambre avait encore besoin de pas mal d'aménagements. Il s'en occuperait dès que cette affaire serait bouclée, du moins s'il en avait le temps avant qu'on lui en confie une nouvelle. En attendant, il avait un plancher, une salle de bains rudimentaire et un lit. Tout ce dont un homme avait besoin.

Il savait que sa mère s'inquiétait de voir qu'il consacrait autant de temps à son travail. Elle craignait peut-être qu'il connaisse le même sort que son père – un agent de l'ATF, qui avait été assassiné à cause de son travail –, à moins qu'elle ait peur que son existence tout entière soit dédiée à son métier. Mais cela n'avait aucune importance.

Son travail lui plaisait, et le comblait. Et d'ailleurs, il avait des amis, même si ces amis se trouvaient être ses cousins. En retrouvant sa sœur, qu'il avait perdue de vue depuis longtemps, il avait aussi retrouvé la famille de sa mère. Même s'il s'entendait moins bien avec les membres de sa famille qu'avec leurs conjoints respectifs, ils faisaient partie de son entourage proche.

Oui, sa vie était bien remplie.

Et pourtant, assis sur le sol de cette pièce miteuse, en nage après sa brève séance de sport, il s'interrogeait sur la nature de ce qu'il ressentait. C'était une envie étrange de connaître une chose qu'il était incapable de définir, et qu'il n'avait jamais connue avant de retrouver sa sœur. Mais puisque ces retrouvailles avaient coïncidé avec son renvoi du FBI, peut-être que la fin abrupte de sa carrière était la seule responsable de ce qu'il éprouvait.

Encore un détail sans importance. Parce que maintenant, en plus d'aller parfaitement bien, il avait une mission à mener à bien.

Depuis sa chambre, il entendait Daisy s'affairer dans le séjour et devina qu'elle était en train de préparer le petit déjeuner.

Il aurait préféré qu'elle dorme plus longtemps. Aujourd'hui, il avait l'intention de se pencher sur certains aspects de sa vie, mais il craignait d'y renoncer si elle avait l'air trop fatiguée.

À moins qu'il prenne sur lui et se montre impitoyable. Après tout, c'était l'une des bases de son métier. Il savait trop bien ce qu'il risquait s'il était trop gentil pour ne pas s'interdire toute faiblesse.

Il prit une rapide douche froide, s'habilla, attrapa son ordinateur et sortit de sa chambre.

Il trouva Daisy dans le coin cuisine, debout devant la cuisinière, en train de préparer des œufs brouillés. Elle portait un jean moulant et un T-shirt rose fluo orné de sequins qui composaient les mots « Straight Shooter » dans le dos et dessinaient un revolver sur chaque manche. Elle se retourna en l'entendant et lui sourit.

Elle avait attaché ses cheveux, dévoilant des boucles d'oreilles vert vif, en forme de cactus, et s'était maquillée. Ses yeux étaient charbonneux, ses lèvres claires et luisantes.

Elle était aussi primpante que si elle s'apprêtait à monter sur scène. Zach soupçonna qu'elle ne s'était maquillée que pour tenter de dissimuler les traces laissées par une nuit difficile, ce qui allait lui faciliter la tâche. Grâce à ce vernis, il allait pouvoir faire semblant, lui aussi.

— Vous en voulez ? demanda-t-elle en inclinant la poêle vers lui.

— Bien sûr, s'il y en a assez.

Il posa l'ordinateur portable sur la table et la rejoignit pour attraper des assiettes, mais elle le repoussa d'un geste.

— Vous m'avez servie hier, c'est à mon tour. D'ailleurs, j'ai eu tout le temps de me familiariser avec la cuisine. Merci d'avoir fait le café, au fait. Il était vraiment bon.

— J'ai seulement programmé la cafetière, répondit-il.

Comme il ne savait pas trop quoi faire pendant qu'elle s'occupait de préparer le petit déjeuner, il décida d'aller se servir une tasse de café.

Ensuite, pour ne pas rester derrière elle, il alla s'asseoir et ouvrit son ordinateur. Il commença par consulter ses e-mails, au cas où le ranger Cooper lui aurait envoyé d'autres rapports, mais sa boîte mail était vide.

Daisy posa une assiette devant lui et s'assit elle aussi, face à lui.

— Alors, qu'est-ce qu'on fait ? demanda-t-elle. On joue à la dînette jusqu'à ce que la police ait trouvé qui a fait le coup ?

Sa voix était un peu trop gaie, comme si elle cherchait à masquer son anxiété.

— C'est à peu près ça, oui. Nous sommes en train d'établir

une zone protégée à l'extérieur de la maison, mais pour le moment, mieux vaut rester à l'intérieur.

Il pianota sur son ordinateur.

— Cela nous laisse le temps d'essayer de comprendre qui peut vous en vouloir.

Elle plissa le nez.

— Croyez-le ou non, je n'ai aucune envie de passer en revue la liste des personnes qui me détestent assez pour vouloir me faire du mal.

— Je suppose que vous préféreriez de beaucoup rentrer chez vous et retrouver votre famille et votre carrière. Malheureusement, vous n'avez pas vraiment le choix.

Elle fronça les sourcils, mais se mit à manger sans protester. De toute façon, il avait décidé de faire son travail, sans se laisser attendrir par les cauchemars et la fragilité de cette femme.

— Je veux que nous parlions de votre ex.

— Tout le monde veut parler de mon ex, marmonna-t-elle.

— Est-ce que votre divorce a fait les gros titres des journaux ?

Il connaissait déjà la réponse à cette question. Même s'il ne suivait pas l'actualité des vedettes, il avait vu son visage et celui de son ex sur suffisamment de couvertures de magazines aux caisses des magasins où il faisait ses courses.

— Oui. Enfin… la nouvelle a peut-être échappé aux personnes qui ne s'intéressent pas à la musique country, mais c'est en mélangeant différents styles que Jordan a vraiment commencé à se faire un nom. On peut donc dire que mon divorce a fait les gros titres des journaux, oui. Et ils m'ont descendue en flammes.

— Et pourquoi pas lui ? demanda Zach d'un ton désinvolte.

Il prit une bouchée d'œufs brouillés. Ils étaient cuits à la perfection.

— Parce qu'il est parfait ?

— S'il l'était vraiment, vous n'auriez pas voulu divorcer, fit-il remarquer. Et d'ailleurs, personne n'est parfait.

— Et si c'était précisément parce qu'il l'est que j'ai voulu divorcer ?

Il la dévisagea. Elle relevait le menton et une lueur de défi éincelait dans son regard.

— Je n'en crois pas un mot.

Ses épaules s'affaissèrent.

— Nos familles n'y ont pas cru non plus. Pas plus que Jordan lui-même, d'ailleurs. Je ne sais pas comment vous expliquer… Est-ce que nous devons vraiment parler de mon divorce ? Il a été assez médiatisé.

— Oui. C'est nécessaire. Plus je comprends ce dont il retourne, plus il me sera facile de trouver le schéma directeur.

— Et si ce n'est pas lui ?

— En ce cas, le schéma me le dira.

— Les gens ne sont pas des schémas, Zach. Ils ne sont pas nécessairement rationnels ou sains d'esprit.

— Je le sais bien, mais les harceleurs sont méthodiques. Ils n'agissent pas dans un moment de colère ni sur un coup de tête ou une impulsion. Le harcèlement est une forme de terrorisme, parfaitement planifiée. Prenons le meurtre de votre garde du corps : s'il n'y a pas eu de lutte, c'est parce qu'il était planifié. La personne qui vous veut du mal est méthodique. Autrement dit, si je parviens à déterminer sa méthodologie, je peux résoudre cette affaire.

Elle poussa un soupir.

— C'est ce que vous croyez.

— Je fais plus que le croire, rétorqua-t-il. Je le sais.

— Très bien… très bien ! Pourquoi est-ce que j'ai voulu divorcer d'avec Jordan ? Je ne sais pas. C'est compliqué. C'est une question de sentiments, et… Est-ce que vos parents s'aimaient ?

Il ne se laissa pas démonter par le brusque changement de sujet, parce qu'il était décidé à suivre chacune des pistes qui se présenteraient pour voir où elle le mènerait. Il acquiesça et dit :

— Énormément.

— Pas les miens, reprit-elle. À moins qu'ils se soient aimés, mais d'un amour déformé, dénaturé. Un amour qui faisait mal.

Il pensa à son frère, seul dans une unité psychiatrique, toujours sous l'emprise de la force mystérieuse qui s'était emparée de son cerveau.

— L'amour fait souvent mal, répondit-il simplement.

— Est-ce que vous avez quelqu'un à qui vous tenez ?

— Pas sur le plan sentimental.

— De la famille, alors ?

Il acquiesça et elle reprit :

— J'avais toujours pensé que je ne souffrirais jamais d'aimer mon frère – pas comme j'ai souffert d'aimer mon père ou même ma mère. Vaughn a toujours été parfait, il a toujours fait ce qu'il fallait. Il m'a toujours protégée, m'a toujours porté un amour inconditionnel. Mais aujourd'hui, je souffre en me disant qu'il pourrait être en danger à cause de moi.

— C'est un Texas Ranger, lui rappela-t-il.

— Ce n'est pas un gage d'invincibilité. Il a une femme et deux petites filles, et…

Elle déglutit en détournant les yeux.

— Je ne peux pas…

— La meilleure réponse à ce « je ne peux pas » est de résoudre cette affaire. D'examiner les schémas, et de trouver jusqu'à qui ils nous mènent.

— Vous croyez vraiment pouvoir le faire ?

— Oui. Avec votre aide.

Elle fit un signe d'assentiment.

— D'accord. Alors, installez-vous confortablement,

cow-boy. L'histoire de Daisy Delaney et Jordan Jones est une longue histoire.

Il porta la tasse de café à ses lèvres pour essayer de dissimuler son sourire.

— Nous avons tout notre temps, Daisy.

4

— Nous nous sommes rencontrés à une soirée.

La scène était aussi nette dans l'esprit de Daisy que si elle s'était produite la veille. Elle était sortie pour prendre l'air, et il l'avait suivie. Il l'avait complimentée sur sa musique, sans prononcer une seule fois le nom de son père.

À l'époque, elle avait été un peu trop avide de ce genre de compliments. Elle s'était fait un nom, certes, mais uniquement quand ce nom suivait immédiatement celui de son père.

— Et c'était avant que Jordan connaisse le succès ?

Zach était assis face à elle, penché sur son ordinateur comme s'il s'apprêtait à prendre note de tout ce qu'elle allait lui dire. À résumer son mariage tout entier en quelques lignes lapidaires qui lui permettraient comme par magie de définir un *schéma* qui désignerait Jordan comme étant le coupable… ou pas.

— Mon frère a enquêté sur lui, vous savez.

— Je sais, oui. Il m'a transmis toutes les informations qu'il a pu glaner. Mais elles ne concernent que l'aspect… disons public de votre histoire. Je doute que vous lui ayez confié les détails les plus intimes.

Elle éclata de rire.

— Mais vous pensez que je vais les confier à un parfait inconnu ?

Zach souffla. Elle devina qu'elle l'agaçait, bien que les gens qu'elle insupportait expriment d'habitude leur agacement d'une tout autre façon.

Quand il lui répondit, ce fut sur un ton parfaitement calme, neutre et poli.

— Je sais que la question que je vous pose est très personnelle, et je comprends que vous souffriez de devoir analyser un passé qui vous semblait parfaitement normal à l'époque. Je ne minimise pas ce que vous pouvez ressentir, Daisy. J'essaie seulement de comprendre les motivations qui peuvent pousser quelqu'un à vous harceler jusqu'à ce que vous soyez terrorisée, et à assassiner votre garde du corps.

— Pour trouver votre précieux schéma ?

Elle n'avait pas posé la question d'une voix aussi froide qu'elle l'aurait voulu. Sa gorge était bien trop nouée.

— Oui, le précieux schéma qui pourrait vous sauver la vie.

Elle eut soudain envie de poser la tête sur la table et de se mettre à pleurer, mais elle se ressaisit. Il fallait qu'elle garde le contrôle de ses nerfs. Zach ne répéterait rien à personne de ce qu'elle allait lui dire, elle le savait.

— Il était gentil et prévenant, dit-elle. Nous avions beaucoup de choses en commun, bien qu'il ait grandi dans une ferme de Géorgie, au sein d'une famille aisée et prétentieuse, et moi sur la route. La façon dont il parlait de sa carrière, et de la musique en général, faisait vibrer quelque chose en moi. *Il* faisait vibrer quelque chose en moi. Quand il m'a demandé de l'épouser, il m'a dit qu'il savait que ma carrière était ma priorité, et m'a promis qu'elle ne souffrirait pas de notre mariage.

— Vous vous êtes donc mariée par amour ?

— N'est-ce pas la raison pour laquelle on se marie ?

— Je crois que beaucoup de raisons peuvent pousser les gens à se marier. Vous étiez célèbre, vous aviez de l'argent…

— Est-ce que vous suggérez que c'est uniquement pour cela que Jordan m'a épousée ?

— Non, je vous demande si c'est le cas.

— Je ne pense pas, non.

À l'époque où elle avait demandé le divorce, elle ne

pensait pas que Jordan soit insensible et manipulateur. Mais si elle réfléchissait à tout ce qui s'était passé depuis que le divorce avait été prononcé…

— Il a toujours choisi avec le plus grand soin les projets sur lesquels nous devions travailler ensemble, mais il n'a jamais cherché à s'immiscer dans ma carrière. Voilà pourquoi je ne pense pas qu'il ait été intéressé par ma célébrité…

— Mais ?

Il comprenait trop facilement le cheminement de ses pensées, ce qui ne lui plaisait pas du tout. Cet homme était bien trop observateur et, de son côté, elle affichait la moindre de ses émotions. Il fallait qu'elle remette son masque.

— Notre divorce n'a donné lieu à aucune dispute. Nous nous étions déjà éloignés l'un de l'autre. Il se consacrait entièrement à sa tournée et à son nouvel album, j'étais en tournée de mon côté… Il y avait une bonne dose d'amertume entre nous, mais nous n'avons jamais été capables d'en discuter. Quand j'ai dit que nous ferions mieux d'en rester là, il a accepté sans rechigner. Le divorce a été simple et rapide, et les termes ont été… soigneusement planifiés. Par exemple, Jordan a exigé que nous nous partagions les cérémonies de récompenses.

— Hein ?

— Il a choisi les soirées auxquelles il voulait assister en me demandant de ne pas y assister moi aussi. Un peu comme si nous nous partagions la garde d'un enfant. Je ne sais pas… je me souviens du divorce de mes parents. Ils buvaient, se hurlaient dessus, cassaient des assiettes… Ce n'était pas qu'une question de… de paperasse.

— Donc tout s'est fait à l'amiable ?

Daisy hésita. En agissant comme elle l'avait fait après avoir demandé le divorce, elle avait pour ainsi dire tressé la corde pour se pendre. Alors que Jordan avait poliment accepté sa requête et obtenu sans tarder les formulaires nécessaires, il avait fallu qu'elle…

Elle cherchait parfois à se convaincre que seule sa fierté avait été blessée mais en vérité, elle avait été anéantie. Elle n'avait lancé le mot « divorce » que pour susciter une réaction quelconque, pour rallumer l'étincelle qui crépitait entre eux avant leur mariage.

Mais il s'était rangé à son avis. Il avait accepté sa suggestion et demandé qu'ils signent un accord stipulant qu'ils se partageraient les *cérémonies de remise de récompenses* !

Alors, elle avait mal réagi. Très mal, même. Jamais elle n'avait imaginé obtenir ce résultat. Elle avait laissé libre cours à son chagrin, à sa colère et à la douleur d'avoir été trahie, de la façon qui lui était la plus familière : elle avait bu plus que de raison et cassé quelques assiettes.

— Disons qu'il a été conciliant. Bien plus que moi, en tout cas.

— C'est pourtant vous qui avez demandé le divorce.

— Oui.

Elle n'avait aucune envie d'aborder ce sujet avec Zach, mas elle allait sans doute finir par lui fournir toutes les informations qu'il pensait nécessaires à l'établissement de ses précieux schémas. Quel autre moyen avait-elle de sortir saine et sauve de ce cauchemar ?

— Oui, répéta-t-elle, parce que je voulais le faire réagir. Qu'il se batte pour me garder, ou même seulement qu'il soit furieux contre moi… Je voulais une réaction, quelle qu'elle soit – mais je n'en ai eu aucune. Il est resté tellement calme que j'ai commencé à me dire qu'il ne m'avait jamais aimée. Sinon, son amour se serait transformé en amertume. C'est ce que le mien a fait, en tout cas. Maintenant, je pense qu'il a seulement voulu m'utiliser et que quand j'ai mis fin à notre histoire, il a été ravi de passer à autre chose.

Comme si c'était ce qu'il avait toujours eu en tête.

Même si cela faisait un an que le divorce avait été prononcé, le pincement de douleur qui accompagnait cette pensée était difficile à supporter – et impossible à chasser, même si elle cherchait à n'aborder la question que d'un point de vue rationnel.

Cependant, il y avait bien plus grave que l'échec d'un mariage. La mort de son garde du corps, par exemple.

— Jordan pourrait être notre coupable, reprit-elle, mais pas parce que nous avons divorcé. Croyez-moi : grâce à ce divorce, il a eu tout ce qu'il voulait ; et même plus. Il attache bien trop d'importance à sa réputation pour risquer de l'entacher en s'en prenant à moi. D'ailleurs, la presse s'en est chargée pour lui.

— Très bien. Si nous parlions des autres hommes que vous avez eus dans votre vie ?

— Parce que les seules personnes qui peuvent m'en vouloir sont des amoureux transis ?

— Parce que nous allons d'abord envisager les possibilités les plus logiques, rectifia-t-il. Ensuite, nous nous intéresserons à des hypothèses plus irrationnelles, comme celle de l'admirateur déséquilibré. Et…

Il fut interrompu par la sonnerie de son téléphone. Il le sortit de sa poche et consulta l'écran avant de répondre.

— Oui ?

Un changement qu'elle n'aurait su décrire se produisit dans son expression. Comme s'il était en alerte. Quand son visage se durcit, une étrange sensation lui noua le ventre, faite d'un soupçon de peur et d'une once de désir parfaitement incongru.

Mais après tout, elle s'était toujours sentie incongrue.

Il posa des questions comme « Comment ? » et « Description ? » tout en gribouillant au dos de l'une des nombreuses feuilles de papier que contenait son dossier – les réponses, sans doute.

— Regarde ce que tu peux trouver, dit-il avant de raccrocher.

Il griffonna encore quelques mots avant de se lever.

Comme il semblait s'apprêter à quitter la pièce sans un mot d'explication, elle demanda :

— Qu'est-ce que c'était ?

Elle fut écœurée d'entendre sa voix, tremblante, trop aiguë, à moitié hystérique.

— Seulement quelques faits nouveaux. Pas de quoi s'alarmer.

Elle se leva d'un bond et le saisit par le bras avant qu'il ait eu le temps de se replier dans sa chambre. Il haussa un sourcil d'un air condescendant, comme si cela pouvait suffire à la convaincre d'ôter sa main. Mais il la connaissait mal : il n'était pas question qu'elle le relâche avant d'avoir dit ce qu'elle avait à dire.

— Vous voulez que je sois en sécurité ? Alors, il faut que je sache ce qu'il se passe.

— Pas nécessairement, répondit-il d'un ton parfaitement neutre. Savoir ne sert pas à grand-chose. Tout ce qu'il faut, c'est que vous restiez ici. Je reviens.

— Comment ça, « je reviens » ? Vous ne vous attendez quand-même pas à ce que je…

— Je m'attends à ce que vous écoutiez l'homme qui vous protège en ce moment, coupa-t-il. Rendez-moi ce service, d'accord ? Ne versez pas dans le cliché, ne vous comportez pas comme une idiote. Restez ici. Je reviens.

Sur ces mots, il sortit de la maison et verrouilla la porte derrière lui.

Zach savait qu'il s'y était très mal pris avec Daisy, mais il n'avait pas le temps de redresser la barre. Il empocha ses clés, vérifia que son revolver était bien glissé dans l'étui qu'il portait à la hanche, et sortit dans la lumière du jour.

Il prit une grande goulée d'air frais en essayant de ne pas trop culpabiliser à la pensée que Daisy était cloîtrée à l'intérieur depuis près de vingt-quatre heures. Mais c'était pour sa sécurité, et ce que Cam venait de lui annoncer au téléphone le confortait dans sa certitude qu'il ne devait pas relâcher sa vigilance un seul instant.

Aussi ne put-il retenir une grimace quand le pick-up de Cam apparut et avança jusqu'à la cabane qui dissimulait un garage, derrière la grande maison. Comme Hilly occupait le siège passager, il essaya de ne rien laisser paraître de ses pensées, mais la présence de sa sœur compliquait les choses.

Quand elle ne suivait pas les cours de l'école d'infirmières, Hilly leur servait d'assistante. Elle faisait les courses et se chargeait d'une partie de la paperasse.

Une fois le pick-up dans le garage, Cam et Hilly en descendirent. Zach pressa lui-même le bouton qui refermait la porte, et le garage ressembla de nouveau à une cabane sur le point de s'effondrer.

Le visage de Cam était grave, mais Hilly semblait dubitative.

— Je n'arrive toujours pas à croire que cet endroit existe, dit-elle avec un petit frisson. Il est tellement sinistre, vu de l'extérieur !

Zach se fendit d'un petit sourire.

— Et, comme tu le sais, parfaitement habitable à l'intérieur. Alors, qu'est-ce qu'il se passe ?

— Est-ce qu'elle est là-dedans ? demanda Hilly en fronçant les sourcils.

— Oui.

— En ce cas, entrons.

Zach se balança sur les talons avant de répondre :

— Pour le moment, ce n'est pas une bonne idée. Et d'ailleurs, elle n'a pas besoin de tout savoir.

L'expression de Hilly se fit encore plus réprobatrice. Zach faillit reprocher à Cam de l'avoir amenée, mais se ravisa. Cela n'aurait fait qu'ajouter à sa colère.

À vrai dire, il ne comprenait pas du tout la façon dont Hilly exprimait sa colère, d'une façon sournoise, qui atteignait sa cible de toutes sortes de façons très déconcertantes. En la faisant culpabiliser, par exemple. Il n'aimait pas du tout ça.

Elle se tourna vers Cam et remarqua :

— Je croyais que j'étais ici pour voir ce dont Daisy avait besoin.

— C'est le cas, convint Cam. Seulement, je veux discuter de certains points concernant l'affaire avec Zach. Pendant ce temps, tu pourrais aller proposer à Daisy de faire une liste de courses avec elle.

Elle se tourna vers Zach et le dévisagea en faisant la moue. Il ne savait jamais trop comment interpréter cette expression. Le jugeait-elle ? Exprimait-elle sa déception ?

— Je persiste à penser que vous pouvez tout aussi bien discuter à l'intérieur. Vous pouvez vous isoler dans une pièce. À moins que vous me laissiez entrer pendant que vous tenez votre petit palabre dehors.

— Tu ne veux pas savoir ce qu'il se passe ?

— Non, répondit Hilly. Je sais que certaines affaires dont s'occupe Cam exigent un haut niveau de confidentialité. Je le comprends parfaitement, et je n'ai rien à y redire. Alors, pourquoi est-ce que tu ne me laisses pas entrer ?

Zach hocha lentement la tête. Il ne tenait pas spécialement à présenter qui que ce soit à Daisy, mais elle était sans doute lasse d'être enfermée entre quatre murs, avec lui pour toute compagnie. Si elle parlait avec Hilly de ce dont elle avait besoin, elle se sentirait peut-être un peu plus chez elle. Et, pendant ce temps, il pourrait s'enfermer dans sa chambre avec Cam et discuter des derniers rebondissements de l'affaire.

Zach les fit donc entrer dans la maison, en refermant toutes les portes à clé derrière eux. Quand ils arrivèrent dans le séjour, il fronça les sourcils en constatant que Daisy n'y était pas.

Par contre, la porte de sa chambre était grande ouverte. Il avança lentement en portant la main à son arme, sans même réfléchir à son geste.

Quand il fut sur le seuil, il s'arrêta net, saisi par un mélange de surprise et d'irritation.

— Bon sang, qu'est-ce que vous croyez faire ? demanda-t-il sèchement.

Daisy n'eut même pas la décence de sursauter. Assise sur son lit, elle continua à fouiller dans ses affaires.

— On ne peut pas dire que votre chambre regorge de surprises ou de secrets sinistres, Zach. Vous êtes le plus fade des hommes. Le plus…

Elle pencha la tête de côté pour regarder derrière lui et lança :

— Oh. Bonjour !

— Ôtez vos mains de mes affaires.

Elle le regarda en battant des paupières. L'innocence personnifiée.

— Est-ce que vous ne feriez pas la même chose avec moi ? À moins que vous l'ayez déjà fait ?

Elle se leva souplement, avança vers Cam et Hilly et tendit la main.

— Daisy Delaney, dit-elle.

Son sourire effronté devait être du meilleur effet sur scène.

— Bonjour, répondit promptement Hilly en lui serrant la main. Je suis Hilly, la sœur de Zach.

— La sœur de Zach, vraiment ?

Daisy le regarda et haussa un sourcil. Son sourire se fit plus dur.

— Eh bien, Hilly, poursuivit-elle, vous allez peut-être devenir ma nouvelle meilleure amie.

— Si vous comptez sur moi pour vous dévoiler les secrets de Zach, vous allez être déçue. Jusqu'à l'année dernière, je ne savais même pas qu'il existait.

— D'accord. Si vous ne pouvez pas me dévoiler les secrets de Zach, vous pourrez peut-être me dire ce qu'il se passe. Je suppose que vous le savez.

Elle posa les yeux sur Cam et conclut :

— À moins que ce soit vous qui me mettiez au courant.

— Je, heu…

Cam se râcla la gorge. Il semblait étrangement décontenancé et mal à l'aise.

— C'est l'un de vos plus grands fans, chuchota bruyamment Hilly.

— Ce n'est pas vrai, riposta Cam d'une voix étranglée. Enfin, je suis un fan, mais pas… Oh ! zut !

Hilly éclata de rire et s'appuya contre lui. Ils formaient véritablement un tout. Hilly avait beau être la sœur de Zach, elle ne serait jamais aussi proche de lui que de Cam. Une pointe de jalousie malsaine le traversa, dont il ne sut trop quoi penser.

Hilly avait été enlevée et élevée loin de sa famille. Pourquoi l'aurait-il enviée ?

Il eut la réponse à sa question en la regardant mêler ses doigts à ceux de Cam et se mettre à discuter gaiement avec Daisy.

— Hilly, si tu emmenais Daisy dans la cuisine pour prendre sa liste ?

Il se tourna vers Daisy et expliqua :

— Hilly est notre assistante. Elle achètera tout ce dont vous pourrez avoir besoin.

— L'élément féminin se voit signifier son congé, remarqua Hilly avec une douceur teintée d'amertume.

Mais Zach savait qu'elle réprimait un sourire. Elle se tourna vers Daisy sans protester et poursuivit :

— Je suis sûre que certaines choses vous manquent, mademoiselle Delaney. Je vous apporterai tout ce dont vous aurez besoin.

— Appelez-moi Daisy, répondit-elle.

Les deux femmes se dirigèrent vers la porte. Zach savait pertinemment qu'il aurait mieux fait de se taire et d'oublier toute l'affaire, mais Daisy le cherchait vraiment. Quand elle passa devant lui, il marmonna :

— Nous reparlerons plus tard de la façon dont je vous ai prise à fouiller dans mes affaires.

— Ouh… je suis terrifiée, mon chou.

Il se fendit d'un sourire méprisant. Ses manières odieuses commençaient à l'agacer, mais il s'en voulait de ne pas être insensible à ses sarcasmes.

— Donc, tout se passe bien ici, dit Cam quand Daisy et Hilly furent sorties de la chambre.

— Tout se passe très bien. Je veux le compte rendu complet.

— Nous n'avions repéré personne à l'aéroport, mais un homme est passé à l'Épicerie Delaney et a commencé à poser des questions à Jen. Il voulait savoir si elle voyait beaucoup d'étrangers dans sa boutique, ce genre de choses. Elle m'a prévenu aussitôt et j'ai fait quelques recherches sur ce type. Il est arrivé par avion du Texas, mais après Daisy. Pour le moment, nous n'avons établi aucun lien entre lui et l'affaire, mais ce n'est sans doute pas une coïncidence. Quelqu'un a suivi Daisy jusqu'ici.

— Je veux savoir comment.

— Tu ne préférerais pas savoir de qui il s'agit ?

— C'est secondaire. Je doute que notre harceleur soit subitement devenu assez idiot pour croire qu'il peut fouiner dans une petite ville sans faire de vagues. Je parie qu'il ne s'agit que d'un espion ou d'un homme de main. Voilà pourquoi le « comment » est plus important que le « qui ».

— Il a loué une chambre à Fairmont, mais je soupçonne que c'est pour nous emmener sur une fausse piste.

— Est-ce qu'il est au courant que nous existons ?

— Impossible à dire. Pour autant que je sache, il n'a qu'une vague idée de l'endroit où se trouve Daisy. Je suppose qu'il sait qu'elle a été placée sous protection, mais il ne nous a pas repérés, Hilly et moi, et personne ne nous a suivis jusqu'ici.

— Nous avons pourtant pris toutes les précautions possibles.

Pourtant, cela n'avait pas suffi. Une information avait fuité.

— Ce sont des choses qui arrivent, Zach. Maintenant, nous ne devons penser qu'à protéger Daisy. Jen doit me donner ses bandes de vidéosurveillance. Je vais essayer d'identifier l'homme et d'établir un lien entre Daisy et lui. De ton côté, je suis sûr que tu ne penseras qu'à trouver un schéma directeur. Mais le fin mot de l'histoire, c'est que nous la protégerons.

Sauf que… n'avait-il pas déjà échoué ? Elle était peut-être en sécurité pour le moment, mais la menace planait autour d'elle, ici comme dans le Texas.

— Hé, dit Cam. Aucun plan ne se déroule jamais comme prévu, et tu le sais.

Zach fit un signe d'assentiment. Mais ils avaient fait une erreur, et devaient l'identifier avant que ses conséquences s'abattent sur eux.

5

Quand Hilly avait entraîné Daisy vers le séjour, l'air vaguement amusée, Daisy s'était dit que la jeune femme n'allait pas lui plaire. Mais quelques minutes plus tard, elle s'aperçut qu'elle l'aimait bien.

Elle était attendrie par son mélange de gentillesse et de sérieux. Quand Hilly lui avait demandé un autographe pour l'homme qui discutait avec Zach dans sa chambre, son ego avait été flatté – et son esprit s'était empli de la pensée agréable que l'amour n'était pas forcément une chose compliquée. Hilly ne dissimulait pas les sentiments qu'elle avait pour son fiancé, et ne semblait nullement contrariée qu'il se soit montré aussi taciturne avec elle.

Maintenant, Hilly finissait de faire sa liste de courses. Daisy était ravie à l'idée d'avoir de la vraie nourriture dans cette maison.

— Vous ne savez vraiment pas ce que mijotent ces deux hommes des cavernes ? demanda-t-elle en posant un regard excédé sur la porte de la chambre.

Hilly sourit.

— Ce ne sont pas vraiment des hommes des cavernes. Ils sont seulement… sérieux.

Ce qui ne répondait pas à la question.

— Ne vous vexez pas, Hilly, mais l'un d'eux est votre frère et l'autre votre…

Elle laissa sa phrase en suspens et regarda le diamant qui étincelait au doigt de la jeune femme. Elle devait reconnaître que Cam avait plutôt bon goût, pour un homme des cavernes… mais peut-être que c'était Hilly elle-même qui avait choisi la bague.

— … votre fiancé, acheva-t-elle. Vous n'êtes pas une observatrice impartiale.

— Sans doute pas, mais tous deux sont des hommes bien. Ils m'ont aidée à échapper à des personnes qui me voulaient du mal.

— Vraiment ?

— Zach a sauvé beaucoup de gens, ce qui lui a valu quelques blessures. C'est un homme bien. Je peux vous le promettre.

Elle sourit en voyant Zach et Cam ressortir de la chambre, l'air grave.

— Nous en reparlerons un jour, si vous voulez. À moins que vous préfériez demander à Zach de le faire.

— Qu'est-ce que je dois faire ? demanda Zach.

Hilly secoua la tête sans répondre et se leva en glissant la liste dans sa poche.

— Je ferais mieux d'aller faire les courses tout de suite. Je pourrai vous les rapporter avant le dîner.

— Je te contacte dès que j'en sais plus, dit Cam à Zach.

— Tu ne dis pas au revoir à Daisy ? demanda doucement Hilly à son fiancé.

Il la regarda de travers mais se tourna vers Daisy. Avec un sourire et un signe de la tête, il dit, d'un ton raide :

— J'ai été ravi de vous rencontrer, mademoiselle Delaney.

— Appelez-moi Daisy, mon chou.

Cam laissa échapper un petit son qu'elle aurait volontiers qualifié de couinement s'il n'avait pas été aussi grand et large d'épaules. Hilly le poussa vers la porte, et Daisy se retrouva seule avec Zach.

Elle lui lança un regard noir. Elle aurait dû être habituée à ce que des hommes excessivement sérieux prennent sa sécurité un peu trop à cœur, mais cela ne faisait que quelques mois que Vaughn enquêtait sur les incidents qui la visaient. Parce qu'elle passait l'essentiel de son temps en tournée et qu'aucune réelle menace ne planait sur elle, elle était parvenue à le tenir à l'écart de sa vie pendant un moment.

Même si l'ingérence de Vaughn dans sa vie était allée croissant, jamais personne ne s'était autant mêlé de ses affaires que Zach. Et jamais personne ne l'avait autant agacée, et aussi rapidement, que lui.

Mais au final, l'agacement que Zach suscitait en elle était sans importance. L'essentiel était qu'elle ressorte saine et sauve de cette épreuve.

— Je veux savoir ce qu'il se passe, lança-t-elle.

— Et moi, je veux savoir pourquoi vous fouilliez dans mes affaires, riposta-t-il d'une voix vibrante d'exaspération.

Elle avait peut-être tort, mais elle aimait le voir en colère. Elle préférait de loin les moments où il laissait tomber son masque inexpressif et ses façons stoïques que ceux où il lui débitait des réponses insipides. Alors, puisque cela semblait le mettre hors de lui, elle lui sourit et répondit :

— Si vous me montrez vos affaires, je vous montrerai les miennes.

— Quelqu'un vous a suivie, lança-t-il.

Aussitôt, le moment se vida de toute saveur. Elle sentit ses jambes mollir sous elle et s'effondra sur une chaise.

— Quoi ?

— Quelqu'un vous a suivie jusqu'ici, répéta-t-il.

Sa voix était neutre mais ses yeux étincelaient de rage. À qui en voulait-il ? À elle, ou à la personne qui l'avait suivie ? Elle n'était pas certaine de vouloir connaître la réponse.

— Il me faut donc la liste de toutes les personnes qui savaient que vous veniez ici.

— Vous l'avez déjà, répondit-elle en essayant de maîtriser le tremblement de sa voix. Vous, Jaime et mon frère. Et aucun d'entre vous ne figure sur ma liste de suspects.

Quoique… je ne vous connais pas. C'est peut-être vous qui avez vendu la mèche.

— Vous n'avez dit à personne que vous quittiez la ville, ou posté une photo prise à l'aéroport, ou…

La question piqua sa fierté et ranima son indignation.

— Oh ! allez vous faire voir !

— Hé ! riposta-t-il. Si vous avez été suivie jusqu'ici, la menace contre laquelle je dois vous protéger est encore plus grande. J'apprécierais que vous soyez sincère avec moi.

— Vous me traitez de menteuse ?

— J'aimerais que vous vous fourriez quelque chose dans le crâne, si vous en êtes capable : je me fiche de votre fierté. En ce moment, elle est secondaire. Je veux que vous me disiez qui aurait pu savoir que vous quittiez la ville, que vous alliez à l'aéroport, ou quoi que ce soit d'autre. C'est important, parce que quelqu'un vous a suivie jusqu'ici et essaie de vous localiser en ce moment même.

Elle envisagea de le renvoyer sur-le-champ. Mais… elle n'en avait pas vraiment envie, et sa sécurité lui importait plus que son orgueil.

Un peu plus, du moins.

— Je… j'ai bien dit à ma manageuse que j'allais dans le Wyoming, mais…

— De toutes les conneries que…

— Je mettrais ma vie entre ses mains, rétorqua-t-elle avant qu'il ait pu finir sa phrase. J'ai une confiance absolue en Stacy. Ce n'est pas elle.

— Si vous le dites. Donc trois personnes savaient que vous veniez dans le Wyoming : votre frère, un agent du FBI et votre manageuse. Qui a vendu la mèche ?

— Pour ce que j'en sais, c'est peut-être vous, crétin !

— Bien sûr. Je suis un professionnel de la sécurité, mais je suis allé me vanter devant quelqu'un qui vous connaît d'avoir une énorme vedette pour cliente.

— Je ne vous connais pas ! s'exclama-t-elle. Comment est-ce que je peux savoir que vous n'avez rien dit ?

— Mais moi je me connais, et je sais que je n'ai rien dit à personne. Quant à Stacy… Stacy Vine ? C'est votre manageuse, c'est bien ça ?

— Vous ne pouvez pas enquêter sur elle.

— Oh ! si, je peux. Et je vais le faire.

Il était hors de question qu'elle se mette à pleurer. Elle pleurerait plus tard, hors de sa vue, pour ne pas lui donner de raison de la regarder de haut. Mais quand elle parla, sa voix était loin d'être aussi assurée qu'elle l'aurait voulu.

— Vous êtes en train de me demander laquelle de ces trois personnes que j'*aime* peut vouloir ma mort.

À son grand désarroi, le visage de Zach se radoucit un peu. Elle aurait pu le détester s'il n'avait été qu'un idiot autoritaire, mais il lui témoignait trop souvent de l'empathie pour que ce soit aussi simple.

Mon Dieu, comme elle aurait aimé qu'une chose au moins soit simple dans toute cette histoire…

Il déplaça une chaise pour s'asseoir face à elle, tellement près que leurs genoux se touchaient presque. Quand il se pencha en avant, elle eut envie de faire de même. Pour qu'il la touche, la réconforte.

Quelle bonne blague ! Même dans un bon jour, même avec un homme qui l'appréciait vraiment, elle avait trop de jugeote pour faire ce genre d'erreur. Et elle était loin d'être dans un bon jour, et Zach ne l'appréciait vraiment pas.

— La fuite ne s'est pas nécessairement produite de façon aussi directe, dit-il. Stacy aurait pu faire allusion à votre départ devant l'un de ses employés. Ou prendre une note à ce sujet, qui aura été lue par la mauvaise personne. Voilà pourquoi il est essentiel de savoir qui cherche à s'en prendre à vous, Daisy. S'il s'agit de quelqu'un qui a un lien personnel avec vous, il pourrait aussi s'en prendre à ceux que vous connaissez et aimez.

— Combien de façons de me faire souffrir allez-vous encore trouver, Zach ?

Elle leva une main avant qu'il ait pu répondre. Il ne cherchait pas à la faire souffrir, et elle le savait. Il ne faisait que son travail, ne cherchait qu'à la protéger. Ce qui la faisait souffrir ne venait que d'elle.

— Pardon, reprit-elle. Ce n'était pas juste de ma part de vous dire ça.

— Que vous soyez juste avec moi ou non, rien ne m'empêchera de faire mon travail. Soyez injuste, mettez-vous en colère contre moi si vous le voulez, mais dites-moi la vérité. Dites-la-moi toujours. Il n'y a qu'ainsi que nous pourrons vous tirer de ce guêpier.

« Nous », avait-il dit. Comme s'ils formaient une sorte d'équipe. C'était toute l'histoire de sa vie : elle pensait qu'un homme était prêt à tout pour elle – son père, puis Jordan – et finissait par comprendre qu'ils ne se souciaient que d'eux-mêmes. Elle n'était pas certaine de pouvoir supporter une nouvelle déception.

Mais que pouvait-elle faire d'autre ? Si elle se méfiait de lui, si elle lui mentait, où cela la mènerait-il ? Nulle part. De toute sa vie, jamais elle ne s'était retrouvée dans une situation aussi cornélienne – et, bon sang ! elle en avait connu quelques-unes.

— Personne d'autre qu'elle n'est au courant, à part Vaughn et Jaime. Peut-être que Nat – la femme de Vaughn – sait quelque chose, mais Vaughn est tellement conformiste que je doute qu'il lui en ait parlé. S'il l'avait fait, il lui aurait fait jurer de garder le secret, et Nat lui obéirait. Vous pouvez toujours leur poser la question, mais je ne pense pas que la fuite vienne d'eux.

— En ce cas, nous allons enquêter sur votre manageuse.

— Oui, bien sûr. Merveilleux.

Zach soupira avant de poser sa main sur les siennes.

Une main chaude, ferme et forte. Elle voulait sincèrement le haïr, mais il lui compliquait vraiment la tâche.

— Une chose à la fois, d'accord ? Et nous finirons par obtenir ce que nous voulons.

La phrase était d'une banalité affligeante. Mais le pire, c'est qu'elle lui remonta quand-même un peu le moral.

Zach passa l'essentiel de sa journée à enquêter sur la manageuse de Daisy et son entourage en espérant comprendre comment quelqu'un avait pu suivre Daisy jusqu'ici.

Comme la personne qui avait été repérée en ville ne savait pas où Daisy se trouvait précisément, tous les schémas qu'il définissait manquaient de précision. Il avait bien du mal à accepter cette vérité frustrante.

Il passa aussi un temps considérable à vérifier ses mesures de sécurité et à regarder les bandes enregistrées par les caméras de surveillance qu'il avait installées tout autour de la maison. Quand il fut à moitié convaincu d'avoir vu un buisson d'amarante traverser sa grand-rue déserte, il comprit qu'il était grand temps qu'il passe à autre chose.

Mais rien n'y faisait : même s'il n'avait pratiquement aucune interaction avec Daisy, il sentait l'extrême agitation qui émanait d'elle.

Quand Hilly revint avec les courses et quelques renseignements sur les tâches qu'il lui avait demandé d'accomplir, Zach la remercia et la renvoya, bien qu'il voie qu'elle aurait aimé rester pendant un moment pour discuter.

Même s'il se fiait à Hilly et Cam pour repérer un éventuel suiveur, il préférait éviter les allées et venues inutiles. Moins il y en aurait, moins grand serait le risque qu'elles soient remarquées – que ce soit par les mauvaises personnes ou par les habitants du coin, qui auraient pu parler.

Armé de l'objet très spécial qu'il avait chargé Hilly de trouver, Zach approcha de la porte de Daisy. Cela faisait maintenant une heure qu'elle était enfermée dans sa chambre. Il savait qu'elle ne dormait pas, parce qu'il l'entendait remuer.

Quand il frappa à sa porte, il se sentit à la fois sûr de lui et parfaitement idiot. Rien ne l'obligeait à essayer de mettre Daisy à l'aise ou à lui apporter un peu de confort, mais rien ne le lui interdisait non plus.

Elle ouvrit la porte et le gratifia de son sourire narquois et hautain, mais l'éclat méfiant de son regard ne lui échappa pas. Cependant, quand elle remarqua ce qu'il tenait dans ses mains, son visage s'adoucit.

— Une guitare, souffla-t-elle, comme s'il lui apportait le Saint-Graal.

— Il y a un magasin de musique, à Fairmont. Hilly y est passée pour vous l'acheter. Vous êtes sans doute habituée à des instruments de meilleure qualité, mais…

— Est-ce que Hilly a acheté cette guitare de sa propre initiative, ou est-ce que c'est vous qui lui avez demandé de le faire ?

— Est-ce que c'est important ?

Elle inclina la tête et le dévisagea longuement, mais ne répondit pas à sa question. Elle prit la guitare qu'il lui tendait et passa ses doigts sur le bois et les cordes, le corps et le manche.

Comme ce spectacle avait quelque chose d'un peu trop érotique, il battit en retraite dans la cuisine. Il était encore tôt, mais rien ne les empêchait de dîner un peu en avance. Ne serait-ce que pour lui permettre d'échapper à une situation embarrassante.

Mais même depuis la cuisine, il ne pouvait s'empêcher de la regarder caresser l'instrument. Il fallait qu'il trouve quelque chose à dire, ou à faire. Il fallait qu'il éloigne son esprit des contrées où il ne pouvait pas lui permettre de vagabonder.

— J'ai droit à un concert gratuit, c'est ça ?

Elle sourit en tournant la guitare dans ses mains. Ensuite,

elle passa la sangle à son épaule, pinça les cordes et tourna les clés pour accorder l'instrument.

— Rien n'est gratuit en ce bas monde, mon chou.

Elle répéta la même phrase, en la chantant cette fois, sur l'air de l'une des chansons de son père. Il lui suffit de plaquer quelques accords pour se détendre, s'adoucir, se perdre tout entière dans la musique.

Pour employer un qualificatif qu'il n'avait sans doute jamais utilisé de sa vie, le spectacle qu'elle offrait était enchanteur. Cette femme était véritablement fascinante, un peu à la manière d'une fée qui aurait eu un côté sombre, malicieux. Elle passa sans heurt de l'une des chansons à boire de son père à l'une de ses dernières compositions – celle qui avait rencontré un certain succès, juste avant le meurtre de son garde du corps.

Ses traits s'assombrirent sous l'effet de la tristesse, mais il n'y lut aucune peur. Elle passa ensuite à une chanson qu'il ne reconnut qu'après quelques accords : l'un des rares duos qu'elle avait enregistrés avec son père.

Elle s'arrêta net au milieu de la chanson.

— Merde, marmonna-t-elle. Ce vieux salopard me manque.

Parce qu'il comprenait son chagrin, il voulut essayer de la réconforter.

— Mon père n'était pas un salopard, dit-il, mais je sais ce que vous ressentez.

— Il n'est plus là ?

— Il a été assassiné.

— Bon sang ! Vous voulez bien m'en dire plus, Zach ?

Il haussa une épaule et se demanda ce qui le poussait à le faire. Offrir un peu de réconfort était facile, mais raconter toute l'histoire, de son plein gré… Pourtant, elle se déversa de lui, en un flot rapide.

— Les risques du métier. Il était dans l'ATF, il enquêtait

sur un gang… Ça fait longtemps maintenant. Ce sont des choses qui arrivent.

— Elles ne devraient pas arriver.

Il ne comprit pas pourquoi cette simple phrase le touchait autant. Il avait eu beaucoup de temps pour se faire à l'idée que son père était mort, pour accepter tant cette mort que l'injustice de la vie. Il avait enquêté sur le meurtre de son père en s'assurant que cette tragédie ne le consumait pas comme elle avait consumé son frère. Il s'était fait une raison. Il s'en était sorti.

Mais elle disait vrai : ce genre de choses ne devraient pas arriver.

— Est-ce que c'est pour ça que vous faites ce métier ? demanda-t-elle en continuant à pincer les cordes de la guitare.

— Non, mais c'est pour ça que je suis entré au FBI. Et vous ? Je suppose que c'est à cause de votre père que vous être entrée dans le monde musical.

— Oui et non.

Elle plaqua quelques accords en fredonnant.

— Il m'y a poussée, bien sûr. Mais je ne l'ai pas seulement fait pour lui – à cause de lui. Je l'ai aussi fait parce que la musique, les histoires que racontent les chansons… c'est en moi.

Elle le transperça du regard.

— Je dirais qu'il en est de même pour vous. C'est peut-être l'exemple de votre père qui vous a poussé à entrer dans les forces de l'ordre, mais quelque chose en vous était fait pour ce métier.

— Sans blague, marmonna-t-il. Et maintenant, qu'aimeriez-vous manger ce soir ?

— Je vous laisse choisir.

Elle s'assit à la table sans cesser de pincer les cordes de la guitare, comme si les accords la réconfortaient, l'aidaient à se sentir en sécurité.

— Je suppose que vous n'avez rien trouvé sur Stacy.

— Non. Cam travaille de son côté pour identifier la personne qui vous a suivie jusqu'ici. Il doit m'envoyer son rapport ce soir, ainsi qu'une vidéo que je veux que vous regardiez.

— Pourquoi parlez-vous de la personne qui m'a suivie jusqu'ici ?

— Que voulez-vous dire ?

— À vous entendre, la personne qui est ici n'est pas celle qui tire les ficelles.

Son inquiétude était de retour. Elle empoigna le manche de la guitare avec tant de force que ses doigts blanchirent.

Il faillit lui mentir, mais se retint. En lui cachant la vérité, il se serait trop impliqué sur le plan émotionnel.

— C'est une possibilité, répondit-il.

— Donc ils pourraient être deux ?

— Je ne pense pas. À mon avis, l'homme qui est ici a été payé pour vous suivre. Tout s'achète, en ce bas monde.

— Vous croyez qu'il s'agit d'un… d'un tueur à gages ?

— Ou tout simplement d'un homme qui a été chargé de vous retrouver. Ce qui serait pour votre harceleur un excellent moyen de retrouver votre trace sans se faire prendre.

— Autrement dit, même si vous l'attrapez, vous ne pourrez pas établir un lien entre lui et le harceleur ?

— Peut-être que non, et peut-être que si. Pour le moment, nous n'en savons rien.

Elle se frotta la poitrine.

— Je croyais être prête pour affronter tout ce qui m'est inconnu. Vous comprenez, dans l'industrie du disque, on ne sait jamais à l'avance ce qui va marcher ou non. Je croyais que je parviendrais toujours à prendre les choses comme elles viennent, mais je me trompais : si je vous entends dire une fois de plus « nous n'en savons rien », je vais faire une dépression nerveuse.

— Vous vous trouvez dans l'endroit idéal pour faire une dépression nerveuse, plaisanta-t-il. Un foyer moderne, doté de tout le confort possible, caché dans une ville fantôme dont l'apparence vous donne la chair de poule.

Elle éclata de rire, mais reprit aussitôt son sérieux.

— En parlant de foyer, est-ce que vous en avez un ?

— Je suppose que vous parlez de plus que quatre murs et un toit ?

— Bien vu, cow-boy.

Zach réfléchit à la question. Le seul véritable foyer qu'il ait jamais eu était le ranch de ses grands-parents, où sa mère et lui étaient allés vivre après la mort de son père. Par la suite, jamais il n'en avait créé un qui lui appartienne. La maison où ils se trouvaient en ce moment était importante à ses yeux. Elle était plus qu'un simple bâtiment, plus qu'un lieu de travail. Mais ce n'était quand même pas… un foyer.

— Je pense que non, répondit-il enfin. Depuis que je suis entré dans l'âge adulte, je ne me suis vraiment fixé nulle part.

— Et moi, je n'ai jamais connu de logement permanent.

— Est-ce que vous vous êtes déjà demandé ce qui vous avait poussée à mener une vie de bohème, alors que votre frère est Texas Ranger et ne bouge pas de chez lui ?

— Est-ce que vous ressemblez à votre frère et à votre sœur ? répliqua-t-elle en haussant dédaigneusement un sourcil.

Il redevint grave en pensant à son frère, qui était dans un hôpital psychiatrique où il cherchait à remettre en ordre tout ce qui s'était déréglé dans son esprit depuis la mort de leur père.

— Pourtant, je trouve que Hilly vous ressemble un peu, reprit-elle, comme si c'était elle qui cherchait à le réconforter.

— Nous ne nous sommes rencontrés que cette année. Enfin, je me souviens d'elle quand elle était bébé, mais…

— C'est ce qu'elle m'a dit, oui. Si l'on ajoute le meurtre de votre père, je dirais que votre histoire n'est pas banale, Zach.

— Hilly a été enlevée par les hommes qui ont assassiné mon père et a grandi sous un faux nom.

Daisy ouvrit de grands yeux.

— Quoi ?

Il haussa les épaules, gêné d'aborder ce sujet et agacé d'en parler d'une façon aussi malhabile.

— Notre histoire est compliquée, mais… Tout est réglé, maintenant.

— Vous n'en avez jamais assez d'avoir l'air aussi calme, fade et blasé ?

Elle le perçait à jour un peu trop facilement. Agacé, il haussa lui aussi un sourcil en essayant de sembler aussi dédaigneux qu'elle.

— Qui vous dit que je n'en ai que l'air ?

Elle eut un sourire en coin.

— Vous étiez bien moins fade et blasé quand vous m'avez trouvée en train de fouiller dans vos affaires.

Sa mâchoire se crispa à ce souvenir, et son irritation augmenta quand elle tendit le doigt vers lui avec un sourire de triomphe.

— Vous voyez ? Sous ces apparences de robot, il y a un homme avec un cœur qui bat, et qui souffre.

Elle baissa les yeux vers la guitare posée sur ses genoux et fronça les sourcils.

— Et croyez-moi, Zach : je préfère que ce soit un homme doté d'un cœur qui s'occupe de cette affaire, plutôt qu'un robot. C'est pour ça que je fouillais dans vos affaires. Je voulais voir si je pouvais atteindre ce cœur.

— Et croyez-moi vous aussi, Daisy, riposta-t-il. Je fais tout le nécessaire pour vous protéger. Ce que vous appelez mes « apparences de robot » font partie de ma mission.

Elle fit la moue, comme si elle ne le croyait pas vraiment – comme si elle entendait dans sa réponse une espèce de défi à relever.

Mais, heureusement pour lui, il ne reculait jamais devant un défi. Et il gagnait toujours.

6

Zach était mort. Toute vie avait quitté ses yeux bleus. Il baignait dans son sang. Exactement comme Tom.

Elle se détourna pour fuir, pour se sauver, mais trébucha sur un autre corps et laissa échapper un sanglot étranglé.

Vaughn. *Non.*

Elle voulut tendre le bras, agripper son frère, lui faire du bouche-à-bouche mais, au contraire, elle se mit à courir. Elle se demanda pourquoi, parce que son cerveau lui hurlait qu'elle ne pouvait pas courir dans les ténèbres.

Pourtant, elle continua à courir. À se diriger droit vers le danger.

— Daisy. Allons, Daisy.

C'était la voix de Zach. Mais il était mort.

Elle continua sa course.

— Daisy. Arrêtez.

Elle voulut parler, mais elle en était incapable. Elle ne pouvait rien faire, sinon courir. Zach lâcha un énorme juron qui résonna dans les ténèbres qui la cernaient.

— Essayons autre chose.

Pourquoi la voix de Zach la hantait-elle ? Il était mort, et elle était seule. Non… elle n'était pas seule. Elle courait pour fuir… fuir qui ?

— Lucy ?

Lentement, graduellement, elle se rendit compte que les ténèbres qui l'entouraient étaient moins épaisses qu'elle l'avait cru. Une lueur brillait dans un coin de la pièce, une légère odeur de peinture flottait autour d'elle. Et Zach était là et lui touchait l'épaule. Étrangement, elle savait que c'était lui.

— Lucy, réveillez-vous maintenant.

Oui, c'était Zach. Il était assis sur son lit et l'appelait par son vrai nom. Il était tourné vers elle, avait posé les mains sur ses épaules et les pressait doucement. Il l'appelait par son vrai nom et elle était dans le Wyoming.

Elle avait rêvé.

— Un rêve, marmonna-t-elle.

— Du calme, dit-il avec un soulagement audible.

Il caressa son dos de la main, et l'étrangeté de la situation lui apparut : elle se trouvait dans une chambre inconnue, et un homme qu'elle connaissait à peine la touchait à travers le fin coton de son pyjama pour la réconforter.

Et ce simple geste lui apportait tellement de réconfort qu'elle s'appuya contre lui quand elle sentit qu'il s'écartait d'elle. Tout son corps se crispa, mais elle n'y fit pas attention.

— Vous étiez mort. Vaughn était mort. Et tout ce que je faisais, c'était courir.

Elle sentit son corps se détendre contre le sien. D'un geste hésitant, presque circonspect, il l'enlaça.

Il la serrait dans ses bras pour la réconforter. Peut-être même parce qu'il avait pitié d'elle.

Mais elle s'en moquait. S'il le fallait, elle trouverait du réconfort dans sa pitié. Les images de ce rêve restaient gravées dans son esprit, lui apparaissaient dans toute leur horreur dès qu'elle fermait les yeux. Alors, elle ne pensa qu'à Zach.

Son corps chaud et musclé était d'une fermeté surprenante. Il sentait le savon. Elle ferma les yeux, inspira profondément et s'imprégna de sa chaleur. Elle posa la joue contre son torse et écouta le battement régulier, réconfortant de son cœur.

À chacune de ses inspirations, leurs corps bougeaient à l'unisson. Et quand il expirait, son souffle faisait voler ses cheveux contre sa joue. Sous ses paumes, elle sentait la fermeté de son dos, et se laissait imprégner par sa chaleur.

Et s'il n'avait pas porté ce T-shirt col tunisien ? Si ses paumes avaient été posées sur sa peau, sa joue pressée contre son torse nu ? Elle l'avait déjà vu sans T-shirt. Le souvenir était encore net dans son esprit.

Et cette image était tellement plus agréable que celles qui se bousculaient quelques instants plus tôt encore dans son esprit…

Elle ne comprit pas tout de suite la nature du frissonnement qui parcourait sa peau : un désir brut, sans mélange. Elle leva les yeux au ciel, consternée par sa bêtise et sa naïveté. Elle se redressa et s'écarta de lui. Il la relâcha aussitôt, et se leva sans attendre.

Il avait peut-être ressenti cet éclair d'attirance lui aussi. La pensée la consola un peu, et l'amusa. Qu'est-ce qui pouvait bien se passer dans ce cerveau tellement bien organisé ?

— Que diriez-vous d'un peu de crème glacée ? demanda-t-il.

La question la fit sourire.

— Est-ce que le sucre est la réponse que vous apportez à toutes les crises de l'existence ?

— Non, je ne dirais pas ça. Le sucre n'est pas une réponse, mais… un réconfort. Puisque vous avez demandé à Hilly de vous acheter ces ignobles sorbets à teneur réduite en sucre, j'ai pensé que vous aimeriez peut-être en manger un peu.

— Je veux bien, oui.

Elle se leva. Elle avait retenu la leçon de la première nuit et s'était habillée de façon plus décente, au cas où Zach la verrait une nouvelle fois dans son lit.

Mais pour être franche, elle le regrettait maintenant. Elle préférait de loin penser au désir que lui inspirait Zach – et aux façons dont ce désir pouvait être assouvi, alors qu'ils étaient confinés ensemble dans cet étrange refuge – qu'à son rêve, ou même à la réalité.

Alors, tout en le suivant jusqu'à la cuisine, elle essaya de définir le genre d'avances auxquelles Zach Simmons, cet être mi-homme, mi-robot, pourrait être sensible. La subtilité serait sans doute inefficace. Ressentir du désir pour elle devait être aux antipodes de tous ses principes.

Qu'aurait-elle dû faire pour qu'il en vienne à oublier ces principes ? Elle se rappela sa gêne de la première nuit, quand il l'avait surprise dans une tenue qui manquait de décence, et éclata de rire – ce qui lui fit un bien incommensurable après ce rêve terrifiant.

— Quelque chose de drôle ? demanda-t-il.

Il posa sur elle un regard inquiet, comme s'il craignait qu'elle ait perdu la tête. D'ailleurs, c'était peut-être le cas, mais elle avait toutes les raisons de dérailler.

— J'essaie seulement de penser à des choses amusantes, pas à des choses qui me font pleurer ou crier.

Il fronça les sourcils et sortit le bac de glace au yaourt du freezer.

— Et moi, je réfléchissais à l'homme qui vous a suivie jusqu'ici et je me demandais ce que nous allions faire.

— Vous réfléchissiez ? Vous ne dormez donc jamais ?

Il haussa les épaules et mit une part de glace dans un bol. Elle remarqua qu'il n'en prenait pas.

— Seulement quand c'est nécessaire.

Quand c'était nécessaire… Elle ne savait vraiment pas pourquoi cet homme lui semblait aussi singulier et attachant. C'était peut-être parce que la plupart des hommes qu'elle connaissait feignaient des sentiments qu'ils n'éprouvaient pas, alors qu'il faisait exactement le contraire.

— Je pense que la fuite vient de votre manageuse, reprit-il. C'est ce qui semble le plus logique, en tout cas. Nous allons donc creuser de ce côté.

Il posa son bol de sorbet devant elle avant de retourner au freezer pour en sortir un autre bac.

Elle contempla tristement le contenu de son bol. Parfois, la glace au yaourt à teneur réduite en sucre représentait un ersatz acceptable à une vraie crème glacée. Quand personne ne cherchait à la traumatiser ou à la tuer, du moins.

— Que veut dire « creuser » en langage de flic ?

Zach s'assit à côté d'elle en posant devant lui un bol de glace au chocolat qui semblait tellement riche et onctueuse qu'elle en eut l'eau à la bouche.

— Nous allons envoyer quelques informations erronées et voir lesquelles provoquent une action. Je n'ai pas encore tout compris à cette affaire, mais je ne pense pas me tromper. Vous allez devoir envoyer votre manageuse sur une fausse piste.

— Vous voulez que je mente à Stacy ?

Son estomac se retourna à cette idée. Parce qu'elle était une artiste, dont le métier était de conter des histoires, elle était assez bonne menteuse. Mais devoir mentir à Stacy, dans le seul but d'avoir la preuve que cette femme qu'elle aimait et qui avait toute sa confiance était mêlée à ce cauchemar…

Non, la glace au yaourt n'allait pas suffire à la réconforter.

— Vous n'allez pas nécessairement devoir mentir, rectifia Zach. Je vous demanderai juste de lancer quelques appâts, pour voir qui mord à l'hameçon.

Mais pour elle, cela ne faisait aucune différence : il s'agissait toujours d'un mensonge. Découragée, elle tendit le bras et vola une cuillerée de la glace au chocolat de Zach. Quand elle glissa la cuillère dans sa bouche, leurs regards se croisèrent.

Cet instant aurait pu être amusant s'il ne l'avait pas regardée avec une telle intensité que son corps tout entier s'embrasa instantanément.

Sous son apparence de fadeur, elle découvrait que Zach représentait une variable extrêmement dangereuse qui venait s'ajouter au guêpier dans lequel elle se trouvait. Malgré le harcèlement dont elle faisait l'objet, malgré ce meurtre dont le souvenir lui glaçait le sang, malgré la culpabilité qui la consumait, elle était toujours elle-même. Daisy Delaney. Lucy Cooper.

Et elle n'avait jamais été très douée pour se tenir à l'écart du danger.

Zach devait manquer de sommeil. C'était la seule explication possible. Sinon, jamais il n'aurait perdu le contrôle comme il venait de le faire.

Il n'avait rien fait, sinon regarder Daisy lui voler une cuillerée de glace, ouvrir la bouche pour l'y glisser, et l'avaler.

Et il avait failli être victime de combustion spontanée.

Il baissa les yeux vers son bol et essaya de se rappeler de quoi ils étaient en train de parler. Il ne fallait pas qu'il pense à sa bouche, ni à la façon dont elle s'était laissée aller contre lui dans la chambre, un peu plus tôt.

Mais peut-être qu'il était trop dur avec lui-même. Après tout, il n'était qu'un homme ; et Daisy était une femme très attirante. Elle avait ce truc qui donnait envie aux gens de la regarder, d'être attirés dans son orbite.

Il aurait préféré être immunisé contre son charme, mais il ne l'était pas. Ce qui ne faisait pas de lui un raté.

Mais la seule fois où il avait laissé ses émotions prendre le dessus, des gens avaient failli mourir. Des gens à qui il tenait. Des gens qu'il aimait.

Il ne pouvait pas refaire cette erreur, et ne la referait pas. Même si Daisy Delaney était terriblement attirante.

Tous ses papiers et son ordinateur étaient dans sa chambre. Il n'avait aucun bouclier pour se protéger d'elle – parce qu'il fallait qu'il pense à cette situation comme à une guerre, même si c'était une guerre qu'il livrait contre lui-même.

— Vous pourriez annoncer que vous êtes prête à donner quelques concerts, dit-il.

Même sans tous ses documents, ils pouvaient discuter des options qui s'offraient à eux. Dans le doute, mieux valait se concentrer sur sa mission. Pour échapper à la tentation, ne penser qu'à ce qui devait être fait.

— C'est toujours mon agent qui s'occupe de fixer les dates des concerts.

— Est-ce qu'il sait que vous êtes ici ?

— Non, à moins que Stacy le lui ait dit. Je doute qu'elle l'ait fait. Elle lui aura seulement dit que je ne suis pas disponible.

Peut-être… et peut-être que non. On ne savait jamais vraiment ce que quelqu'un pouvait répéter à quelqu'un d'autre, et jusqu'où l'information circulerait. Toutes les pistes qu'il envisageait s'effilochaient, et ses nerfs commençaient à faire de même. À cause d'elle, à cause de l'intimité physique qu'ils partageaient, et parce qu'il était frustré de comprendre que l'affaire était plus compliquée qu'il l'avait pensé.

— Et Jordan ?

Elle s'affaissa sur sa chaise et se mit à jouer avec sa cuillère. Il ne parvenait toujours pas à croire que la presse s'en soit prise à elle, l'accusant d'être froide et calculatrice, tandis que Jordan déversait toute sa douleur dans son dernier album.

À chaque fois qu'il mentionnait son ex-mari, elle avait une réaction viscérale – qu'elle n'avait sur aucun autre sujet.

Ce qui faisait naître en lui une émotion qu'il se refusait à analyser, parce que cette affaire ne devait prendre aucune dimension émotionnelle. Plus question de lui offrir une guitare, ou d'aller dans sa chambre si elle faisait un cauchemar. Plus question de…

Elle prit une autre cuillerée de sa glace, et il garda les yeux obstinément rivés à son bol. Plus question de partager sa glace avec elle.

— Quoi, « et Jordan » ? demanda-t-elle.

— Est-ce que quelqu'un aurait pu lui dire où vous êtes ? A-t-il des relations avec votre manageuse ou votre agent ?

— Il a pris un nouvel agent quand nous avons divorcé, et nous n'avons jamais eu le même manager. Peut-être que Stacy a été amie avec Doug, comme peuvent l'être deux personnes qui travaillent parfois ensemble. Elle sait… Écoutez, Stacy est restée à mes côtés pendant tout le divorce. Jamais elle ne dirait quoi que ce soit à Jordan. Et vu la façon dont il l'a traité, je ne pense pas que mon agent soit le plus fervent admirateur de Jordan, lui non plus.

À moins qu'il ne soit pas votre plus fervent admirateur, à vous. Zach prit mentalement note d'enquêter sur l'agent.

— Je ne comprends pas vraiment les subtilités de votre… comment appelez-vous ça ? Vos employés ?

— Mon équipe, répondit-elle avec emphase.

— Passons la hiérarchie en revue, vous voulez bien.

Elle secoua la tête.

— Je pense que je préférerais retourner me coucher. Tant pis si je fais d'autres cauchemars.

— D'accord.

Elle le dévisagea.

— Mais il faudra que nous le fassions demain matin, je suppose ?

Il haussa les épaules.

— Je dois comprendre ce qu'il se passe, Daisy.

— Non, ce n'est pas votre rôle. On vous demande seulement de me garder en vie.

C'était vrai. Il n'avait pas été engagé pour enquêter, mais pour la protéger… ce qui ne l'empêchait pas de faire les deux. Cependant, il avait besoin de sa coopération. Il allait donc devoir trouver une autre stratégie pour l'amener à lui fournir les renseignements dont il avait besoin.

— Vous avez raison, dit-il. Je n'ai pas à enquêter sur cette affaire ni à fouiner dans votre vie. Ce n'est pas mon travail.

Il se leva, prit les deux bols et les porta jusqu'à l'évier.

— Je ne m'en mêlerai plus.

Il fit quelques pas vers sa chambre. Une colère sourde grondait en lui, mais il la mit sous éteignoir. Les émotions non plus ne faisaient pas partie de son travail.

Pour lui, il était inconcevable de ne pas enquêter de son côté. Et si elle ne voulait pas qu'il le fasse… il se débrouillerait sans son aide.

Elle se leva et vint se planter devant lui, lui barrant le chemin. Elle inclina la tête et le dévisagea longuement. Il eut l'impression d'être de retour dans la FBI Academy, à l'époque où l'on jaugeait en permanence ses aptitudes et son utilité.

À l'époque, cela ne l'avait jamais dérangé d'être ainsi scruté. Il avait l'absolue certitude d'être à sa place et de posséder toutes les compétences requises pour devenir agent du FBI.

Mais cette nuit, en ce lieu, ce regard scrutateur l'agaçait. Il ramenait à la surface bien trop d'incertitudes dont il aurait aimé pouvoir nier l'existence.

— Vous avez fait un sacré boulot quand vous travailliez sous couverture, n'est-ce pas ? dit-elle à voix basse.

Il fut surpris par le changement de sujet, mais ne se laissa pas démonter.

— Je suppose.

— Le problème, c'est que vous n'êtes pas sous couverture en ce moment. Quand vous en faites un peu trop, vous n'êtes pas crédible.

— Je ne vous suis pas.

— Vous vous moquez qu'on ne vous ait pas demandé de mener l'enquête. Vous allez le faire quand même. Vous ne lâchez jamais rien, et je sais que vous allez trouver le moyen de continuer à me faire parler. Il y a quelque chose sous tout votre…

Elle agita les doigts en face de son visage.

— Je pourrais vous dire que je ne vous comprends pas, mais ce serait faux. Je n'ai peut-être pas grandi avec mon frère, mais je sais reconnaître ce qui motive les actes d'un flic. La recherche de la justice et de la vérité, avant tout.

— Je vous rappelle donc votre frère, dit-il catégoriquement.

La bouche de Daisy frémit et s'arqua lentement jusqu'à ce qu'un sourire bien trop amusé illumine son visage. Ce fut un mouvement tellement fluide et hypnotisant qu'il fut incapable de quitter sa bouche des yeux, jusqu'à ce que s'épanouisse son sourire sensuel.

— Non, Zach. Je ne peux vraiment pas dire ça.

Il fallait qu'il trouve un moyen d'atténuer la tension qui l'habitait. Qu'il change de position, qu'il se râcle la gorge… Mais il se serait trahi.

Et alors ? Est-ce qu'il serait tellement grave que tu te trahisses devant elle ? Cette femme n'est pas ton ennemie.

— Mais ce que je peux dire, reprit-elle, c'est que c'est grâce à mon frère que je peux croire à l'existence d'hommes qui ont un sens inné de la justice et un besoin viscéral de protéger autrui.

Il ne fit pas un geste. Il se contenta de lui opposer le regard parfaitement inexpressif qu'il avait perfectionné pendant sa carrière d'agent infiltré. Pendant une mission, il ne fallait surtout pas se laisser aller à penser qu'on était tellement bon acteur que les autres ne verraient rien, sinon ce qu'on voulait qu'ils voient.

Alors, on établissait un contact visuel, mais sans se prendre au jeu. On comptait les cils de la personne qui se trouvait en face ou on se récitait le discours de Gettysburg. On ne réfléchissait pas à son plan d'action, et on ne cherchait surtout pas à analyser les pensées ou les sentiments de son interlocuteur, parce que c'était impossible. Les pensées et les sentiments ne pouvaient être ni analysés ni prédits. Ils ne pouvaient pas entrer dans un schéma.

Ce qui, malheureusement pour Daisy, l'amenait à penser que toute cette affaire était *personnelle*. Son harceleur ne l'avait pas prise pour cible à cause de sa musique, ou de sa réputation.

— Vous pouvez continuer à me faire parler, reprit-elle, et je ferai de même avec vous. Mais n'allez surtout pas croire que je ne verrai pas ce que vous chercherez à faire, ni que je vous en voudrai de le faire. Si je m'en prends à vous, ce sera uniquement parce que je serai énervée et que vous représenterez une cible facile. Votre mode de pensée rationnel, basé sur les faits, sera la roche contre laquelle je pourrai projeter mes émotions extravagantes. Vous ne trouvez pas ça chouette ?

Elle lui tapota le torse et conclut :

— Le moment viendra même peut-être où nous prendrons plaisir à nous… sonder mutuellement.

Il aurait dû réagir à cette provocation. Rire peut-être, ou toussoter, ou apporter une réponse physique au sous-entendu sexuel. Mais il ne pouvait pas se laisser distraire par l'appât qu'elle venait de lui lancer délibérément. Elle était intelligente, il le savait, mais elle espérait que la personne qui la terrorisait était un parfait inconnu et que son enquête était inutile.

En répondant à sa provocation, il l'aurait confortée dans cette idée. Or, dans son esprit, cela ne collait pas. Il sentait que la personne qui était à l'origine de tous ces incidents la connaissait personnellement, et qu'il était fort possible que ce soit une personne en qui elle avait confiance.

Mais rien ne l'obligeait à le lui dire, et rien ne l'obligeait à la sonder – de quelque manière que ce soit. Pourtant, il n'aurait pas détesté poser sa main sur la sienne… seulement pour lui apporter un peu de réconfort.

Mais il n'en fit rien. Il demeura rigoureusement immobile et soutint son regard jusqu'à ce que ce sourire aguicheur s'efface de son visage.

— Ma priorité est votre sécurité, dit-il, mais mon but n'est pas de vous plonger dans une détresse émotionnelle injustifiée. Par conséquent, si ma façon de vous interroger vous déplaît, je n'aurai aucun mal à poursuivre mes investigations d'une autre façon, sans aucun…

Il avait une envie désespérée de prononcer le mot de « sondage ». Il voulait lui sourire, lâcher une boutade, et la délivrer de la tension qui s'était accumulée en elle.

Mais il valait peut-être mieux, pour elle comme pour

lui, qu'un soupçon de tension les empêche de devenir trop intimes.

— Sans aucun interrogatoire qui pourrait nous mettre tous deux mal à l'aise.

Elle cligna des yeux.

— Priorité ? répéta-t-elle. Détresse émotionnelle ?

Elle secoua la tête, fit quelques pas en arrière et lui décocha un regard suspicieux. Comme il n'avait pas besoin de sa confiance pour faire son travail, ce regard ne le dérangea pas.

Pas du tout.

— Ouais… Vous deviez être un agent infiltré hors pair, marmonna-t-elle.

Elle était en train de se reprendre. Sa perspicacité, son assurance, ces outils qu'elle maniait contre lui comme autant d'armes, retrouvaient tout leur tranchant.

— Mais vous savez quoi ? Vous n'êtes plus un agent infiltré. Vous pouvez très bien me protéger et enquêter sur cette affaire en n'étant que vous-même, ce bon vieux Zach Simmons. Ce sera plus que suffisant.

Comment cela pourrait-il jamais être suffisant ?

Puisque c'était une question qu'il ne pouvait poser à voix haute, il se borna à acquiescer.

— C'est noté.

Alors, sans qu'il s'y attende, elle fit quelques pas vers lui. Elle posa une main sur son visage, en un geste qui n'était que douceur, le genre de geste qu'on réserve à ceux que l'on aime. Il lisait tellement de tendresse dans son regard qu'il fut incapable de détourner les yeux.

Ensuite se produisit la chose la plus folle qui lui soit jamais arrivée – ou même à laquelle il lui ait jamais été donné d'assister.

Elle se mit sur la pointe des pieds et pressa sa bouche contre la sienne.

7

Alors même qu'elle tendait sa bouche vers celle de Zach, Daisy était parfaitement consciente que ce qu'elle faisait était mal. D'ailleurs, c'était même peut-être pour cela qu'elle le faisait.

Mais, qu'il en soit conscient ou non, Zach lui avait lancé un défi. En cherchant à étouffer toute sa personnalité, son essence même, en se comportant en permanence avec elle comme s'il était un robot, il ne lui avait donné qu'une envie : court-circuiter ce robot.

Plus jamais personne ne lui ferait comprendre qu'elle était insignifiante, tout juste bonne à reléguer dans un coin sans le moindre scrupule. Non. Ni l'homme avec lequel elle avait été mariée, ni celui qui avait pour mission de la protéger.

Elle allait le lui *montrer*. Et il allait comprendre. Et quelle meilleure façon d'y parvenir qu'en utilisant sa bouche ?

D'abord il se crispa, sans doute sous l'effet de la surprise. Elle ne recula pas, loin de là. Elle inclina la tête pour pouvoir l'embrasser plus à son aise. Alors, elle sentit un frisson le traverser.

À moins que quelque chose se soit brisé en lui… Oui, elle avait brisé quelque chose en lui, parce qu'il fit bien plus que se soumettre à son baiser : il y répondit, et de quelle manière !

Dans son baiser, elle ne ressentit ni défi ni tentative de prendre le dessus. Non, c'était seulement un baiser… mais « seulement » n'était pas le mot qui convenait.

Ce baiser était vrai. Il était Zach tout entier. Comme s'il leur avait suffi de passer quelques jours sous le même toit pour s'attacher l'un à l'autre. Et pourtant, la bouche de Zach écrasait la sienne avec autant de passion que s'ils étaient amants depuis assez longtemps pour avoir l'habitude de s'embrasser, mais depuis trop peu de temps pour qu'un baiser ne lui fasse pas tourner la tête. Le sang se mit à frémir dans ses veines, comme si elle avait bu, et elle ressentit une brusque faiblesse, qu'elle regretterait plus tard.

Mais pour le moment, elle ne pouvait rien regretter. La bouche de Zach caressait la sienne et quand il l'enlaça, ce fut pour l'attirer tout contre la muraille de muscles et de stoïcisme qu'était son torse.

Cependant, il n'y avait rien de stoïque dans la façon dont il l'embrassait. Ce baiser n'était pas l'explosion d'un désir charnel, comme elle aurait pu s'y attendre, et qu'elle aurait pu comprendre. Il y avait autre chose. Quelque chose de plus profond, de plus intense. Le genre de chose qui ne vous ébranlait pas pour un moment, mais pour toujours. Oui, ce baiser était un baiser qu'elle se rappellerait *toujours*.

Cette pensée l'horrifia à tel point qu'elle tressaillit. Zach arracha aussitôt sa bouche de la sienne et la repoussa doucement. Elle recula d'un pas, les jambes tremblantes, et leva les yeux vers lui, juste à temps pour voir *quelque chose* étinceler dans son regard. Mais l'étincelle disparut avant qu'elle ait eu le temps de comprendre ce qu'il pouvait ressentir.

Il la toisa avec la plus grande solennité et dit, d'un ton sans réplique :

— Cela ne se reproduira jamais.

Elle fut horripilée par ce mot : « jamais ». Comme s'il était Dieu en personne et qu'il avait le droit de décider de la façon dont devait fonctionner le monde – et dont *elle* devait fonctionner. Alors elle le gratifia d'un sourire à la douceur trompeuse

— Voyons, Zach… vous n'avez donc pas encore compris qu'il n'était pas raisonnable de me lancer un défi ?

— Est-ce que vous voulez mourir ? riposta-t-il.

Il semblait tellement sûr de lui que son sang se glaça dans ses veines.

— Je ne vois pas comment un baiser pourrait me tuer.

Mais sa voix était mal assurée. Tout en elle l'était. Malgré la peur glaçante qui l'avait gagnée, elle avait l'impression que son corps était aussi mou que de la gélatine.

Elle pouvait encore sentir la bouche de Zach sur la sienne. Le désir qu'elle avait cru sentir était-il réel, ou ne s'était-il agi que d'une comédie, une fois encore ? Un nouveau masque ?

Non. Son visage était peut-être redevenu parfaitement neutre, mais une colère sourde émanait de lui. Une colère qu'elle ne comprenait pas, parce qu'elle ne se manifestait d'aucune des façons qu'elle connaissait. Il ne hurlait pas, il ne serrait pas les poings, il ne lui lançait ni menace ni regard furibond. Il ne la gratifiait même pas d'un soupir condescendant, tel que celui que Jordan avait perfectionné durant leur mariage.

— Vous vous trouvez dans une situation extrêmement dangereuse, dit Zach.

Il avait retrouvé sa voix de robot, mais elle était moins ferme qu'avant.

— Une situation qui peut potentiellement vous coûter la vie. Si en plus vous…

Il inspira vivement et souffla lentement. Quand il reprit, sa voix était toujours aussi neutre, mais le ton était moins brusque.

— Il faut que vous m'écoutiez, parce que je me suis retrouvé moi-même dans quelques situations qui auraient pu me coûter la vie. Il ne faut jamais mélanger émotions et situations dangereuses. C'est le meilleur moyen de courir à la catastrophe.

— Mais ce n'était qu'un baiser, protesta-t-elle.

Sa voix était tellement boudeuse qu'elle ne put retenir une grimace.

— C'était une complication, rectifia-t-il. Du genre que vous devez vous interdire.

À ces mots, son irritation se renouvela. Elle releva le menton.

— Ne vous avisez pas de décider ce que je peux me permettre ou non.

— Est-ce que vous êtes toujours aussi casse-pieds ? demanda-t-il d'une voix légèrement cassante.

— Si vous devez poser cette question, c'est que vous ne m'avez pas bien regardée.

Il leva les yeux au ciel, et elle comprit qu'il allait la planter là. Elle eut envie de piquer une colère, de se rendre encore plus odieuse, mais cet endroit lui rappelait trop où elle s'était laissé entraîner par ses sentiments et ses colères. Dans un mariage raté, sur lequel tout le monde semblait avoir son mot à dire. Ensuite, dans un isolement total, parce que beaucoup de gens étaient prêts à croire le pire à son sujet et à penser qu'elle méritait tout ce qui lui arrivait.

Jamais elle n'aurait dû embrasser Zach. Quand elle comprit l'énormité de son erreur, une vague de nausée monta en elle. Elle avait agi sans réfléchir, tout simplement. Quand tirerait-elle enfin la leçon de ses erreurs ?

Monsieur Contrôle t'a embrassée, lui aussi.

Et depuis quand les conséquences de ses erreurs étaient-elles moins graves parce qu'elle n'était pas la seule à blâmer ?

Le téléphone de Zach tinta dans sa poche. Il l'attrapa et déverrouilla l'écran, le visage toujours aussi impassible.

Mais qui pouvait bien le contacter à 4 heures du matin ? Seulement quelqu'un qui venait lui annoncer une mauvaise nouvelle. Et puisque toutes les mauvaises nouvelles qu'il recevait en ce moment avaient un lien avec elle…

— Qu'est-ce que c'est ? Quelqu'un a été blessé ? Est-ce que Vaughn…

Il secoua sèchement la tête.

— La femme de mon cousin a accouché.

Zach ne lui semblait pourtant pas être le genre d'homme à qui on envoie un texto en pleine nuit pour lui annoncer une naissance.

— Ne me mentez pas…

Il tourna le téléphone vers elle, et elle découvrit la photo d'un bébé emmailloté de rose, au visage écarlate. La photo était accompagnée d'un texte :

> Amelia Delaney Carson, 3 kg, 50 cm. Préparons-nous au pire.

Son cœur se serra bizarrement, sans qu'elle comprenne pourquoi. Elle avait fini par se convaincre qu'elle n'était pas certaine de vouloir avoir des enfants. Jordan et elle avaient décidé ensemble de ne devenir parents qu'une fois leurs carrières sur les rails.

Mais au moment de son mariage, sa carrière était déjà sur les rails. Sans se l'avouer, elle avait espéré que ce mariage serait pour elle une sorte de transition.

Elle avait épousé Jordan dans l'espoir d'avoir un foyer où résonneraient les rires et la musique. Elle avait espéré en finir avec les tournées interminables et mener enfin une vie paisible. Une vie qui ne serait pas tout entière consacrée à la scène, dans laquelle elle pourrait choisir les moments et les lieux où elle endossait le rôle de Daisy Delaney.

Elle aimait le personnage de Daisy, parce qu'il était une partie d'elle. Mais il avait accaparé son enfance et son adolescence et plus le temps passait, plus elle avait l'impression qu'elle avait mérité de passer un peu de temps dans la peau de Lucy Cooper.

Pourquoi avait-elle cru qu'elle pourrait construire la vie dont elle rêvait avec Jordan, dans l'avenir lointain qu'il évoquait toujours ? Franchement, ça la dépassait.

Elle rendit le téléphone à Zach.

— Adorable, parvint-elle à dire. J'aime beaucoup le second prénom.

Il fit une drôle de tête et la dévisagea d'un air méfiant.

— C'est le nom de famille de la mère, expliqua-t-il.

— Une Delaney du Wyoming ?

Il réprima une grimace. Elle ne comprit pas pourquoi, mais décida de savourer son embarras.

— Est-ce que vous connaissez des… Delaney du Wyoming ? demanda-t-il, avec une désinvolture forcée. Pourtant, Daisy Delaney n'est qu'un nom de scène.

Il semblait avoir un peu trop envie d'avoir raison.

— Oui et non, répondit-elle. Pourquoi est-ce que cela vous met mal à l'aise ? Vous avez peur que nous soyons parents ?

— Les Carson et les Delaney ne sont pas apparentés.

— Je croyais que vous étiez un Simmons.

Il secoua la tête.

— Ne parlons plus de ça. Nous ferions mieux d'aller dormir un peu. Demain, nous réfléchirons au message que vous enverrez à votre manageuse pour voir si elle nous mène jusqu'à une piste.

Elle étudia son visage. Il y avait quelque chose d'étrange dans le malaise que ce nom, pourtant assez courant, faisait naître en lui. Comme il l'agaçait, elle décida de l'asticoter encore un peu.

— Mon nom officiel est Cooper, mais mon pseudonyme est le nom de jeune fille de mon arrière-grand-mère. Elle est née dans une petite ville du Wyoming, qui commence par un « B », je pense… Il faudrait que je demande à Vaughn. Il s'en souviendra. Oh ! attendez : la ville s'appelait Bent. Voilà pourquoi papa portait toujours un T-shirt sur lequel était écrit « Hell bound and whiskey bent ».

— Doux Jésus, marmonna Zach.

Il semblait tellement horrifié qu'elle faillit éclater de rire.

— Quoi ?

— Rien, répondit-il, bien trop vite.

— Est-ce que nous sommes près de Bent ?

— Plus ou moins. Mais n'en parlons plus. Au lit, maintenant.

— Peut-être que je suis une parente de la femme de votre cousin… Ça serait dingue, non ?

— Oui, complètement dingue. Bonne nuit, Daisy.

Zach ne supportait plus les femmes. Surtout quand elles étaient jolies et horripilantes, et ne se privaient pas de donner leur avis sans qu'on le leur demande.

Il se serait bien passé que sa sœur en rajoute. Pourtant, en ce moment même, elle essayait de lui dire ce qu'il devait faire.

— Il faut que tu viennes, dit-elle d'un ton autoritaire, qu'il ne lui connaissait pas.

Mais Hilly semblait chaque jour un peu plus sûre d'elle. Elle avait été élevée dans un chalet coupé du reste du monde, et s'adaptait graduellement à une tout autre vie.

Ils se tenaient sur la terrasse vermoulue de la maison qui lui apportait d'habitude tant de satisfaction. Mais après la nuit qu'il venait de passer, elle ne suffisait pas à le réconforter.

— Je suis en pleine mission. Je ne peux pas laisser Daisy enfermée ici.

— Si tu l'emmenais avec toi ?

— Mais quelle idée géniale ! Puisque quelqu'un fouine dans Bent pour retrouver sa trace, pourquoi ne pas l'amener à l'hôpital et mettre en danger les membres de nos deux familles ?

Et, apparemment, de celle de Daisy, dont l'arrière-grand-mère était une Delaney originaire de Bent, Wyoming.

Bien sûr, Zach ne croyait pas un mot de toutes les balivernes métaphysiques que débitaient ses cousins. Ils affirmaient que la vieille querelle entre Carson et Delaney appartenait au passé, et que les deux familles étaient maintenant destinées à être unies par toute une série de mariages.

Destinées ? Il ne croyait pas non plus au destin.

— Est-ce que tout va bien ? demanda Hilly.

Il se ressaisit aussitôt. Il n'avait pas de temps à perdre avec ce genre de balivernes.

— Bien sûr que oui. Mais cette mission est importante. Et nous n'avons trouvé aucune piste solide. Je ne peux pas la laisser seule ici, et je ne peux pas prendre le risque de l'emmener où que ce soit.

— Elle ne peut pas vouloir rester enfermée là-dedans !

— Hilly…

— Je sais, je sais La sécurité. Les précautions. Mais…

Elle leva les yeux vers la bâtisse décrépite.

— Pendant combien de temps encore vas-tu pouvoir la garder ici ? Elle va commencer à avoir l'impression d'être en prison.

— Mieux vaut une prison qu'un cercueil, Hilly.

— Pourquoi est-ce qu'il faut que tu sois toujours aussi pragmatique ?

— Parce que c'est une aptitude essentielle dans mon travail.

— Mais ta vie ne se limite pas à une liste d'aptitudes essentielles dans un travail, Zach. Et celle de Daisy non plus.

Que pouvait-il dire pour la faire taire ? Soudain, un reflet, au loin, attira son regard. Il fut aussitôt en alerte, suffisamment pour ne plus se soucier de choisir ses mots. Il fallait qu'il fasse partir Hilly, c'est tout.

— Nous allons marcher jusqu'à ta voiture, dit-il. Quand tu seras montée, je veux que tu appelles…

Il se creusa la cervelle. Qui allait pouvoir l'aider ? Cam devait continuer à surveiller l'autre type. Tous les autres membres de sa famille étaient à l'hôpital, auprès de Laurel et de Grady. Et il rechignait à mêler la police à cette affaire.

— Qu'est-ce qu'il y a ? demanda Hilly d'une voix égale.

Elle semblait légèrement perplexe, mais elle avait compris.

Il la prit par le bras et l'entraîna vers sa voiture.

— Il y a quelqu'un ici.

Il devait trouver un moyen de faire croire à l'intrus qu'il n'habitait pas ici, et de l'éloigner le plus possible de la maison. Et il fallait aussi qu'il entre en contact avec Daisy pour lui dire de ne surtout pas bouger.

— Je ne peux pas avoir été suivie. Cam surveille notre homme.

Elle le regarda en riant, comme s'il venait de dire quelque chose d'hilarant.

— En ce cas, il y en a un autre.

— Très bien, dit-elle. Je vais appeler Cam, et nous trouverons un moyen d'agir. Ne t'inquiète pas pour moi. Veille sur Daisy.

— Je ne veux pas qu'il te suive.

— Mais tu ne veux pas non plus qu'il reste ici.

La marge d'erreur était trop étroite, la situation trop dangereuse. Sauf s'il jouait correctement les cartes qu'il avait en main.

— Vas-y, dit-il. Appelle Cam.

Pour la première fois, elle perdit légèrement contenance et pâlit.

— Je n'aime pas t'entendre parler sur ce ton, Zach.

— J'ai été agent du FBI, Hilly. Fais-moi confiance.

Elle marqua un temps d'hésitation, qui le blessa comme l'eût fait la pointe d'un couteau. Pourtant, elle avait toutes les raisons de douter de lui. Après tout, Cam avait failli mourir parce qu'il s'était trop préoccupé de la santé de son frère pour faire correctement son travail.

— Je ne veux pas que tu tentes quelque chose alors que tu es seul.

— Je ne serai pas seul, puisque tu vas appeler Cam en renfort, répondit-il. Mais il faut que tu t'en ailles. Il te suivra peut-être.

Zach espérait bien que non, mais si l'intrus suivait effectivement Hilly…

Hé bien, il avait un plan. Il éliminerait la menace.

— Va rejoindre Cam. D'accord ?

— Très bien. Mais c'est uniquement parce que je ne vois pas ce que nous pourrions faire d'autre. Ne fais rien seul, tu m'entends ?

— Je t'entends.

Elle poussa un soupir dégoûté. Elle devait savoir que ce n'était pas parce qu'il avait répondu « je t'entends » qu'il était d'accord avec elle.

Elle prit sa main, la pressa, et se força à sourire pour le bénéfice de la personne qui les épiait.

— Fais attention, c'est tout, dit-elle. Parce que si tu es blessé, je devrai t'achever.

Elle ponctua sa phrase d'un sourire un peu plus naturel, se détourna et remonta en voiture. Zach s'interdit de jeter le moindre coup d'œil vers la maison, de peur de révéler la présence de Daisy. Il resta là où il était et suivit la voiture de Hilly des yeux.

Personne ne la prit en filature.

Quand la voiture eut disparu, Zach se garda bien de retourner vers la maison et de vérifier qu'il avait bien pris son arme et son téléphone – bien qu'il mourût d'envie de s'en saisir sur-le-champ.

Il ne savait pas ce qu'il avait entrevu. Il pouvait tout aussi bien s'agir de quelqu'un qui les épiait que d'un véhicule que son conducteur avait laissé à bonne distance pour approcher de la maison à pied. Il était également possible que ses yeux lui aient joué des tours, mais le picotement qui parcourait sa nuque lui laissait présager le pire.

Il devait redoubler de précautions.

Il descendit la rue d'un pas nonchalant, comme s'il n'avait pas un souci au monde. Ce fut même en sifflotant qu'il s'engagea dans la ruelle qui menait jusqu'à la bâtisse décrépite qui abritait le garage, où il avait dissimulé sa voiture le jour même de leur arrivée afin que personne ne la découvre par hasard.

Une fois dans la ruelle, il passa à l'action. Il ouvrit le panneau qui masquait le clavier posé sur le mur de la bicoque et tapa son code, tout en observant les environs du coin de l'œil. L'intrus pouvait toujours essayer de s'introduire dans la maison par effraction, mais cela lui prendrait du temps.

Du temps dont il allait se servir.

Il sortit la voiture du garage et en referma la porte. Quand la voiture s'engagea sur la grand-rue, il ne vit personne rôder autour de la maison. Alors, il roula lentement vers la sortie de la ville, dans la direction opposée.

Quand son regard fut une nouvelle fois attiré par le reflet, il vit qu'il avait été produit par une petite voiture, à moitié dissimulée derrière les bâtiments, tout au bout de la rue. Il était incapable de déchiffrer les chiffres et les lettres qui figuraient sur la plaque. Tout ce qu'il voyait, c'était le reflet du soleil sur le pare-chocs noir.

En respirant aussi calmement que possible, il continua à avancer lentement. Il regardait tout autour de lui, un sourire plaqué sur le visage, comme s'il n'était qu'un touriste qui savourait la beauté des paysages du Wyoming.

Mais la voiture ne le prenait pas en filature. Il lâcha un juron.

L'intrus soupçonnait donc qu'il n'était pas seul ici. C'était une mauvaise nouvelle. Il se gara sur le bord de la route et descendit de voiture, sans même prendre la peine de la cacher. Le temps pressait.

Il passa derrière les maisons qui bordaient la rue, du côté opposé à celui où il avait vu la voiture, et s'élança en essayant de ne pas se faire repérer. Quand il fut en face de la maison où se trouvait Daisy, il s'arrêta et tendit l'oreille.

Aucun bruit de moteur. L'intrus n'avait donc pas pris d'avance sur lui. Mais il n'aimait pas le savoir aussi proche de Daisy. D'ailleurs, rien ne lui permettait d'affirmer qu'il se trouvait encore dans sa voiture. Il rôdait peut-être déjà autour de la maison.

Il aurait aimé savoir depuis combien de temps cette voiture était là. Parce que si l'intrus n'avait pas eu besoin de suivre Hilly pour arriver jusqu'ici, cela signifiait qu'il disposait de beaucoup trop de renseignements.

Quoi qu'il en soit, une personne de l'entourage de Daisy avait vendu la mèche et elle se retrouvait maintenant dans la ligne de mire.

Il devait agir sans perdre de temps.

8

Daisy pianotait impatiemment sur le plan de travail. Où diable était Zach ? Cela ne lui ressemblait pas de rester aussi longtemps enfermé dans sa chambre, à moins qu'il ait reçu de nouvelles informations concernant l'affaire ou qu'il veuille passer quelques coups de fil sans qu'elle l'entende.

Puisqu'elle était restée cloîtrée dans sa chambre à plaquer des accords sur la guitare qu'il lui avait offerte, il était plus probable qu'il soit parti. Mais comment avait-il pu partir sans la prévenir, même s'il était encore fâché qu'ils se soient embrassés ?

Elle sourit. Les instants qui avaient suivi ce baiser n'avaient pas été amusants du tout, mais elle aurait volontiers revécu le moment lui-même, encore et encore.

C'était la première fois depuis longtemps qu'elle s'était sentie… normale. Qu'elle avait eu l'impression d'être redevenue Lucy Cooper, ou même la Daisy Delaney des débuts. À cette époque, où rien dans sa vie n'était normal en dehors de la musique, son existence avait au moins une certaine simplicité.

Mais maintenant, vivre dans la peau tant de Lucy Cooper que de Daisy Delaney n'avait rien de simple. Quant aux séquelles de ce baiser, elles étaient particulièrement compliquées.

Pourtant, seule dans cette maison, elle s'autorisa à savourer le souvenir d'un moment qui pouvait offrir toutes les apparences de la simplicité.

Un léger craquement l'arracha à sa rêverie, et la mit aussitôt en alerte. Elle s'exhorta au calme : malgré toutes les améliorations que Zach y avait apportées, cette maison était vieille. Un craquement n'avait rien d'anormal.

Mais dans le silence qui s'ensuivit, son cœur se mit à battre tellement fort qu'elle sut que même si ce craquement se reproduisait, elle ne l'entendrait pas.

Elle regarda tout autour d'elle. Il ne fallait pas qu'elle oublie qu'elle était cachée derrière des portes fermées à double tour. En sécurité.

Mais quelqu'un sait que tu n'es pas loin.

Elle marcha d'un pas décidé jusqu'à la porte de Zach. Elle n'allait pas lui parler de ce bruit, seulement insister pour qu'il lui donne quelques renseignements. À moins qu'elle lui fasse un petit numéro de charme. Tout ce qu'elle voulait, c'était être près de lui, où elle se sentirait en sécurité.

Elle frappa à la porte, un peu trop fort, mais il ne répondit pas.

Son petit frémissement d'alarme se mua en frisson. Elle voulut ouvrir la porte, mais elle était fermée à clé.

Son angoisse enfla, jusqu'à ce qu'il lui devienne presque impossible de respirer.

— Zach ? appela-t-elle d'une voix étranglée.

En maudissant la peur qui lui nouait la gorge, elle inspira et expira plusieurs fois comme elle le faisait pour chasser le trac qui la prenait parfois avant de monter sur scène.

— Zach ? répéta-t-elle, d'une voix plus forte et plus ferme.

Il l'avait forcément entendue ! Et pourtant, la porte ne s'ouvrit pas.

Elle ne devait pas céder à la panique. Elle continua à frapper à la porte pendant un moment, avant d'entendre un autre son – entre le grincement et le gémissement. Un son qui venait de l'extérieur de la maison. Autrement dit, si quelqu'un d'autre que Zach se trouvait dehors, il ne pouvait que l'entendre cogner sur cette porte.

Mais Zach était forcément ici. Il avait sans doute décidé de lui donner une bonne leçon, de lui faire assez peur pour qu'elle arrête de lui faire du gringue. Oui, c'était la seule explication.

Eh bien, il allait s'en mordre les doigts ! Elle retourna dans la cuisine, sans prêter attention au tremblement qui agitait ses mains et au rythme effréné de son cœur. Elle empoigna un couteau à beurre, retourna à la porte de Zach et se mit au travail.

Il lui fallut un bon moment pour parvenir à glisser le couteau entre la porte et le chambranle. Maintenant, elle tremblait de tous ses membres. Où était-il passé ? Si elle essayait de forcer sa porte, il allait forcément se montrer. Il ne devait l'avoir fermée à clé que pour l'empêcher d'entrer.

La porte céda enfin et elle entra dans la pièce.

— Ah ah ! s'écria-t-elle en pointant le couteau devant elle.

Mais la pièce était vide. Elle inspecta chaque coin, alla même jusqu'à regarder sous le lit et dans la penderie, mais il n'y avait personne.

— Oh ! mon Dieu. Mon Dieu. Zach, si c'est une blague ou un test, j'en ai ras le bol.

Mais il ne se montrait toujours pas, et elle continuait à entendre les bruits qui provenaient de l'extérieur de ce trou à rats transformé en maison sécurisée.

La panique monta en elle, paralysant ses membres, comprimant sa gorge. Le sang rugissait à ses oreilles, et elle dut se retenir pour ne pas crier.

Elle avait pourtant vécu bien pire que cette solitude. Elle avait vu le cadavre de Tom… Personne n'avait le droit de rendre l'épreuve qu'elle traversait encore plus atroce.

Il y eut un bruit dans la penderie. Quelque chose bougeait là-dedans, et quelque chose de gros. Mais elle venait tout juste de regarder dedans. Comment est-ce que…

Une silhouette sortit de la penderie. Elle poussa un hurlement avant que son cerveau ait eu le temps d'admettre que c'était Zach, qui surgissait de nulle part, comme par magie.

— Comment est-ce que vous avez fait ça ? chuchota-t-elle.

Cet homme n'était pas un magicien. Il y avait forcément une explication rationnelle.

— Tunnel. Chaussures.

— Des chaussures tunnel ? Qu'est-ce que ça…

— Bon sang, Daisy ! Mettez des chaussures. Prenez votre sac si vous en avez besoin. Vous avez dix secondes.

Sans un mot de plus, il sortit de la chambre pour se rendre dans la cuisine. Elle le suivit mais s'arrêta net en le voyant sortir deux revolvers du placard au-dessus du réfrigérateur.

Il lui décocha un regard impérieux et ordonna :

— Bougez.

Elle fut arrachée à son hébétude. Oui, il fallait qu'elle bouge. Elle lui poserait les questions qui la taraudaient plus tard, à un moment où il ne serait pas en train d'accumuler les revolvers. Elle courut jusqu'à sa chambre, enfila une paire de tennis et chercha son sac du regard. Dix secondes… Elles étaient presque écoulées maintenant, et elle était loin d'être la personne la plus ordonnée de la planète.

Elle aperçut enfin la sangle de son sac à main, qui dépassait de sous son sac de voyage. Elle plongea, s'en empara et se hâta de rejoindre Zach. Il avait passé un énorme sac à dos sur son dos et posé un ordinateur portable sur l'un de ses avants-bras, sur lequel il pianotait de sa main libre.

Elle voulut regarder l'écran par-dessus son épaule, mais eut à peine le temps d'entrevoir plusieurs photos de la ville fantôme avant qu'il le referme brusquement.

— Le mieux est de sortir par l'avant de la maison. Suivez-moi, et ne vous éloignez surtout pas. Faites tout ce que je vous dis sans poser de questions et tout ira bien. S'il m'arrive quelque chose, quoi que ce soit, courez. Vous avez compris ?

— Non, Zach. Je ne comprends *rien !*

— Nous en reparlerons quand nous serons en sécurité.

Il la prit par la main et l'entraîna vers la porte.

Même si un million de questions l'assaillaient, elle savait que Zach Simmons n'était pas homme à surréagir. S'il voulait qu'ils courent, elle courrait sans protester.

Il l'entraîna dans la pièce de devant, celle qui semblait aussi décrépite que l'extérieur.

— Refermez les verrous, dit-il en lui tendant un porte-clés.

Aucune des trois clés ne portait d'étiquette, mais elle ne lui demanda pas à quel verrou correspondait chacune d'entre elles. Elle se contenta d'essayer les clés l'une après l'autre jusqu'à ce que les trois verrous soient fermés.

Quand elle se retourna, il regardait dehors par une fente du mur.

— Vous voyez ce cadre, par terre ?

Elle baissa les yeux et vit un vieux cadre éraflé, qui contenait un bout de papier déchiré.

— Euh… oui.

— Accrochez-le à ce clou rouillé.

Elle obéit et cligna des yeux en constatant que le cadre masquait parfaitement les trous des serrures.

— Maintenant, redonnez-moi la main.

Elle voulut plaisanter, lui reprocher de la draguer, mais les mots restèrent coincés dans sa gorge. Ils étaient en train de fuir. La situation devait être grave.

Alors, elle posa sa main dans la sienne et le suivit quand il se glissa par la porte. Il ne la verrouilla pas : il laissa un cadenas rouillé pendu à la poignée.

Il balaya les alentours du regard et lui pressa la main.

— Maintenant, nous allons courir. Il va falloir que vous me suiviez, parce que si je continue à vous tenir la main, je vais vous cogner avec mon sac. Si vous ne pouvez pas rester à ma hauteur…

— J'y arriverai, répondit-elle, catégorique.

Il hocha fermement la tête.

— Bien. Allons-y.

Il traversa la rue, et ce ne fut qu'alors qu'elle se rendit compte qu'il tenait son portable fermé d'une main et un revolver de l'autre. Ils se glissèrent derrière une maison décrpite et traversèrent une ruelle qui séparait deux bâtisses à l'aspect encore plus pitoyable. Leurs murs étaient noircis par les flammes, les toits s'effondraient.

Quand ils atteignirent l'arrière du petit bâtiment délabré, au bout de la rue, il lui confia son ordinateur portable. La vitre de la porte était brisée. Il passa sa main libre par le trou et tâtonna jusqu'à ce que la porte s'ouvre.

Il ressortit son bras et ouvrit lentement la porte. Il fallut un moment à Daisy pour comprendre qu'il cherchait à atténuer le grincement produit par les gonds. Enfin, quand la porte fut suffisamment entrebaîllée, il lui fit signe d'entrer.

En essayant de ne pas se laisser démonter par l'obscurité – ou par la perspective de foncer droit dans une toile d'araignée –, elle pénétra dans le bâtiment où flottait une odeur de moisi. Zach la suivit et referma la porte derrière lui avant de sortir une lampe torche de son sac à dos.

Il la poussa en avant et elle attendit de voir comment l'intérieur de cette bicoque en ruine avait été aménagé.

Mais quand il alluma la lampe, elle ne vit ni cuisine fonctionnelle, ni joli intérieur flambant neuf. La maison était à l'abandon depuis des décennies.

— Nous allons rester… ici ?

Zach avait posé son sac sur le sol et repris son ordinateur sans mot dire. Elle le regarda pianoter avec acharnement, certaine qu'il ne lui avait pas prêté la moindre attention.

Quand il répondit enfin, elle manqua bondir sous l'effet de l'adrénaline.

— *Vous* allez rester ici. Moi, je vais essayer de comprendre ce qui se passe. Vous savez vous servir d'un revolver ?

Elle regarda l'arme qu'il lui tendait en clignant des yeux. Grâce à son frère, elle avait pris quelques leçons de tir.

L'arme que Zach lui tendait lui était même familière. Elle fit un signe d'assentiment, et il lui posa l'arme dans la main.

— Si quelqu'un d'autre que Cam ou moi entre sans prononcer le mot de passe « querelle », vous tirez. Compris ?

Elle déglutit et parvint à acquiescer de nouveau.

Sur ces mots, il se leva, attacha plusieurs revolvers sur sa personne et se dirigea vers la porte.

Zach sortit prudemment du bâtiment en s'assurant que personne ne le voyait. Il souffrait de laisser Daisy seule avec sa terreur, mais il ne pouvait pas rester cloîtré avec elle en se bornant à espérer que les intrus finiraient par s'en aller.

Il avait remarqué, et plus d'une fois, que rester à l'abri et attendre pouvait générer plus de problèmes qu'en résoudre. Il fallait parfois agir pour protéger les gens.

Alors, il s'élança derrière les bâtiments en faisant de son mieux pour rester invisible.

D'après ce qu'il avait vu sur ses bandes de vidéosurveillance, il y avait deux hommes. L'un d'eux rôdait autour de la maison, l'autre était resté dans la voiture, prêt à repartir.

Son estomac se souleva quand il pensa que le type avait sans doute prévu de repartir en emmenant Daisy.

C'était forcément sa manageuse qui était à l'origine de la fuite, que ce soit intentionnellement ou non. Mais il n'avait pas le temps de se pencher sur un schéma. Il devait arrêter ces hommes avant qu'ils atteignent Daisy.

Il gagna une position de laquelle il savait qu'il pourrait voir le conducteur de la voiture sans trop risquer d'être repéré. Il se pencha et inclina la tête. Il vit bien la voiture, mais elle était vide. Il ne pourrait donc pas fournir de description du conducteur, mais c'était sans importance. Aucun de ces deux hommes n'était le cerveau de l'affaire. Il aurait juré qu'il ne s'agissait que d'hommes de main.

Ce qui, une fois encore, lui faisait penser que l'instigateur du harcèlement n'était pas un admirateur déséquilibré, mais quelqu'un dont les motivations était personnelles. Et qui avait de l'argent.

Comme Jordan Jones, par exemple.

Et si le coupable était Jordan, il avait largement assez d'argent pour continuer à envoyer des hommes comme ceux qui se trouvaient ici.

Zach retourna derrière le bâtiment. Neutraliser ces hommes n'était qu'une solution temporaire. D'autres les remplaceraient aussitôt. Mais s'il pouvait les interroger, il obtiendrait peut-être suffisamment d'informations pour trouver une piste.

La seule question était de savoir comment neutraliser la menace représentée par deux hommes armés qui voulaient s'emparer de la femme qu'il cherchait à protéger.

Il fallait qu'il les amène à se séparer. L'entreprise demeurerait risquée, mais c'était un risque qu'il devait prendre. Il examina les alentours, cherchant un endroit où isoler l'un des hommes sans risquer de se faire prendre au piège par lui et son acolyte.

Il fallait qu'il éloigne l'un des deux types. Il prit son téléphone et ouvrit l'application qu'il utilisait pour contrôler le système de sécurité du refuge à distance. Enfin, il eut une idée.

Il allait déclencher l'alarme de la porte de derrière. Les deux hommes se dirigeraient forcément vers la maison. Alors, il ferait suffisamment de bruit pour qu'ils pensent que l'un d'eux devait aller voir ce qu'il se passait.

Il mit son plan en pratique sur-le-champ. Les deux hommes se dirigèrent aussitôt vers l'arrière de la maison, la main sur la crosse de leur arme. Zach donna alors un violent coup de pied dans une planche, en espérant que le fracas du bois qui se fendait suffirait à attirer leur attention.

Cependant, il ne pouvait pas guetter leur arrivée. Il devait rester caché et prier pour qu'un seul homme vienne voir de quoi il retournait.

Dès que le canon du revolver apparut dans son champ de vision, il passa à l'action. D'un coup de pied, il fit voler l'arme de la main de l'homme, qui bondit aussitôt en avant. Mais Zach avait choisi une position idéale, qui lui permit de se jeter sur l'homme, par-derrière, et de lui passer un bras autour du cou. Le type était râblé, mais plus petit que lui.

— Qui es-tu ? demanda-t-il à voix basse.

L'homme se débattit sans répondre, et personne ne vint à son secours. Plus loin, l'alarme continuait à retentir. C'était parfait : son hurlement allait masquer les bruits de la lutte que Zach s'apprêtait à livrer.

Il resserra sa prise sur le cou de l'homme en évitant les coups qu'il cherchait à lui décocher.

— Qui t'a envoyé ? demanda-t-il.

L'homme partit d'un rire rauque et se tortilla tant et si bien qu'il faillit se libérer. Zach raffermit aussitôt sa prise d'étranglement et ne la relâcha pas, bien que le type se débatte comme un beau diable. Il continua à le questionner. Il savait qu'il n'obtiendrait aucune réponse, mais il espérait qu'un détail lui permettrait d'identifier l'homme, ou lui fournirait un indice.

Maintenant, en plus du hurlement de l'alarme, il entendait un autre bruit, tout aussi perçant. Celui des sirènes. Comme il était peu probable que la présence de voitures de police aux environs de la fille fantôme ne soit qu'une coïncidence, il devina que Cam et Hilly avaient décidé d'appeler la police. Merde. Maintenant, il pouvait seulement espérer que la police avait envoyé plus d'un agent, parce qu'il était certain que le second type venait déjà vers lui.

— Tu crois que les flics vont t'aider ? Ou l'aider elle, d'ailleurs ? demanda l'homme d'une voix étranglée.

— C'est ce que nous allons découvrir.

Il parvint à ramener l'un des bras de l'homme dans son

dos, mais le type en profita pour lui décocher un violent coup de coude en plein ventre. Il relâcha légèrement sa prise, et l'homme parvint à lui échapper.

Il voulut s'enfuir en courant, mais Zach plongea en avant et le plaqua au sol, où ils se mirent à lutter violemment. Le type était massif, mais Zach se pensait capable de le maîtriser jusqu'à ce que la voiture de patrouille arrive sur les lieux.

L'homme lui décocha soudain un coup de poing en plein torse, tellement violent qu'il eut l'impression d'entendre un chien aboyer et gronder.

Mais ce n'était pas qu'une impression : il y avait vraiment un chien, qui bondissait vers lui avec un grondement sourd. Un éclair de peur le traversa avant qu'il reconnaisse le chien, qui bondit sur son agresseur. L'homme hurla, et Zach parvint à se dégager de sa prise.

Un flic apparut, son arme braquée sur l'homme qui gisait sur le sol et regardait fixement, mort de peur, le chien qui grondait et montrait les dents, tout près de son visage.

— Assis, Free ! lança la voix de Hilly.

Le chien cessa aussitôt de gronder. Il s'assit en remuant la queue et tourna la tête vers Zach.

— Merci pour le coup de main, vieux.

Il caressa le chien, et la douleur lancinante qui lui vrillait le visage lui arracha une grimace. Il leva les yeux et vit Hilly accourir. Il fut un peu surpris que ce soit auprès de lui qu'elle s'agenouille, et non de son chien.

— Tu saignes, dit-elle.

Elle commença à palper son visage et ses épaules, comme pour y déceler des fractures ou des blessures, mais il immobilisa ses mains.

— J'ai la lèvre fendue, c'est tout. S'il te plaît, dis-moi que Cam est avec toi et que tu n'es pas venue seule.

— Je n'étais pas seule, répondit-elle. J'avais Free. Et la police.

Zach jura, mais sans grande conviction.

— Il faut que j'aille chercher Daisy.

Pendant ce temps, l'officier Keenland, du bureau du shérif du comté de Bent, menottait rapidement l'homme qui l'avait attaqué et lui lisait ses droits.

— Il y en a un autre, signala Zach.

— Nous le tenons déjà, répondit le policier.

— Je veux leur parler.

Keenland haussa un sourcil.

— Ils vont être transférés au poste, où *nous* les interrogerons. D'ailleurs, nous allons également devoir prendre votre déposition.

Il n'avait pas le temps de faire sa déposition ! Il jeta un regard à Hilly, qui hocha la tête sans qu'il ait besoin de lui poser la question.

Keenland aidait maintenant le prisonnier à se relever. À voix basse, de sorte que l'officier ne surprenne pas ses paroles, il dit :

— Le dernier bâtiment de la rue, de ce côté-ci.

Quoiqu'il lui en coûte, il allait devoir confier Daisy à Hilly le temps de faire sa déposition. Il prit son téléphone, le déverrouilla pour que Hilly puisse accéder à ses applications et le lui tendit, ainsi que les clés du bâtiment.

— Fais attention.

Ils allaient tous devoir redoubler d'attention.

9

Une fois de retour dans la jolie maison dissimulée dans une vieille bicoque au bord de l'effondrement, Daisy fut incapable de retrouver le calme et la résignation qu'elle avait ressentis ces derniers jours.

Quelqu'un l'avait débusquée. Ces deux hommes n'étaient pas arrivés jusqu'à elle, mais ils avaient tenté leur chance. Ici, dans ce lieu censé n'être connu de personne.

L'un de ses proches, quelqu'un qu'elle aimait et en qui elle avait confiance, avait bel et bien pour objectif de lui faire du mal – ou avait, par mégarde ou non, vendu la mèche à une personne qui voulait lui nuire.

Mon Dieu ! comme sa tête lui faisait mal à force d'étudier les interactions, de chercher une explication. Presque autant que son cœur.

Jaime était-il à l'origine de la fuite ? Même s'il était le beau-frère de Vaughn, elle ne le connaissait pas très bien. Il aurait pu parler à n'importe qui. Mais puisque Zach lui faisait entièrement confiance…

Zach qui essayait de la convaincre que Stacy était la coupable. Sa manageuse pouvait-elle nourrir une haine secrète contre elle ? L'explication était-elle aussi simple, aussi douloureuse ? Ou l'affaire était-elle plus compliquée, avec des motivations plus profondes, plus embrouillées ?

Mais il y avait pire que le tourbillon d'émotions, de peur et de questions qui l'agitait. Cam et Hilly n'avaient pas dit un seul mot sur ce qui s'était passé après que Zach l'avait laissée dans la maison abandonnée.

Bien sûr, il allait bientôt revenir et tout lui expliquer. Mais les minutes s'égrenaient et elle ne pouvait qu'attendre son retour en regardant Cam et Hilly se déplacer dans la cuisine et le séjour avec une parfaite synchronisation.

Ce qui était en réalité le pire de tout. Ces deux-là formaient une équipe, et la solitude qu'elle ressentait ne lui en parut que plus pesante. L'isolement qu'elle avait connu ces dernières années résonnait en elle, comme si son âme avait été creuse, vide de tout amour, de tout espoir. Il ne restait plus rien, sinon la peur.

Elle posa son front sur la table et s'efforça de retenir ses larmes. Personne ne la verrait pleurer. Pas question. Elle avait traversé toutes les épreuves qui avaient jalonné son existence au culot, et celle-ci ne ferait pas exception.

Peut-être qu'elle était tout simplement fatiguée de la vie qu'elle menait, qu'elle voulait une existence un peu plus normale, une petite maison à la campagne et un homme doux en qui elle aurait assez confiance pour envisager de fonder une famille.

Mais peut-être que Daisy Delaney et Lucy Cooper n'étaient pas faites pour ce genre d'existence.

Son téléphone tinta sur la table de la cuisine, et elle plongea si vivement vers lui qu'elle manqua tomber. Ce ne pouvait être que Zach. Toutes ses connaissances avaient arrêté de l'appeler et de lui envoyer des textos. Sans doute que…

Elle contempla fixement l'écran, qui affichait un nom – Jordan – et la première phrase de son texto. Comme ces quelques mots la mettaient mal à l'aise, elle cliqua afin de lire le message dans son intégralité.

> Je viens d'apprendre que tu avais quitté la ville pour quelques jours. Quelqu'un m'a parlé de cure de désintoxication. J'espère vraiment que tu reçois l'aide dont tu as besoin. Paix à toi.

Paix. Paix ? Un frémissement de rage la parcourut, et sa peur et son impression de ne rien contrôler de ce qui lui arrivait en ce moment n'en étaient pas les seules causes. Si elle était hors d'elle, c'était à cause de cette formule *ridicule*.

« Paix à toi. »

Paix.

Elle aurait aimé lui dire ce qu'il pouvait faire de sa paix. Se la fourrer…

— Est-ce que tout va bien ?

La voix de Hilly était douce mais trahissait son inquiétude. Daisy releva la tête et lui sourit, un peu trop durement sans doute, parce que la jeune femme recula d'un pas.

— Oui. Rien de plus qu'un texto envoyé par une… une connaissance dont je me passerais bien. Apparemment, la rumeur court que je suis en cure de désintoxication.

Elle avait envie de réduire son téléphone en miettes.

— Qu'est-ce que je peux répondre à ce genre de texto ?

— Rien du tout, répondit Cam d'une voix qui lui rappela celle de Zach.

En parlant de Zach, où pouvait-il bien être ?

— Vous devrez me pardonner, mais je ne veux pas que tout le monde pense que je suis en cure de désintoxication. Ma réputation est déjà suffisamment abîmée.

— Mais si les gens vous croient en cure, ils ne viendront pas vous chercher ici, remarqua Cam d'une voix empreinte de sagesse.

Apparemment, le dernier incident l'avait guéri. Il ne se comportait plus comme un fan intimidé par une vedette. À moins qu'il commence tout simplement à s'habituer à sa présence.

Mais Daisy s'en moquait.

— La personne qui m'en veut sait déjà que je suis ici.

— Mais moins de gens seront au courant, moins votre harceleur pourra en utiliser pour essayer de vous atteindre.

L'agrument était tellement inattaquable qu'elle avait maintenant envie de casser son téléphone sur la tête de Cam. Elle en avait marre de traverser ces situations rocambolesques en restant raisonnable. Elle avait envie de faire l'imbécile. Elle avait envie de se battre.

Et elle mourait d'envie de dire à Jordan d'aller sauter du haut d'une falaise, ou d'écrire une chanson dans laquelle elle décrirait la façon dont elle aurait aimé mettre le feu à toutes ses précieuses possessions.

Pourtant, Cam avait raison. Elle ne pouvait rien faire, sinon rester assise ici, sans réagir à ce texto. Et attendre le moment où quelqu'un parviendrait à lui faire du mal.

— Est-ce que Zach vous a autorisée à vous servir de votre portable ? demanda Cam.

Il semblait tellement désinvolte qu'elle faillit se laisser berner et croire que c'était une question qu'il posait à tous ses clients.

— Oui, merci beaucoup. Il a configuré quelque chose pour qu'on ne puisse pas me localiser, je pense. Mais il voulait que je puisse continuer à m'en servir pour envoyer des e-mails à mon agent, entre autres. Il m'a expliqué ce qu'il faisait, mais c'était trop technique pour que je comprenne. L'essentiel, c'est qu'il m'a autorisée à m'en servir.

Parce que maintenant, tout dans sa vie devait être approuvé par Zach.

Sauf elle-même. Elle pouvait continuer à le mettre hors de lui… en supposant qu'il revienne, qu'il ne l'abandonne pas ici.

Elle ferma les yeux et faillit de nouveau fondre en larmes. Oh ! mon Dieu… Elle se rendait compte maintenant qu'elle n'avait pas peur parce que ces hommes l'avaient retrouvée, mais parce qu'elle craignait que Zach la laisse tomber maintenant qu'ils l'avaient fait.

Hilly poussa une tasse et une assiette vers elle.

— Buvez un peu de thé. Et mangez quelques cookies.

— J'avais oublié combien les Simmons étaient accros au sucre, ironisa-t-elle.

Un nœud inattendu se forma dans sa gorge.

— Mais où est-il ? demanda-t-elle.

Sa voix était rauque et trahissait son angoisse d'une façon qui la dégoûta. Hilly lui tapota la main.

— Il est en sécurité, et il reviendra bientôt.

Elle n'avait pas besoin qu'il revienne. Elle n'avait pas besoin de Zach Simmons. Pas du tout. Il n'était qu'une espèce de garde du corps, rien de plus.

Mais mon Dieu, comme elle aurait aimé qu'il soit là pour pousser l'assiette de cookies vers elle, lui dire quelle serait la prochaine étape, et lui promettre qu'il s'occuperait de tout !

— Cinq minutes, pas plus, dit Zach.

L'officier ne broncha pas, ne prit même pas la peine de lever les yeux vers lui.

— Nous avons pris votre déposition, monsieur Simmons. Vous êtes libre de vous en aller.

— Il me faut cinq minutes. Bon sang, je me contenterai de deux questions.

— Simmons ?

Zach se retourna et soupira. Le détective Thomas Hart se tenait à la porte, habillé en civil. Il sut aussitôt qu'il avait perdu la partie.

Hart sortit du bâtiment par la porte de derrière, qui donnait sur le parking, et il le suivit. La nuit était tombée. Il ne savait pas depuis combien de temps il était ici, mais il n'avait toujours pas obtenu ce qu'il voulait.

— Il y a forcément quelque chose que tu peux me dire, dit-il.

— Non, il n'y a rien. Je ne te mens pas. Ils refusent de parler.

— Je veux un nom, Hart. Un dernier domicile connu.

Hart se retourna, croisa les bras et répondit :

— Tu n'auras rien de tout cela. Arrête de harceler les agents. Rentre chez toi et occupe-toi du boulot que tu fais en ce moment.

— Je peux pirater votre système en cinq secondes, rétorqua-t-il d'un ton dégoûté.

Hart leva un doigt.

— Pemièrement, je n'ai rien entendu. Deuxièmement, fais comme il te plaira, parce que je ne peux te donner aucune information. Zach… je ne sais ni quelle est ta mission, ni ce que ces hommes cherchaient à faire, mais tu sais aussi bien que moi que ce ne sont que des hommes de main. Ils n'avoueront rien d'important, que ce soit à toi ou à moi.

— Mais vous allez enquêter pour découvrir qui les paie ?

— Si c'est nécessaire.

Zach jura.

— Tu me tues.

— Hé, protesta Hart. C'est mon jour de repos. C'est toi qui me tues. Si McCarthy m'a appelé, c'est uniquement parce qu'il sait que nous sommes amis. Si tu ne faisais pas partie de la famille de Laurel, tu aurais été arrêté pour trouble à l'ordre public et entrave à une enquête en cours.

— Je suis un Carson, riposta-t-il. Les gens de ton espèce n'ont jamais eu besoin d'une raison valable pour jeter les gens de mon espèce en prison.

— Aucun vrai Carson n'a jamais été agent du FBI, je peux te le dire.

Zach le regarda de travers, ce qui lui valut un grand sourire.

— Tu veux aller jouer aux fléchettes ? demanda Hart. Te changer les idées pour démêler les nœuds ?

Il avait envie d'accepter. Il allait souvent jouer aux fléchettes avec Hart quand son ami enquêtait sur une affaire difficile et se retrouvait dans une impasse. Une activité machinale l'aidait à poser un regard neuf sur le problème. Peut-être que c'était exactement ce qu'il lui fallait. S'il arrachait son esprit à tout ce méli-mélo pendant une heure ou deux, peut-être qu'il parviendrait enfin à comprendre de quoi il retournait.

Mais Daisy était toujours dans la maison sécurisée, et il était hors de question qu'elle y passe la nuit. Ces deux types étaient sous les verrous, mais d'autres allaient arriver. Ils étaient peut-être même déjà en chemin. Même s'il pouvait s'enfermer avec Daisy dans cette maison ultra-sécurisée, il pouvait se produire n'importe quoi.

Bon sang, mais il lui fallait des réponses !

— Peux pas, répondit-il. J'ai du boulot.

Hart hocha la tête.

— Je te laisse y retourner. Fiche seulement la paix aux officiers.

— Tu me transmettras les renseignements que tu découvriras ?

— Bonne nuit, Simmons, répondit Hart.

Il ouvrit la portière de sa voiture et s'installa au volant.

Zach soupira mais n'insista pas. Il repêcha ses clés dans sa poche et se dirigea lui aussi vers sa voiture. Il pouvait harceler les officiers tant qu'il le voudrait, ils ne broncheraient pas. Et plus il le ferait, moins il aurait de chances d'arracher un quelconque renseignement à Hart.

D'ailleurs, il n'avait pas le temps d'essayer d'obtenir des informations. Il devait agir. Une idée se formait déjà dans son esprit – une idée qui n'allait pas du tout plaire à Cam. Autrement dit, il allait devoir se montrer particulièrement sournois.

Pour retourner au refuge, il fit tout pour s'assurer que personne ne l'avait pris en filature. Il prit le chemin des écoliers, manqua deux fois la rampe d'accès de la nationale et fit deux fois demi-tour.

Quand il fut enfin de retour dans sa ville fantôme, il rentra sa voiture dans le garage caché en se demandant si c'était la meilleure option. Il aurait peut-être mieux valu qu'elle soit garée plus près de la maison.

À moins bien sûr qu'il parvienne à mettre son plan en œuvre sans tarder. Mais d'abord, il allait devoir se débarrasser de Cam et de Hilly.

Par texto, il prévint Cam qu'il allait couper l'alarme et entra dans la maison. À peine avait-il posé le pied dans le séjour que Daisy, qui était assise à la table, se leva d'un bond.

— Oh mon Dieu. Vous êtes blessé !

Sa voix était douce, son ton horrifié. Comme si elle tenait à lui. Il en fut abasourdi. Elle courut vers lui et, du bout des doigts, toucha la commissure de ses lèvres, où il avait reçu un coup de coude qui avait donné naissance à un hématome.

— Je vais bien, parvint-il à dire d'une voix un peu trop étranglée. Je me suis seulement un peu battu.

Il recula pour fuir sa main à la caresse trop douce, trop réconfortante.

— Il faut que je remette les systèmes de sécurité en…

— Je m'en occupe, dit Cam.

Il se mit aussitôt au travail et Zach reposa les yeux sur Daisy. Elle était pâle et semblait épuisée. D'un ton neutre, il dit à Cam et Hilly :

— Je vous remercie pour votre aide, mais vous feriez mieux de rentrer maintenant. Nous allons tous dormir et nous réévaluerons la situation demain matin.

Cam le dévisagea, et il lui opposa un visage parfaitement inexpressif. Il ne fallait pas que Cam sache ce qu'il avait en tête. Pas encore.

Quand Cam eut fini de rebrancher les alarmes, il consulta Hilly du regard. Elle devait avoir compris sa question muette, parce qu'elle hocha la tête.

Jamais Zach n'avait été capable de communiquer de cette façon avec qui que ce soit. Il ne savait pas si c'était parce qu'il n'avait jamais eu de relation aussi sérieuse que celle qui unissait Cam et Hilly, ou parce qu'il lui manquait quelque chose de fondamental – mais le moment était mal choisi pour se poser ce genre de questions.

Hilly passa un bras autour des épaules de Daisy et dit :

— Montrez-lui le texto.

— Quel texto ?

Daisy regarda Hilly de travers, mais Cam et elle étaient déjà en train de passer la porte. Apparemment, ils avaient décidé de laisser Zach régler le problème lui-même.

— Daisy ? Montrez-moi ce texto.

— Ce n'est rien, répondit-elle.

Mais elle prit son téléphone, tapota quelques icônes et le fit glisser vers lui.

— Ce n'est que Jordan. Il s'inquiète tellement pour moi !

Il lut le message et le contempla longuement, l'air sombre.

— Comment a-t-il appris que vous aviez quitté la ville ?

— Je suis sûre que c'est ce que beaucoup de gens pensent, puisque je ne suis ni chez moi, ni en tournée.

Mais Zach n'aimait pas ça. Pour toute une série de raisons qu'il analyserait plus tard, une fois qu'il aurait mis son plan en branle.

— Est-ce que Jordan vous contacte souvent ?

Si ce n'était pas le cas, ce message renforcerait sa conviction que Jordan était mêlé à cette affaire.

— Pas souvent, non. Mais il n'y a rien d'anormal à ce qu'il m'envoie un texto de temps à autre. Comme : « Je serai tel jour à tel endroit, j'apprécierais que tu ne viennes pas faire de scandale. »

Il esquissa un sourire malgré lui.

— Laissez-moi deviner… Vous avez fait trois scandales.

Elle lui sourit, les yeux étincelants.

— Comment le savez-vous ?

Mais elle soupira et reprit :

— Personne ne me dira ce que je dois faire, et surtout pas un homme qui pense en avoir le droit alors que je n'ai plus de comptes à lui rendre. Croyez-moi : j'adorerais aller sonner à sa porte, soûle comme une grive, et lui dire ce que je pense. Mais j'ai appris à réfréner mes impulsions parce que la moitié du temps, ses provocations ne sont que des coups montés. Il veut que je vienne faire un scandale pour pouvoir jouer les victimes horrifiées et s'attirer la sympathie du public.

— Il veut vous détruire, dit carrément Zach.

— Il veut que j'apparaisse sous un mauvais jour, nuança-t-elle. Ce n'est pas la même chose.

Elle haussa brusquement les épaules. Elle voulait lui faire croire qu'elle s'en moquait, mais il voyait bien qu'elle était affectée. Tout son corps était rigide, ses doigts étaient crispés sur son téléphone.

— Plus j'y pense, moins je peux lui mettre cette histoire sur le dos, reprit-elle. Il est bien trop narcissique. Il ne cherche pas à me détruire. Tout ce qui l'intéresse, c'est de se donner le beau rôle.

Mais si son ex-femme venait à mourir, son capital sympathie augmenterait. Et même un narcissique pouvait vouloir se venger s'il pensait qu'on lui avait fait du tort.

Cependant, rien ne l'obligeait à argumenter pour chercher à la convaincre. Jordan figurait en tête de sa liste de suspects, au même titre que sa manageuse. Quand il aurait découvert le coupable, elle devrait s'en accommoder.

Soudain gagné par la fatigue, il s'assit sur l'une des chaises de la cuisine.

— En ce cas, vous devriez l'envoyer paître.

Elle lui coula un regard en coin.

— Continuez.

— Judo verbal, dit-il.

— Qu'est-ce que c'est ?

— Sans entrer dans les détails, c'est une façon de s'exprimer qui désamorce tout conflit potentiel.

— Je ne veux rien désamorcer, riposta-t-elle. Je veux lui exploser la tête.

— Je sais que c'est ce que vous voulez, ma puce, mais nous essayons de vous faire aussi discrète que possible.

— Il s'attend à ce que je sois hors de moi. Je ne devrais peut-être pas le décevoir, ne serait-ce que pour l'empêcher de s'intéresser d'un peu trop près à ce que je fais. Et pour honorer ma réputation.

Il pensait que Jordan était parfaitement au courant de ce qui se tramait. Il haussa les épaules et répondit :

— Bien sûr. Mais il sait qu'il se passe *quelque chose*, et il ne cherche qu'à glaner des informations. Alors, au lieu de vous mettre en colère, rendez-le dingue. Répondez-lui seulement : « Merci de t'inquiéter pour moi. » Quelques mots qui ne dévoilent rien, qui ne trahissent aucune culpabilité, qui ne provoquent aucune rancune. Cette petite phrase va le travailler, puisqu'il espérait une réaction plus violente de votre part. D'ailleurs, c'est bien ce qui m'inquiète.

Et ce n'était pas la seule chose qui l'inquiétait : ce texto était arrivé au moment où deux hommes qui avaient essayé de s'approcher de Daisy étaient emmenés par la police. La coïncidence était trop grosse pour ne pas être plus que ça.

Daisy contempla longuement son téléphone avant de demander :

— Vous pensez vraiment que cette réponse va le travailler ?

— Il vous connaît, non ? Il s'attend à ce que vous fassiez le contraire de ce qu'il vous demande. En vous proposant une trêve, il espère une explosion de colère pour toute réponse. Surprenez-le.

— À vous entendre, je suis une vraie mégère.

— Pas du tout. C'est lui qui est un crétin. Il pourrait s'abstenir de prendre contact avec vous pour essayer de vous faire parler. Il pourrait vous laisser vivre en paix. Mais non : il essaie de vous faire sortir de vos gonds et le pire, c'est qu'il feint l'inquiétude pour y parvenir. Ne lui faites pas ce plaisir. Parce que vous pouvez me croire, il retire du plaisir de vos réactions. Sinon, il ne vous contacterait pas.

Elle regarda son téléphone avant de se mettre à taper. Ensuite, elle le tourna vers lui et il lut :

Merci de ton inquiétude !

— Est-ce que le point d'exclamation est de trop ?

— Je pense que non.

— Envoi, dit-elle en tapotant l'écran d'un geste théâtral.

Ensuite, elle soupira et le regarda. Ses yeux s'attardèrent sur sa lèvre fendue et l'ecchymose qui marquait sa joue.

— Je croyais que vous étiez certain que Stacy était la coupable.

— Pour le moment, je ne suis encore sûr de rien. Nous devons examiner toutes les pistes possibles.

Et il ne pensait pas qu'ils les connaissent toutes.

Il ouvrit la bouche, prêt à lui exposer la suite de son plan, quand elle se pencha vers lui et toucha sa joue meurtrie. Tout en lui se noua. Elle planta son regard dans le sien et, du bout des doigts, effleura sa mâchoire endolorie.

S'il avait su à quoi s'attendre, il aurait pu s'en protéger. Mais la douceur de son geste le prit par surprise et le désarma totalement. Jamais personne n'avait… Le seul but de sa vie était de s'occuper d'autrui, de découvrir la vérité, de sauver des vies quand c'était possible.

Personne ne lui demandait jamais si la mission qu'il s'était donné pour but d'accomplir était un fardeau. Il n'avait jamais voulu – ni eu besoin – que quelqu'un le soulage de ce fardeau, parce qu'il lui appartenait.

Mais la caresse de Daisy était un cadeau tellement parfait que jamais il n'aurait pensé à le demander.

Elle s'assit doucement sur ses genoux. Il resta rigoureusement immobile, mais sans parvenir à étouffer le désir désespéré qui brûlait en lui. Ce moment n'avait rien à voir avec leur baiser de l'autre nuit, par lequel elle avait cherché à lui prouver quelque chose, à désamorcer quelque chose, ou peut-être seulement à oublier le cauchemar qu'elle traversait.

Non. Le moment qu'il vivait maintenant était empli de douceur, malgré la proximité de leurs corps, et bien que la faim qu'il avait d'elle n'ait rien de doux. Elle était tellement tendre, tellement… affecteuse.

— Daisy.

Sa voix n'était qu'un murmure rauque, mais il n'y avait plus de place en lui pour la gêne.

— Chut.

Elle posa ses lèvres au coin de sa bouche pour la plus douce, la plus légère des caresses.

— Il vous faut un bisou magique.

Une expiration tremblante lui échappa, et bien que ce fût la dernière chose à faire, il ferma les yeux. Elle parsema sa mâchoire endolorie de baisers qui le réconfortaient et l'apaisaient, de baisers qu'il n'avait aucun droit de recevoir parce qu'il était censé la protéger.

La protéger. Pas se terrer avec elle dans une maison abandonnée pendant que des hommes rôdaient aux alentours. Des hommes qui avaient bien failli arriver à leurs fins.

Aujourd'hui, il avait échoué. Mais cet échec ne serait suivi d'aucun autre : il allait agir.

— Nous n'avons pas le temps pour ça.

Ce n'était pas tout à fait vrai, mais il lui fallait trouver une excuse avant que sa volonté se dissipe totalement.

— Je pense que nous avons tout le temps qu'il nous faut, au contraire, répondit-elle en plaquant ses lèvres dans son cou.

Sa vision commençait déjà à se troubler avant qu'il ait une occasion de la repousser. Mon Dieu… comme il lui fut difficile de la repousser, et de la relâcher quand elle fut debout.

Mais il y arriva.

— Faites vos bagages, Daisy. Nous partons pour Nashville.

10

Daisy avait eu une sensation étrange en quittant la petite ville fantôme de Zach. Comme si elle allait lui manquer. C'était dingue, parce qu'elle était restée cloîtrée dans cette drôle de maison, sans pouvoir sortir et contempler les montagnes qui se dressaient à l'horizon ou les étoiles qui, en cette fin de nuit, scintillaient comme autant de diamants dans le ciel pur.

Il ne s'était rien passé de bon ici, et pourtant elle ne voulait pas partir. Elle n'avait aucune envie d'affronter Nashville et les gens qu'elle y connaissait, même si Zach était à ses côtés.

Parce que en affrontant son entourage, elle acceptait implicitement qu'une personne qu'elle aimait et en qui elle avait toute confiance pouvait être à l'origine de ce cauchemar.

Cependant, elle avait fait ses bagages sans protester. Et elle avait pu contempler le vaste univers pendant une trentaine de secondes avant que Zach la fasse monter en voiture.

Elle repensa aux baisers qu'ils avaient échangés. Il n'en avait pas reparlé, mais elle l'avait senti se détendre sous elle, pendant quelques instants.

Elle sourit. Enfin… tout ne s'était pas détendu en lui.

Elle lui coula un regard en biais. Ils roulaient vers un minuscule aéroport indépendant, dans une autre partie tout aussi perdue du Wyoming, où ils embarqueraient dans un avion minuscule qui les emmènerait jusqu'à Nashville, après quelques arrêts dans d'autres aéroports.

Nashville. Elle ne s'y sentait pas chez elle, parce qu'elle

ne se sentait vraiment chez elle nulle part. Aussi loin qu'elle se souvienne, elle avait toujours été sur la route et n'avait passé que de brèves périodes avec sa mère et Vaughn. Une fois adulte, elle avait acheté une maison à Nashville, mais l'avait revendue quand elle avait épousé Jordan.

Ensuite, ils avaient vendu la maison qu'ils avaient achetée ensemble. La maison où elle avait cru fonder une famille, se construire une vie.

— Vous savez, dit-elle, brisant le silence, je n'ai pas de maison à Nashville.

— Mais moi, si.

— Vous avez une maison à Nashville ? demanda-t-elle, incrédule.

Elle avait bien voulu croire qu'il connaissait assez de gens pour pouvoir survoler la moitié du pays dans un petit avion, mais cette nouvelle révélation était invraisemblable. Et pourtant, elle avait en lui une confiance aveugle.

— J'ai des relations, Daisy. Je nous ai trouvé un refuge.

Elle continua à le regarder, parce que sa lèvre fendue et les ecchymoses qui se devinaient sous sa barbe naissante lui donnaient l'impression d'être en sécurité, même si elle savait que ce n'était pas le cas.

Mais il la protégerait quoi qu'il arrive. Il n'était qu'un homme, n'importe qui pourrait l'atteindre s'il le voulait vraiment, mais elle savait qu'il se battrait pour la protéger.

Il donnerait des coups, et il en prendrait. Pour elle.

Il pouvait la repousser, soutenir qu'ils n'avaient pas le temps d'échanger plus qu'un baiser, mais elle n'avait pas le moindre doute : cet homme n'était ni impassible, ni insensible. S'il s'inquiétait de trop s'attacher à elle, c'était parce qu'il sentait qu'un lien s'était déjà formé.

Cette pensée lui remonta suffisamment le moral pour qu'elle s'assoupisse. Ce fut en l'appelant par son vrai nom que Zach la réveilla.

— Quand vous dormez, vous semblez ne pas réagir au prénom de Daisy, expliqua-t-il.

Sa voix était rauque d'épuisement et pourtant, ses lèvres esquissaient un sourire.

— C'est parce que Daisy Delaney ne dort jamais.

— Très bien, Lucy Cooper. Je vous suggère d'avoir une petite discussion avec votre alter ego, parce que vous auriez toutes les deux bien besoin de dormir.

Il lui tapota la tête et descendit de voiture.

Elle ne put que le suivre des yeux, abasourdie. Quelque chose dans la façon dont il avait prononcé son vrai nom bousculait tout en elle. La sensation n'était pas entièrement agréable, parce qu'elle était trop forte, au point de faire enfler son cœur et picoter ses yeux.

Jordan ne l'avait jamais appelée Lucy, pas même après qu'elle lui eut demandé de le faire. Pour sa famille, elle ne voulait pas être Daisy Delaney. Elle voulait compartimenter sa vie.

Mais il n'avait pas compris.

Zach ne comprenait sans doute pas, lui non plus, mais il l'avait quand même appelée par son vrai nom comme s'il savait que, quel que soit le nom qu'il utilise, elle demeurait la même. Il ne voyait pas Lucy Cooper et Daisy Delaney comme deux identités distinctes qui luttaient pour se faire de la place au détriment de l'autre.

Il ouvrit sa portière et posa sur elle un regard impatient. Oui. Elle était censée descendre de voiture, pas pleurnicher à cause d'un détail aussi insignifiant.

— Vous ne m'avez toujours pas dit quel était votre plan.

Il prit leurs bagages dans le coffre et se dirigea vers un petit bâtiment.

Le soleil s'était levé et baignait le monde d'une lumière nacrée. Il leur restait un long chemin à parcourir avant d'atteindre Nashville.

— Pour commencer, nous allons rendre visite à votre manageuse.

— Ensemble ?

Il haussa les épaules.

— Je ne vois pas ce qui nous en empêcherait. Vous n'aurez qu'à dire que je suis votre garde du corps.

Il frappa à la porte du bâtiment. Quelques instants plus tard, un jeune homme maigrichon ouvrit la porte et salua Zach en l'appelant par son prénom. Les deux hommes discutèrent pendant un moment. Ensuite, le jeune homme les invita à le suivre. Ils traversèrent un bureau et sortirent du bâtiment par la porte de derrière.

Daisy avait l'impression d'être dans un rêve, impression qui se renforça quand elle vit le minuscule avion qui les attendait.

Elle en eut le souffle coupé. Cet avion ne lui inspirait pas confiance, et si elle avait été avec toute autre personne que Zach, elle n'aurait pas hésité à le dire. Mais elle savait que jamais Zach ne lui aurait fait prendre le moindre risque. Cet avion devait être fiable.

Aussi fiable que n'importe quelle boîte de conserve fusant dans le ciel.

Il l'aida à monter l'escalier et pressa sa main.

— Vous avez peur de voler ? demanda-t-il avec douceur.

— Jusqu'ici, non, répondit-elle en balayant la minuscule cabine du regard. Mais cet avion pourrait me faire changer d'avis.

— Tout ira bien, affirma-t-il.

Elle n'était pas certaine qu'il ait raison, mais elle savait qu'il était sincère. D'un geste, il l'invita à s'asseoir.

— Pourquoi allons-nous à Nashville maintenant ?

Si elle parlait, elle oublierait peut-être son envie de s'enfuir en hurlant.

— Parce qu'il ne suffit pas d'attendre. Nous ne nous sommes pas rapprochés de la solution de l'énigme – au contraire, c'est la menace qui s'est rapprochée de vous. Nous allons donc agir et trouver l'origine de la fuite, s'il y en a eu une. En plus, votre présence à Nashville fera taire la rumeur qui prétend que vous êtes en cure de désintoxication.

Ce fut lui qui boucla sa ceinture. Elle ne pouvait que le dévisager, interdite, emplie du même sentiment que tout à l'heure : un cœur soudain devenu trop gros pour sa poitrine.

Elle déglutit et essaya de parler d'une voix normale – ou du moins, de *se sentir* normale.

— Quelle importance a ma réputation ?

— Jordan vous a déjà pris assez de choses, et la personne qui orchestre toute cette histoire en a pris encore plus. Ne leur en donnez pas plus. Nous allons faire taire toutes les rumeurs, et trouver la fuite. D'une pierre deux coups.

Personne ne s'était jamais soucié de ce qu'elle pouvait donner d'elle-même, du moment que tous obtenaient ce qu'ils voulaient. Même Vaughn, malgré toutes ses qualités, ne le comprenait pas suffisamment pour s'inquiéter d'autre chose que de sa sécurité.

Alors, elle fit la seule chose à laquelle elle put penser. Elle se pencha et posa ses lèvres sur les siennes. Il lui rendit son baiser pendant une brève seconde, et elle sourit contre sa bouche. Ensuite, il se redressa et la repoussa doucement.

Oh oui, il la désirait. Et peut-être même qu'il l'appréciait.

— Il faut que vous arrêtiez de faire ça, dit-il avec sévérité.

Pour toute réponse, elle lui plaqua un baiser sonore sur la bouche. Cette fois, il ne desserra pas les lèvres. Elle répondit à son regard réprobateur par un grand sourire et répliqua :

— Si vous arrêtez de m'embrasser en retour, peut-être que j'obéirai.

Comme il ne répondit pas, elle se carra dans son siège sans cesser de sourire.

Zach était épuisé après ce long trajet au cours duquel ils avaient plusieurs fois changé d'avion, d'autant qu'il n'avait pas dormi de la nuit. Mais il traversa Nashville au volant de la voiture de location pour rejoindre la planque qu'utilisait parfois l'un de ses amis, qui était membre des forces de l'ordre : une petite ferme, aux confins de la ville.

Sans savoir pourquoi, il était certain que Daisy allait s'y plaire. Mais il ne s'était pas préparé à être à ce point troublé par son ravissement.

— Oh ! mon Dieu ! Un poulailler !

Elle bondit hors de la voiture et courut jusqu'à la barrière qui délimitait la petite basse-cour. Il n'y avait aucune poule en vue, mais la bruine qui tombait sans discontinuer devait les avoir incitées à rester à l'abri.

— Mon ami m'a demandé si je pouvais m'occuper des poules. Si vous voulez vous en charger…

Elle se tourna vers lui. Elle était radieuse.

— Vous plaisantez ? Pourquoi est-ce que vous ne m'avez pas amenée ici dès le début ?

Il ne lui répondit pas que c'était parce qu'il se méfiait de son entourage. Son frère avait estimé qu'elle serait plus en sécurité dans un endroit isolé.

Mais ce plan avait échoué, et Zach en était seul responsable. Il aurait dû voir ses lacunes.

Cependant, il ne pouvait pas se laisser distraire par cette sensation d'échec. Il la chassa et se concentra sur le nouveau plan.

— Vous allez appeler votre manageuse et lui annoncer que vous comptez venir en ville demain. Dites-lui que vous voulez la voir – le matin ou l'après-midi, cela n'a aucune importance. Mais ce que je veux, c'est qu'elle croie que vous repartez de Nashville demain soir.

— Est-ce que nous irons à ce rendez-vous ?

— Bien sûr.

La joie simple que la vue du poulailler avait éveillée

en elle avait quitté son visage, mais elle ne chercha pas à discuter et à lui répéter, pour la centième fois, qu'elle avait une confiance totale en sa manageuse.

— Et…

Elle laissa sa phrase en suspens et reposa les yeux sur le poulailler. Il ne pouvait pas deviner ce qu'elle pensait en regardant son dos, mais le fait qu'elle lui dissimule son visage était révélateur : elle n'était pas heureuse.

— Vous serez avec moi, c'est ça ?

— Vous n'irez nulle part sans moi, chérie.

Elle se tourna vers lui, un sourcil haussé.

— Oh ! vraiment ?

— Ne soyez pas contrariante. Pas maintenant, et pas à ce sujet. Je ne cherche pas à vous donner des ordres, mais à vous garder à l'abri de tout danger. Nous sommes aussi inséparables que des siamois.

Elle le gratifia d'un sourire tellement tendre qu'il aurait dû se douter qu'il y avait anguille sous roche, mais il était trop épuisé pour être clairvoyant. Elle s'approcha de lui d'un pas nonchalant, leva la main et la posa sur son torse. Tout son corps se cripa sous la caresse, mais il ne put empêcher un frisson de le traverser quand elle commença à promener ses doigts sur son torse d'un geste malicieux. Il voulut le chasser, mais elle leva les yeux vers lui et le regarda à travers ses cils.

— Des siamois, hein ? Quel genre d'arrangement avez-vous prévu pour les nuits ?

Un éclair de désir le traversa, si douloureux que ce ne fut que par miracle qu'il parvint à ne pas s'écrouler. À ne pas céder… lui céder.

Mais il était hors de question qu'il cède, parce qu'il ne le pouvait pas.

— Nous y réfléchirons une fois à l'intérieur.

— Ne me taquinez pas, Zach.

Elle poussa un soupir sonore et posa la main sur sa joue.

Elle prenait un peu trop l'habitude de faire ce genre de geste, et il éveillait en lui un désir trop intense. Mais il était incapable de s'écarter de sa main. Pour tout dire, il avait le plus grand mal à se retenir de presser sa joue contre sa paume.

— Vous avez besoin de dormir, dit-elle.

— La sécurité avant tout.

Elle balaya la cour du regard. Malgré la bruine, elle avait une apparence de gaieté. L'herbe et les arbres étaient d'un vert intense, le poulailler et la grange d'un rouge vif que la bruine rendait encore plus lumineux. Cet endroit était aux antipodes de celui où il l'avait emmenée en premier.

Cette révélation lui sembla étrangement symbolique, mais il était tellement épuisé qu'il ne savait pas s'il devait y voir un bon ou un mauvais signe. Il désactiva l'alarme et la fit entrer dans la maison. Il laissa tomber les bagages par terre et, en suivant les instructions que son ami lui avait envoyées par mail, activa toutes les alarmes et sécurités.

— Comment contactez-vous votre manageuse, d'habitude ?

Elle le dévisagea. Il étouffa un bâillement. Il avait de plus en plus de mal à garder les yeux ouverts.

— Pour obtenir un rendez-vous, mieux vaut que je l'appelle. Elle devra sans doute réorganiser son emploi du temps pour me voir. Je sais qu'elle ne refusera pas, mais nous devrons déterminer ensemble le lieu et l'heure.

— Très bien. Je vous laisse l'appeler et arranger un rendez-vous.

Il faudrait qu'il pense à la sécurité de Daisy – si la fuite provenait des bureaux de sa manageuse, le harceleur saurait quand l'y trouver.

— Mais il faut qu'elle croie que vous n'arrivez que demain matin, et que vous repartez le soir même, ajouta-t-il.

— D'accord. Est-ce que je peux l'appeler en privé, ou voulez-vous écouter pour vous assurer que je suis bien sage et que je suis bien vos directives ?

Comme il ne savait pas trop quoi penser du ton de sa

voix, il préféra ne pas relever le sarcasme. Il se contenta de la regarder droit dans les yeux, en étouffant un bâillement à grand-peine.

— Je vous fais confiance, répondit-il enfin. Il y a trois chambres. Choisissez celle que vous voulez. Quand vous aurez passé votre coup de fil, donnez-moi l'heure du rendez-vous.

Elle lui rendit son regard pendant quelques secondes lourdes de sens. Il repensa au moment où elle l'avait embrassé, quand ils étaient dans l'avion. Comment avait-il pu être assez stupide pour lui rendre son baiser ?

Pourtant, il savait qu'en s'attachant à elle, il la mettait en danger – il les mettait tous deux en danger. Mais bien qu'il ne puisse oublier que c'étaient les sentiments qui avaient failli le mener droit à la catastrophe, l'année précédente, il n'y pouvait rien. Oui, il s'était attaché à elle.

Il devait bien y avoir un moyen de couper ce lien. Ses erreurs passées avaient été lourdes de conséquences : son frère était dans un hôpital psychiatrique, et Cam avait failli mourir. Quand on s'attachait à quelqu'un, il y avait toujours un prix à payer. S'il ne parvenait pas à détruire ce lien, il devait trouver un moyen de le garder à l'écart de façon qu'il n'interfère pas avec sa mission.

Oui, il avait retenu la leçon.

— Vous ne voulez pas que je vous rapporte la conversation mot à mot ? demanda-t-elle au bout d'un moment.

— Donnez-moi seulement l'heure du rendez-vous.

Parce qu'il devait se concentrer sur les faits, sur les mesures qu'il devait prendre pour la protéger. Il allait laisser tomber ses précieux schémas, cesser de chercher à la comprendre et à comprendre sa vie. Les faits, rien que les faits.

S'il l'avait exposée à un danger encore plus grand en la rapprochant de son harceleur, il ne pouvait pas se permettre de perdre du temps en s'intéressant à autre chose.

Elle hocha la tête, ramassa son sac et partit à la recherche d'une chambre.

Zach ramassa son sac, lui aussi, et en sortit son ordinateur portable. Avant de se laisser glisser dans un sommeil délicieux, il lui restait une chose à faire.

Pendant que son ordinateur démarrait, il ralluma son téléphone, qui était resté éteint pendant la majeure partie de leur voyage, et grimaça en entendant la rafale de tintements lui annonçant la réception de textos et de messages vocaux. Certaines personnes n'étaient pas ravies qu'il soit parti sans crier gare.

Il effaça tous les messages laissés par Cam et Hilly sans même les écouter, et ne lut que le dernier des textos que lui avait envoyés Cam.

> J'espère que tu sais ce que tu fais, parce que ton client – tu sais, le type qui nous paie – n'est pas très content.

Il allait demander à Daisy de contacter son frère. Mais même si Vaughn était un Texas Ranger, il pouvait très bien être à l'origine de la fuite…

Non, mieux valait qu'ils restent aussi discrets que possible, même si cela lui attirait les foudres de quelques personnes. C'était la sécurité de Daisy qui primait, et la meilleure façon de l'assurer était de l'isoler aussi hermétiquement que possible.

Il éteignit donc son téléphone de nouveau, sans répondre au texto de Cam. Il fallait qu'il esquisse un plan pour le lendemain.

Il allait donc fermer les yeux pendant une seconde, ébaucher le plan dans son esprit, y réfléchir jusqu'à ce qu'il devienne plus précis. Plus… il ne savait trop quoi.

L'instant d'après, quelqu'un lui prenait la main.

— Allons, beauté endormie, dit une voix amusée.

Sans ouvrir les yeux, parce qu'il en était incapable, il sentit qu'on le forçait à se lever. Tout semblait indistinct, éthéré. Il devait être en train de rêver.

Il rêva que Daisy l'emmenait quelque part, le faisait

asseoir sur un lit, le poussait doucement jusqu'à ce qu'il soit allongé et lui ôtait ses chaussures.

Ensuite, il rêva qu'elle se blottissait contre lui en posant une main sur son torse, juste à l'endroit du cœur, et en l'embrassant sur la joue.

Et puisqu'il s'agissait d'un rêve, il s'autorisa à se détendre. Il posa sa main sur la sienne, l'attira plus près de lui et se laissa engloutir par le sommeil.

11

Daisy ne savait pas trop ce qui l'avait poussée à s'allonger sur ce lit, à côté de Zach. Quand il se réveillerait, il allait être fou de rage. Mais elle ne se sentait nulle part plus en sécurité qu'ici, blottie contre lui.

Son coup de fil à Stacy avait été une vraie torture. Elle aurait voulu pouvoir dire à son amie ce qui se passait vraiment, mais elle n'avait pu que s'excuser d'avoir disparu sans crier gare et lui demander un rendez-vous en tête à tête, tout en essayant d'éluder ses questions.

Elle avait essayé d'interpréter chacun de ses silences, chacune de ses questions. Était-ce Stacy qui lui voulait du mal ? Courait-elle un danger en allant à ce rendez-vous ?

Elle déglutit avec effort et se tourna vers Zach. La pièce était plongée dans l'obscurité mais, à la lueur du réveil posé sur la table de chevet, elle distinguait son profil, sa grande main posée sur la sienne.

Avec lui, elle se sentait en sécurité. Pas seulement parce qu'elle était en danger et qu'il avait fait partie du FBI, mais aussi parce qu'il lui donnait une impression de sécurité… émotionnelle. C'était vraiment étrange. Elle n'avait jamais ressenti cette sensation, pas même avec sa mère ou avec Vaughn. Avec eux, elle sentait toujours qu'elle devait être prudente parce qu'ils n'avaient jamais approuvé le choix qu'elle avait fait de marcher sur les pas de son père. Ils l'aimaient, mais ils ne la comprenaient pas.

Elle n'était pas certaine que Zach la comprenne, mais c'était l'impression qu'il lui avait donnée jusqu'ici.

Et est-ce que tu es vraiment assez naïve pour croire que Zach est différent de tous les autres hommes ? Qu'il ne te laissera pas tomber ?

Mais elle avait vu Vaughn tomber amoureux de Nat. Elle avait vu comment cet amour l'avait changé, l'avait amené à s'ouvrir. Il y avait des hommes bien sur terre. Seulement, elle n'en avait pas rencontré beaucoup. Son instinct lui soufflait que Zach en faisait partie, mais pouvait-elle vraiment s'y fier ?

Mais quand elle était pelotonnée contre lui, comme en ce moment, elle était délivrée de tous les doutes qui l'assaillaient quand elle était avec Jordan. Elle ne doutait pas de Zach. Il ne lui donnait aucune raison de douter de lui.

Elle laissa cette pensée la faire basculer dans le sommeil.

Elle se réveilla en sentant le corps de Zach tressaillir contre le sien et en l'entendant aligner quelques jurons bien choisis. Elle sourit et ouvrit les yeux alors qu'il se levait d'un bond.

— Je me suis endormi ?

Sa voix était rauque de sommeil et d'indignation. Elle voulut pincer les lèvres pour ne pas sourire, mais échoua.

— Vous dormiez debout, cow-boy, expliqua-t-elle en s'étirant voluptueusement. J'ai essayé de vous réveiller, mais en vain. Il a fallu que je vous traîne jusqu'à ce lit. Mais je n'ai pas profité de vous.

Il lui jeta un regard en coin avant de se passer les mains sur le visage et dans les cheveux. Elle mourait d'envie de poser les mains sur lui, elle aussi, mais elle savait qu'il allait vouloir se mettre au travail sur-le-champ.

Et très franchement, il avait été tellement agréable de se réveiller auprès de lui – même s'il l'avait réveillée en sursaut – qu'elle se sentait pleine d'indulgence pour lui. Il y avait un moment déjà qu'elle rêvait de se réveiller chaque matin auprès de quelqu'un, et ce rêve était bien plus attirant si ce quelqu'un était Zach.

— Nous avons rendez-vous avec Stacy à 11 heures, dit-elle.

— 11 heures ?

Il jura de nouveau.

— Cela nous laisse deux heures pour tout préparer.

— Si vous preniez une douche pendant que je fais le café ? Ensuite, nous aviserons.

Sans attendre sa réponse, elle se leva et se dirigea vers la porte. Oui, il lui fallait du café pour calmer les palpitations de son cœur.

Zach posa une main sur son épaule pour l'arrêter, et ses palpitations redoublèrent d'intensité. Il la dévisagea longuement, sans ôter sa grande main chaude de son épaule.

— N'oubliez pas que la personne qui est reponsable du cauchemar que vous vivez peut être quelqu'un en qui vous avez confiance. Vous pouvez vous inquiéter de beaucoup de choses, mais je ne veux pas que vous vous reprochiez de ne pas avoir vu clair dans son jeu.

Est-ce que c'était de cela qu'elle avait peur ? Peut-être. Si le coupable était Jordan ou Stacy, elle ne voulait pas le savoir. Cela aurait voulu dire qu'elle s'était trompée à leur sujet.

Puisqu'elle savait déjà à quel point elle s'était fourvoyée au sujet de Jordan, elle pouvait peut-être espérer qu'il était leur coupable. Mais rien n'y changerait : elle se sentirait toujours aussi idiote, et continuerait à culpabiliser à la pensée que Tom était mort à cause d'une chose aussi…

Zach ramena une mèche de cheveux derrière son oreille. Ce geste fit fuser un petit frisson de plaisir le long de son épine dorsale et desserra l'étau qui semblait lui comprimer les poumons.

— Nous allons résoudre cette histoire, et vous retrouverez votre vie d'avant. Je vous le promets.

Il la gratifia d'un petit sourire rassurant.

— Et maintenant que j'ai dormi, reprit-il, personne ne pourra m'arrêter. Faites-moi confiance.

— C'est le cas, chuchota-t-elle.

Elle avait parlé avec bien trop d'émotion, mais cet homme éveillait en elle tout ce qu'elle avait toujours ardemment souhaité ressentir. Jusqu'ici, seule la musique lui avait apporté ce genre de réconfort, lui avait donné l'impression qu'elle méritait le bonheur.

Et maintenant, il y avait Zach, cet homme dont le cœur n'était que bonté. Il se tenait assez près d'elle pour qu'elle puisse s'appuyer contre lui. L'embrasser. Croire en lui.

Elle se râcla la gorge et recula d'un pas. Elle pouvait se permettre de l'embrasser quand elle cherchait à l'agacer ou à oublier tout ce qui allait mal dans sa vie, mais pas quand elle se sentait aussi… vulnérable qu'en ce moment.

Elle tourna les talons et alla fouiller dans la cuisine pour trouver le café. Il était en train de couler quand Zach sortit de la chambre dans laquelle ils avaient dormi. Il s'était rasé et habillé, et ses cheveux étaient encore humides après sa douche.

L'émotion qui la transperça à sa vue était bien plus que du désir. C'était quelque chose de bien plus grand, qui terrassa le désir qu'elle éprouvait et l'empêcha d'agir.

Elle se râcla la gorge et posa une tasse sur la table.

— Voilà. Il est déjà sucré. Trop, même.

— Merci.

Il posa son ordinateur portable sur la table, s'assit et goûta son café.

— Parfait.

La scène avait tout d'une routine conjugale. C'était plus que son pauvre cœur ne pouvait en supporter en ce moment.

Elle s'assit face à lui et demanda :

— Alors, quel est le plan ?

Parce qu'elle était toujours menacée. Sa sécurité était un sujet bien plus important et, étrangement, beaucoup moins dangereux émotionnellement.

— Nous allons aller à ce rendez-vous ensemble. Vous pouvez me présenter comme votre garde du corps, sans donner de nom afin que nous n'ayons pas besoin de retenir un faux nom. Dites que vous vous inquiétez pour votre sécurité, mais que vous pensez qu'il faudrait que vous donniez quelques concerts pour sauver votre réputation et apporter la preuve que vous n'êtes pas en désintoxication.

— Comme je vous l'ai déjà dit, c'est mon agent qui s'occupe de ce genre de choses.

— C'est vrai. Nous allons donc nous en tenir à une partie de la vérité. Dites-lui que vous ne faites confiance à personne et que vous voulez que tout soit fait par son intermédiaire. Ce n'est pas son travail habituel, mais est-ce qu'elle pourrait accepter, compte tenu des circonstances ?

— Je pense que oui.

— Aussi fortuitement que possible, ajoutez que vous rentrez chez vous ce soir.

— Je n'ai pas de chez-moi, répondit-elle.

Mais Zach ne cilla pas.

— Qui est au courant ?

— Que voulez-vous dire ? demanda-t-elle.

Il lui fallait un autre café pour chasser l'épuisement qui semblait ne plus la quitter.

— Parmi nos suspects, précisa-t-il, qui saurait que vous n'avez pas de véritable chez-vous ? Jordan ?

— Jordan penserait sans doute que je veux parler de Nashville. Après tout, un artiste habite là où est sa carrière.

— Et Stacy ?

— Elle penserait plutôt au Texas. Elle sait que c'est là-bas que vit mon frère, et combien je tiens à lui et à sa famille.

— Très bien. Il y a un vol pour Austin à 10 heures. Donc, vous allez dire à Stacy que vous rentrez chez vous ce soir. Si elle ou l'un de ses employés part pour le Texas, nous saurons que la fuite vient d'elle. Et si Jordan commence à fouiner dans Nashville, nous aurons toutes les raisons de le soupçonner.

— Et comment saurez-vous ce qu'ils font ?

Il haussa les épaules et tapota quelques mots sur son ordinateur.

— J'ai des yeux et des oreilles un peu partout.

Il prit une autre gorgée de café avant de la regarder.

— Tout ce que vous aurez à faire, c'est lui parler comme vous le feriez en temps normal.

— Mais je ne me sens pas normale. C'était déjà assez difficile au téléphone. Alors, en personne…

— Je serai là, dit-il. Je peux parler pour vous s'il le faut. Vous n'aurez qu'à faire semblant d'être à bout de nerfs.

— Je ne suis jamais à bout de nerfs, rétorqua-t-elle.

Et elle le regrettait presque, parce que cela lui aurait permis de tout remettre entre les mains de Zach et de le laisser s'en occuper. Mais il avait beau lui dire que rien n'était de sa faute, elle n'était pas dupe. Elle était responsable de ce qui se passait. Ces événements se produisaient à cause de l'un des choix qu'elle avait faits dans sa vie.

Alors, elle devait prendre les choses en main et mener le combat elle-même.

Quand elle descendit de la voiture de location, à trois rues de l'immeuble où se trouvaient les bureaux de Stacy, la nervosité de Daisy était palpable. Cependant, elle fit appel à toute sa force de caractère pour la juguler et avança sur le trottoir aux côtés de Zach sans la moindre hésitation.

Ils marchèrent vers l'immeuble sans que Zach cesse un seul instant d'observer les bâtiments et la foule qui se pressait sur le trottoir. Il restait tout près de Daisy, prêt à empoigner l'arme qu'il avait dissimulée en cas de besoin.

Mais, apparemment, personne ne les suivait. Même s'il s'y était attendu, il en fut soulagé – mais pas uniquement parce que la sécurité de Daisy ne semblait pas menacée, malheureusement. S'il avait pu retirer sa manageuse de la liste des suspects, il savait qu'il lui aurait enlevé un poids énorme des épaules.

Il ouvrit la porte d'entrée de l'immeuble et, d'un geste, invita Daisy à entrer. À partir de cet instant il ne marcha plus à ses côtés mais derrière elle, comme l'auraient fait la plupart des gardes du corps.

Ils prirent l'ascenseur sans échanger un mot et, quand ils en sortirent, s'engagèrent dans un autre couloir. Le comportement de Daisy changea : sa nervosité disparut, remplacée par une sombre détermination, ce qui lui sembla encore plus triste, en quelque sorte. Elle faisait tellement d'efforts…

Il nota les noms inscrits sur chacune des portes devant lesquelles ils passaient. Plus tard, il les coucherait sur le papier et enquêterait sur d'éventuels liens. Il ne fallait surtout pas qu'il espère parvenir à un résultat plutôt qu'à un autre, sous peine de voir son jugement faussé. Mais il espérait tellement trouver une preuve que Stacy était innocente.

Quand ils entrèrent dans le bureau sur la porte duquel étaient écrits les mots « Starshine Management », une jeune femme se leva d'un bond de son bureau immense.

— Mademoiselle Delaney ! Cela fait tellement longtemps.

— Bonjour, Cory. J'ai rendez-vous avec Stacy.

— Bien sûr. Oh bon sang, mademoiselle Delaney… Il faut quand-même que je vous dise. « Put a Hex on My Ex » m'aide à me remettre d'une rupture vraiment difficile. Je vous le jure. Je ne sais pas ce que je ferais sans votre musique.

Daisy se fendit d'un sourire tendu.

— Vous reprendriez le dessus. Mais la musique est aussi là pour adoucir nos peines, n'est-ce pas ?

— C'est tellement vrai ! Je vais aller chercher Mme Vine maintenant.

Elle sourit, s'éloigna dans le couloir d'un pas dansant et disparut dans un bureau dont les parois vitrées étaient masquées par des stores.

Le visage de Daisy se décomposa, laissant percer sa tristesse et son inquiétude.

— Je ne connais pas « Put a Hex on My Ex », dit Zach.

Elle esquissa un sourire, juste comme il l'avait espéré.

— Elle n'est pas très connue. Cette chanson figure sur le premier album que j'ai enregistré après avoir quitté le label de mon père. À l'époque, peu de gens s'intéressaient à moi. Ce ne sont pas mes heures les plus glorieuses, mais j'adore cette chanson. Maintenant encore plus qu'à l'époque.

Il n'avait cherché qu'à lui changer les idées, mais sa réponse soulevait un point intéressant qu'il avait négligé.

— Est-ce que c'était vous qui écriviez vos chansons quand vous enregistriez pour le label de votre père ?

Elle se frotta la tempe et ferma les yeux.

— J'en ai écrit quelques-unes moi-même, mais toujours avec un coauteur, si je me souviens bien.

Oui, c'était une possibilité qu'il devait creuser : la personne qui lui voulait du mal n'avait peut-être pas un lien qu'avec elle, mais aussi avec son père.

— Est-ce qu'il y a un lien entre Stacy et le label de votre père ?

— Oui. Elle y était assistante manager. Je l'ai persuadée de partir et de me prendre comme première cliente.

Est-ce que c'était le lien qu'il cherchait ? Il n'eut pas le temps d'approfondir la question. La secrétaire guillerette ressortait du bureau, accompagnée d'une femme qui ne semblait pas beaucoup plus âgée que Daisy.

— Daisy ! Mon Dieu. J'étais malade d'inquiétude.

Elle serra fougueusement Daisy dans ses bras avant de scruter Zach, un sourcil haussé.

— C'est mon garde du corps, dit Daisy avec un geste dédaigneux de la main. Tu sais comment mon frère s'inquiète.

Stacy passa un bras autour de la taille de Daisy et l'entraîna dans le couloir.

— Et il a raison. Je suis tellement désolée de tout ce qui t'arrive, Daisy. Qu'est-ce que je peux faire ?

— J'espérais que tu me poserais la question.

Ils entrèrent dans le bureau de Stacy, une pièce spacieuse dont la grande baie vitrée laissait entrer des flots de lumière. Au lieu de prendre place derrière son énorme bureau, Stacy s'installa dans un fauteuil et Daisy s'assit face à elle.

Elles commencèrent par échanger quelques banalités sur leurs relations communes. Rien ne semblait étrange dans le comportement de Stacy. Elle se conduisait comme une femme qui s'inquiète pour son amie, et dans le même temps comme une femme d'affaires entièrement dévouée à la carrière de sa cliente.

Quant à Daisy, elle semblait parfaitement détendue. Mais il suffit à Zach de remarquer la façon dont elle tenait son sac, qu'elle avait posé sur ses genoux, pour savoir qu'elle jouait la comédie.

Daisy aborda tous les sujets qu'il l'avait chargée d'aborder. L'éventualité d'un petit concert intime afin de promouvoir son dernier single, en présence d'un service de sécurité important, son projet de rentrer chez elle pour se reposer pendant quelques jours… et elle prit soin de demander à Stacy de ne rien dire à personne de ce dernier détail.

— Tu es sûre que tout va bien, Daisy ? Tu n'as pas l'air d'être toi-même.

— Est-ce que tu aurais l'air d'être toi-même si tu avais retrouvé ton garde du corps mort dans ta loge ?

Stacy grimaça.

— Pardon. Je m'inquiète pour toi, c'est tout.

Elle jeta un rapide coup d'œil vers Zach.

— Pas seulement pour ta sécurité, mais pour *toi*. Est-ce que tu es certaine de vouloir donner un concert, avec tout ce qu'il se passe en ce moment ? Nous ne pouvons pas examiner les antécédents de tous les spectateurs. Je sais bien que tu veux promouvoir ton album, mais…

— Attends. Qu'est-ce qui te fait penser que la personne qui a tué Tom est l'un de mes fans ? demanda Daisy, sans pouvoir masquer son désarroi.

Stacy cligna des yeux avec la plus parfaite innocence, à laquelle Zach se demanda s'il devait croire ou non.

— Qui d'autre serait-ce ?

Une sirène assourdissante se déclencha soudain, les faisant sursauter. Stacy fronça les sourcils et balaya la pièce du regard.

— Le moment est mal choisi pour un exercice d'incendie, cria-t-elle pour se faire entendre par-dessus le vacarme.

Elle semblait mal à l'aise, et Daisy encore plus. Quant à Zach, il ne pensait pas du tout qu'il s'agisse d'une coïncidence.

— Nous devrions évacuer, dit-il en tendant une main vers Daisy. Quel chemin prendriez-vous normalement en cas d'exercice d'évacuation ?

Stacy haussa les épaules avec impuissance en se levant.

— Je… j'ai oublié. L'escalier, sans doute. Mais ensuite, est-ce qu'il faut passer par l'avant, ou par l'arrière ? Cory doit le savoir.

Zach hocha gravement la tête, serra fermement la main de Daisy dans la sienne et l'entraîna vers la porte.

Cory était debout au milieu de la salle d'attente du bureau, les mains pleines de papiers et d'objets divers. Toute jovialité avait quitté ses traits, qui n'exprimaient maintenant qu'inquiétude et perplexité.

— Je ne sais pas ce que je dois prendre et ce que je dois laisser, dit-elle.

— Je suis sûre que ce n'est qu'un exercice…

Cory tendit le doigt vers les portes vitrées, et Stacy laissa sa phrase en suspens. Des volutes de fumée rampaient sur le sol du couloir.

— Venez, ordonna Zach en entraînant Daisy vers la porte. Baissez-vous. Il faut sortir d'ici aussi vite que possible.

— Nous devrions appeler les pompiers, remarqua Cory d'une voix tremblante.

Zach ouvrit la porte et lui fit signe de sortir, ainsi qu'à Stacy. Il garda Daisy auprès de lui.

— Nous les appellerons, mais nous devons d'abord sortir d'ici. C'est le plus important.

Stacy et Cory semblaient totalement déboussolées. Debout dans le couloir, elles regardaient la fumée qui continuait à s'élever tout autour d'elles.

— Suivez-nous, ordonna Zach. Donnez-vous la main.

Sans lâcher la main de Daisy, il les guida vers l'escalier qu'il avait remarqué en arrivant.

Dans la cage d'escalier, la fumée était encore plus épaisse. Par contre, la température était normale. Il ne voyait aucune flamme, les gicleurs d'incendie ne s'étaient pas déclenchés… Plus il y pensait, plus il avait la désagréable impression qu'il ne s'agissait pas d'un incendie, mais d'un stratagème visant à créer une diversion.

Ils atteignirent enfin le rez-de-chaussée et débouchèrent dans le hall où flottait une épaisse fumée âcre.

En sentant Daisy tirer sur sa main, il regarda par-dessus son épaule. Mais la fumée était tellement épaisse qu'il distinguait à peine sa silhouette, derrière lui. Il ne voulait pas parler afin d'inhaler aussi peu de fumée que possible. Mais elle continuait à tirer sur sa main, plus fort, par à-coups.

Elle faillit lui échapper, mais il serra plus fermement sa main et l'attira vers lui.

— Restez avec moi, ordonna-t-il.

— Attendez, croassa-t-elle.

Il était hors de question qu'il attende. Ils devaient sortir au plus tôt de cette situation potentiellement dangereuse.

Ils passèrent les portes et se retrouvèrent sur le trottoir, au milieu d'un attroupement de badauds. Il se fraya un chemin à travers la foule, toujours en entraînant Daisy derrière lui, pour s'éloigner de l'immeuble.

— Zach ! s'écria-t-elle. J'ai lâché la main de Stacy. Nous devons retourner la chercher.

Sa voix altérée par la fumée était vibrante de désespoir. Mais Zach ne s'arrêta pas pour autant.

— Ne vous inquiétez pas pour elle ni pour Cory. À mon avis, ce n'était pas un incendie. Maintenant, dites-moi ce qui vous a pris. Pourquoi avez-vous tiré sur ma main comme vous l'avez fait ? Si je vous avais lâchée…

Elle se mit à tousser, et il la regarda. Son cœur se serra en voyant les larmes qui dévalaient son visage.

— C'était Stacy, répondit-elle d'une voix faible. Elle n'arrêtait pas de me tirer dans la direction opposée. Je pense qu'elle connaissait un meilleur moyen de sortir.

Il manqua s'arrêter net, mais la fumée qui s'échappait du bâtiment et le chaos qui régnait autour d'eux lui rappela qu'il devait continuer à avancer – en tenant fermement la main de Daisy.

— Qu'est-ce qu'elle a fait ?

La foule était moins dense, maintenant. Il pressa le pas.

— Je suis certaine que c'était un accident. Elle a dû paniquer et penser que nous nous trompions de direction. Mais quand vous m'avez tirée vers vous, elle a lâché ma main. Je pense que Cory et elle sont sorties par l'arrière.

Zach secoua la tête sans cesser de l'entraîner vers la voiture garée à quelques rues de là. Il aurait aimé pouvoir la protéger en lui cachant la vérité, mais c'était impossible. Ce n'était pas la mission qu'on lui avait confiée.

— Daisy… Cet incident ne plaide pas en faveur de Stacy. Ce n'était pas un incendie mais des bombes fumigènes, sans doute, destinées à créer une diversion. Quelqu'un savait que vous veniez ici. Il a voulu profiter de cette occasion pour vous atteindre, et tout porte à croire que Stacy voulait l'aider à parvenir à ses fins.

12

Daisy ne dit pas un mot sur le chemin du retour, et la vue de la jolie petite ferme ne suffit pas à lui remonter le moral. Elle alla s'enfermer dans la salle de bains, se mit sous une douche brûlante et pleura toutes les larmes de son corps.

Elle aurait mis sa vie entre les mains de Stacy. Depuis qu'elle volait de ses propres ailes, elle n'avait rien construit sans que Stacy soit à ses côtés.

Elle voulait continuer à croire que c'était sous le coup de la panique que Stacy avait essayé de l'entraîner dans la direction opposée de celle où allait Zach – l'explication aurait été logique, mais ils ne s'étaient pas attardés pour lui poser la question. Elle voulait continuer à croire que ce n'était que par accident que Stacy semblait coupable. Rien n'était prouvé. On ne pouvait être sûr de rien.

Et pourtant, Zach était certain que Stacy était mêlée à l'affaire.

Pendant un bref instant, Daisy se prit presque à espérer que la personne qui cherchait à s'en prendre à elle parvienne à ses fins. Au moins, ensuite, tout serait fini.

Mais cette pensée lui donna la nausée. Elle ne voulait pas être blessée – ou pire –, même si cela mettait un terme à cette attente insoutenable. Mieux valait être vivante et bouleversée que sereine et morte.

Elle sortit de la douche et enfila un pyjama confortable, bien que l'après-midi touche à peine à sa fin. Elle aurait aimé dormir jusqu'à ce que toute cette histoire soit terminée.

C'était impossible, bien sûr. Mais si elle dormait pendant toute la soirée, peut-être que cela lui laisserait le temps de se résoudre à l'idée que le comportement de Stacy ne plaidait pas en sa faveur.

Quand elle sortit de la salle de bains, elle fut tentée d'aller droit dans la chambre où elle avait posé ses affaires la veille. Cette chambre où elle n'avait pas passé la nuit, puisqu'elle l'avait passée dans la chambre de Zach.

Zach… Elle avait beau faire, elle était incapable de faire fi de ses certitudes. Il était farouchement déterminé à la protéger. Ce n'était pas la faute de Zach si elle était une aussi piètre juge de la nature humaine, si ses ennemis potentiels étaient des personnes qu'elle avait crues honnêtes et loyales.

Alors, elle se força à retourner dans le séjour coquet, qu'on aurait dit tout droit sorti de *La Petite Maison dans la Prairie* – en plus propre et plus chic. Cette pièce lui faisait l'effet d'être un petit monde imaginaire et bon sang ! c'était exactement ce dont elle avait besoin en ce moment.

Un monde imaginaire, avec en prime un séduisant protecteur qui s'affairait dans la cuisine. Il devait être en train de préparer le dîner. Et elle était certaine qu'il ne la quitterait pas des yeux pour s'assurer qu'elle mangeait.

Quand il se tourna vers elle, elle lut tellement de compassion dans son regard que sa gorge se noua de nouveau. Mais elle ne voulait pas pleurer devant lui, bien qu'elle sache qu'il ferait tout pour la réconforter, avec une gentillesse absolue.

Elle voulait être forte, mais pas pour lui prouver quoi que ce soit. C'était à elle-même qu'elle voulait prouver qu'elle ne tenait pas particulièrement à ce qu'on mette un terme à sa vie, même si elle avait presque espéré, l'espace d'un court instant, que la mort vienne mettre fin à ce cauchemar.

— Ce rendez-vous a été encore plus instructif que je ne m'y attendais, dit-elle.

Elle s'assit sur l'un des hauts tabourets alignés devant le comptoir qui séparait la cuisine de la salle à manger.

— Vous pouvez le dire. Je sais combien il est pénible pour vous de penser que Stacy pourrait jouer un rôle dans cette histoire, mais c'est une éventualité que nous devons accepter.

Elle hocha la tête en faisant tourner son téléphone sur le comptoir.

— Oui, je comprends.

— Si cela peut vous aider, je ne pense pas qu'elle agisse seule. Je ne la pense pas capable de diriger une société aussi exigeante que la sienne et de planifier en parallèle l'envoi d'hommes de main dans le Wyoming ou cette diversion à base de bombes fumigènes. À mon avis, elle n'est qu'un pion.

— Oh ! bon sang. Vous voulez dire que d'autres personnes qu'elle cherchent à me nuire ?

— Peut-être qu'elle ne sait pas qu'on se sert d'elle.

— Mais quoi qu'il en soit, elle est mêlée à toute cette histoire.

Le simple fait de prononcer ces paroles lui noua l'estomac. Elle continuait à se dire qu'elle finirait par accepter que Stacy était impliquée, et qu'elle pourrait alors aller de l'avant.

Mais non, elle ne pouvait pas l'accepter. Même quand Zach restait calme et lui donnait des arguments logiques.

— Toutes les preuves indiquent qu'elle l'est.

Zach égoutta des pâtes dans l'évier, d'une main habile.

— Où avez-vous appris à cuisiner ? demanda-t-elle pour parler d'autre chose que de Stacy.

— Avec ma mère. Elle voulait que ses garçons sachent se débrouiller seuls.

Quelque chose changea sur son visage.

— Des garçons ? Vous avez des frères ?

— Un frère, oui.

— Je ne savais pas. Vous ne m'avez parlé que de votre père et de Hilly.

Il haussa les épaules.

— Est-ce que vous voulez ma biographie ?

Parce que la question sans détour la blessa plus que de raison, elle lui décocha un sourire acéré.

— Je vous rappelle que nous avons passé la nuit ensemble, mon cœur.

Sa bouche tressaillit, comme s'il la trouvait presque amusante.

— Hum. Eh bien, j'ai un frère.

— Est-ce qu'il est aussi protecteur que vous ? Ou êtes-vous tous les deux comme mon frère et moi ?

— Que voulez-vous dire par là ?

— Que Vaughn et moi sommes aux antipodes l'un de l'autre.

— Mais vous l'aimez, remarqua-t-il.

— Bien sûr que oui. De toutes les relations que j'ai eues dans ma vie, celle que j'ai avec Vaughn est l'une des rares à ne pas être compliquée. Enfin… pas trop compliquée. J'ai toujours su qu'il n'approuvait pas vraiment les choix que je faisais, mais il m'a quand-même toujours soutenue.

Elle ne l'avait jamais remercié pour son soutien, qu'elle n'avait pas toujours apprécié à sa juste valeur. De toute façon, il était toujours horrifié de voir quelqu'un laisser libre cours à ses émotions devant lui, même s'il s'agissait de gratitude. Cette pensée lui arracha un petit sourire. Mais quand Zach posa le saladier de spaghettis devant elle, elle se rendit compte qu'il avait fort habilement éludé sa question.

— Alors, que fait votre frère ?

— Il a fait beaucoup de choses, répondit-il évasivement.

Elle haussa un sourcil.

— Vous savez, quand quelqu'un veut aborder un sujet sensible avec moi, je lui réponds toujours d'aller se jeter du haut d'une falaise.

— Je suppose que cette réponse suffit à le délivrer de toute curiosité, répliqua-t-il.

— En éludant ma question, vous ne me délivrez certainement pas de la mienne.

— Ethan est en hôpital psychiatrique, répondit Zach. Pour tout vous dire, il a failli assassiner Cam.

— Cam… Votre associé ? L'homme qui va épouser votre sœur ?

— Lui-même, répondit-il.

Décidément, il ne cesserait jamais de la surprendre. Il avait délivré sa réponse d'une voix parfaitement dénuée d'émotion, mais ses yeux ne mentaient pas aussi bien que le reste de sa personne. Oh non, il n'était pas insensible. Cependant, elle choisit de ne lui témoigner aucune compassion. Moins elle le faisait, plus il semblait disposé à se livrer.

— Eh bien. C'est un sujet sensible, en effet.

— Le meurtre de papa l'a particulièrement affecté, reprit-il. Il a exercé plusieurs métiers, mais sans jamais cesser d'être obsédé par ce meurtre, qui n'a jamais été élucidé. Cette obsession a grandi jusqu'à devenir malsaine, et même dangereuse. J'aime mon frère, malgré ses… J'hésite à dire « ses défauts ». Il est malade mentalement. Il est… J'ai fait tout ce que j'ai pu pour m'occuper de lui, pour le protéger, mais en vain. J'ai seulement réussi à manquer de faire échouer toute une opération d'infiltration menée par le FBI à laquelle je participais, et Cam a failli se faire tuer. On ne traverse pas ce genre d'expérience sans en tirer une leçon. Et, dans mon cas, sans se faire virer du FBI.

— Et voilà la raison pour laquelle vous tenez autant à ce que la dimension émotionnelle soit absente dans le cadre de votre travail, dit-elle.

Elle se rappelait sa gravité quand il lui avait demandé si elle avait envie de mourir, après qu'elle l'eut embrassé la première fois.

Il se tapota le nez et baissa les yeux sur son assiette.

— Ce n'est pas la même chose, dit-elle doucement.

Il haussa un sourcil, et elle sut qu'il allait essayer de

dissimuler la tempête d'émotions qui faisait rage en lui en la gratifiant de son fameux regard condescendant. Cela marchait peut-être sur d'autres personnes, mais pas sur elle.

— Vous saviez que votre frère avait des problèmes, et vous avez continué à le protéger jusqu'au moment où vous n'avez tout simplement plus pu le faire. Ce qui n'a rien à voir avec ce qui se passe entre nous. Les erreurs que vous avez faites n'étaient pas dues à l'amour que vous aviez pour votre frère. Vous avez seulement sous-estimé la gravité de sa maladie et pensé que vous pouviez influencer son cours. Ce n'est pas pour autant que vous reproduirez les mêmes erreurs avec moi.

— Comment pouvez-vous en être aussi sûre ?

Elle cligna des yeux, irritée. Son téléphone se mit à sonner au même moment. Quand elle vit s'afficher le numéro de Jordan sur l'écran, son irritation se mua en colère noire.

— Pourquoi est-ce que cette ordure ne me lâche pas un peu ? grommela-t-elle en attrapant son téléphone.

Elle s'apprêtait à tapoter l'icône « Ignorer » quand Zach ordonna :

— Répondez.

Il avait parlé d'un ton aussi autoritaire que celui d'un patron qui s'adresse à une subordonnée. Mais l'ordre la laissa trop perplexe pour qu'elle se mette encore plus en colère.

— Quoi ?

— Répondez, répéta-t-il. Demandez-lui ce qu'il veut. Mettez le haut-parleur.

Elle n'avait aucune envie de parler à Jordan alors qu'elle était en train de progresser dans sa relation avec Zach – et d'ailleurs, sa journée avait déjà assez mal commencé. Cependant elle obéit, essentiellement parce qu'elle ne savait pas quoi faire d'autre, à part taper des pieds comme une gamine en plein caprice.

— Jordan, dit-elle aussi calmement qu'elle le put.

— Daisy… Dieu merci, tu vas bien !

La peur la gagna aussitôt. Zach lui avait dit que les informations avaient parlé de l'incident des fumigènes, mais les badauds avaient paru trop distraits pour remarquer sa présence.

— Pourquoi est-ce que je n'irais pas bien ? demanda-t-elle d'une voix aussi neutre que possible.

— À cause de l'attaque dans le bureau de Stacy ! s'exclama Jordan. Les journalistes disent que ce n'était qu'une mauvaise plaisanterie, mais je ne suis pas rassuré. Je m'inquiète pour toi, Daisy. Dans quel guêpier es-tu encore allée te fourrer ?

Elle leva les yeux vers Zach. Son expression, sévère et glaciale, était celle d'un membre des forces de l'ordre. Mais là encore, ses yeux le trahissaient. Elle y lisait une fureur sans bornes.

— Tu sais que je suis en ville ? demanda-t-elle.

— Je me tiens au courant de tous tes faits et gestes, Daisy. Tu le sais très bien.

Un tel dédain émanait de sa voix que si elle l'avait pu, elle l'aurait frappé. Il poursuivit :

— Je le dois, au cas où tu sortirais de nulle part pour faire une de ces scènes dont tu es coutumière.

— Mais tu as dit que tu me croyais en désintoxication.

— Non, j'ai dit que c'était ce que disaient les gens, et que j'espérais que tu te faisais vraiment aider. Parce que tu as besoin d'aide.

Et toi, ce dont tu as besoin, c'est d'un bon coup de genou dans les parties.

— Il faut que nous parlions, Daisy, reprit-il. Sans agent ni garde du corps. J'ai des nouvelles importantes à t'apprendre et je dois m'assurer que tu te comporteras raisonnablement.

Elle ouvrit la bouche pour lui répondre qu'elle allait lui montrer sa façon de se montrer raisonnable, mais Zach tendit le bras par-dessus le comptoir et tapota sa main. Il griffonna quelques mots sur un bout de papier, qu'il tourna vers elle.

Acceptez le rendez-vous.

Elle lui arracha le stylo des doigts et écrivit son propre message.

Sans vous ?

— Daisy ? Écoute. Retrouve-moi à l'endroit où nous avions l'habitude d'aller déjeuner. Qu'est-ce que tu dis de 20 heures, avant de prendre ton avion ?

Elle interrogea Zach du regard. Il hocha la tête avec emphase, et elle laissa échapper un soupir avant de répondre :

— Très bien, Jordan. Je serai là à 20 heures. Salut.

Elle raccrocha avant qu'il ait pu ajouter quoi que ce soit.

Zach prit aussitôt une feuille vierge et commença à prendre des notes.

— Nous n'avons dit à personne que vous deviez prendre l'avion ce soir, sauf à Stacy, dit-il. C'est forcément elle qui l'a mis au courant. Il y a un lien, c'est indubitable.

— Un lien ? Entre Stacy et Jordan ? Croyez-moi, ils ne se sont jamais appréciés. C'est peut-être Cory qui le lui a dit.

— À moins d'avoir écouté aux portes, Cory ne sait rien, contra Zach. D'ailleurs, le fait que Stacy et Jordan ne s'apprécient pas ne suffit pas pour affirmer qu'il n'y a aucun lien entre eux. Il ne s'agit pas nécessairement d'un lien d'amitié. Vous connaissez le dicton : l'ennemi de mon ennemi est mon ami… Je sais bien que Stacy n'est pas votre ennemie, mais il arrive que des gens nous en veuillent sans que nous nous en doutions. Vous m'avez dit qu'elle travaillait avec vous quand vous enregistriez pour la maison de disques de votre père, c'est bien ça ?

— Non. Stacy était l'assistante du manager de mon père. Nous avions l'habitude de nous retrouver pour nous plaindre de ce vieux croûton obséquieux, alors quand j'ai enfin trouvé le courage de voler de mes propres ailes, je lui ai demandé si elle voulait me suivre. Nous étions amies et nous rêvions toutes deux d'un avenir dans lequel nous n'aurions à rendre de comptes à personne. Les premières années ont été difficiles, mais je suis sûre que Stacy a été amplement récompensée pour son travail.

Zach se leva et se mit à faire les cent pas.

— Rien ne colle, marmonna-t-il. Il y a quelque chose qui nous échappe.

Il inclina la tête, et elle devina que son cerveau hyperactif était en train d'analyser un détail.

— Ou quelqu'un, rectifia-t-il. Quelqu'un qui connaîtrait à la fois Jordan et Stacy, mais séparément, et qui vous connaîtrait assez bien pour les utiliser tous deux contre vous. Qui dans votre entourage connaît suffisamment Jordan et Stacy pour comprendre la relation qui vous unit à eux ?

— Mon agent, répondit-elle. Ainsi que le manager de Jordan et son assistant, et à peu près toutes les personnes de son entourage qui ont travaillé avec Stacy sur l'un de nos projets communs, avant le divorce.

— J'ai déjà enquêté sur l'entourage de Jordan, mais nous allons y revenir pour voir si nous pouvons établir un lien entre l'un des proches de Jordan et Stacy, ou votre père.

— Et pendant ce temps, qu'est-ce que je fais ?

— Je vous conseille de vous préparer pour ce dîner, parce que vous allez devoir cacher une partie de la colère que vous inspire Jordan. Juste le temps de ce rendez-vous, jusqu'à ce que nous ayons obtenu ce que nous cherchons.

Les nouveaux développements de l'affaire ne cadraient avec aucun des schémas que Zach avait définis, mais il commençait à se dire qu'il ne les regardait pas sous le bon angle. Si cette histoire comptait beaucoup de protagonistes, aucun chef ne se détachait parmi eux, et aucun lien clairement défini n'apparaissait entre eux.

Mais s'il trouvait ce lien, son schéma se mettrait en place.

Daisy ne pensait pas qu'on pouvait lui en vouloir uniquement parce qu'elle interprétait ses propres chansons, mais il persistait à croire que l'affaire était en rapport avec l'industrie du disque. Jordan, l'étoile montante. Stacy, sa manageuse, qui avait quitté la maison de disques de son père pour travailler avec elle…

— Et qu'en est-il du manager pour lequel travaillait Stacy ?

— Que voulez-vous savoir sur lui ? demanda Daisy.

Ils étaient en route pour le restaurant dans lequel Jordan lui avait donné rendez-vous. Tournée vers la vitre, elle regardait la bruine tomber sur le centre-ville.

— Est-ce qu'il pourrait vous en vouloir de lui avoir volé Stacy ?

Daisy renifla.

— Il se fichait pas mal de Stacy. Seul le pouvoir l'intéressait.

— Qu'est-ce que vous voulez dire par là ?

— Écoutez… il doit avoir quatre-vingts ans, maintenant. Je doute qu'il ait pu maîtriser et tuer Tom. Et je ne pense pas qu'il ait les moyens de me suivre dans tout le pays.

— Il n'agirait pas lui-même, répondit-il. Il ne ferait que tirer les ficelles et envoyer des hommes de main. Daisy… Pourquoi cet homme pourrait-il vous en vouloir ?

Il n'ajouta pas : « Et pourquoi diable ne m'avez-vous rien dit ? », ce qu'il considéra comme une belle preuve de self-control.

Daisy s'agita légèrement dans son siège avant de répondre :

— Il n'a aucune raison de m'en vouloir. Il s'en est tiré sans être inquiété.

— Et de quoi s'est-il tiré, au juste ?

Elle poussa un soupir sonore.

— Il a eu quelques paroles déplacées, que j'ai rapportées à mon père. Mais ce n'est pas comme si… il n'a aucune raison de m'en vouloir. Il ne lui est rien arrivé.

Zach se gara sur le parking, devant le restaurant, et se tourna vers elle.

— Est-ce qu'il n'a eu que quelques *paroles* déplacées, ou y a-t-il également eu des *gestes* déplacés ?

Elle balaya la question d'un geste de la main et ouvrit sa portière.

— Ce n'est pas important.

— Si, c'est important, objecta-t-il.

Mais elle descendit de voiture sans un mot de plus et se dirigea vers la porte, sans suivre le plan sur lequel ils s'étaient mis d'accord. Il descendit de voiture d'un bond et vint se planter devant elle.

— Suivez le plan, Daisy. Et parlez-moi de cette histoire.

— Ce n'est rien d'important, croyez-moi. Il n'a jamais eu le moindre problème. Même s'il m'en voulait, ce ne serait pas au point de s'en prendre à moi. Et d'ailleurs, pourquoi m'en voudrait-il ? Il est vieux, il a de l'argent, et je suppose qu'il est à la retraite. Bon sang, si ça se trouve, peut-être même qu'il est mort ! Mais quoi qu'il en soit, il n'a rien à voir dans cette histoire.

— Son nom.

— Oh ! pour l'amour de Dieu, Zach ! Vous ne pouvez pas me faire confiance ?

— Mais je vous fais confiance, riposta-t-il. Par contre, je me méfie d'un homme qui a eu des paroles ou des gestes déplacés à votre égard alors que vous étiez adolescente.

Ils ne pouvaient pas poursuivre cette conversation en public, même si elle était dissimulée derrière d'énormes lunettes de soleil et des vêtements amples.

— Il a essayé de me tripoter et je l'ai repoussé. Il a recommencé quand même. Quand je lui ai dit que j'allais en parler à mon père, il a éclaté de rire et répondu que papa ne ferait rien. Et vous savez quoi ? Il disait vrai. « Oh ! Don est vieille garde, Daisy, c'est tout. Arrange-toi pour ne pas te retrouver seule avec lui. » Affaire classée, n'est-ce pas ?

— Tu parles qu'elle l'est !

Elle serra ses bras autour de son corps et secoua la tête.

— Ça s'est passé il y a longtemps. C'est de l'histoire ancienne.

Mais il sentait bien que l'histoire n'était pas si ancienne qu'elle le disait. Cependant, elle n'avait aucune envie d'en parler. Et de toute façon, le lieu n'était pas propice à ce genre de discussion.

— Et Stacy ?

— Quoi, « et Stacy » ?

— Est-ce qu'il l'a agressée, elle aussi ?

— Il ne m'a pas agressée, Zach.

— Imposer un contact physique à une femme est une agression, Daisy, répondit-il avec fougue.

Mais il se radoucit parce que, bien qu'il ait traversé plus que sa part de situations épineuses, jamais il n'avait eu à fouiller dans son passé pour essayer de deviner qui étaient ses ennemis. Il posa les mains sur ses épaules.

— Je sais que c'est difficile. Je ne peux qu'imaginer à quel point cela doit être douloureux de douter de toutes les personnes en qui l'on a confiance, ou de s'interroger sur des gens auxquels on n'a pas la moindre envie de devoir penser. J'aimerais qu'il y ait un autre moyen de résoudre cette affaire, mais il y a encore un maillon de la chaîne qui nous échappe. Il faut que je le découvre au plus tôt pour que la personne qui vous torture réponde de ses actes devant la justice.

— Je veux juste en finir avec ce cauchemar, répondit-elle d'une voix étranglée. Je ne suis même pas sûre de vouloir que justice soit rendue.

Elle fit un pas vers lui, s'appuya contre son torse et posa la tête sur son épaule. En lui frottant le dos, il répondit :

— Je sais. Je sais… Un dernier maillon. C'est tout ce qu'il me faut pour connecter entre eux les éléments dont je dispose. Ensuite, tout sera fini. Donnez-moi un nom, et tout ce que vous aurez à faire ensuite sera…

Elle releva la tête et désigna du menton quelque chose, derrière lui.

— De dîner avec mon ex-mari ?

Au lieu de se retourner, il continua à la regarder en la retenant contre lui.

— Nous allons apporter quelques modifications à notre plan.

— Oh ! vraiment ?

Il inclina la tête et posa ses lèvres sur les siennes. Pour une fois, c'était lui qui l'embrassait par surprise – ce qui lui procura un ravissement qui n'avait pas lieu d'être.

— Je ne vais pas me faire passer pour votre garde du corps.

Elle esquissa un sourire.

— Voilà qui devrait être intéressant.

Il passa un bras autour de sa taille et se tourna vers Jordan Jones. L'homme ne sembla pas du tout ravi de les voir.

Zach sourit.

— Vous pouvez le dire.

13

Depuis sa plus tendre enfance, Daisy avait toujours pu se targuer de savoir se débrouiller seule. Même quand elle n'était encore qu'une petite fille que son père emmenait dans ses tournées, elle comprenait qu'elle devait faire preuve d'une certaine indépendance si elle ne voulait pas devenir le jouet ou le trophée de son père. Et si elle ne l'avait pas compris par elle-même, sa mère se serait chargée de le lui rappeler.

Elle avait toujours voulu devenir chanteuse, et elle était parvenue à ses fins. En dictant ses propres conditions. Mais certains événements avaient ébranlé son indépendance et ses certitudes. L'attitude de son père, par exemple, qui avait fermé les yeux sur l'agression commise par son manager – parce que Zach avait raison : même si elle détestait ce mot, il s'agissait bien d'une agression. Et l'attitude de Jordan, qui… eh bien, qui n'avait sans doute pensé qu'à ses propres intérêts.

Pouvait-elle lui en vouloir de s'être comporté de la sorte ?

— Je pensais que nous allions dîner, Daisy. Je n'aime pas beaucoup…

Il laissa sa phrase en suspens et détailla Zach de la tête aux pieds.

— … le petit tour que tu me joues, acheva-t-il.

Tout compte fait, elle pouvait trouver beaucoup de raisons de le haïr.

— Je ne te joue aucun tour, Jordan. Vu les derniers événements, mon petit ami a refusé de me laisser venir seule à ce rendez-vous.

Elle tapota le torse de Zach et conclut :

— Il prend ma santé très à cœur.

Jordan poussa un soupir de martyr.

— Est-ce que c'est un reproche ? Est-ce que je dois m'excuser de toujours t'avoir traitée comme une femme indépendante ?

Non, mais peut-être que tu devrais t'excuser d'être un salopard adepte de la violence psychologique.

Mais ce fut avec un sourire plein de gentillesse qu'elle répondit :

— Jordan Jones, je te présente mon petit ami…

Elle essaya d'inventer un nom, mais Zach intervint.

— Zach Simmons, dit-il en tendant la main à Jordan. Je suis dans la police, et je mesure la gravité de la menace qui pèse sur Lucy. Il aurait été imprudent de la laisser aller seule où que ce soit. Je suis certain que vous comprenez qu'il est essentiel que sa sécurité soit assurée.

Elle fut… réconfortée qu'il ne se présente pas sous un faux nom et qu'il l'appelle par son vrai prénom. Si Jordan le remarquait, il n'y prêterait sans doute aucune attention. Mais quoi qu'il en soit, c'était un geste qu'elle appréciait.

— Bien sûr, dit Jordan en carrant les épaules. C'est précisément pour cela que je voulais voir Daisy. Pour parler de sa sécurité.

— Parfait ! dit Zach, avec une telle cordialité qu'elle dut retenir un rire. Entrons.

Sans relâcher sa taille, il l'entraîna à l'intérieur du restaurant et annonça à l'hôtesse qu'ils étaient trois.

Le changement qui s'était opéré en lui était fascinant. Il était littéralement devenu un autre homme, avec une facilité déconcertante. Elle comprenait un peu comment il y parvenait. Après tout, quand elle montait sur scène, elle jouait un rôle, elle aussi. Daisy Delaney était faite de parties de Lucy Cooper soigneusement redisposées et présentées sous un emballage différent.

Elle ne s'était jamais vraiment attendue à ce que beaucoup de personnes comprennent la transformation qui se faisait en elle. C'était aussi pour cela qu'elle s'était sentie attirée par Jordan – tout comme elle, il savait combien il était compliqué d'être tout à la fois soi-même et quelqu'un d'autre.

Mais elle se rendait compte maintenant que beaucoup de gens mettaient un masque chaque jour, même s'ils ne montaient pas sur scène.

L'hôtesse les conduisit vers une alcôve baignée d'une lumière tamisée, et Daisy dut réprimer un fou rire nerveux. Elle partageait une table de restaurant avec son ex-mari et son expert en sécurité qui se faisait passer pour son petit ami – et qu'elle n'aurait pas détesté voir entièrement nu.

Pour couronner le tout, son faux petit ami semblait soupçonner à la fois son ex-mari et sa manageuse de harcèlement et de meurtre.

Zach passa un bras autour de ses épaules d'un geste parfaitement naturel et se lança dans une discussion sur l'industrie du disque avec Jordan. Daisy se retint à grand-peine en entendant Jordan radoter prétentieusement sur sa carrière. S'était-elle vraiment laissé berner à ce point ?

Eh bien, oui. Elle avait été bien naïve, à moins qu'elle ait seulement eu un besoin désespéré de le croire. Avec le recul, elle était malade de honte de ne pas l'avoir percé à jour. Mais à l'époque, il ne parlait jamais de lui. Il ne parlait que d'elle, il savait comment la flatter pour faire vibrer sa corde sensible.

Jordan pérorait toujours quand une pensée étrange lui traversa l'esprit. Et si quelqu'un l'avait formé, en quelque sorte ? Si quelqu'un lui avait dit quels étaient ses points faibles afin qu'il les utilise pour l'atteindre ?

C'était une pensée absurde. Le cauchemar qu'elle vivait ne durait pas depuis des années. Si son mariage avait échoué, ce n'était certainement pas à cause d'un complot alambiqué dont le seul but aurait été de la faire souffrir.

Elle devenait paranoïaque… peut-être même qu'elle perdait complètement la tête.

— Ce qui m'anène à la raison de mon coup de fil, dit enfin Jordan en regardant tour à tour Zach et Daisy.

Il avait de beaux yeux, aussi bleus qu'un ciel d'été. Elle avait cru y lire de l'amour, à une époque. Maintenant, elle ne savait plus si c'était du délire ou s'il avait réellement ressenti pour elle un sentiment qui avait fini par s'éteindre.

Cette pensée l'emplit d'une tristesse insupportable. Jordan reprit :

— La rumeur courait que tu étais partie en cure de désintoxication. Je me suis dit que si c'était vrai, ce serait vraiment merveilleux.

— Quoi ? s'exclama-t-elle.

Il ne pouvait pas vouloir dire ça. Elle avait mal compris.

— Il faudrait que vous peaufiniez un peu vos sketchs, mon vieux. Parce qu'ils ne sont vraiment pas drôles, dit Zach.

Sous sa jovialité de façade, sa voix avait la dureté de l'acier.

Une serveuse, parfaitement aveugle à la tension qui régnait autour de la table, apparut et demanda d'un ton guilleret :

— Est-ce que je peux vous apporter quelque chose à boire ?

Zach et elle passèrent machinalement leur commande. Mais quand la serveuse reconnut Jordan et l'informa de l'amour immodéré qu'elle avait pour sa musique, il lui sourit et commença à la draguer.

Si la serveuse reconnut Daisy, elle n'en laissa rien paraître.

Quand elle s'éloigna, Jordan les regarda tous deux avec son sourire estampillé *Jordan Jones* plaqué sur le visage. Un sourire charmeur sur un visage séduisant. Daisy fut traversée par l'envie de lui donner un bon coup de poing sur le nez, mais Zach resserra le bras qu'il avait passé autour de ses épaules, comme pour l'empêcher de bouger.

— Il me semble que tu serais plus en sécurité dans un centre de désintoxication que je ne sais où, en compagnie de…

Il regarda Zach.

— D'un petit ami, acheva-t-il. Surtout quand on sait ce qui est arrivé au dernier.

— Tom était mon garde du corps et il est mort en essayant de me protéger ! riposta-t-elle. Tu est vraiment un sal…

Jordan leva les mains et regarda Zach en soupirant, comme pour dire : « Que voulez-vous faire d'une femme aussi ingérable ? »

— Je ne fais que te suggérer de trouver un lieu sûr, Daisy.

— Tu voudrais que je fasse semblant d'aller en cure de désintoxication pour être *en sécurité* ?

La serveuse revint. Quand elle posa leurs verres devant eux, elle accorda à Daisy un regard plus appuyé que la première fois mais eut la sagesse de ne rien dire.

Jordan but une gorgée avant de remarquer :

— Ce que je veux dire, c'est que tu pourrais réellement y aller.

— Je ne suis pas une alcoolique, Jordan. Contrairement à ce que toi et ton équipe essayez de faire croire aux gens.

— Bien sûr. Bien sûr…

Il ouvrit la bouche pour dire quelque chose, mais fut interrompu par la sonnerie de son téléphone, qu'il tenait à la main. Il regarda l'écran et esquissa une moue agacée.

— Il faut que je réponde, dit-il en sortant de l'alcôve. Si vous voulez bien m'excuser…

Dès qu'il fut hors de portée de voix, Zach marmonna :

— Je ne comprends vraiment pas comment vous avez pu épouser ce tocard.

— Quand je l'ai épousé, il n'en était pas un.

Non, parce qu'il savait lui aussi comment jouer un rôle. Était-elle condamnée à ne tomber amoureuse que d'hommes qui s'avéraient complètement différents de ce qu'ils semblaient être ?

— Vous en connaissez un rayon sur l'art de faire semblant

d'être quelqu'un d'autre pour obtenir ce que vous voulez, n'est-ce pas ? reprit-elle.

L'éclair de compassion qu'elle lut dans son regard lui donna envie de le frapper lui aussi. Ou de se laisser aller contre lui, elle n'en savait trop rien.

Il ramena une mèche de cheveux derrière son oreille et répondit :

— Tout ce que je veux pour le moment, c'est vous protéger.

Elle se radoucit à ces paroles.

— Autrement dit, il va falloir que je mette la main sur son téléphone.

— Quoi ?

— Cette histoire de cure de désintoxication me paraît louche.

— Il essaie seulement de me faire paraître sous un mauvais jour, Zach. Depuis que j'ai demandé le divorce, c'est son objectif numéro un. En me dénigrant systématiquement, il semble meilleur, par contraste.

— Peut-être que vous avez raison et que c'est tout ce qu'il cherche à faire, mais il ne me fait pas l'effet d'être assez malin pour que ce soit son seul but. C'est un manipulateur, et un excellent acteur, mais il n'est qu'une marionnette, Daisy. Et je vais trouver qui est le marionnettiste.

— C'est forcément quelqu'un de son entourage.

— Je suis d'accord avec vous. Son manager, peut-être ? Vous souvenez-vous de l'avoir vu se montrer particulièrement... respecteux avec quelqu'un en particulier ?

Daisy essaya de repenser aux années qu'elle avait passées auprès de lui.

— Je pense qu'il a eu trois managers. Il parlait souvent d'un oncle qui travaillait dans l'industrie du disque, mais je ne l'ai jamais rencontré. S'il a cité son nom, je l'ai oublié.

— Il me faut son téléphone. Donc, à mon signal, vous allez renverser votre verre sur lui. Je prendrai son téléphone et j'irai aux toilettes sous prétexte de me laver les mains.

— Vous allez prendre son téléphone ? Comment ?

— Ne vous en faites pas pour ça.

Il sourit et se tapota le nez.

— Si vous me faites confiance, je vous apprendrai peut-être deux ou trois trucs qu'utilisent les agents infiltrés.

Même si elle n'avait aucune envie, sinon celle de retrouver une vie normale, la perspective l'amusa.

— Très bien, mais je vous conseille de faire vite. Son téléphone est comme un membre supplémentaire, pour lui. Il va remarquer sa disparition.

— Contentez-vous de renverser son verre, dit Zach. Je m'occupe du reste.

Daisy s'acquitta de sa mission avec un brio indéniable. Sa jubilation fut peut-être un peu trop évidente quand le soda de couleur sombre éclaboussa la chemise blanche de Jordan, mais Zach n'allait pas lui jeter la première pierre : il savoura lui-même un peu trop l'indignation de Jordan.

Il se leva d'un bond et appela la serveuse tout en tendant une poignée de serviettes en papier à Jordan. Dans le tumulte, il eut tout le temps de subtiliser le téléphone qui baignait dans une flaque de soda poisseux et courut jusqu'aux toilettes sous prétexte d'aller chercher d'autres serviettes en papier – bien que la serveuse accoure déjà, munie d'un torchon.

Une fois dans les toilettes, il s'enferma dans un box et se mit au travail.

Comme il n'avait pas le temps d'essayer de deviner le mot de passe de Jordan, il utilisa un procédé de piratage rapide pour le contourner et accéder à l'écran d'accueil.

Il commença par afficher la liste des contacts, et un détail louche lui sauta aux yeux : tous les contacts de Jordan figuraient sous forme de suites de lettres et de chiffres. Il n'y avait pas un seul nom qui aurait pu lui permettre de les identifier. Plutôt bizarre, pour un type qui avait des tonnes de contacts dans son téléphone.

Bizarre, et très suspect. Zach afficha ensuite la liste des derniers appels, et prit une photo de l'écran avec son propre téléphone. Parmi les huit derniers appels, il vit deux numéros s'afficher chacun trois fois. Peut-être que cela ne voulait rien dire… à moins que cela veuille tout dire, au contraire. Quoi qu'il en soit, maintenant qu'il avait ces numéros, il allait pouvoir enquêter.

Il consulta rapidement les textos sans rien trouver d'intéressant. Quant à ses applications, elles étaient parfaitement banales. Il n'avait pas le temps de creuser plus profondément. Il espérait que les numéros de téléphone lui fourniraient un point de départ.

Il sortit du box, essuya le téléphone avec une serviette en papier et l'éteignit. Si Jordan avait remarqué la disparition de son téléphone, il lui expliquerait simplement qu'il était allé l'essuyer et Jordan ne serait pas plus avancé.

Mais quand il revint dans la salle, tous les clients étaient massés devant les fenêtres, le nez et le téléphone pressés contre les vitres. Daisy était un peu en retrait, debout près d'une table vide, la main plaquée sur la bouche.

— Qu'est-ce qu'il se passe ?

Elle agita vaguement la main vers la fenêtre, mais il y avait tellement de gens devant qu'il ne pouvait rien voir.

— Les flics sont arrivés et l'ont arrêté.

Elle leva les yeux vers lui, comme si elle espérait qu'il pouvait lui fournir une explication, mais il était aussi interloqué qu'elle.

— Les flics sont arrivés et ont arrêté Jordan ?

Elle fit un signe d'assentiment.

— Au… au début c'était juste… Ils ont demandé s'ils pouvaient lui parler à l'extérieur. Il a eu l'air surpris, mais pas du tout inquiet. Je pense même qu'il a cru qu'ils allaient lui demander son autographe, par exemple, mais non…

Quand j'ai regardé par la fenêtre, ils étaient en train de lui passer les menottes. *Les menottes !* C'est complètement incompréhensible. Et toute la scène est déjà sur Internet.

Zach baissa les yeux sur le téléphone qu'il tenait toujours à la main.

— Je suppose que je devrais donner son téléphone aux flics.

— Est-ce que vous avez trouvé quelque chose ?

— J'ai photographié les derniers numéros qu'il a appelés, mais si la police a de bonnes raisons de l'arrêter, il vaut mieux qu'elle ait son téléphone.

Daisy sur les talons, il sortit du restaurant et se fraya un chemin entre les petits groupes de badauds jusqu'à la policière qui empêchait les plus curieux de s'approcher trop près.

— Officière ? Excusez-moi, mais j'ai le téléphone de Jordan Jones.

L'officière haussa le sourcil en regardant le téléphone qu'il tendait vers elle, mais ne dit mot.

— Un verre a été renversé, expliqua Zach, et j'étais allé le nettoyer. J'ai pensé que vous voudriez peut-être l'avoir.

— Et vous êtes ? demanda-t-elle sans masquer sa méfiance.

Quand Zach le lui eut expliqué, la femme se décida enfin à les escorter, Daisy et lui, jusqu'à un endroit un peu plus calme. Zach lui montra sa carte d'identité et tous les documents prouvant qu'il assurait la sécurité de Daisy, et décrivit la façon dont le verre de soda avait été renversé.

L'officière prit le téléphone, qu'elle mit dans un sachet en plastique.

— Je pense que nos enquêteurs voudront prendre contact avec vous, mademoiselle Delaney.

— Pouvez-vous me dire pour quel motif il a été arrêté ?

La policière regarda Daisy, avant de se tourner vers Zach.

— Pour le meurtre de Tom Perelli.

Daisy lâcha une exclamation étouffée, et Zach faillit bien faire de même. *Jordan*, un meurtrier ? Même s'il le soupçonnait d'être mêlé à cette affaire, il avait du mal à croire que l'homme dont il avait partagé la table était coupable de meurtre.

Mais il n'avait pas le temps de s'attarder sur le sujet. Certaines personnes commençaient à dévisager Daisy en échangeant des commentaires à voix basse. Les téléphones, jusqu'ici braqués sur la voiture de patrouille où les policiers faisaient monter Jordan, se tournèrent vers le coin sombre où il se tenait avec elle.

Il se positionna de façon à la protéger des regards et des téléphones inquisiteurs, et discuta avec la policière de la meilleure façon de quitter le parking sans être vu. Quand l'officière donna l'ordre à la foule de se disperser afin que la voiture de patrouille puisse reculer, Daisy et Zach contournèrent les badauds et se glissèrent dans la voiture de Zach.

Daisy resta silencieuse pendant tout le trajet du retour. Zach n'aurait su dire à quoi elle pensait, mais il ne pouvait pas non plus se concentrer sur son humeur. Il fallait qu'il surveille toutes les voitures qui suivaient la même direction qu'eux.

Très franchement, il s'attendait à ce qu'ils soient suivis. Il s'attendait à... il ne savait pas quoi. Ce n'était sûrement pas la fin de l'affaire. Cette issue était trop facile, trop propre. Il y avait forcément autre chose.

Mais ils arrivèrent à la ferme sans que personne les ait suivis – pour autant qu'il puisse dire, du moins. Une fois à l'intérieur, il passa toute une série de coups de fil à quelques individus particulièrement bavards dans l'espoir d'obtenir des informations supplémentaires.

Assise sur le canapé, Daisy regardait dans le vide. Il lui avait préparé du thé, mais elle n'y avait pas touché.

Quand il eut les réponses à toutes ses questions – ou du moins à certaines d'entre elles –, il alla s'asseoir à côté d'elle. Elle ne bougea pas, ne dit pas un mot. Comme si elle était en état de choc.

— Jordan a été dénoncé par un coup de fil anonyme, dit-il. La police a obtenu un mandat de perquisition pour aller fouiller sa maison. Ils ont trouvé le revolver avec lequel Tom a été tué dans un coffre-fort caché dans sa penderie.

— Un coup de fil anonyme, répéta Daisy. Quelqu'un d'autre savait que… Il ne peut pas avoir…

Elle déglutit.

— Je ne comprends pas, Zach. Vraiment pas. À la rigueur, je pourrais croire que c'est lui qui m'a harcelée, et même menacée pendant des mois. Mais tuer Tom ? Je ne peux pas…

Elle s'interrompit et secoua la tête avant de reprendre :

— Mais c'est fini, n'est-ce pas ? Si Jordan est vraiment le meurtrier et qu'il est en prison, tout ce cauchemar est enfin terminé.

Il ne savait pas comment lui dire qu'il ne pensait pas que l'histoire soit vraiment finie, parce que le dénouement lui semblait bien trop simple. Et d'ailleurs, peut-être qu'elle était réellement finie. Ce n'était peut-être pas son instinct qui lui soufflait que l'explication était trop facile, mais uniquement son désir désespéré d'être avec elle.

— Zach ?

Il baissa les yeux vers elle et, dans son regard, lut une lueur d'espoir au milieu de la tempête de confusion et de détresse. Elle espérait réellement que l'arrestation de Jordan allait lui permettre de reprendre une vie normale, de se sentir de nouveau en sécurité. Elle espérait pouvoir laisser toute cette atroce période de sa vie derrière elle.

Il aurait aimé pouvoir croire que c'était possible, même si cela eût voulu dire qu'il ne leur restait que bien peu de temps à passer ensemble. Oui, il aurait aimé pouvoir y croire, parce qu'elle méritait de retrouver une vie normale, délivrée de toute peur.

— Il est possible que tout soit fini, dit-il, en masquant ses doutes du mieux qu'il le put. Attendons de voir si le juge fixe une caution. J'espère que non, mais nous devons être sûrs qu'il reste en prison avant de pouvoir dire que tout est… vraiment fini.

Elle hocha la tête en se tordant les mains.

— Je ne peux pas… Je croyais le connaître, mais je me trompais. J'aimais ce qu'il me montrait de lui, mais je sais maintenant que ce n'était qu'un masque. Je ne peux pas l'imaginer tuer quelqu'un, mais il est parfaitement capable de vouloir me faire souffrir.

Elle se leva d'un bond et se mit à faire les cent pas.

— Il voulait que j'aille en cure de désintoxication. Il voulait que je disparaisse et que je perde toute crédibilité. Voilà pourquoi il a voulu me rencontrer.

C'était possible, bien sûr, mais le timing était étrange – sans parler de cette arrestation en présence de Daisy. Il allait devoir faire quelques recherches sur les numéros qu'il avait trouvés dans le téléphone de Jordan avant d'accepter tout à fait cette version des événements. Il faudrait aussi qu'il lise le rapport de police et…

— Et vous ?

Il leva les yeux vers Daisy, mais son esprit continuait à dresser la liste de tout ce qu'il devait encore faire pour être *sûr* que cette affaire était élucidée.

— Quoi, moi ?

— Vous allez devoir rentrer chez vous, n'est-ce pas ?

Ces mots, qu'elle prononça en posant sur lui de grands yeux tristes, lui firent l'effet d'une gifle. Il se râcla la gorge. Elle l'avait peut-être embrassé deux ou trois fois, il s'était peut-être un peu attaché à elle, mais l'étrange relation qu'ils avaient nouée n'était que temporaire.

Il fit taire ces émotions contradictoires, qui devaient être à l'origine des doutes qu'il nourrissait sur la culpabilité de Jordan.

— J'ai été engagé pour vous protéger, répondit-il. Jusqu'à

ce que nous ayons la certitude que Jordan ne ressort pas de prison, je resterai auprès de vous.

Elle hocha la tête et le gratifia d'un pauvre sourire qui manqua lui briser le cœur.

— Bien.

Elle revint vers le canapé mais ne s'assit pas à côté de lui. Elle s'assit sur ses genoux, comme elle l'avait déjà fait une fois dans le Wyoming.

Elle encadra son visage de ses mains et le regarda droit dans les yeux.

— Alors, sois vraiment avec moi.

14

Daisy mit dans ce baiser tout ce qui était en elle : son incertitude, sa douleur, et la tristesse affreuse qui la transperçait à la pensée que Zach allait ressortir de sa vie.

Est-ce à cause de ce baiser que l'attitude de Zach changea ? Il ne voyait les émotions que comme autant de distractions, mais ce baiser était de ceux qui consument l'âme. Ou était-ce, tout simplement, parce qu'il était convaincu que tout était fini ?

Elle aurait aimé partager sa certitude, mais ce dénouement avait quelque chose de trop bizarre pour ne pas être louche. Si elle ne parvenait toujours pas à croire que Jordan était un meurtrier, c'était peut-être uniquement parce qu'elle se serait sentie encore plus stupide. Et pourtant, elle était encore traversée par de petits frissons d'inquiétude qu'elle ne pouvait pas étouffer, bien que Jordan soit derrière les barreaux.

Mais elle pouvait les faire disparaître, ainsi que toutes les autres émotions négatives qui l'habitaient, en embrassant Zach. Si elle se concentrait sur le plaisir et la sécurité totale qu'elle éprouvait quand elle était auprès de lui, elle pourrait oublier tout le reste, ne serait-ce que pour un moment.

Elle crut tout d'abord qu'elle allait devoir le convaincre, mais il l'enlaça et dévora sa bouche comme s'il n'avait pas systématiquement découragé toutes les tentatives qu'elle avait faites jusqu'ici.

Il la poussa doucement jusqu'à ce qu'elle soit allongée

sur le dos et s'étendit sur elle. Elle s'enfonça dans les coussins et savoura pleinement la sensation d'être parfaitement protégée, en sécurité, et pleinement elle-même – comme si les bras de Zach Simmons étaient exactement l'endroit où elle devait être.

Quand il l'embrassa, ce fut comme si elle était exactement la même chose pour lui : l'endroit où il devait être.

Les hommes qui auraient dû l'aimer l'avaient tous amenée à se sentir petite et insignifiante. Zach, au contraire, même s'il n'avait jamais parlé d'amour, lui donnait l'impression d'être aimée et d'avoir de l'importance. Il la croyait, il lui faisait confiance et, de temps à autre, il oubliait tout de ses propres intérêts pour ne se préoccuper que de son bien-être.

Elle lui ôta rapidement son T-shirt et poussa un soupir d'admiration en passant ses doigts sur son ventre.

— J'attends ce moment depuis que je t'ai vu torse nu, la première nuit.

Il marmonna un juron avant de l'embrasser de nouveau, avec une ferveur et une urgence qui consumèrent toutes les atrocités qui se déroulaient dehors, dans le monde réel. Ici, il n'y avait qu'elle et lui, parfaitement en sécurité.

Il glissa les mains sous son chemisier et l'attira en position assise. Il était toujours à cheval sur ses cuisses.

— S'il s'agit vraiment d'une malédiction, je suis prêt à l'affronter, dit-il, les yeux brillants d'un éclat létal.

— Une malédiction ?

— Les Carson, les Delaney… c'est une longue histoire.

Il ferma les yeux et secoua la tête, comme s'il se demandait pourquoi il avait abordé ce sujet.

— Je t'en parlerai plus tard.

Il lui ôta son chemisier et le laissa tomber par terre avant de plaquer sa bouche dans son cou, tout en la débarrassant rapidement de son soutien-gorge. Sous ses baisers, elle oublia toutes les questions qu'elle voulait lui poser.

Il défit le bouton et la braguette de son jean et laissa

échapper un petit gémissement d'admiration qui lui donna l'impression d'être une déesse.

— S'il te plaît…, dit-elle. Ne m'appelle pas Daisy.

Ses mains s'immobilisèrent pendant un instant. Ensuite, il planta son regard dans le sien et fit glisser son jean le long de ses jambes.

— D'accord, Lucy.

Elle fut traversée par un frisson d'émotion, tout à la fois délicieux et dérangeant. Pour lui, elle ne voulait pas être Daisy. Non parce qu'elle avait honte de cette facette de sa personne, mais parce que Daisy devait tenir tout le monde à distance pour satisfaire les exigences qui cohabitaient en elle : sa musique, sa volonté de réussir, et le chaos qui se déchaînait parfois dans sa tête.

Mais si elle n'était que Lucy, délivrée du fardeau de la célébrité et de cette malédiction qui faisait d'elle une conteuse d'histoires, elle pourrait avoir l'impression de vraiment lui appartenir. Il n'y aurait qu'eux.

Zach s'arrêta net, mais son corps était toujours tendu à l'extrême.

— Attends. Un préservatif. Nous ne…

Elle lui tapota la joue.

— N'aie pas peur, mon amour. Je ne sors jamais de chez moi sans alcool ou sans préservatifs.

— J'ai peur de te demander pourquoi.

— Parce qu'une fille doit toujours sauvegarder sa réputation… ou la détruire. Tout dépend des circonstances. J'aime ne jamais être prise au dépourvu.

— En ce cas… À mauvaise fille donnée, on ne regarde pas les dents. Bon sang, ça ne va pas du tout !

Elle éclata de rire et fut étonnée de voir que ce moment en devenait encore plus magique. Elle pouvait tout à la fois le désirer, rire avec lui et se sentir en sécurité. Elle effleura rapidement ses lèvres des siennes et se leva du canapé.

— Viens au lit, Zach.

Une fois dans sa chambre, elle fouilla dans son sac. Elle ne portait plus que ses sous-vêtements et ses chaussettes. Elle se serait sentie un peu ridicule si Zach n'avait pas posé sur elle un regard brûlant de désir, comme s'il avait envie de la dévorer de la tête aux pieds – puis des pieds à la tête.

Ce regard lui donnait une impression de toute-puissance, en dépit de sa tenue. Elle trouva enfin une boîte toute déformée de préservatifs au fond de son sac, vérifia discrètement la date d'expiration et en sortit un.

— Tu as de la chance, n'est-ce pas ?

— Oui, dit-il.

Il y avait une telle vénération dans sa voix que les larmes lui montèrent aux yeux. Elle avança vers lui d'un pas aussi nonchalant que possible. Elle voulait que ce moment reste léger, ne penser qu'à leurs rires et à leur désir, et non à la façon dont son cœur se serrait au point qu'elle parvenait à peine à respirer.

Mais quand elle fut face à lui, elle était bien près de perdre contenance. Alors, elle s'appuya contre la chaleur de son torse dans l'espoir de retrouver un minimum de force mentale contre ce corps puissant.

— Je ne veux pas que cette partie de l'histoire se termine, chuchota-t-elle en écoutant le battement régulier de son cœur. Celle où nous sommes ensemble.

Elle ne s'était jamais autorisée à n'être que Lucy avec qui que ce soit, en dehors de son frère et de sa mère. Et même eux la voyaient toujours en tant que Daisy, en partie du moins. Pourtant, quelque chose lui faisait penser que Zach comprenait la dualité qui existait en elle. Peut-être qu'elle n'était vraiment qu'une idiote – le genre d'idiote qui épouse un meurtrier et…

Zach déglutit et passa une main dans ses cheveux, d'un geste empreint de tendresse.

— Lucy, dit-il d'une voix tremblante.

Sa voix vibrait d'un tel désespoir qu'elle secoua la tête.

— Je sais, dit-elle. C'est impossible. Et Dieu sait que je ne devrais pas me fier à ce que me souffle mon instinct au sujet d'un homme. Peut-être que tu es un meurtrier caché, toi aussi. Comment le saurais-je ?

Elle avait envie de s'enfuir, mais Zach la retint et encadra son visage de ses mains.

— Lucy, répéta-t-il.

Sa voix l'apaisa un peu. Elle se sentait toujours aussi nerveuse et idiote, mais ses mains sur son visage l'apaisaient un peu, tel un baume.

Elle aurait aimé rester là pour toujours. Auprès de Zach, cet homme plein de bonté qui la protégeait et semblait parvenir à la comprendre. Elle avait enfin trouvé un homme qui tenait à elle – réellement, et pas seulement pour la galerie. Elle essayait toujours de se persuader que c'était faux, que son cerveau stupide la bernait, une fois de plus, mais quand elle le regardait, elle n'avait plus aucun doute. Elle savait que Zach était différent.

Et elle était follement amoureuse d'un homme qu'elle ne pouvait pas avoir.

Mais elle l'embrassa quand même, tomba quand même sur le lit avec lui, et se laissa engloutir par les sensations jusqu'à ne plus penser à rien d'autre qu'au plaisir, à ne plus avoir pour seul but qu'atteindre la délivrance avec cet homme qui était tout pour elle.

Cet homme auquel elle devrait bientôt dire au revoir.

Mais il l'embrassa, il l'emplit, et pendant quelques minutes d'extase étincelantes elle oublia tout ce qui les entourait.

Zach n'avait peut-être jamais aussi bien dormi, ou aussi longtemps. Quand il se réveilla, il avait l'impression d'être un homme neuf.

Bien sûr, ce n'était peut-être que grâce à cette nuit de passion.

Si c'était le cas, il n'aurait pas dû se sentir aussi détendu. Ce qui s'était passé entre Lucy et lui ne faisait que lui embrouiller les idées, altérer son jugement. Il avait toujours l'impression que l'arrestation de Jordan n'avait rien résolu, que le dénouement était trop simple. Mais comment pouvait-il distinguer ce qui était vrai de ce qu'il voulait croire, à cause des sentiments que lui inspirait Lucy ?

Pourtant, les faits étaient là : il y avait des preuves de la culpabilité de Jordan. Pourquoi se laissait-il une fois de plus influencer par ses émotions ? Il était bien placé pour savoir où cela pouvait mener…

Il fut presque soulagé d'entendre que quelqu'un frappait à la porte, bien que son soulagement soit mêlé d'inquiétude. Il sortit du lit et Lucy marmonna quelques protestations.

Lucy. Il était étonné et amusé de voir combien il lui était facile de passer d'un prénom à l'autre. À ses yeux, elle était Daisy autant que Lucy, mais c'était avec Lucy qu'il avait fait l'amour… ce qui rendait l'acte encore plus profond, chargé de sens.

Bon sang, il était vraiment en train de perdre la tête !

Il enfila son pantalon et attrapa le revolver qu'il avait rangé dans le tiroir de la table de chevet. Comme la personne qui se tenait à la porte continuait à frapper, de plus en plus fort, il ne prit pas le temps de mettre son holster. Il se borna à cacher son revolver derrière son dos et traversa le séjour, tout en regardant les images de la caméra de surveillance sur son téléphone. L'homme qui se tenait sur le seuil faisait à peu près sa taille. Il portait un jean, une chemise impeccablement repassée et un grand chapeau de cow-boy. Et Zach ne le connaissait pas.

Cependant, il était peut-être venu lui fournir des renseignements sur Jordan. Il entrebâilla la porte, prêt à faire usage de son arme.

L'inconnu détailla sa silhouette, s'attardant sur son torse nu, et son regard bleu acier se fit plus dur.

— Est-ce que je peux vous aider ? demanda Zach en défaisant discrètement la sécurité de son revolver.

— Vaughn ! s'exclama Lucy, derrière lui.

Zach lui jeta un regard et la vit avancer vers la porte en resserrant autour d'elle son peignoir jaune vif.

S'il n'avait pas reconnu le prénom de son frère, la pointe de jalousie qu'il ressentit en entendant son exclamation ravie aurait pu le pousser à perdre tout bon sens et à devenir violent.

— Qu'est-ce que tu fais ici ? demanda-t-elle.

Elle sembla vouloir avancer vers son frère pour l'embrasser, mais se ravisa et resserra encore plus son peignoir autour de son corps.

— Je t'ai dit que tout allait bien.

Vaughn n'avait pas besoin de sortir de Polytechnique pour deviner ce qu'ils avaient fait ensemble cette nuit. Mais pourquoi ne lui avait-elle pas dit qu'elle l'avait contacté ?

— Je suis venu te chercher pour te ramener à la maison, dit Vaughn d'une voix parfaitement détachée.

Ces mots glacèrent le sang de Zach, qui reposa le revolver sur le comptoir.

— Ce n'était pas la peine, risposta-t-elle. Je ne suis pas une brebis égarée qu'il faut ramener au sein du troupeau.

Elle jeta vers Zach un regard tellement rapide qu'il ne put le déchiffrer.

— Peut-être pas, répondit Vaughn. Mais j'ai pensé que tu pourrais être bouleversée par l'arrestation de Jordan, et avoir besoin de…

Il regarda Zach de la tête aux pieds avant de conclure :

— D'un visage ami.

— Je vois, répondit-elle. Vaughn, voici Zach. Je sais que tu as entendu parler de lui, mais je ne pense pas que vous vous soyez rencontrés.

— J'ai entendu parler de vous, en effet. Jaime a dit le plus grand bien de vous.

Vaughn le dévisagea sans chaleur pendant encore quelques instants avant de tendre la main.

— J'ai été impressionné par la précision des rapports que vous nous avez envoyés.

Zach serra la main que Vaughn lui tendait avec tout le professionnalisme que peut rassembler un homme qui ne porte ni T-shirt, ni chaussettes, ni chaussures.

— Je vous retourne le compliment. Heureux de faire votre connaissance.

Vaughn ne répondit pas, mais Zach n'en prit pas ombrage. Il n'avait jamais connu la relation normale qui existe entre frère et sœur, puisque Hilly avait grandi loin de lui et que, quand il l'avait enfin retrouvée, elle fréquentait déjà Cam. Il n'avait donc jamais posé sur ses prétendants le regard soupçonneux que pose un grand frère.

Cependant, il comprenait parfaitement la réaction de Vaughn, d'autant qu'il avait pris toutes les mesures nécessaires pour que la protection de Lucy soit assurée.

— Si tu allais t'habiller ? dit Vaughn à Lucy.

Il gratifia Zach d'un sourire acéré et poursuivit :

— Zach et moi allons discuter un peu.

Lucy leva les yeux au ciel.

— Parce que tu es un vrai moulin à paroles. Mais je vais aller m'habiller parce que je serai plus à l'aise. Et de toute façon, Zach est de taille à te tenir tête.

Elle planta un doigt dans le torse de son frère et effleura le bras de Zach de la paume de la main en s'éloignant d'un pas nonchalant.

Zach se sentait parfaitement de taille à affronter son frère, en effet – Texas Ranger ou pas –, mais il aurait préféré qu'elle ne jette pas d'huile sur le feu.

D'autant qu'il allait passer quelques minutes seul avec lui, pendant lesquelles il allait devoir lui annoncer qu'à son avis, l'affaire n'était pas close. En s'exprimant de façon à ce que Vaughn ne pense pas que c'était son cœur qui parlait.

Quand Lucy eut refermé la porte de la chambre sur elle, il lâcha, de but en blanc :

— Je ne pense pas qu'elle devrait rentrer avec vous.

Il aurait pu aborder le sujet avec plus de tact, mais il ne faudrait peut-être à Lucy que quelques minutes pour se changer. Chaque seconde comptait.

Vaughn se borna à hausser un sourcil. Ce geste lui rappela tellement Lucy qu'il s'agita, mal à l'aise.

— Je ne dis pas que Jordan n'a rien à voir avec cette histoire, mais…

Il savait qu'il allait se faire incendier, mais il fallait qu'il parle. L'inquiétude qui le taraudait était trop impérieuse.

— Je sais bien que la police a trouvé des preuves qui le désignent comme étant le meurtrier, mais il y a des détails qui m'inquiètent. Je ne suis vraiment pas convaincu que l'affaire soit close et que son arrestation sonne la fin de la menace qui pesait sur Lucy.

Vaughn le dévisagea longuement, et il s'apprêta à se faire traiter d'imbécile et à subir un sermon condescendant.

Mais le sermon ne vint pas.

— Moi non plus, dit enfin Vaughn.

Comme Zach ne pouvait que le fixer, bouche bée, Vaughn poursuivit :

— Et c'est ce qui m'amène ici. Je n'ai pas voulu qu'elle reste seule et se croie en sécurité. Mais je n'ai pas non plus envie de lui dire que ce n'est pas le cas.

— Bienvenue au club, marmonna Zach.

Il devait pourtant le lui dire. Il le *devait*. Mais elle commençait tout juste à accepter le fait que son ex-mari était un meurtrier. Comment pouvait-il remuer le couteau dans la plaie en lui disant que l'arrestation de Jordan ne réglait pas tout, que quelqu'un d'autre – Stacy, par exemple – pouvait être mêlé à cette affaire ?

— Est-ce que je dois vous demander quelles sont vos

intentions vis-à-vis de ma sœur ? demanda Vaughn avec un sourire en coin.

— Pourquoi ? Est-ce que nous sommes retournés un siècle en arrière ? Je suis à peu près certain que Lucy est parfaitement capable d'affronter elle-même mes intentions.

Même s'il ne savait pas lui-même ce qu'elles étaient au juste, ni pourquoi il souhaitait maintenant qu'il y ait un fond de vérité dans la légende de la malédiction.

La bouche de Vaughn perdit son pli sévère. Cet homme ne semblait pas du genre à sourire souvent, mais Zach pensa lire un certain amusement dans son expression.

— Lucy, répéta Vaughn.

Il semblait surpris.

— Voilà qui est nouveau.

— Vraiment ?

Vaughn haussa les épaules.

— Je n'ai pas pour habitude de fouiner dans la vie privée de ma sœur, mais je sais que peu de gens peuvent utiliser son vrai prénom sans que cela lui déplaise.

« Son vrai prénom ». La formulation était bizarre et lui fit une impression désagréable. Daisy était aussi « vraie » que Lucy. Elles étaient toutes deux une seule et même femme.

Il secoua la tête.

— Alors, comment allons-nous lui annoncer la nouvelle ?

— Je préférerais ne rien lui dire, répondit Vaughn. Nous pourrions continuer à la protéger sans qu'elle s'en rende compte jusqu'à avoir compris la situation dans son ensemble.

Zach ne put retenir un petit reniflement de dérision.

— J'ai dit que je préférerais ne rien lui dire, se hâta de préciser Vaughn. Pas que ça marchera.

Il poussa un soupir sonore et se passa une main sur le visage. Ses habits étaient impeccables malgré le voyage, rien dans son attitude ne trahissait la fatigue ou l'inquiétude, mais ce simple geste suffit à faire comprendre à Zach qu'en réalité, il était malade d'angoisse pour sa sœur.

D'un geste, Vaughn l'invita à s'asseoir sur le canapé et s'assit à côté de lui.

— Dites-moi aussi rapidement que possible quels sont les détails qui restent à régler.

— J'en vois surtout deux, répondit Zach en surveillant la porte de la chambre de Lucy. D'abord, comment Jordan a-t-il pu savoir que Daisy avait rendez-vous avec Stacy ? Pour moi, cela veut dire que Stacy joue un rôle dans l'affaire.

— Et les autres personnes qui se trouvaient dans les bureaux ?

— J'ai tendu un petit piège. Nous n'avons dit qu'à Stacy que Lucy devait reprendre l'avion le soir même. Bien sûr, il est toujours possible qu'elle l'ait répété à quelqu'un par inadvertance, mais je suis prêt à parier que c'est elle qui a renseigné soit Jordan, soit quelqu'un qui le connaît.

Vaughn secoua la tête.

— Si Stacy est mêlée à cette histoire, Daisy va être bouleversée ; encore plus que par la culpabilité de Jordan.

— Vous avez raison. Et je vais être franc avec vous : je pense qu'il y a encore quelqu'un d'autre. Voilà le second détail qui me taraude. Quelqu'un qui appartient à son passé, ou au passé de votre père, et qui se sert de Jordan, de Stacy et de Dieu sait qui encore pour assouvir une espèce de… de vengeance.

— Qu'est-ce qui vous fait croire ça ?

— Les schémas. Des intuitions. La façon dont les événements s'enchaînent.

Vaughn soupira.

— Vous avez pris des notes ?

— Et comment ! J'en ai des tonnes.

— Il va me falloir un peu de temps pour les lire, dit-il en jetant un regard vers la porte de Lucy. Et nous manquons de temps.

— Oui, vous avez raison. Écoutez… si vous me laissiez lui dire ce que nous pensons ? Au lieu d'être furieuse contre son frère, elle sera furieuse contre moi. Pas la peine d'entrer dans les détails. Nous pouvons seulement lui dire que nous préférons rester prudents jusqu'au moment où nous serons sûrs que Jordan a agi seul.

— Êtes-vous un bon menteur, Zach ?

Il esquissa un sourire.

— D'après vous ? J'ai fait pas mal de missions d'infiltration pour le FBI.

— Mais serez-vous capable de lui mentir, à elle ? demanda Vaughn.

L'estomac de Zach se retourna.

— Croyez-le ou non, poursuivit-il, je… je suis passé par là, moi aussi. Protéger quelqu'un peut faire naître des sentiments puissants. Si je ne me trompe pas à votre sujet – et je me trompe rarement…

— N'essayez pas de nous éloigner l'un de l'autre, coupa-t-il. Cela ne lui plaira pas plus qu'à moi. Nous sommes adultes, et il y a des choses bien plus importantes à régler.

— Le plus important, c'est la sécurité de ma sœur. Et c'est à vous qu'elle a été confiée. Les sentiments…

— Peuvent compliquer les choses, acheva-t-il pour Vaughn. J'en suis parfaitement conscient.

Vaughn lui décocha un regard indéchiffrable avant de bouger légèrement, comme s'il était mal à l'aise.

— Les sentiments et les émotions ne sont pas toujours source de complications quand on doit protéger les personnes que… qu'on aime.

— Sans vouloir vous vexer, mon expérience m'a appris le contraire.

— Mais pas la mienne, risposta Vaughn. J'ai assuré la protection d'une femme, que j'ai fini par épouser et avec laquelle j'ai deux enfants magnifiques. Alors… je pense que toutes les histoires ne se terminent pas de la même façon.

Avant que Zach ait pu répondre quoi que ce soit, parce

que les mots « épouser » et « enfants » lui paralysaient la langue, Vaughn changea de sujet.

— Quelle est la première chose à laquelle nous devons réfléchir ?

Il se força à revenir à l'affaire.

— C'est un coup de fil anonyme qui a mené à l'arrestation de Jordan. Autrement dit, quelqu'un sait quelque chose.

— Peut-être Stacy.

— Peut-être, oui… Mais pour ma part, j'en suis sûr.

Pourtant, il était certain qu'un détail lui échappait encore. Mais le temps lui manquait pour trouver de quoi il s'agissait.

15

Quand elle ressortit de sa chambre, Lucy trouva son frère et son amant en train de passer en revue tous les détails de l'affaire, penchés l'un vers l'autre. Ils parlaient à voix trop basse pour qu'elle puisse distinguer leurs paroles mais en les voyant, elle se rendit compte que Jordan s'était toujours tenu un peu à l'écart de sa famille et de ses amis.

Il ne s'était jamais assis sur un canapé avec Vaughn pour discuter de quoi que ce soit, par exemple.

Elle savait pertinemment que les deux hommes n'étaient pas en train de se quereller sur la supériorité de la défense des Cowboys ou celle des lanceurs des Astros. Ils parlaient de Jordan, ou de l'affaire – en tout cas, de quelque chose qui la concernait. Pendant qu'elle se demandait combien de ses proches avaient trahi sa confiance, ils cherchaient toujours à la protéger.

Vaughn remarqua sa présence et lança aussitôt une phrase sur la valeur immobilière d'une maison qu'il avait remarquée. Mais Lucy secoua la tête.

— Arrêtez vos salades, ordonna-t-elle.

Zach posa sur elle de grands yeux innocents. Sans savoir pourquoi, elle n'était pas effrayée par la facilité déconcertante avec laquelle il pouvait mettre un masque et le retirer. Cette aptitude était l'un de ses traits de caractère, et jamais il ne l'avait utilisée pour la blesser ou pour lui nuire.

— Des salades ? demanda-t-il gaiement.

Mais son regard était fixé sur elle, calme et légèrement

préoccupé. Peut-être était-ce pour cela qu'elle ne se sentait jamais mal à l'aise avec lui : il ne cherchait jamais à mentir sur les émotions qu'elle éveillait en lui. Il les refoulait peut-être, mais jamais il n'essayait de les lui dissimuler.

Elle avança vers les deux hommes et s'efforça de masquer sa nervosité en examinant les livres posés sur la table basse. Elle aurait aimé être aussi sereine qu'eux, mais elle savait que jamais elle n'en serait capable.

— Est-ce que le juge a proposé une libération sous caution à Jordan ? demanda-t-elle d'une voix qui se voulait désinvolte.

La veille, Zach lui avait expliqué que quand il s'agissait de meurtre, la plupart des juges refusaient la libération sous caution. Mais dans des villes telles que Nashville, il n'était pas rare qu'ils choisissent simplement de fixer un montant élevé.

Et elle savait que quel que soit ce montant, Jordan serait en mesure de le payer… et ne se priverait pas de le faire.

— Pas de caution, non. Il va rester en prison jusqu'au procès, répondit Zach.

Il posait sur elle ce regard perçant qu'elle avait appris à connaître. Elle n'aurait peut-être pas été trop mal à l'aise si son frère n'avait pas fait de même.

Ce regard lui faisait prendre conscience de la façon dont elle avait tenu Vaughn à distance pendant des années, alors qu'il aurait été là pour l'aider si elle le lui avait permis. Elle n'avait aucun droit de lui en vouloir d'être aussi stoïque et désapprobateur. C'était elle, uniquement elle, qui avait refusé de totalement se dévoiler devant lui – ou qui que ce soit d'autre.

Même devant Jordan… Elle avait nourri une infinité de rêves et d'espoirs pour leur avenir, mais sans jamais les partager avec lui. Pour elle, il avait plus été une statue autour de laquelle elle avait construit ses rêves qu'un être humain avec lequel elle aurait pu construire sa vie.

Même s'il l'avait manipulée, même s'il s'était servi de ses faiblesses, elle devait reconnaître que ce n'était pas uniquement par sa faute que leur mariage s'était délité. Et elle ne parvenait toujours pas à croire qu'il puisse être l'unique responsable de la mort de Tom, même si elle aurait tout donné pour que la solution de l'énigme soit aussi simple.

— Il va prendre un bon avocat, répondit-elle.

Elle faisait de son mieux pour ne pas sembler sinistre ou résignée, mais parfaitement raisonnable.

— L'argent peut presque tout acheter, reprit-elle. Il pourrait être libéré très rapidement.

— Tu as sans doute raison, dit Vaughn d'une voix dénuée de toute émotion.

Elle eut envie de laisser libre cours à son agacement, d'obtenir une réaction, quelle qu'elle soit, mais ils la dévisageaient tous deux avec une telle inquiétude, un tel... Elle devait être parfaitement idiote pour s'imaginer que Zach la regardait avec amour. Mais puisqu'elle avait déjà décidé qu'elle *était* idiote, pourquoi lutter contre la vague qui l'emportait ?

— Alors, dit-elle, qu'attendons-nous pour comprendre que Jordan n'aurait pas pu savoir que j'étais en ville et m'appeler pour fixer ce rendez-vous si Stacy ne le lui avait pas dit ?

Vaughn soupira.

— Je suis désolé, Luce.

Elle le remercia d'un pâle sourire avant de s'asseoir sur l'accoudoir du canapé, près de Zach.

— Je suis désolée moi aussi, mais... Jordan avait peut-être des raisons de me haïr. Mais Stacy ?

Elle avait beau revenir sur les quelques années qui venaient de s'écouler, elle ne parvenait pas à comprendre ce que Stacy pouvait lui reprocher.

Daisy Delaney pouvait être susceptible et difficile à vivre mais, depuis le jour où elle était sortie de l'ombre de son père, elle l'avait toujours été. Depuis qu'elle connaissait

Stacy, rien n'avait changé dans son comportement. Jordan était entré dans sa vie et, dans une certaine mesure, dans sa carrière, mais le harcèlement avait commencé après son divorce. Elle ne pouvait donc pas tenir son mariage pour responsable des événements.

Quelle raison Stacy pouvait-elle avoir de la haïr maintenant qu'elle s'était délestée du poids énorme qui avait pesé sur leurs épaules à toutes deux ?

— Je n'arrive tout simplement pas à comprendre pourquoi elle me voudrait du mal. Je sais, je *sais* qu'elle est la seule à avoir pu mettre Jordan au courant, mais je n'arrive pas à comprendre pourquoi elle l'aurait fait. Et ça me pèse.

— J'ai réfléchi à une autre approche, dit Zach.

Il avait parlé avec une telle douceur qu'elle devina que ce qu'il s'apprêtait à dire serait tout sauf agréable.

En voyant Vaughn lui jeter un regard d'avertissement, elle secoua la tête. Elle ne pouvait pas s'enfouir la tête dans le sable et laisser ces deux hommes se charger de tout, même si elle savait qu'ils ne demandaient qu'à le faire – ce qui aurait préservé son équilibre émotionnel, au moins en partie.

Depuis le début des événements, elle avait cherché à se convaincre que les choses finiraient par s'arranger d'elles-mêmes, ou que quelqu'un d'autre s'occuperait de régler cette histoire. Mais il n'en avait rien été. Oh ! bien sûr… elle s'était repenchée sur son passé, elle avait fait une liste de personnes qui auraient eu des raisons de la haïr, mais elle n'était pas allée jusqu'à rouvrir les anciennes cicatrices. Elle avait cru que c'était inutile, que les personnes qui étaient payées pour la protéger trouveraient la clé de l'énigme.

Elle comprenait maintenant que cela n'arriverait pas. Il fallait qu'elle participe, qu'elle fouille les plaies de son passé. Sinon, jamais ce cauchemar ne prendrait fin. Vaughn et Zach pouvaient agir, mais seulement dans une certaine mesure. Puisque c'était elle qui se trouvait au cœur du problème, c'était elle qui détenait la clé qui les mènerait à la solution.

Tom était mort, Jordan était en prison, et elle soupçonnait l'une de ses plus vieilles et plus proches amies d'être mêlée à cette affaire.

Ce n'était pas le moment de se cacher. C'était le moment de devenir la femme dont parlaient ses chansons – non seulement par le nom, mais aussi par les actes. Cette femme qui obtenait toujours ce qu'elle voulait, quels que soient les sacrifices à consentir, sans se soucier des conséquences.

Elle planta son regard dans celui de Zach et demanda :

— Et quelle est cette approche ?

— Ton père.

Elle ne s'était pas attendue à cette réponse. Elle fut parcourue par un tressaillement. Si Zach avait été le seul à le voir, elle n'aurait pas été trop mal à l'aise. Mais Vaughn était là, lui aussi…

Il n'avait jamais été très proche de leur père, et elle savait que Vaughn regretterait toujours qu'il soit mort avant qu'ils aient eu le temps de se rapprocher.

Elle se leva et se dirigea vers la cuisine pour préparer du café, en espérant qu'il lui suffirait de s'occuper pour atténuer sa nervosité.

— Eh bien… il y a effectivement un lien entre Stacy et papa, répondit-elle, puisque Stacy était l'assistante de Don. Mais pourquoi voudrait-elle me faire du mal pour se venger d'une personne qui est morte depuis ? Et pourquoi aurait-elle attendu tellement longtemps pour le faire ?

— Je veux que nous revenions à la conversation que nous avons eue avant ce rendez-vous avec Jordan. Celle où nous parlions du manager de ton père – le patron de Stacy.

Elle se raidit de nouveau. Elle aurait dû se douter que Zach reviendrait sur le sujet, bien qu'il n'ait rien à voir avec leur affaire.

— Je ne vois pas ce que Don viendrait faire dans cette histoire.

— Moi non plus, mais nous avons établi qu'il t'a agressée,

et que c'est pour cela que tu as quitté la maison de disques que ton père venait de créer. Maison de disques qui a fait faillite peu après, si mes renseignements sont justes.

— Don t'a agressée ? demanda Vaughn.

Lucy lança un regard d'avertissement à Zach pour qu'il ne s'attarde pas sur le sujet.

— Si elle a fait faillite, c'est parce que papa a fait n'importe quoi, répliqua-t-elle. C'était un excellent chanteur, mais il n'était pas très doué en affaires. Tout le monde a toujours su qu'il était seul responsable de l'échec de son label, et que mon départ n'a joué aucun rôle.

— Que t'a fait Don ? insista Vaughn.

— Rien de grave, répondit-elle.

Il lui avait donc fallu des années pour se rendre compte que Vaughn l'aurait soutenue et protégée si elle lui avait relaté l'incident. Mais elle s'était tue, parce qu'elle avait su que cela lui aurait coûté sa carrière. Mieux valait faire fi de la douleur et poursuivre dans la voie que l'on s'était tracée… n'est-ce pas ?

— Lucy, tu vas me dire…

— Je n'ai pas besoin que tu joues les grands frères ! hurla-t-elle en reposant violemment la boîte de café sur le comptoir.

Et dire qu'elle avait espéré parvenir à se maîtriser ! Mais après tout, une femme obtenait-elle ce qu'elle voulait en restant calme ? Il fallait peut-être qu'elle se mette en colère et qu'elle ne fasse rien pour le dissimuler. Il fallait peut-être qu'elle prenne les choses en main.

— Il est grand temps que toute cette histoire se termine, dit-elle.

Sa voix était un peu plus calme, mais vibrait d'émotion.

— Donc, enquête sur Don Levinson si c'est ce que tu veux, reprit-elle en agitant la main vers Zach. D'ailleurs, il est sans doute mort. Enquête aussi sur toutes les personnes qui pourraient avoir haï mon père. Je te donnerai des noms. Mais je veux en finir avec ce cauchemar.

Zach se leva et la rejoignit dans la cuisine. Il ne la toucha pas, bien qu'elle en ait désespérément envie. Elle avait besoin d'un contact physique qui, telle une ancre, l'aurait rattachée à une réalité solide. Elle avait beau se répéter qu'elle devait être forte, elle se sentait sur le point de s'effondrer. Et elle avait l'impression que seul Zach saurait l'en empêcher.

— Nous voulons tous en finir, parce que nous voulons tous que tu ne coures plus aucun danger, dit-il gravement.

Elle faillit lui dire qu'elle ne savait pas comment accepter qu'on la protège, parce que personne ne l'avait jamais protégée. Mais elle ravala ses paroles, parce qu'elles étaient injustes envers Vaughn. Si elle l'avait laissé faire, il aurait toujours été à ses côtés. La vérité était qu'elle n'avait jamais *permis* à personne de la protéger.

Sauf à Zach.

Elle n'eut même pas le bon sens de remettre cette pensée en question parce qu'il se tenait devant elle, qu'il était beau et plein de gentillesse, et qu'elle n'avait jamais ressenti pour Jordan ce qu'elle ressentait pour lui. Elle s'était persuadée qu'elle était amoureuse de Jordan, s'était en quelque sorte forcée à l'aimer à cause de la comédie qu'il lui avait jouée. Mais elle n'avait jamais senti l'amour la balayer aussi implacablement, irréfutablement.

Elle avait dû faire un effort pour aimer Jordan et croire en cet amour. Ce qui palpitait en elle à chaque fois qu'elle posait les yeux sur Zach était différent, était *réel* – même si elle ne comprenait pas vraiment ce qui lui arrivait.

Avec elle, Zach n'essayait pas de se faire passer pour ce qu'il n'était pas. Elle l'avait vu endosser un rôle, et elle savait que l'homme qui lui avait fait l'amour la nuit dernière était le vrai Zach.

Comme elle aurait aimé pouvoir retourner dans le passé et ne plus en revenir, rester dans cette époque où elle ne devait ni s'occuper de détails troublants, ni gérer la présence de son frère…

Hélas, c'était impossible. Mais tandis qu'elle regardait Zach en regrettant que ce moment n'appartienne pas à une vie normale, où sa sécurité n'aurait pas été menacée, elle comprit pour la première fois depuis le début de ce cauchemar que tôt ou tard, sa vie lui appartiendrait de nouveau.

Depuis maintenant un an, elle vivait dans la peur. Cette dernière semaine en particulier avait été atroce. Mais tout finirait par s'arrêter et sa vie lui serait rendue. Totalement. Elle pourrait rendre visite à Vaughn et à sa famille sans s'inquiéter de les mettre en danger. Elle pourrait se fixer quelque part et se construire la vie qu'elle voulait avoir. Une vie avec un compagnon peut-être, un vrai compagnon.

Et si elle s'installait dans le Wyoming ? Avec Zach ? Pourquoi pas, après tout ? Puisque c'était la vie dont elle rêvait en ce moment, pourquoi ne pas faire en sorte que ses rêves impossibles se réalisent ?

— Et si nous essayions de découvrir l'origine du coup de fil anonyme ? demanda Vaughn, qui ne pensait qu'à sa mission. Les flics ont sûrement un moyen de la trouver.

Zach rejoignit aussitôt Vaughn pour poursuivre leur discussion, et Lucy retourna à la tâche qu'elle s'était fixée : préparer le café, en s'autorisant à se perdre dans un joli rêve où elle s'installait dans une ville fantôme où personne ne pourrait la retrouver. Zach pourrait continuer à protéger les personnes qui avaient besoin d'aide, et elle pourrait continuer à écrire de la musique.

Elle fut tirée de sa rêverie par la vibration de son téléphone, dans sa poche. Elle regarda aussitôt le message, qui venait de Stacy.

Elle jeta un regard vers Zach et Vaughn. Comme ils étaient toujours penchés sur l'ordinateur et les papiers et échangeaient des théories, elle ouvrit le message.

911. Rappelle-moi. Pas d'oreilles.

Le « pas d'oreilles » la mit mal à l'aise, mais quel mal Stacy pouvait-elle lui faire par téléphone ? Elle voulait peut-être l'avertir d'un danger, lui expliquer un détail. Bon sang, peut-être même qu'elle appelait pour tout avouer !

Elle regarda de nouveau les deux hommes de sa vie. Ils n'avaient certainement pas besoin d'elle en ce moment, et elle pensait pouvoir gérer la situation sans leur aide.

Elle savait bien qu'elle aurait dû leur parler de ce texto avant de rappeler Stacy, mais puisqu'ils s'occupaient de tout le reste, elle pouvait bien se charger elle-même de passer un simple coup de fil.

Elle ouvrit la bouche pour s'excuser de devoir les laisser, mais se ravisa aussitôt. Ils étaient tellement concentrés sur leur tâche que si elle ne les dérangeait pas, ils ne reprendraient pas contact avec le monde extérieur avant des heures.

Elle se dirigea vers la porte de derrière sur la pointe des pieds et, aussi silencieusement que possible, ouvrit les trois verrous. C'était la première fois qu'elle empruntait cette porte, mais Zach lui avait dit qu'elle donnait sur une petite terrasse, où elle pouvait aller si elle le souhaitait. Si elle ne l'avait pas encore fait, c'était uniquement parce que l'occasion ne s'était pas présentée jusqu'à aujourd'hui.

Ce qu'elle découvrit derrière la porte ressemblait moins à une terrasse qu'à un solarium, clos par des parois de verre qu'elle devina blindé. La porte qui donnait sur l'extérieur était protégée par une énorme serrure à code.

De l'autre côté des vitres, un soleil radieux baignait un paysage majoritairement vert, un vert vif et attrayant. Mon Dieu, comme elle était lasse d'être confinée, de ne jamais pouvoir être seule, ne fût-ce qu'une seconde... Elle se rendit soudain compte que le simple fait de pouvoir sortir et tendre son visage vers le soleil lui manquait terriblement.

Autrement dit, il fallait que toute cette histoire se termine et pour cela, elle devait écouter ce que Stacy avait à lui dire. Elle composa son numéro en contemplant la verdure et en respirant profondément dans l'espoir d'apaiser la nausée qui tourbillonnait au creux de son ventre.

— Oh ! Dieu merci, Lucy ! s'écria Stacy dès qu'elle eut décroché. Je ne sais pas ce qui se passe. Tout est tellement confus. Jordan est en prison ? Qu'est-ce qui se passe ?

Stacy ne l'appelait Lucy qu'en dehors du cadre du travail, quand la relation qui les unissait n'était plus qu'une relation d'amitié. Elle avait toujours parfaitement jonglé avec ses deux prénoms, sans jamais se tromper. Était-ce parce qu'elle était une traîtresse à deux visages ?

— Je n'en ai pas la moindre idée, répondit-elle carrément.

— L'entourage de Jordan essaie de répandre la rumeur que c'est toi qui lui as tendu un piège.

Lucy renifla, s'assit dans un fauteuil en osier garni d'un coussin et ramena ses jambes sous elle.

— La police n'a pas semblé envisager cette possibilité.

Elle ferma les yeux et essaya de faire fi de la petite graine de peur que les paroles de Stacy venaient de planter dans son esprit. Mon Dieu… est-ce que Jordan allait une fois de plus réussir à la faire passer pour la méchante de l'histoire ?

Même si personne ne pouvait prouver que c'était elle qui avait cherché à le piéger, il était tout à fait possible que l'opinion publique se retourne contre elle. Voilà ce que l'entourage de Jordan allait s'efforcer de faire : la faire passer pour une criminelle, en plus d'être une femme infidèle, alcoolique et incontrôlable.

— Ce que je veux dire, c'est que Jordan est assez idiot pour se faire piéger, reprit Stacy. Je serais la première à saluer ta créativité et à te remercier de nous avoir débarrassées de sa grande gueule.

Elle fut traversée par un frisson glacial.

— Est-ce que tu m'accuses de quelque chose, Stacy ? demanda-t-elle froidement.

À chaque phrase que prononçait son amie, Lucy sentait

sa confiance s'effriter. Si Stacy s'était vraiment inquiétée pour elle, leur conversation aurait été tout autre.

— Non. Mon Dieu, bien sûr que non !

Stacy poussa un soupir sonore.

— Mais tout est tellement confus, tellement perturbant… Est-ce que nous pouvons nous voir pour déjeuner ?

— Pas sans mes deux gardes du corps, répondit Lucy d'un ton sec.

— Deux ?

Pourquoi posait-elle cette question ? Parce qu'elle était sincèrement perplexe, ou parce qu'elle calculait ses chances de parvenir à ses fins ? À moins qu'elle compte se servir plus tard des informations qu'elle était en train de glaner…

Oui, Stacy pouvait très bien aller à la pêche aux informations. Lucy en eut le cœur brisé. Et elle eut le cœur brisé de devoir lui mentir.

— Au moins. Tu sais comment est Vaughn, protecteur à l'excès. Il a engagé la moitié des forces de police du comté pour veiller sur moi et pour résoudre toute cette affaire.

Elle voulut se fendre d'un petit rire désinvolte, mais échoua.

— Tu penses que Jordan n'est pas le coupable ? demanda Stacy.

— D'après ce que j'ai entendu, toutes les preuves sont contre lui. Mais certaines personnes pensent que ma sécurité passe avant tout, indépendamment des informations dont je dispose.

— Tu sais tout, pas vrai ? demanda Stacy d'une voix étouffée et vibrante de tristesse.

Lucy déglutit avec effort et attendit que Stacy se confesse. Comme elle ne disait rien, elle demanda :

— Qu'est-ce que je sais, Stacy ? Si tu étais franche avec moi, pour une fois ?

— Mon Dieu…

La voix de Stacy se brisa.

— Ne m'en veux pas trop, Lucy. J'ai fait une erreur,

mais c'était en toute bonne foi. Comme toutes celles que j'ai pu commettre.

Une erreur commise en toute bonne foi ? Tom était mort et Stacy avait commis une erreur *en toute bonne foi* ? La gorge de Lucy était tellement nouée qu'elle fut incapable de répondre.

— D'accord, d'accord, reprit Stacy. Écoute-moi, tu veux bien ? Je sais que c'est à cause de moi que Jordan a su que tu étais en ville. Je t'aurais prévenue si je m'en étais rendu compte, mais je ne me suis aperçue de rien avant d'apprendre que vous dîniez ensemble au moment où il a été arrêté. Ensuite, j'ai assemblé les pièces du puzzle et... je suis désolée, vraiment désolée.

Lucy fronça les sourcils. Ce n'était pas précisément la grande confession qu'elle avait espérée, mais c'était un début.

— Qu'est-ce que tu lui as dit ? Que j'étais en ville, ou que j'étais partie pour le Wyoming ?

— Que tu étais en ville, bien sûr ! répondit Stacy. Dans le Wyoming, tu ne risquais absolument rien.

Lucy était incapable de déterminer si Stacy disait la vérité, ou si elle mentait à la perfection.

— Pour tout dire, je ne comprends pas pourquoi tu es revenue alors que personne ne savait que tu étais là-bas.

— Parce que quelqu'un le savait, Stacy, dit-elle. Là-bas, je n'étais pas en sécurité. On m'avait retrouvée. Maintenant, je veux savoir ce que tu as dit à Jordan, mot pour mot. Cette fois-ci, et les autres.

— Je ne lui ai rien dit d'autre ! Comment peux-tu croire ça de moi ?

Stacy marmonna un juron avant de poursuivre :

— Écoute-moi, tu veux bien ? Je n'avais pas parlé à Jordan depuis des mois, mais il m'a appelée juste après l'incident de la bombe fumigène. J'étais parfaitement consciente qu'il cherchait à glaner des informations, et bien décidée à ne lui en donner aucune. Seulement, il a su exactement comment s'y prendre pour me faire parler. Il m'a tellement énervée que j'ai voulu prendre l'avantage sur lui. Je lui ai dit que tu étais passée à mon bureau et que tu allais bien. Ce n'est que longtemps après avoir raccroché que j'ai compris qu'il m'avait tendu un piège et que j'avais été assez idiote pour mordre à l'hameçon.

L'explication semblait plausible. Elle était bien placée pour savoir que Jordan était un manipulateur. Mais comment quelqu'un avait-il pu retrouver sa trace dans le Wyoming ? Et pourquoi Stacy avait-elle cherché à l'entraîner dans la direction opposée à celle que prenait Zach, le jour où ils étaient passés à son bureau ?

Si Stacy ne reconnaissait pas sa culpabilité, pourquoi diable lui avait-elle demandé de la rappeler de toute urgence ?

— Est-ce que c'est toi qui as dénoncé Jordan ? demanda-t-elle après quelques instants de silence.

Le sang de Lucy se glaça.

— Si j'avais eu des renseignements, répliqua-t-elle, je ne les aurais pas donnés de manière anonyme. Et je les aurais communiqués à la police après avoir retrouvé le cadavre de Tom dans ma loge.

— Doux Jésus, dit Stacy.

Elle semblait sincèrement malade à cette pensée.

— Quelqu'un savait que j'étais dans le Wyoming, insista-t-elle. Et je n'en avais parlé à personne, sauf à toi.

— Tu penses réellement que c'est moi qui ai tout orchestré ?

Stacy semblait tellement choquée et peinée que le cœur de Lucy se serra. Mais elle devait être forte, parce que cette affaire reposait sur trop de manipulations, et qu'elle s'était déjà laissé berner trop souvent.

— En dehors de ma famille, personne d'autre que toi ne savait où j'allais, insista-t-elle.

— Je n'ai rien dit à personne. À personne, pas même à Cory. Cory…

Il y eut un long silence.

— N'essaie pas de tout faire retomber sur Cory, prévint Lucy. Pourquoi serait-elle mêlée à cette histoire ?

— Quoi que tu puisses penser, Luce, ce n'est pas moi. Je n'ai rien fait. Je le jure devant Dieu. Je sais que j'ai fait une erreur en disant à Jordan que tu étais en ville, mais… c'est la seule que j'ai commise. Comment la situation a-t-elle pu devenir aussi incontrôlable ?

— Qu'est-ce qui est devenu incontrôlable, Stacy ? Parce que je n'y comprends vraiment rien.

Stacy jura de nouveau avant de répondre :

— Je crois que je sais… J'ai la désagréable impression que je sais qui a tout orchestré. Il y a longtemps, Jordan m'a dit une chose que je ne t'ai jamais répétée. Je sais que j'aurais dû le faire, mais tu étais tellement amoureuse de lui… Si ce détail n'avait pas un lien avec certaines choses qu'a faites Cory ces derniers temps, je ne m'en serais peut-être même pas souvenue. Mais…

— Mais quoi ? pressa-t-elle. Que t'a-t-il dit ?

Stacy ne répondit pas. Pendant de longues secondes, tout ce qu'entendit Lucy fut sa respiration.

— Il y a quelqu'un ici, chuchota-t-elle enfin. Oh ! mon Dieu… il y a quelqu'un chez moi.

Une peur fulgurante traversa Lucy. En entendant la voix de Stacy, vibrante de terreur pure, elle oublia tout de ses soupçons.

— Stacy ? Raccroche et appelle le 911, d'accord ? Stacy ?

Rien, sinon cette respiration haletante.

— Stacy ! hurla-t-elle. Raccroche et appelle le 911, tout de suite !

— Aide-m…

Et la communication fut coupée.

16

— Stacy est en danger ! cria Lucy en déboulant dans le salon.

Zach se leva d'un bond, le cœur dans la gorge.

— Quoi ? demandèrent-ils en chœur, Vaughn et lui.

Elle leur agita le téléphone sous le nez.

— J'étais en train de parler avec Stacy, et…

— Bon sang, pourquoi est-ce que tu as fait ça ? tonna Vaughn.

Ce qui évita à Zach de poser la question lui-même.

— Zach, dit-elle en se tournant vers lui.

Elle semblait penser qu'il saurait se montrer plus raisonnable que son frère. Ce n'était pas le cas, mais il allait essayer de prendre sur lui. Comme si Vaughn et lui jouaient la comédie du bon flic et du méchant flic.

— Elle est chez elle, dit Lucy.

Sa voix et ses gestes révélaient sa panique.

— Elle a seulement eu le temps de me dire que quelqu'un était chez elle avant que la ligne soit coupée.

— Commence par le commencement, dit Zach en s'exhortant au calme. Explique-nous tout depuis le début.

Elle leva vers lui un regard impuissant.

— Nous n'avons pas le temps !

— Lucy, dit-il en la prenant par les épaules. Fais ce que je te dis. Dis-moi vite ce qui s'est passé, depuis le début.

Lucy secoua la tête. Elle serrait toujours son téléphone

dans sa main, comme s'il s'était agi d'un filin de sécurité qui la reliait à Stacy.

— Je l'ai appelée, à sa demande. Nous avons parlé de l'arrestation de Jordan, et elle m'a avoué qu'elle lui avait appris sans le vouloir que j'étais venue la voir et que je devais quitter de nouveau la ville.

Vaughn et Zach ricanèrent à l'unisson.

— Écoutez… je ne sais vraiment pas quoi en penser. Elle avait l'air bizarre, mais je crois qu'elle ne mentait pas. Elle s'apprêtait à me donner une information qu'elle jugeait importante quand elle a dit qu'il y avait quelqu'un chez elle. Elle a juste eu le temps de me dire « aide-moi » avant que nous soyons coupées. S'il te plaît…

Elle leva vers lui des yeux bleus emplis de peur et de larmes.

— Même si elle est… mêlée à tout ça, elle est en danger.

Zach n'en était pas convaincu, mais c'était une possibilité. Cependant, il était également possible qu'elle n'ait cherché qu'à attirer Lucy chez elle.

— Pourquoi est-ce que tu ne nous as pas dit qu'elle t'avait contactée ? demanda-t-il, aussi gentiment qu'il le put.

— Elle voulait me parler en privé, répondit Lucy d'un ton résigné. Mais elle avait peur, Zach. Elle ne jouait pas la comédie, je peux le jurer. Je ne dis pas que je suis sûre qu'on peut lui faire confiance à cent pour cent, mais la situation est vraiment complexe, et elle est en danger.

Complexe était le mot juste.

— Appelle la police, ordonna Zach.

Comme Vaughn ouvrait la bouche, il le fit taire d'un signe de la tête et précisa :

— Ce n'est ni à vous ni à moi de le faire, mais à elle. Puisque c'est elle qui a parlé avec Stacy, elle doit leur faire elle-même le compte rendu de la conversation. Ne bougez pas d'ici, tous les deux. Et toi, Lucy, appelle la police et dis-leur tout ce dont tu pourras te souvenir.

— Rien ne vous prouve que cette femme dit la vérité, lança Vaughn d'un ton ferme.

— C'est vrai, mais rien ne me prouve non plus qu'elle ne la dit pas.

Il prit son revolver, son holster, ses clés et son portefeuille.

— S'il ne s'agissait que d'une manœuvre destinée à attirer Lucy chez elle, elle sera ici, sous votre protection, à l'écart de tout danger. Dans le cas contraire, je vais m'approcher suffisamment pour voir ce qu'il se passe. Peut-être qu'elle prépare autre chose. Il me faut son adresse.

— Attends… tu ne vas pas aller là-bas ! s'exclama Lucy, incrédule.

— Si elle a des ennuis, je l'aiderai, répondit Zach, qui avait déjà mis son holster. Et si elle ne cherchait qu'à t'attirer chez elle, je veux savoir pourquoi.

— Mais la police…

— Il faudra qu'ils inspectent les lieux, mais je veux arriver avant eux au cas où quelque chose se tramerait. Plus je pourrai rassembler d'informations, plus grandes seront nos chances d'en finir avec cette histoire une bonne fois pour toutes.

— Mais si c'est vraiment un piège, c'est peut-être dangereux. Tu pourrais être blessé…

— Pas si tu appelles la police.

Il aurait préféré ne pas s'éloigner de Lucy en ce moment, mais il allait devoir surmonter ses inquiétudes. Vaughn saurait la protéger, si besoin était.

— N'oublie pas de signaler à la police que je serai là-bas et de leur fournir ma description. Dis-leur que j'apprécierais qu'ils ne me confondent pas avec quelqu'un d'autre.

Il se pencha pour l'embrasser, parce que l'entreprise pouvait s'avérer dangereuse et mal tourner, mais interrompit son geste en se rappelant que son frère était là.

Et zut. Il l'embrassa. Avec fougue.

— Ne bougez pas d'ici, vous m'entendez ?

Il savait que Vaughn ne la quitterait pas des yeux, et qu'il n'hésiterait pas à mettre sa vie en danger pour sauver celle de sa sœur – comme il l'aurait fait lui-même.

Alors, malgré les incertitudes qui le taraudaient, il allait sortir de cette maison. Parce que rien n'était résolu dans cette affaire et qu'il était prêt à suivre toutes les pistes qui se présenteraient.

— Envoie-moi l'adresse par texto.

Il monta dans la voiture de location, entra l'adresse de Stacy dans son GPS et se mit en route.

Il aurait aimé avoir plus de temps pour planifier son action, mais puisque Lucy pensait que Stacy courait un réel danger, il devait agir sans attendre. Stacy pouvait être mêlée à l'affaire comme l'était Jordan, et le vrai meurtrier était peut-être sur le point de lui faire du mal pour que son identité ne soit pas dévoilée. Mais elle pouvait tout aussi bien avoir cherché à attirer Lucy jusqu'à elle, ou à faire en sorte qu'elle soit seule.

Il y avait une infinité de possibilités. Il devait s'attendre à tout.

Stacy n'habitait pas très loin de la ferme, et il atteignit sa maison avant la police. Il hésita quelques instants avant de descendre de voiture pour se diriger vers la maison, plantée au milieu d'une grande pelouse impeccable qu'une épaisse haie séparait des jardins voisins.

Il jeta un œil par la fenêtre du garage et y vit une voiture. Aucun autre véhicule n'était en vue.

Pour l'amour de Lucy, il aurait aimé que Stacy soit innocente. Mais baser son jugement sur l'amour qu'il avait pour elle n'aurait fait que mettre beaucoup trop de gens en danger. Il avait déjà laissé ses émotions prendre trop de place dans cette affaire, malgré toutes ses bonnes résolutions.

Mais ce qui était fait était fait. Il ne pouvait rien y changer. Il ne pouvait rien faire, sinon mieux protéger Lucy qu'il n'avait protégé Ethan. Il ferait tout pour qu'elle et son frère sortent de ce cauchemar sains et saufs – et pour commencer, il allait suivre cette piste, où qu'elle le mène.

Il approcha de la porte d'entrée et balaya la pelouse du regard, sans rien remarquer de louche.

Il tourna lentement le bouton, mais la porte était fermée à clé. Il regarda de nouveau tout autour de lui, dans l'espoir de voir l'éclat des gyrophares, mais la police n'arrivait toujours pas.

Il allait devoir faire le tour de la maison en regardant par les fenêtres. Et si rien ne se passait – et que la police n'était toujours pas arrivée – il entrerait par effraction et croiserait les doigts.

Il commença à longer le mur en jetant un œil par les fenêtres, mais sans rien voir de plus qu'un intérieur parfaitement tenu. Personne, aucun signe de lutte.

Mais quand il passa sur l'arrière de la maison, où la terrasse communiquait par deux grandes portes-fenêtres avec un séjour et un coin cuisine, il s'arrêta net.

Stacy était ligotée sur une chaise, au milieu de la cuisine, bâillonnée avec un morceau de scotch. Ses yeux écarquillés étaient emplis de terreur.

Elle était seule. Mais de là où il se tenait, il ne voyait qu'une partie de la cuisine et du séjour. Il balaya une nouvelle fois la grande cour du regard : personne.

Cependant, cette femme était ligotée dans sa cuisine, et il était armé. Il devait l'aider.

C'était par là que l'intrus devait être entré, parce que Zach vit que la porte avait été seulement poussée, et non refermée. Il se dirigea lentement vers elle, sans cesser de scruter la cour, guettant le moindre mouvement.

Son instinct lui hurlait qu'il se jetait dans la gueule du loup, mais le filet de sang qui coulait de la tempe de Stacy sur sa joue et jusque dans son cou le persuada de passer à l'action.

Il était toujours possible que Stacy soit suffisamment

bonne actrice pour s'être infligé elle-même cette blessure, mais rien ne le lui prouvait.

Il continua à avancer, lentement et aussi silencieusement que possible, toujours sur ses gardes, l'arme à la main. Quand il atteignit enfin la porte, il s'immobilisa et guetta un quelconque mouvement.

Il tendit le bras et poussa légèrement la porte. Stacy tourna vivement la tête et écarquilla les yeux. Zach avança vers elle en priant pour qu'elle le reconnaisse.

Elle ne s'agita pas et ne chercha pas à parler. Elle se borna à le regarder en respirant bruyamment par le nez. Bien que ses bras soient plaqués contre son corps et attachés à la chaise, elle parvint à lever un doigt et à le pointer vers l'étage. Il ne put qu'espérer qu'il interprétait bien son geste.

Il s'approcha encore pour examiner ses liens. Le mieux aurait été de commencer par libérer ses bras et ses jambes afin qu'elle puisse courir si c'était nécessaire, mais il lui fallait plus d'informations. Il allait devoir lui ôter le scotch en premier.

— Préparez-vous, d'accord ? chuchota-t-il en tapotant le bord du scotch du bout des doigts. Et essayez de ne pas faire de bruit.

Elle hocha la tête. En voyant ses joues ruisselantes de larmes, il se fit l'effet d'un tortionnaire. Quand il arracha le scotch de sa bouche, elle haleta, mais ne laissa échapper aucun son.

Zach s'accroupit aussitôt pour défaire ses liens.

— Combien sont-ils ? demanda-t-il.

— Il n'y en a qu'un. Je ne connais pas cet homme. Je ne sais pas ce qui se passe.

Elle se mit à pleurer, et le bruit de ses sanglots arracha une grimace à Zach.

— Il est en haut, reprit-elle à voix basse. Il cherche quelque chose, mais je ne sais pas quoi.

— Parfait. Tout va bien se passer.

Il finit de la détacher et l'aida à se lever.

— Sortez vite d'ici et attendez la police. Elle ne devrait pas tarder. De mon côté, je vais rester à l'intérieur pour qu'il ne puisse pas s'enfuir. Je vous demanderai d'informer la police que nous sommes deux à l'intérieur – et que je suis de leur côté.

Il espérait que le compte rendu de Stacy, s'ajoutant à la description qu'il avait demandé à Lucy de fournir, éviterait que la police se trompe à son sujet.

— Qu'est-ce que vous allez faire ? chuchota Stacy en se frottant les bras.

— Découvrir ce qui se passe, une bonne fois pour toutes. Allez-y, maintenant. Sortez d'ici et filez.

Elle hocha la tête en tremblant, mais se glissa par la porte de derrière et s'élança vers la rue.

Zach prit une grande inspiration et tendit l'oreille. Il entendait effectivement du bruit à l'étage. Il aurait aimé savoir comment étaient disposées les pièces dans cette maison, mais aussi longtemps qu'il entendait ce bruit, il avait la certitude que l'intrus ne se trouvait pas au même étage que lui.

Il ne lui restait plus qu'à le trouver et à le faire parler avant de le remettre aux mains de la police.

Rien de plus simple.

Il s'approcha de l'escalier, l'arme à la main. Les bruits de pas étaient toujours audibles.

Néanmoins, il avança lentement et aussi silencieusement que possible. Quand il s'engagea dans l'escalier, les réflexes qu'il avait affinés à l'époque où il était dans le FBI prirent le dessus : le calme l'emplit, ses muscles se tendirent et toute peur le quitta. Il était pleinement concentré sur sa mission, sur son objectif.

Plus rien n'importait, sinon accomplir la tâche qu'il s'était fixée.

Quand il gravit les dernières marches, il vit que l'escalier débouchait sur un palier circulaire. Il se pencha en avant et inspecta les lieux. Quatre portes donnaient sur le palier, toutes entrebaîllées. Il lui suffisait d'avancer pour pouvoir jeter un coup d'œil dans les pièces, mais il ne pourrait rien faire d'autre sans risquer de se faire repérer.

La situation n'était pas idéale, mais elle aurait pu être pire. Il s'approcha de la première porte et coula un regard dans la pièce. Elle était vide, ainsi que la seconde. Il avançait vers la troisième porte quand son pied se posa sur une lame de parquet qui émit un craquement aussi sonore qu'une déflagration.

La troisième porte s'ouvrit à la volée et un coup de feu claqua. Zach sentit la brûlure du métal contre sa peau et se laissa tomber à quatre pattes en lâchant un juron. D'un mouvement vif, il roula sur lui-même et alla percuter les jambes du tireur.

Déséquilibré, l'homme alla s'écraser contre une commode avec un glapissement de douleur, puis laissa échapper un chapelet de jurons et de menaces. Mais ses mots furent noyés dans le brouhaha qui s'éleva soudain quand des policiers déboulèrent bruyamment dans la pièce en leur intimant à tous deux de lâcher leurs armes et de rester au sol.

Zach grimaça sous le coup de la douleur fulgurante qui traversait son bras, mais remercia intérieurement la police d'être arrivée à temps. L'homme qu'il avait renversé n'était pas plus grand que lui, mais il était bâti comme un semi-remorque. Il aurait été de taille à l'affronter, mais la pièce était tellement petite qu'il aurait sans doute été salement amoché dans la bagarre.

Les policiers vérifièrent son identité et l'autorisèrent à se relever. Il s'approcha aussitôt de l'homme, toujours étendu sur le sol, à qui deux agents étaient en train de passer les menottes.

— Pour qui est-ce que tu travailles ? demanda-t-il.

— Nous nous occuperons de l'interrogatoire, monsieur Simmons, dit un autre policier.

Zach le regarda sans aménité et voulut s'approcher de l'homme, mais le flic le repoussa de plus belle. Il se mit à jurer et exigea qu'on lui réponde, mais autant s'adresser à un mur de briques. Les policiers lui opposèrent un visage parfaitement inexpressif et emmenèrent le malfaiteur au rez-de-chaussée.

L'agent qui fermait la marche le dévisagea et désigna son bras d'un mouvement de la tête.

— Il y a une ambulance à l'extérieur.

Zach baissa les yeux et vit le sang goutter de son bras sur la moquette blanche. Il regarda la petite mare de sang en clignant des yeux et se sentit pris de vertige pendant une seconde. Il se ressaisit rapidement et répondit :

— Je vais bien.

Mais il lui fallait des réponses avant que la situation dégénère encore plus.

— J'ai des questions à lui poser. Il me faut…

— Il a une sale plaie à la tête, interrompit l'agent. Il va être transféré à l'hôpital, et mis en garde à vue pour être interrogé. Je vous conseille d'appeler l'un de nos détectives demain pour être mis au courant des nouveaux développements de l'affaire.

Demain ? Il n'avait pas le temps d'attendre jusqu'au lendemain !

— Où est la femme ? demanda-t-il.

— Quelle femme ?

Le sang de Zach se glaça, son ventre se noua de peur.

— Celle qui est sortie d'ici en courant, il y a une dizaine de minutes.

Le policier fronça les sourcils, approcha le micro fixé à son épaule de sa bouche et y marmonna quelques mots. Après un bref échange ponctué de friture, le policier haussa les épaules.

— Personne n'a vu aucune femme.

Bon sang.

— Il y avait une femme ici, ligotée et baîllonnée.

Il raconta toute l'histoire, donna le nom et la description de Stacy, et reprit la route de la ferme en essayant de comprendre à quoi jouait Stacy. Elle avait été blessée, et maintenant elle avait disparu.

Que se passait-il ? Il n'en avait pas la moindre idée, mais il était certain d'une chose.

Il devait retourner auprès de Lucy et s'assurer qu'elle ne courait aucun danger.

Lucy arpentait rageusement la pièce.

— Ça prend trop de temps, lança-t-elle. Pourquoi est-ce qu'il n'a pas appelé ? Pourquoi est-ce qu'il n'est pas encore rentré ? Et s'il était blessé, et…

— La police va certainement l'interroger, et un interrogatoire prend toujours un peu de temps, répondit calmement Vaughn. Et n'oublie pas que Stacy comptait probablement sur une réaction irréfléchie. Nous ne pouvons rien faire de plus qu'attendre pendant que la police fait son travail.

— Mais pourquoi est-ce qu'ils interrogeraient Zach ?

— Pour reconstituer ce qui s'est passé. Si Zach remarque quoi que ce soit, il devra le leur signaler. Il est peut-être en train de leur donner des détails supplémentaires sur l'affaire. Tu n'as aucun moyen de savoir ce qui se passe, et le temps qui passe ne te fournira aucun indice. Alors, assieds-toi et détends-toi.

Elle renifla.

— Comment est-ce que tu veux que je me détende alors que… alors que…

Elle se laissa tomber sur le canapé à côté de Vaughn. Jamais son frère et elle n'avaient échangé de confidences sur leur vie sentimentale, mais il était la seule personne à qui elle pouvait confier les émotions qui tourbillonnaient en elle.

— Je suis amoureuse de lui.

Vaughn accueillit son aveu par un regard parfaitement inexpressif.

— Ça alors. Sans blague.

Elle le regarda de travers et s'attendit à subir un sermon. Elle espérait presque qu'il allait venir, parce qu'elle pourrait se mettre en colère et oublier sa tristesse et son anxiété.

Mais le sermon ne vint pas. Et Vaughn ne semblait nullement inquiet, ni même surpris.

— Ça ne te dérange pas ?

— Je ne dirais pas ça, mais… je sais ce que c'est de tomber amoureux dans des circonstances difficiles.

— Il n'est peut-être pas amoureux de moi, riposta-t-elle sèchement.

Si Vaughn ne lui donnait aucune raison d'être folle de rage, elle allait être acerbe.

— Luce, s'il te plaît… Il est tellement fou de toi que je n'arrive même pas à m'indigner comme le font tous les grands frères. Je ne suis peut-être pas très à l'aise avec tout ce qui touche aux sentiments mais quand quelqu'un est follement amoureux, je peux le voir.

— Ce n'est qu'à cause de la pression, et parce qu'il se sent coupable. Quelque chose a mal tourné quand il était dans le FBI… Quelques jours ne suffisent pas pour tomber amoureux. Ce n'est qu'une histoire d'adrénaline, ou un truc comme ça.

Vaughn n'eut même pas la décence de la regarder. Sans quitter des yeux l'écran de l'ordinateur sur lequel il continuait à faire des recherches, il répliqua :

— Je n'oublierai pas de dire à Nat que si je suis tombé amoureux d'elle, c'est uniquement à cause de « l'adrénaline ou un truc comme ça ».

— Ce n'est pas pareil.

Il se tourna vers elle, mais uniquement pour la gratifier de son regard condescendant de frère aîné.

— Et quelle est la différence, au juste ?

Comme elle ne savait pas comment répondre à cette question, elle fut ravie d'entendre son téléphone sonner. Elle se leva et répondit, sans même regarder le nom qui s'affichait.

— Zach ?

— Non, Lucy. C'est moi.

— Stacy ?

Vaughn se leva d'un bond, et elle s'agrippa à son bras. Elle redoutait que Stacy l'appelle pour lui annoncer que Zach avait été blessé… ou pire encore.

— Qu'est-ce qu'il se passe ? Mon Dieu… J'ai tellement peur !

— Stacy, où es-tu ? Et où est Zach ? demanda-t-elle, la gorge nouée par l'angoisse.

Vaughn lui arracha le téléphone des mains. Elle crut qu'il voulait parler lui-même à Stacy, la presser de répondre à ses questions, mais il se borna à mettre l'appel sur haut-parleur.

— Il m'a sauvée, répondit Stacy d'une voix haletante. Il m'a sauvée. Mais, Lucy…

La communication était mauvaise et hachée.

— Écoute-moi, Stacy. Stacy ? Si tu es en train de courir, arrête-toi. Ne bouge pas. Je suis en train de te perdre.

— J'ai tellement peur ! Zach m'a dit de courir, alors c'est ce que j'ai fait. Je me suis enfoncée dans la forêt et maintenant, je ne sais pas où je suis… mon Dieu, je suis complètement perdue. Je sais bien que j'aurais dû attendre la police, mais j'avais trop peur !

Elle se mit à pleurer et le cœur de Lucy se serra dans un affreux mélange de compassion et de soupçon. Et si Stacy lui jouait la comédie ?

— Stacy, dis-moi ce qu'il se passe.

— Je ne sais pas. Je ne comprends rien, mais je crois que… Lucy, Jordan est le petit-neveu de Don Levinson.

— Quoi ? demanda-t-elle, incrédule.

Si elle ne perdit pas l'équilibre, ce ne fut que parce que Vaughn la soutenait.

— Oui. Mon Dieu. Il me l'a dit au cours d'une soirée, il y a des siècles. Je n'y ai pas vraiment prêté attention. Nous nous étions déjà disputées au sujet de Jordan, toutes les deux, et je ne voulais pas que tu sois encore plus en colère contre moi à cause de lui. Mais ensuite, j'ai oublié toute cette histoire. Jordan ne m'en a jamais reparlé, et je n'ai jamais revu ce vieux salopard. Mais je pense que Cory est mêlée à l'affaire, Lucy. Je le pense vraiment. Je n'ai dit à personne que tu allais dans le Wyoming, mais Cory peut avoir surpris notre conversation. Je ne vois aucune autre explication.

Lucy échangea un regard avec Vaughn, qui ne semblait pas convaincu. Pourtant, si Jordan était apparenté à Don… Mais pourquoi Don aurait-il voulu s'en prendre à elle après toutes ces années ? Comment tous ces éléments pouvaient-ils s'emboîter ?

— D'accord. Reste où tu es, ordonna-t-elle.

Il fallait qu'ils examinent son histoire en détail pour déterminer si elle était plausible ou non. Et pour cela, il fallait que Stacy soit à l'abri de tout danger.

— Je vais venir te chercher, reprit-elle.

Avant que Vaughn ait pu protester, Stacy répondit :

— Non, Lucy. Ne fais pas ça. Je ne connais pas l'homme qui s'est introduit chez moi. Celui qui te veut du mal est toujours en liberté et continue à tirer les ficelles.

Ce fut à cet instant qu'ils entendirent une voiture s'arrêter devant la ferme, dans un grincement de freins.

17

Zach pila devant la ferme, descendit de voiture d'un bond et s'élança vers la porte. La disparition de Stacy et le fait que les policiers ne l'aient même pas vue faisaient défiler toutes sortes de scénarios terribles dans son esprit.

Ce coup de fil n'était qu'une ruse dont le seul but était de localiser la ferme. Stacy était arrivée avant lui. Il était trop tard et Lucy était…

Il s'arrêta net sous le porche et fit volte-face. Et s'il était tombé dans un autre piège ? S'il avait conduit Stacy – ou quelqu'un d'autre – jusqu'ici ? Il était toujours convaincu que Stacy était une taupe, mais il s'était trompé sur ses intentions. Elle n'avait pas essayé d'attirer Lucy chez elle, mais de la localiser.

Il balaya la cour du regard, mais elle était vide. Si quelqu'un l'avait suivi jusqu'ici, il avait encore le temps de rejoindre Lucy et de la protéger.

À moins qu'ils soient déjà à l'intérieur. Il bondit en avant et fourra sa clé dans la serrure. Il allait d'abord s'occuper de Lucy, la faire sortir d'ici en vitesse, ainsi que son frère. Cet endroit était devenu dangereux. Ils devaient s'en éloigner et ensuite, il pourrait réfléchir.

Une déflagration déchira l'air, et une douleur fulgurante lui traversa la cuisse. Il tomba en avant et la porte s'ouvrit sous son poids. Quand il s'effondra sur le sol, il entendit un cri et reconnut à peine la voix de Lucy.

Lucy. Il devait la protéger, bien que sa vision se brouille

et que son corps hurle de douleur. Cette blessure était plus grave que celle qu'il avait au bras, mais elle n'était pas mortelle. Du moins, il ne pensait pas qu'elle le soit.

Et même si elle l'était, il ferait en sorte que Lucy ne connaisse pas le même sort.

Il parvint à se traîner jusqu'à l'intérieur et referma la porte d'un coup de pied. Avant que Vaughn ait pu se jeter sur le verrou, elle s'ouvrit de nouveau à la volée et Vaughn alla percuter la table basse, qui vola en éclats sous son poids.

Deux hommes entrèrent. L'un d'eux tenait une arme, et l'autre arborait une expression satisfaite. Ils refermèrent la porte derrière eux.

Zach se demanda pourquoi il était surpris. Pourtant, il le savait, n'est-ce pas ?

Il savait que c'était à cause des émotions que des gens étaient blessés et tués. Il avait laissé son inquiétude pour Lucy brouiller ses pensées, et maintenant ils allaient tous en payer le prix.

— Eh bien, regardez-moi ça. La petite Daisy. Tu as bien grandi.

Le ventre de Lucy se noua. Si les années n'avaient pas été clémentes avec Don Levinson, son sourire mielleux était demeuré le même et lui rappelait des choses qu'elle s'était efforcée d'oublier pendant très longtemps.

Ce sourire lui rappela bien trop clairement la jeune fille qui avait pensé que son père la protégerait, et qui avait été cruellement déçue.

Mais son père était mort, tandis que Don était bien vivant. Il était vieux, certes, mais il n'était pas mort. Et il était tout aussi mauvais qu'à l'époque où il essayait de séduire des jeunes filles, des années plus tôt.

Vaughn était assis dans les débris de la table basse. Zach gisait au sol, et une mare de sang d'une largeur inquiétante se formait autour de sa jambe. Tous deux étaient armés, mais aucun d'eux ne chercha à s'emparer de son arme. D'ailleurs, ils ne le feraient sans doute pas aussi longtemps que le petit copain de Don braquerait son énorme revolver dans sa direction.

— Tu me déçois vraiment, ma chérie. Ton père vantait toujours ton intelligence, mais tu n'as jamais soupçonné ton vieux copain Don. Pas plus que tu n'as soupçonné l'idiot que tu avais épousé avant qu'il soit trop tard.

Lucy ne dit rien. D'ailleurs, elle avait à peine écouté ce que Don avait à lui dire parce qu'elle devait réfléchir. Elle devait trouver un moyen de tirer Vaughn et Zach de ce guêpier sans y laisser sa peau.

— Ne t'inquiète pas, poursuivit Don. Tu es loin d'être aussi décevante que *lui*. Malgré tout le temps et les efforts que je lui ai consacrés, ce garçon est toujours aussi bête que ses pieds. Et plutôt lâche, aussi. S'il avait fait ce que je lui disais, il t'aurait tuée lentement et sans faire de bruit, pendant que vous étiez mariés. Mais *non*.

La tuer. Don et Jordan avait comploté pour la tuer.

— Il a préféré utiliser ta célébrité plutôt que suivre mes conseils. Il a pensé qu'il gagnerait plus en faisant de toi une épave qu'en te tuant. Et regarde où il en est aujourd'hui ! Bête comme ses pieds, je te dis.

— Je suppose que je l'ai été autant que lui, répondit-elle en luttant contre une vague de nausée.

Zach se vidait de son sang et Vaughn allait mourir pour la protéger, laissant derrière lui une veuve et deux orphelines.

Non. Elle refusait que tout se termine ainsi.

— Que diable as-tu contre moi, Don ? demanda-t-elle d'une voix qui se voulait détachée et pleine d'ennui.

Don éclata de rire.

— Contre toi ? Contre *toi* ? Comme si tu ne le savais pas ! Ton père m'a dit ce que tu avais fait.

— Tu parles du jour où je l'ai averti que tu étais un

dangereux pervers, qui ne pouvait pas s'empêcher de tripoter les adolescentes ?

— Si tu n'étais pas allée pleurnicher, si tu n'avais pas prétendu que je t'avais touchée contre ton gré, est-ce que tu sais ce que j'aurais aujourd'hui ? Ton père m'a barré de son testament, et je n'ai jamais pu récupérer tout l'argent que j'avais investi sur *toi*. Je n'avais aucun recours. Depuis, j'ai dû me contenter de vivoter. Si tu savais tout ce que j'ai dû endurer parce que je n'ai jamais eu cet argent, uniquement parce que tu es une sale menteuse... Eh bien, maintenant, je vais te tripoter, et comment !

Zach et Vaughn émirent un grognement indigné. Don les regarda en souriant et dit gaiement :

— Ne vous inquiétez pas. Cela ne vous dérangera pas. Vous serez morts tous les deux.

Il reposa les yeux sur Daisy.

— Crois-moi, la presse va boire du petit-lait. Mais d'abord, il faut que je décide d'une mise en scène. On pourrait croire que j'ai déjà tout planifié, comme je le fais depuis le début, mais j'aime bien improviser à l'occasion. Deux meurtres suivis d'un suicide ? À moins que tu sois la seule à porter le chapeau... Il y a tellement de possibilités. Mais j'ai fini par comprendre que je devais me charger moi-même de faire le nécessaire. La jeune génération manque de culot.

Il se tourna vers son acolyte et poussa Zach du bout de sa botte.

— Ne t'occupe pas de celui-là.

Zach demeura inerte, ne laissa échapper aucun gémissement. Il avait sans doute perdu connaissance. Lucy essaya de juguler sa panique.

— Il va se vider de son sang, reprit Don, si ce n'est pas déjà fait.

L'homme se tourna ensuite vers Vaughn.

Elle devait agir. Sauver son frère, sauver Zach. Mais

comment ? Comment raisonner un homme prêt à tuer de sang-froid ?

— Tu veux de l'argent ? demanda-t-elle.

— Non, petite fille. Je veux me venger. J'aurais dû avoir une part du gâteau, mais ton père s'est servi de tes mensonges pour me manipuler pendant des années. J'avais travaillé dur pour lui, et il ne m'a rien laissé de sa fortune, pas même un centime. Alors que si tu n'étais pas passée par là, j'aurais dû tout avoir. Je méritais d'être récompensé pour avoir fait de lui une vedette.

— Je n'ai jamais menti, répliqua-t-elle. Tu m'as tripotée.

— C'est toi qui m'as supplié de le faire.

— Tu délires. D'ailleurs, pour avoir nourri cette obsession pendant toutes ces années, tu dois être complètement fou.

— Descends-la, ordonna-t-il à son complice.

Mais il leva aussitôt la main, avant que Vaughn ait pu plonger pour la secourir, et poussa un soupir théâtral.

— Non. Ce serait trop rapide. D'abord, je veux m'amuser un peu avec elle. Et tu pourras t'amuser toi aussi.

Il se tourna vers son acolyte, qui se fendit d'un sourire mauvais.

Lucy espéra que son visage n'avait pas viré au gris, parce qu'elle avait l'impression de se vider de son sang. Il fallait qu'elle continue à faire parler Don. Elle devait lui donner l'impression qu'il était… supérieur. Il pouvait agir sous le coup de la colère, mais s'il ne ressentait que du dédain pour elle, il poursuivrait ses diatribes.

— Jamais il n'a été prévu que tu t'occupes de ma carrière. Elle a toujours été distincte de celle de papa.

Don rejeta la tête en arrière et partit d'un rire un peu trop jovial. Du coin de l'œil, Lucy remarqua que Vaughn approchait sa main de son arme, d'un mouvement assez lent pour ne pas attirer l'attention.

Il fallait une diversion, qui retienne tant l'attention de Don que celle de l'homme au revolver.

— Tu as toujours été destinée à n'être que le pion de ton papa, répondit Don. Le problème, c'est que tu avais bien trop d'ambition et que ma prétentieuse d'assistante t'encourageait. Si ton père m'avait écouté, nous vous aurions remises à votre place, toutes les deux. Mais non : il t'a laissée partir. Ce qui m'a coûté des millions. Des *millions.*

La fureur de Don était en train de renaître. Lucy se creusa la tête pour trouver un moyen de l'apaiser. De tous les sauver. Mais Don continuait à parler. Ses yeux étincelaient d'une rage mauvaise, de la bave se formait aux commissures de ses lèvres.

Et son acolyte pointait toujours son arme droit sur son cœur.

— Après, il n'a même pas eu l'intelligence d'être désolé. Chaque fois que j'avais une idée qui aurait servi sa carrière et qu'il n'était pas d'accord avec moi, sais-tu ce qu'il me répondait ? « Je pense que si Daisy allait voir la police, ce ne serait pas très bon pour *ta* carrière, Don, n'est-ce pas ? »

Bien que sa gorge soit nouée à la fois par la peur et par le chagrin, elle répondit :

— Je pense que le vrai problème était entre mon père et toi.

— Et c'est un problème que j'ai résolu.

Il sourit et les genoux de Lucy faillirent la trahir.

— Tu l'as tué ? demanda-t-elle d'une voix rauque.

Don haussa les épaules, mais son sourire était dur.

— Pas vraiment. Je lui ai fourni suffisamment de drogues pour qu'il se tue lui-même.

Son sourire se fit méprisant et il poursuivit :

— C'est alors que j'ai commencé à recevoir tes lettres.

— Je ne t'ai jamais envoyé aucune lettre, Don. J'avais oublié jusqu'à ton existence. Voilà pourquoi je n'ai jamais soupçonné que tu puisses être derrière toute cette histoire. Tu appartiens à un passé que j'ai complètement oublié, à tel point que je n'ai jamais repensé à toi.

Des lettres ? Comme si l'affaire n'était pas encore assez compliquée, quelqu'un lui avait envoyé des lettres signées de son nom ?

— Bien sûr, petite fille. Bien sûr.

— Peut-être que Jordan n'est pas aussi idiot que tu le crois, riposta-t-elle. Il savait ce que tu m'avais fait.

C'était un énorme mensonge. La seule personne à qui elle en ait jamais parlé, en dehors de Stacy, était Zach.

Oh ! mon Dieu… Tout ramenait toujours à Stacy…

Mais elle ne pouvait pas se laisser distraire par cette découverte. Elle ne pouvait pas laisser couler les larmes qui menaçaient de lui échapper. Elle ne pouvait pas céder à la panique, parce que Zach gisait sur le sol, inanimé, baignant dans son sang, et qu'elle devait le sauver.

Puisque Jordan était en prison, il ne risquait rien. Si elle parvenait à faire croire à Don qu'il était au courant… eh bien, il finirait quand même par tous les tuer, mais peut-être qu'il serait déboussolé pendant quelques minutes.

Don la dévisagea, les yeux plissés.

— Je n'en crois rien.

— Je ne t'ai envoyé aucune lettre, Don. Si je l'avais fait, tu aurais été l'un des principaux suspects. C'est sans doute Jordan, à moins que tu aies parlé de cette histoire à quelqu'un d'autre.

— Ou ton père, remarqua-t-il en secouant la tête. Mais c'est sans importance maintenant.

Il tendit le doigt vers Zach.

— Ce type est mort.

Ensuite, il désigna Vaughn et ajouta :

— Et celui-là ne va pas tarder à l'être. Ensuite, ce sera ton tour. Mais d'abord, nous allons nous amuser un peu.

Non. Cela ne se passerait pas ainsi. Et puisque la meilleure façon de se tirer d'une situation épineuse et d'échapper aux griffes d'un homme qui pensait être en position de force était de se comporter comme une femme à bout de nerfs, elle gémit :

— Mort ? Il est mort ?

Elle laissa échapper un sanglot étranglé et se jeta sur le corps de Zach.

Elle avait espéré que la diversion suffirait pour que Vaughn fasse usage de son arme, mais rien ne se passa, sinon que Don marmonna quelques paroles dédaigneuses sur les femmes. Elle se mit à sangloter aussi bruyamment qu'elle le put tout en déplaçant discrètement sa main, dans l'espoir de s'emparer du revolver de Zach sans être vue.

Elle n'eut pas à beaucoup se forcer pour continuer à pleurer : Zach ne bougeait toujours pas. Mais il respirait – à moins qu'il ne s'agisse que d'une illusion, née du mouvement de son propre corps. Elle avait presque atteint son revolver quand elle le sentit bouger légèrement sous elle.

Elle s'accorda une seconde pour poser la joue sur son torse et pousser un petit soupir de soulagement. Il était en vie, et il avait besoin de son aide. Alors, elle allait attraper son revolver et…

— Crie, chuchota Zach entre des lèvres exsangues.

Puisqu'il respirait, qu'il parlait, elle n'attendit pas qu'il le lui répète. Elle fit exactement ce qu'il lui demandait.

Le cri de Lucy déchira l'air. Bien que son bras lui fasse un mal de chien, Zach sortit son revolver de son holster et tira sur l'acolyte de Don, qui surveillait les mouvements de Vaughn si étroitement qu'il ne l'avait pas vu bouger. Don ne put prévenir son complice : le corps de Lucy lui masquait son bras.

L'homme s'effondra et Vaughn se jeta sur Don, qu'il plaqua au sol malgré ses cris et ses menaces.

Zach voulut se redresser, mais le simple fait de lever le revolver l'avait vidé de toute énergie. Sa vision commençait à se brouiller, et il n'était pas certain de pouvoir sentir ses jambes. Il se sentit basculer dans un monde de douleur, où flottait un épais brouillard.

Il crut entendre Vaughn dire :

— Fais pression sur la blessure.

Est-ce que Lucy était blessée ? Non, elle ne l'était pas, n'est-ce pas ? Il avait abattu l'homme armé, et Vaughn s'était chargé du reste. Lucy était saine et sauve. Malgré toutes les questions qui demeuraient encore sans réponse, il se détendit un peu.

— Il reste des détails à régler, marmonna-t-il.

Des mains caressèrent doucement son visage.

— Seulement quelques-uns. Reste avec moi pour que nous puissions tous les régler ensemble, tu veux bien ?

— Lucy.

— C'est ça, dit-elle d'une voix étranglée. C'est ça.

Bien qu'il ne voie plus que du noir, il devina qu'elle pleurait. Mais elle était là, et elle était saine et sauve. Le reste n'avait aucune importance.

Une douleur fulgurante lui traversa soudain la jambe. Il laissa échapper une expiration sifflante et ouvrit les yeux. Lucy devait être en train de comprimer sa blessure, mais la douleur était trop intense pour qu'il ne perde pas connaissance. Il fit de son mieux pour rester conscient tandis que Lucy lui chuchotait des choses à l'oreille.

— Tout va bien, mon amour. Je te le promets.

Quelque chose flottait dans sa tête, un sentiment qu'il devait lui dévoiler. Mais les mots refusaient de se former. Pourtant, c'était indispensable. Il devait le lui dire pour qu'elle le sache, mais à chaque fois qu'il essayait de parler, les mots s'éloignaient en flottant jusqu'à être hors de sa portée.

— Zach, reste avec moi. On a besoin de toi ici.

— Je suis ici.

Mais il n'y était pas. Il était en train de glisser, loin de lui-même, loin d'elle.

Des bruits résonnèrent soudain dans la pièce, et quelqu'un le bouscula. Lucy s'estompa et il fit de même, mais les mots flottaient toujours autour de lui.

— Je t'aime, Zach. Je t'aime. Alors, tu as intérêt à t'accrocher. Sinon je vais vraiment être en colère contre toi.

Voilà les mots qu'il avait voulu trouver : « Je t'aime, je t'aime. » Si seulement il pouvait parvenir à les lui dire…

18

Tout le monde avait essayé de pousser Daisy à aller au poste de police. Mais si Vaughn était avec elle, Zach était seul. Son frère avait beau lui répéter qu'elle ne pouvait pas être à ses côtés parce qu'il était au bloc, tout ce qu'elle pouvait penser était qu'il était seul.

Elle se retrouva enfin assise devant un bureau, face à un détective. L'homme semblait à bout, ce qui ne la rassura pas vraiment.

— Ça ne colle pas, dit-il. Reprenons toute l'histoire depuis le début.

— Elle l'a déjà fait, répondit fermement Vaughn. Il faut que vous trouviez Stacy Vine. Elle remplira quelques blancs.

— Je sais, oui. Nous sommes en train de la rechercher. L'une de nos équipes passe les bois au peigne fin, en se basant sur ce que Mlle Delaney nous a dit de leur conversation téléphonique, et deux de nos hommes surveillent son bureau et sa voiture.

Le détective soupira et pianota sur le clavier de son ordinateur.

— Nous avons envoyé une autre équipe chez Don Levinson pour y trouver ces lettres qu'il prétend avoir été écrites par vous. Nous cherchons aussi tout indice nous permettant d'établir un lien entre lui et le meurtre de Tom Perelli, l'effraction chez Stacy Vine, et les trois hommes de main impliqués dans les agressions à l'encontre de Mlle Delaney.

— C'est bien beau, mais ce ne sont pas des réponses.

— Il faut du temps pour obtenir des réponses, ranger Cooper, rétorqua le détective avec une pointe d'irritation.

L'homme commençait à perdre patience, et Lucy pouvait le comprendre. La police avait beau creuser, beaucoup de questions demeuraient encore sans réponse. Et puisque sa présence ne ferait pas avancer les choses, il fallait qu'elle retourne à l'hôpital. Elle avait l'impression d'être dans ce bureau depuis une éternité.

Avant qu'elle ait pu s'excuser en remerciant le détective de leur avoir consacré son temps, on frappa à la porte de son bureau.

Et Cory, l'assistante de Stacy, fut poussée dans la pièce. Elle était menottée.

— Cory ?

— Je n'ai rien fait ! Rien du tout !

Mais le ventre de Lucy se noua quand elle remarqua l'étincelle qui brillait dans les yeux de Cory : elle était moins effrayée que furieuse. Elle avait vu exactement la même lueur dans les yeux de Don.

— Un officier a trouvé cette femme chez Mlle Vine, dit l'agent qui l'escortait. Elle était en train de déposer ceci dans ses objets personnels.

L'homme tendit un sachet en plastique au détective, qui l'examina avant de se tourner vers Lucy.

— Est-ce qu'il s'agit de votre écriture, mademoiselle Delaney ?

Lucy lut le mot : « Espèce de crapule invertébrée, je vais te faire payer pour ce que tu m'as fait, et bien plus cher que l'a fait mon père. »

— Non, répondit-elle. Ce n'est pas mon écriture, et je n'ai jamais écrit cette lettre.

Cory se mit à hurler des accusations décousues qui visaient tour à tour Don, Lucy et Stacy. L'agent la fit ressortir de la pièce.

Lucy ferma les yeux pour résister à la nausée qui montait

en elle. Elle avait presque… pitié de cette fille. Il était trop facile pour un homme puissant, qui avait toujours été certain de son importance, de manipuler quelqu'un qui doutait de la sienne.

Vaughn passa un bras autour de ses épaules et elle s'appuya contre lui.

Plusieurs heures plus tard, elle était toujours assise dans cet affreux poste de police. Les agents retrouvèrent enfin Stacy, et Lucy chercha un moyen de réparer les dégats de ces derniers jours. Mais la police semblait croire à l'innocence de Stacy. Elle avait conclu que c'était Cory qui avait transmis à Don toutes les informations qu'elle avait pu glaner.

Cory était venue vivre à Nashville en nourrissant l'espoir de devenir une vedette de la country. C'était Don qui l'avait poussée à travailler pour Stacy. Pendant des années, il l'avait formée et lui avait soutiré toutes les informations dont elle disposait sur Lucy. Il avait fourni certaines de ces informations à Jordan qui, au final, ne les avait pas vraiment utilisées comme il l'aurait souhaité.

Mais comme Don n'avait pas non plus aidé Cory à percer dans le monde de la musique, elle avait commencé à utiliser les informations dont elle disposait sur lui, sous forme de lettres de menace qu'elle signait du nom de Lucy.

C'étaient ces lettres qui avaient décidé Don à passer à l'action, au lieu d'attendre son heure. D'autant plus que Lucy avait fini par divorcer d'avec Jordan.

Jordan, qui semblait sur le point d'être remis en liberté.

Vaughn insistait pour que les détectives l'inculpent de complicité, parce qu'il savait que Don voulait la mort de Lucy, mais elle s'en moquait.

— Je veux seulement voir Zach. Et après, je veux…

Elle voulait rentrer chez elle. Sauf qu'elle n'avait pas de chez-elle.

— Une chose à la fois, dit Vaughn. Et, que tu le veuilles

ou non, je serai toujours à tes côtés. Et c'est une promesse valable pour le restant de tes jours.

Lucy sourit et fondit en larmes. Vaughn oublia son aversion pour les démonstrations sentimentales et la serra contre lui tandis qu'elle pleurait sur son épaule. Elle savait maintenant qu'il n'aurait jamais demandé mieux que de l'épauler quoi qu'il arrive. Et dorévanant, elle ne refuserait jamais son soutien.

Quand Zach se réveilla, il se sentait vaseux. Il ne savait ni où il se trouvait ni pourquoi il y était, mais il était certain d'être blessé.

Il ouvrit les yeux, et son regard plongea dans un autre, couleur de ciel d'été. Quelque chose en lui se dénoua. Elle allait bien.

— Ta mère va être furieuse contre moi. Je viens de la convaincre de retourner à son hôtel pour dormir, et voilà que tu te réveilles.

— Oh ! zut. Ma mère ? grommela-t-il d'une voix pâteuse.

Lucy prit sa main dans les siennes.

— Ne t'inquiète pas, elle m'aime bien. Cam et Hilly voulaient venir eux aussi, mais je pense que ta mère leur a dit de rester où ils étaient afin qu'ils puissent venir à tour de rôle.

— Cam doit être plutôt furieux que je ne l'aie jamais rappelé.

— Je pense qu'il te pardonnera. Tu t'es fait tirer dessus, et deux fois, même.

Il la regarda – la regarda vraiment. Il commençait à reprendre ses esprits, mais il ne se rappelait pas grand-chose de ce qui s'était passé. Et à en juger par la barbe naissante qui le démangeait, il avait été inconscient pendant un moment.

Mais ce qu'il n'avait pas oublié, c'était qu'elle lui avait dit

« je t'aime », et que ces mots avaient percé le brouillard qui l'enveloppait, tel un phare à la lumière éclatante.

— Normalement, c'est un Delaney qui doit se faire tirer dessus, parvint-il à dire.

Ces mots lui valurent l'un de ses fameux haussements de sourcil, qui l'emplit d'un amour si rapide, si violent, qu'il se promit de ne plus jamais douter de ceux qui croyaient en la destinée.

Malgré la douleur lancinante, il dit :

— Tu vois, à Bent, il y a une querelle ancestrale.

— Encore une histoire palpitante que tu avais oublié de me raconter ?

Elle allait l'adorer. Quant à lui, il n'avait plus peur de cette histoire. En amour, même si l'on avait beaucoup de motifs d'inquiétude, on ne connaissait pas la peur.

— Cette querelle oppose les Carson et les Delaney, qui se détestent cordialement. Ma mère était une Carson, et ton arrière-grand-mère, une Delaney.

— Sommes-nous les nouveaux Roméo et Juliette ?

— Non, Lucy. Je donnerais ma vie pour toi, mais il est hors de question que je me tue pour toi. Et d'ailleurs, depuis un an, cette vieille haine se transforme en amour. Tous les Carson ont fini par sortir avec des Delaney, sauf moi.

— Nous étions donc destinés à être ensemble.

— Je n'ai jamais cru à la destinée, répondit-il en lui prenant la main.

Elle semblait fatiguée et inquiète pour lui. Il restait encore beaucoup de détails à régler, mais puisqu'elle était saine et sauve, celui qui devait être réglé en priorité était l'amour.

— Mais je crois que si nos routes se sont croisées, c'est pour me donner la chance de vivre une chose que je n'aurais jamais cru connaître.

— Tu vas chanter en duo avec moi ?

— Tu es vraiment une petite rigolote.

— Si je ne ris pas, je risque de craquer et de me mettre

à pleurer, et j'ai déjà assez pleuré. Je préfère rire, si cela ne te dérange pas.

— Ça ne me dérange pas, répondit-il. Aussi longtemps que tu es près de moi, rien ne peut me déranger. Je t'aime, Lucy.

Elle déglutit, les yeux étincelants.

— Je veux que l'histoire retienne que c'est moi qui ai été assez courageuse pour le dire la première.

— Ou au moins assez intelligente pour t'en rendre compte avant moi. Moi, il a fallu qu'on me tire dessus. Deux fois, même.

— Tu es plus têtu que moi, c'est tout.

— Ha !

Il grimaça. Il ne pouvait même pas rire sans avoir mal.

— Je vais appeler l'infirmière.

— Non, attends un peu. Viens ici.

Elle se rapprocha de lui et l'embrassa doucement sur la joue.

— Tu viendras me voir ? Souvent ?

— Non.

La pointe d'horreur qui le traversa était cent fois plus douloureuse que ses blessures. Mais elle se pencha vers lui en souriant et reprit :

— Je préférerais rentrer à la maison avec toi. J'ai quelques idées pour rendre ta petite ville fantôme plus agréable.

Le soulagement coula en lui, telle une rivière.

— Vraiment ?

— Je peux continuer à composer et à faire des tournées. Et toi, tu continueras à travailler avec Cam et à protéger des gens, même si cela te met en danger. Parce que notre métier est toute notre vie. C'est ce que nous sommes.

— Tu as raison, dit-il.

— Mais je veux construire une vie avec toi, où je pourrai rentrer à la maison et ne plus être que Lucy Cooper quand j'aurai assez vu Daisy Delaney.

— C'est ce que je veux, moi aussi.

Mon Dieu, il ne pouvait pas dire à quel point.

— Donc, il va falloir que tu te dépêches de guérir. Il y a bien trop de curieux à Nashville, et trop de Jordan Jones.

— Très bien. Maintenant, raconte-moi tout.

Elle commença à lui expliquer les manigances de Don et le rôle qu'avait joué Cory, et l'informa de la semi-culpabilité de Jordan et de l'innocence de Stacy. Il s'endormit au beau milieu de ses explications. Il lui fallut encore quelques jours pour arriver à comprendre toute l'histoire, et plus longtemps encore pour quitter enfin l'hôpital et prendre l'avion pour rentrer dans le Wyoming.

Avec Lucy Cooper à ses côtés. Exactement là où elle devait être.

Épilogue

Zach Simmons ne s'était jamais considéré comme un sentimental. Et pourtant, quand il regarda sa mère aider Hilly à ajuster sa robe de mariée, dans une pièce jouxtant l'église tout juste rénovée de Hope Town – le nom que Lucy avait voulu donner à leur petite ville fantôme –, quelque chose remua en lui.

Hilly faisait une mariée magnifique et leur mère, à ses côtés, ne cherchait pas à retenir ses larmes. Son cœur se gonfla à ce spectacle, en un mélange de douceur et d'amertume. Il savait que sa mère ne cesserait jamais de pleurer son époux, mais il savait aussi qu'elle était heureuse que Hilly ait un joli mariage, elle qui avait traversé tant d'épreuves.

— Maman, il faut que tu ailles t'asseoir.

Elle fit un signe d'assentiment en se tamponnant les yeux et l'embrassa rapidement. Elle était rayonnante.

— Tu as bonne mine, dit-elle avant de sortir de la pièce.

Le terme était sans doute un peu fort. Il avait encore un long chemin à faire avant que sa jambe soit totalement guérie, mais même Lucy parvenait à ne plus se fâcher quand il plaisantait à ce sujet. Après tout, jusqu'ici, seuls les Delaney s'étaient fait tirer dessus sur le chemin qui les menait jusqu'au bonheur. S'il avait rompu avec la tradition, ce n'était que parce qu'il était le meilleur de tous les Carson.

— Tu es magnifique, dit-il à Hilly dès qu'ils furent seuls.

Hilly secoua la tête.

— Pas de gentillesses, s'il te plaît. Je ne veux pas pleurer avant d'avoir vu Cam. Est-ce qu'il est nerveux ?

— Le calme personnifié.

C'était vrai, en apparence, mais l'attention maniaque qu'il apportait aux moindres détails de la cérémonie était un indice qui ne trompait pas : Cam était loin d'être aussi serein qu'il voulait le faire croire.

Lucy avait trouvé que c'était mignon, et Zach s'était moqué d'elle.

Il donna le bras à sa sœur, et tous deux sortirent de la petite pièce dans laquelle elle s'était préparée pour gagner le hall de l'église. Hilly et Cam avaient renoncé à choisir des demoiselles et des garçons d'honneur, parce que leurs familles étaient tellement nombreuses qu'ils n'auraient su qui désigner. Ils avaient dit qu'il leur suffisait de se marier dans une église où se trouvaient tous ceux qu'ils aimaient – et c'était exactement ce qu'ils avaient.

Quand Jen lui envoya par texto le signal convenu, il poussa la porte de l'église et conduisit Hilly jusqu'à l'autel.

Certaines personnes étaient absentes. Leur père et leur frère, et l'homme que Hilly avait considéré comme un père pendant son enfance. Mais les deux futurs mariés étaient entourés de leurs familles – les Carson, les Delaney et les enfants nés de leurs unions calamiteuses – et c'était à Zach que revenait l'honneur de conduire sa petite sœur jusqu'à l'autel.

Il la conduisit donc jusqu'à un homme qu'il aimait déjà comme un frère et s'assit à côté de la femme qu'il chérissait pour regarder Cam et Hilly échanger des vœux d'amour éternel.

Quand la cérémonie fut terminée, il y eut une séance photo interminable, qui mit l'endurance de sa jambe à rude épreuve. Ensuite, ils retournèrent tous à Bent pour la réception, qui se tenait au Rightful Claim – empli à ras bord de couples. Laurel et Vanessa circulèrent pendant un moment dans la salle, leurs filles dans les bras, avant de les confier à leurs époux, Grady et Dylan. Le fils adoptif de Noah courait dans tous les sens en piaillant, ajoutant à la fatigue d'Addie, dont le ventre s'arrondissait un peu plus chaque jour. Quant à Jen, elle était victime de nausées suspectes depuis une semaine – c'était du moins ce que Lucy lui avait dit après l'avoir appris de Laurel.

Lucy s'était intégrée à la vie des Carson et des Delaney comme si elle était née parmi eux. À Bent, personne ne l'appelait Daisy. Ici, elle était Lucy Cooper.

Sauf pour Cam, de temps à autre.

Accompagnée de Grady, elle s'avança vers la petite estrade installée dans un coin de la salle principale du saloon.

— Très bien, tout le monde ! lança Grady. Nous allons réserver la première danse à Cam et Hilly, et c'est notre invitée très spéciale qui va donner la sérénade au jeune couple. Vous la connaissez tous ici sous le nom de Lucy Cooper, mais je vous demande d'applaudir chaleureusement Daisy Delaney.

Tout le monde applaudit et Zach glissa deux doigts dans sa bouche pour produire un sifflement strident. Lucy monta sur scène avec sa guitare, sourit à la foule et s'approcha du micro.

— Quand Hilly m'a demandé de chanter la chanson préférée de Cam à l'occasion de ce mariage, je lui ai promis de le faire. Mais j'ai aussi pensé que pour un événement aussi historique qu'une première danse, il fallait une chanson qui parle de l'union de deux êtres, de deux familles. Donc, avec la permission de Hilly, j'ai écrit une chanson non seulement pour ce moment, mais pour vous tous. Pour célébrer l'amour, la famille et l'espoir. Je vous promets d'interpréter plus tard la chanson favorite de Cam. Et je vais vous filer un tuyau : si vous me faites suffisamment boire, je chanterai tout ce que vous me demanderez. Mais pour le moment, voici une chanson que je vous dédie à tous.

La foule rit, mais le silence se fit bien vite et la voix magnifique de Daisy emplit le saloon. Les paroles de la chanson qu'elle avait écrite, qui célébrait l'amour éternel et comportait même quelques vers sur ceux qui avaient osé braver une malédiction, se déposèrent sur un groupe de personnes qui avaient trouvé le courage de rompre avec la tradition et les espoirs qu'on avait placés en eux pour tomber amoureuses d'un être qu'elles auraient dû haïr.

Il y eut des larmes et des sourires heureux et pleins d'espoir tandis que Lucy chantait, dans un parfait silence. Même les bébés se turent jusqu'à la fin de la chanson.

Elle descendit de scène, mais Cam et Hilly continuèrent à danser, perdus dans leur propre musique. Ensuite, Grady brancha les haut-parleurs pour passer la liste de morceaux que Hilly avait choisis pour la soirée.

Lucy se dirigea vers Zach sans le quitter des yeux un seul instant, même si elle s'arrêta volontiers pour discuter avec toutes les personnes qui l'interpelaient. Quand elle l'atteignit enfin, elle le dévisagea longuement.

— Comment va ta jambe, champion ?

— Assez bien pour une danse.

— Du moment qu'il n'y en a qu'une…

Il l'enveloppa de ses bras et ils se mirent à danser. Lucy posa la tempe sur sa joue et lui chuchota à l'oreille :

— J'ai écrit cette chanson pour Hilly et Cam, et pour tous ceux qui sont ici, mais jamais je n'aurais trouvé les mots si je ne t'avais pas trouvé.

Il la serra plus fort, bouleversé par l'amour qui palpitait en lui, et tout autour de lui.

— Je n'ai jamais cru à cette histoire de malédiction, répondit-il. Je n'y crois toujours pas mais, grâce à toi, je crois à la destinée.

Et, à dater de ce jour, les habitants de Bent, Wyoming, ne parlèrent plus jamais de malédiction. Ils ne parlèrent plus que d'amour, un amour assez fort pour survivre à toutes les épreuves – au meurtre, au deuil, à l'avidité, à la terreur et au mal.

Et ils ne se privèrent pas d'ajouter que certaines choses sont tout simplement destinées à se produire.

Retrouvez en décembre 2020,
dans votre collection

BLACK ROSE

Pour retrouver sa fille, de Rita Herron - N°616

Où est Alice ? Depuis cinq ans, Cora Reeves recherche sa fille qui a été enlevée à l'hôpital où elle venait d'accoucher. Mais voilà que les événements se précipitent. Persuadée qu'une de ses élèves, une enfant adoptée prénommée Nina, est en réalité Alice, Cora est renvoyée de l'établissement où elle enseignait. Seul, Jacob Maverick, le shérif local, croit en sa sincérité et accepte de l'aider...

Unis face au risque, de Justine Davis

Depuis qu'elle a découvert une clé USB contenant des informations top secret dans les affaires de Greg, son père tué en mission, Amanda Bonner est en danger. Mais pas question pour autant qu'elle accepte la protection que lui offre Adam, l'ex-coéquipier de son père. Car ils étaient ensemble quand Greg a été tué, et Amanda est persuadée qu'Adam l'a lâchement abandonné à son funeste destin…

La menace du passé, de Lisa Childs - N°617

Alors qu'il est de retour à Saint Louis, sa ville natale, Thad a deux obsessions : retrouver l'homme qui a tué ses parents, et revoir Caroline, la femme qu'il n'a jamais cessé d'aimer… Mais, en rendant visite à Caroline, Thad découvre qu'elle a eu un enfant de lui. Un petit garçon qui va bientôt se retrouver en danger car, sans le vouloir, Thad l'a désigné comme cible au meurtrier de ses parents…

Une troublante suspecte, de Jennifer Morey

Remy Lang et Sabrina Tierney ne sont qu'une seule et même personne… Après avoir enquêté sur sa nouvelle voisine, Lincoln Ivy découvre qu'elle lui a menti sur son identité et qu'elle est recherchée pour meurtre… Dangereusement attiré par la belle rousse aux yeux verts qui fait naître en lui un étrange instinct protecteur, il décide de poursuivre ses recherches afin de découvrir la vérité…

Retrouvez en décembre 2020,
dans votre collection

BLACK ROSE

Pour un sourire de Molly, de Robin Perini - N°618

Après l'attentat qui a coûté la vie à sa sœur Ivy, Laurel prend la fuite avec sa nièce, Molly. Avant de mourir, Ivy lui a révélé qu'elle menait une enquête secrète pour la CIA et lui a demandé de contacter un homme : Garrett Galloway. Traquée par les assassins, Laurel se rend chez Galloway. Mais, tandis qu'elle lui raconte sa folle cavale, elle sent un doute l'envahir. Qui est réellement Garrett Galloway ?

Ensemble dans la tourmente, de Debra Webb

Bien décidée à rompre, Maggie se rend chez Slade. Certes il est un amant merveilleux, mais il ne veut ni s'engager ni fonder une famille et Maggie en a assez d'attendre qu'il change d'avis. Pourtant, en sonnant à sa porte, elle est loin d'imaginer qu'elle va devoir renoncer à cette rupture. Car Slade est poursuivi, lui explique-t-il, et leur seule chance de survie à tous les deux, c'est de fuir. Ensemble.

Composé et édité par HarperCollins France.

Achevé d'imprimer en octobre 2020.

CPi
BLACK PRINT

Barcelone

Dépôt légal : novembre 2020.

MIXTE
Papier issu de sources responsables
FSC® C108412

Pour limiter l'empreinte environnementale de ses livres, HarperCollins France s'engage à n'utiliser que du papier fabriqué à partir de bois provenant de forêts gérées durablement et de manière responsable.

Imprimé en Espagne.